Le prix du scandale

DÉJÀ PARUS DU MÊME AUTEUR

Innocente trahison
La maîtresse du corsaire
Le secret d'une lady
Lady Mystère

KAT MARTIN

Le prix du scandale

BestSellers

Collection : BEST-SELLERS

Titre original : REESE'S BRIDE

Traduction française de EMMANUELLE SANDER

Photo de couverture
Femme : © ALAN JENKINS/TREVILLION IMAGES

83/85, boulevard Vincent-Auriol, 75646 PARIS CEDEX 13.
Service Lectrices — Tél. : 01 45 82 47 47
www.harlequin.fr
ISBN 978-2-2802-4855-6 — ISSN 1248-511X

A mes amis de Bakersfield.
Merci pour ces merveilleux souvenirs.

1

Angleterre, septembre 1855

Figé, Reese Dewar ne pouvait détacher son regard de la femme qui venait de sortir de la boutique, à quelques pas devant lui. Sa robe de deuil en taffetas noir, d'une élégance parfaite, bruissait à chacun de ses mouvements.

Reese en oublia aussitôt la canne au pommeau d'argent serrée dans sa main ainsi que la douleur qui tenaillait sa jambe, soudain remplacée par une rage intense et brûlante.

Il savait qu'il la reverrait tôt ou tard. Il avait bien essayé de se convaincre que cette rencontre ne l'affecterait en rien. Après tout, après ces longues années, que signifiait Elizabeth pour lui ?

Mais lorsqu'elle s'était engagée sur le trottoir de bois et qu'un rayon de soleil avait accroché ses boucles d'un noir de jais, il avait ressenti une colère bouillonnante, une fureur telle qu'il n'en avait plus connue depuis des années.

Il la suivit des yeux tandis qu'elle continuait son chemin vers une voiture noire tirée par quatre chevaux. Sur les portières laquées brillaient les armoiries des Aldridge, deux sabres dorés entrelacés. Pendant qu'elle attendait que l'un des valets de pied lui ouvre la porte, il s'aperçut qu'elle n'était pas seule. Un petit garçon aux cheveux noirs, presque entièrement caché derrière les plis volumineux de ses jupes, trottinait à côté d'elle. Elle le poussa doucement vers les marches de la voiture et l'enfant disparut dans le somptueux attelage.

Au lieu de monter à son tour, la jeune femme tourna la tête dans la direction de Reese et planta ses yeux gris dans les siens, comme si elle avait senti un regard froid lui transpercer la nuque. Dès qu'elle le reconnut, elle eut un léger mouvement de recul. Elle aurait pourtant dû se douter que dans un village aussi petit que Swansdowne, leurs chemins finiraient fatalement par se croiser.

Tout comme elle avait certainement entendu parler de son retour à Briarwood, la propriété qu'il avait héritée de son grand-père maternel.

Et qu'il aurait dû partager avec elle…

Il soutint son regard trouble, rempli d'une émotion indéchiffrable. De son côté, il ne cherchait pas à lui cacher son amertume et sa colère. Il la détestait pour ce qu'elle lui avait fait, il la haïssait de tout son être.

Dire qu'il croyait que ses sentiments avaient disparu depuis longtemps ! songea-t-il, sous le choc. Il avait passé ces huit dernières années loin de l'Angleterre. Commandant dans la cavalerie britannique, il avait fait plusieurs guerres, dirigé des hommes et en avait envoyé certains à la mort. Lui-même avait été blessé à la jambe et avait failli mourir.

Inapte au combat, il était rentré au pays. Mais ce n'était pas la seule raison de son retour. Il avait promis à son père sur son lit de mort qu'il reviendrait s'installer à Briarwood pour en faire son foyer, comme il l'avait déjà projeté plusieurs années plus tôt.

Il aurait pourtant préféré rester dans l'armée. Il n'avait plus le sentiment d'appartenir à ce pays. Il ne savait d'ailleurs plus où étaient ses racines, et il détestait cette incertitude autant qu'il haïssait Elizabeth.

La jeune femme sembla retenir son souffle puis chanceler légèrement en se retournant pour monter elle aussi dans la voiture. Elle n'avait pas changé. Avec ses cheveux d'un noir de jais, ses traits délicats, son teint pâle et sa silhouette élancée et voluptueuse, Elizabeth Clemens Holloway, comtesse d'Aldridge, était aussi belle à vingt-six ans qu'à dix-huit.

Aussi belle que lorsqu'elle lui avait dit qu'elle l'aimait et qu'elle avait accepté de l'épouser.

Il suivit des yeux l'attelage qui s'éloignait lentement vers Aldridge Park, l'immense domaine qui appartenait à Edmund Holloway, comte d'Aldridge, son défunt époux. Ce dernier était mort un an plus tôt à l'âge de trente-deux ans, laissant derrière lui sa femme et son fils.

Il cracha par terre de dégoût. L'idée d'imaginer Aldridge dans le lit d'Elizabeth le rendait malade.

De cinq ans son aîné, Edmund était déjà comte lorsqu'il avait commencé à courtiser Elizabeth. Elle s'était sentie flattée des attentions du bel aristocrate sophistiqué, mais c'était Reese qu'elle aimait.

C'était du moins ce qu'elle lui avait dit.

La voiture disparut bientôt dans un virage et son pouls commença à ralentir. Il était stupéfait par l'hostilité qu'il ressentait encore à son égard. Pendant la guerre, il avait appris à se maîtriser et il perdait rarement le contrôle de lui-même. Il ne fallait plus jamais que cela se reproduise.

S'appuyant lourdement sur sa canne, il sentit la douleur dans sa jambe effacer la fureur qui l'avait momentanément consumé. Puis il se dirigea à son tour vers sa voiture dans laquelle il se hissa péniblement. La veuve d'Aldridge et son fils n'avaient pas de place dans sa vie. Cela faisait bientôt huit ans qu'Elizabeth était comme morte pour lui.

Aussi morte que son mari, l'homme pour lequel elle l'avait trahi.

Une trahison qu'il ne lui pardonnerait jamais.

*
* *

Elizabeth s'adossa contre la banquette rembourrée en velours rouge de sa voiture. Son cœur battait la chamade dans sa poitrine. Mon Dieu, Reese ! songea-t-elle.

Elle savait qu'un jour ou l'autre, elle le reverrait. Mais elle avait prié pour que la rencontre ait lieu le plus tard possible, une fois qu'elle se serait faite à l'idée qu'il vivait à présent dans la demeure qu'ils avaient prévu de partager ensemble des années plus tôt.

Mon Dieu, Reese… Fut un temps, elle avait cru qu'elle ne le reverrait jamais. Elle avait eu vent de certaines rumeurs. Reese, commandant dans la cavalerie, avait été porté disparu quelque part en Crimée. Certains pensaient qu'il était mort. Puis un jour, il était revenu et la nouvelle s'était répandue comme une traînée de poudre.

Après avoir été blessé à la guerre, il s'était installé à Briarwood. Aujourd'hui, il était retraité de l'armée et résidait dans sa demeure, à quelques kilomètres à peine d'Aldridge Park. Elle aurait dû être mieux préparée. Et pourtant, le fait de le revoir aujourd'hui, d'avoir lu la haine qui brillait dans ses yeux bleus, ne faisait qu'alourdir son cœur, déjà plein de culpabilité et de regrets.

Elle savait à quel point il la détestait. Et si elle n'en avait pas encore la certitude, il lui suffisait de se rappeler le regard glacial qu'il lui avait lancé aujourd'hui pour s'en convaincre. Chaque parcelle de son visage tanné par le soleil était empreinte de haine. Même à distance, il lui avait semblé sentir toutes ses pensées chargées de colère. Elle ne l'avait plus revu depuis le jour où il était venu lui rendre visite au cours d'une permission pour découvrir qu'elle avait épousé un autre homme.

Il l'avait traitée de catin et lui avait fait le serment qu'un jour, elle paierait pour ses mensonges et son hypocrisie.

Et elle avait payé… Depuis son mariage avec Edmund Holloway, chaque jour de sa vie avait été un calvaire. Elle avait obéi à son père et s'était mariée à un homme qu'elle n'avait pas choisi.

Mais elle n'avait jamais cessé d'aimer Reese.

A cette seule évocation, son cœur se serra douloureusement. Elle songea à son beau visage si viril et si séduisant. D'une certaine manière, il était resté le même qu'à vingt ans. Il avait gardé ses cheveux noirs et son long corps mince et musclé.

Mais il était aussi complètement différent. Du temps où il lui faisait la cour, il était un peu timide et manquait d'assurance. Aujourd'hui, il endossait sa virilité comme un vêtement confortable. Elle en avait pour preuve la froideur de son dernier regard et la façon dont il l'avait grossièrement dévisagée. Elle avait vu en lui une dureté qui n'existait pas autrefois, une assurance et une autorité qui ne faisaient que le rendre encore plus attirant.

— Maman… ?

La petite voix de Jared résonna dans l'espace confiné de la voiture.

— Oui, mon chéri ?

Elle sentit un mal de tête lancinant se former à l'arrière de ses yeux. Elle se massa les tempes pour atténuer la douleur.

— Qui était cet homme, dans la rue ?

Son fils était sagement assis sur le siège en face d'elle et sa voix était à peine plus forte qu'un murmure. Il ne lui aurait certainement pas posé la question s'il n'avait pas senti sa détresse.

Elle se força à sourire et tapota la banquette à côté d'elle. Aussitôt, Jared vint la rejoindre et elle enroula un bras autour de ses frêles épaules.

— Le commandant Dewar est un vieil ami, mon chéri, expliqua-t-elle.

Cette réponse n'était qu'un énorme mensonge. Cet homme la détestait et elle ne pouvait pas lui en vouloir.

— Il vient tout juste de quitter l'armée pour rentrer chez lui, ajouta-t-elle.

Jared se contenta de la regarder. Il ne lui posa pas d'autres questions, la fixant simplement de ses grands yeux bruns profonds et mélancoliques, beaucoup trop mûrs pour un enfant de son âge, et beaucoup trop empreints de solitude.

S'efforçant de sourire, elle lui montra le paysage qui défilait le long de la route, tandis que l'attelage s'engageait sur la route qui coupait à travers champs. Le mois de septembre était déjà bien avancé et les feuilles des arbres se peignaient de teintes orange, dorées et rouges. Deux petits garçons jouaient au ballon au bord de la route et elle le fit remarquer à son fils.

— Ce jeu a l'air très divertissant. Tu aimes jouer au ballon, n'est-ce pas ? Peut-être que l'un des fils de Mme Clausen jouera avec toi cet après-midi.

La gouvernante d'Aldridge était une femme charmante qui élevait ses petits-enfants de huit et neuf ans suite au décès de sa fille. Les petits garçons aimaient bien Jared mais en raison de sa grande timidité, ils venaient rarement le solliciter pour jouer.

— Pourquoi ne vas-tu pas les voir en rentrant ? suggéra-t-elle.

Jared ne répondit rien. Son regard resta fixé sur les enfants au bord de la route. Son expression était si triste qu'elle sentit sa gorge se serrer. Tant qu'il resterait à Aldridge Park, son fils ne sortirait jamais de la coquille qu'il s'était forgée pour se protéger. Ce qui venait s'ajouter aux nombreuses raisons qui l'incitaient à partir.

Ou plutôt à fuir, corrigea-t-elle pour elle-même.

Car tant que son beau-frère, Mason Holloway, et sa femme, Frances, vivraient à Aldridge Park, elle serait prisonnière dans sa propre maison.

Ses maux de tête continuaient d'empirer, et martelaient son crâne comme souvent ces jours-ci. Elle avait peur de son beau-frère. Il était du genre à s'approcher trop près d'elle, à la toucher un peu trop souvent à son goût. Elle savait qu'elle devait partir comme elle savait que cet homme odieux se mettrait à sa poursuite si elle le faisait. Jusqu'où était-il prêt à aller pour la garder sous son contrôle ainsi que son fils, devenu le nouveau comte d'Aldridge depuis le décès de son mari ? Elle était certaine qu'il ne reculerait devant rien.

Elle avait très peur. Non seulement pour elle-même mais aussi pour Jared.

L'image de Reese Dewar, fort et sûr de lui, un vétéran de la guerre, lui vint soudain à l'esprit. Le genre d'homme capable de protéger sa famille à tout prix.

Sauf que Reese n'était pas son mari et ne le serait jamais.

Et tout ça uniquement par sa propre faute !

Reese revint à Briarwood en broyant du noir. Il essayait d'effacer l'image d'Elizabeth sans parvenir à la sortir de son esprit. Comment pouvait-elle encore garder une mainmise sur lui après toutes ces années ? Pourquoi était-elle la seule femme à avoir su percer son cœur ?

Timothy Daniels, son valet, un jeune caporal musclé qui avait servi avec lui plusieurs années avant d'être blessé et renvoyé chez lui, entra dans son bureau à ce stade de ses réflexions.

— Vous êtes de retour, monsieur, dit Daniels. Avez-vous besoin de quelque chose ?

Tim était venu un jour frapper à sa porte, sans travail et affamé. Quelques semaines plus tard, Reese l'avait pris à son service. Et avec cette fichue jambe qui le ralentissait en tout, il était heureux de pouvoir compter sur quelqu'un.

— Tout va bien, Tim, répondit-il.

— N'hésitez pas à m'appeler si vous avez besoin de moi.

— Je pense que je peux survivre seul quelques heures devant ces registres de malheur, grommela-t-il.

En réalité, il détestait la paperasse et préférait de loin le grand air. En bon militaire, Timothy le comprenait parfaitement.

— A vos ordres, monsieur. Comme je le disais…

— Ce sera tout, caporal, l'interrompit-il.

Las du côté surprotecteur du jeune homme, il avait prononcé ces mots de sa voix ferme et cinglante d'ancien militaire.

— A vos ordres, monsieur.

Tim ferma la porte en silence, laissant Reese seul dans la pièce aux murs lambrissés et aux étagères remplies de livres. Il avait fait de ce bureau son sanctuaire. C'était un endroit masculin où régnait une douce chaleur grâce au feu qui brûlait en continu dans la cheminée. Il y venait souvent pour s'isoler des souvenirs qui hantaient les autres parties de la demeure.

Du temps où Elizabeth et lui se fréquentaient, elle était venue à plusieurs reprises à Briarwood. Elle aimait le lierre qui tapissait les murs extérieurs du manoir et qui venait pendre au-dessus du porche, devant la porte d'entrée. Elle appréciait la pente abrupte du toit en ardoise, avec ses cheminées saugrenues qui donnaient à la demeure un air de maison de conte de fées.

Elle avait prévu de repeindre le salon en rose pâle, d'ajouter des rideaux en dentelle et de tendre un papier peint de soie fleuri derrière le canapé. Elle adorait la grande suite de la demeure si ensoleillée, lui avait-elle confié, ainsi que la vue magnifique qu'elle offrait sur le jardin. Elle était impatiente de partager avec lui le grand lit à baldaquin que son grand-père avait décidé de lui offrir comme cadeau de mariage.

Cette pensée en amena d'autres qu'il ne voulait pas évoquer et une sourde tension envahit ses reins. Bon sang, après toutes ces années, il lui suffisait de croiser Elizabeth pour la désirer de nouveau ! Il se rappela la manière dont elle lui avait dit qu'elle l'aimait et à quel point elle serait heureuse de vivre près de lui à Briarwood.

Tout n'était que mensonges…

Quelques semaines à peine après son affectation à Londres, elle avait rompu sa promesse de mariage. Elle avait épousé un comte doté d'une immense fortune, et l'avait abandonné lui, le fils cadet d'un duc, qui pouvait certes lui offrir un toit agréable et des revenus suffisants, mais pas la richesse extravagante des Aldridge.

Il se passa une main nerveuse dans les cheveux. Depuis son retour, les souvenirs qu'il avait refoulés depuis si longtemps recommençaient à le hanter. Deux jours après la nouvelle de son mariage, il avait quitté Wiltshire County pour de bon et s'était engagé dans la cavalerie, sachant que cette décision le conduirait très loin de l'Angleterre.

Sans sa blessure, et sans la promesse qu'il avait faite à son père, il ne serait jamais revenu.

Il serra son poing sur la table et inspira profondément pour reprendre ses esprits. Une multitude de registres gisaient grands ouverts devant lui. Il tâcha de se concentrer et commença à en écumer les pages. S'il voulait faire face à ses obligations, il devait surmonter son passé douloureux et songer à l'avenir. Les terres de Briarwood, laissées depuis longtemps en jachère, devaient redevenir productives.

Et il avait la ferme intention de mener à bien sa tâche.

Flanquée de son jeune fils, Elizabeth pénétra dans la majestueuse entrée d'Aldridge Park, l'immense demeure géorgienne de son défunt mari. Outre la grande fortune d'Edmund, cette propriété et toutes celles rattachées au comté appartenaient désormais à Jared, septième comte d'Aldridge.

Un bruit de pas sur le sol en damier du grand hall attira bientôt son attention. Levant les yeux, elle aperçut Frances Holloway, sa belle-sœur, tout de noir vêtue qui venait à leur rencontre.

Les lèvres pincées, elle paraissait contrariée.

— Je vous attends depuis des heures, lança Frances. Où étiez-vous donc ?

Sa belle-sœur était une femme mince, avec des pommettes saillantes et un long nez fin. Son meilleur atout était sa force de volonté. Quelles que soient les circonstances, elle se débrouillait toujours pour tourner les choses à son avantage. C'était certainement pour cette raison que Mason, son mari, l'avait épousée.

— Je vous ai dit que je partais avec Jared au village, rétorqua sèchement Elizabeth.

Voilà des mois qu'elle ne faisait plus aucun effort pour se montrer polie à l'égard de Frances. Cette femme ne l'appréciait pas, surtout depuis qu'elle avait donné un fils à Edmund, anéantissant ainsi tous les espoirs que Mason hérite un jour du titre de son frère.

— J'avais des courses à faire, continua-t-elle. J'ai pris plus de temps que prévu.

Et comme dernièrement, elle ne se sentait pas très bien, respirer un peu d'air frais, loin la maison, lui avait fait le plus grand bien.

Mais cela ne regardait en rien Frances.

— Le précepteur de Jared le cherche, répondit sa belle-sœur. Nous ne voulons pas qu'il prenne du retard dans ses études.

Elizabeth passa un bras protecteur autour des épaules de son fils.

— Jared va d'abord sortir jouer dans le jardin. Il fera ensuite ses devoirs.

Son fils leva la tête vers elle, les yeux écarquillés.

— Je vais les faire tout de suite, mère. De toute façon, Marcus et Benny ne voudront pas jouer avec moi.

— Mais..., protesta-t-elle.

Comme un grand corbeau noir, Frances se précipita vers Jared et l'entraîna avec elle dans l'escalier. Elizabeth voulut s'interposer et lui dire que les petits garçons devaient aussi s'amuser, mais ses tempes bourdonnaient terriblement et sa vue se voila. Elle était incapable de mettre de l'ordre dans ses pensées. Lorsqu'elle leva les yeux, son fils était déjà loin et gravissait le grand escalier, suivi de près par

Frances. Elle les regarda monter la deuxième volée de marches et disparaître dans la salle de classe.

— Ainsi, vous voilà de retour.

La voix sarcastique de Mason Holloway résonna à l'autre bout du hall.

Elizabeth sursauta et fit volte-face.

— J'espère que vous avez trouvé ce que vous cherchiez en ville, ajouta-t-il.

Mason, qui était d'un an le cadet d'Edmund, était un homme d'une taille impressionnante, avec un torse et des épaules massifs. Il avait des cheveux bruns et une épaisse moustache qui n'avaient rien de déplaisant. Il véhiculait toutefois quelque chose de malsain et parlait d'une voix mielleuse qui incitait à se méfier de lui.

Elizabeth sentit un frisson désagréable parcourir son corps tandis que les yeux de son beau-frère glissaient sur la courbe de ses seins. Instinctivement, elle recula d'un pas.

— Cette sortie était agréable, répondit-elle avec un sourire forcé. J'ai découvert une toute nouvelle boutique qui vend de très jolies robes. Mme O'Neal a de très beaux tissus.

— Vous auriez dû me le dire. Je vous aurais accompagnée.

Avoir Mason près d'elle était la dernière chose qu'elle souhaitait, songea-t-elle avec dégoût. Elle avait enduré la compagnie d'Edmund beaucoup trop longtemps et son beau-frère était encore plus détestable. Mason Holloway avait dilapidé tout son héritage personnel et sans l'aide de son frère, il serait aujourd'hui sans ressources.

Son défunt époux avait été d'une extrême loyauté à l'égard de Mason. Dans son testament, il lui avait donné l'autorisation de jouir à vie des appartements qu'il occupait dans l'aile est de la demeure, et le droit de vivre dans la maison qu'il possédait à Londres. Que cela plaise ou non à Elizabeth, Mason et Frances étaient là de leurs pleins droits, et elle n'avait aucun moyen de se débarrasser d'eux.

— J'apprécie votre proposition, dit-elle à son beau-frère, mais Jared est déjà là pour me tenir compagnie.

— Jared n'est qu'un petit garçon, s'esclaffa-t-il. Une femme de votre rang ne devrait pas voyager seule.

Elle redressa le menton en signe de défi, mais ce mouvement lui provoqua un léger vertige. Elle se rattrapa à la rampe de l'escalier en espérant que Mason n'ait rien remarqué.

— Je ne suis pas seule, rétorqua-t-elle. Je me déplace avec un cocher et deux valets de pied.

— C'est exact mais la prochaine fois, je vous accompagnerai.

Pas si elle pouvait l'en empêcher. Toutefois, elle était consciente de la difficulté de s'opposer à un homme comme Mason et ces derniers temps, elle avait du mal à trouver la force de l'affronter. Depuis plusieurs semaines, elle ne se sentait pas bien, et multipliait les maux de tête, les nausées et les vertiges.

C'était la raison pour laquelle elle avait renoncé à emménager à Holiday House, la demeure en périphérie de Londres qu'elle avait héritée de son père en même temps que sa fortune. Elle aurait voulu partir mais son état de santé était trop inquiétant. Sans compter que Mason et Frances ne manqueraient pas de la suivre. Par ailleurs, si elle trouvait le courage de les renvoyer, Jared et elle seraient immanquablement exposés à un scandale sans nom.

Mais mieux valait un scandale que le sort qu'elle risquait de subir si elle restait, songea-t-elle.

En observant Mason à la dérobée, le doute qui s'était insinué en elle depuis plusieurs mois n'avait fait que croître. Si elle venait à disparaître, Mason et Frances deviendraient les tuteurs légaux de Jared et contrôleraient l'immense fortune des Aldridge.

La pensée de son jeune fils, seul et vulnérable, se renfermant chaque jour un peu plus, lui donna la nausée. Elle était le dernier rempart entre Jared et les personnes mal-intentionnées qui, loin de se soucier de lui, n'en voulaient qu'à son argent.

Tôt ou tard, elle devrait prendre une décision.

Victime d'un nouveau vertige, elle eut l'impression que sa tête était sur le point d'exploser.

— A présent, se força-t-elle à articuler, je vous prie de m'excuser. Je ne me sens pas très bien.

Sous la moustache de Mason se dessina un sourire compatissant.

— Peut-être qu'une petite sieste vous fera du bien.

Sans un mot, elle tourna les talons. Elle commençait à monter l'escalier lorsque sans crier gare, elle chancela. Aussitôt, Mason la rattrapa, se plaça à côté d'elle et prit son bras pour l'aider à atteindre le palier.

— J'espère que vous vous sentirez mieux à l'heure du dîner, dit-il devant la porte de sa chambre.

— J'en suis certaine.

Mais elle avait des doutes.

Soudain, elle eut de nouveau peur pour son fils. Dès qu'elle se sentirait mieux, elle s'en irait. Elle ferma la porte de sa chambre en priant le ciel pour que ce moment arrive bientôt.

2

Jared était sagement assis sur l'une des vingt-six chaises à haut dossier de bois sculpté, tout au bout de la longue table en acajou vernie qui trônait au milieu de la salle de réception. Elizabeth se tenait à sa droite, tandis que Mason et Frances étaient à sa gauche. De grandes bougies à gaz illuminaient le majestueux lustre en cristal au-dessus de la table où étaient disposées de magnifiques assiettes décorées d'un liseré d'or en porcelaine de Sèvres.

Le cadre était beaucoup trop formel pour un petit garçon réservé comme lui. Mais dans la mesure où il fêtait ses sept ans, Frances avait insisté pour que tout soit parfait et Elizabeth n'avait pas jugé bon de discuter.

Le repas, aussi somptueux que la décoration de la table, se composait d'une riche soupe de vermicelles en entrée, de perdrix rôties et farcies de noix de pécan, de homard à la crème, d'un plateau de légumes et de petits pains encore chauds. Au dessert figuraient un assortiment de mignardises et de tartes, et un gâteau à la crème en forme de cygne.

Jared aurait certainement préféré qu'il soit en forme de cheval, songea-t-elle.

— Mon garçon, il est temps d'ouvrir tes cadeaux, dit Mason en faisant signe aux deux valets debout contre le mur.

Aussitôt, les deux hommes se précipitèrent vers eux et posèrent les paquets sur la table en face du petit.

Jared les contempla en souriant.

— Ils sont si beaux, mère.

Il était du genre à apprécier les emballages autant que leur contenu. Un joli paquet enveloppé dans du papier d'argent et orné d'un grand ruban en satin bleu était posé par-dessus un autre paquet plus grand couvert d'un papier en velours floqué d'un rouge éclatant, décoré d'un oiseau à plumes rouges. Le cadeau d'Elizabeth était le plus petit, mais joliment enveloppé dans du papier de soie marron foncé entouré d'un simple ruban doré.

— Lequel dois-je ouvrir en premier ? demanda-t-il en la regardant.

— Pourquoi ne pas commencer par celui-ci ? répondit Mason en plaçant le paquet rouge devant lui.

L'oiseau écarlate s'agita.

Jared saisit le petit sujet en peluche et caressa ses plumes de la main.

— Si seulement il pouvait voler, dit-il.

Son fils était d'un naturel très doux et aimait beaucoup les animaux.

— Ouvre ton paquet, mon garçon, proposa Mason.

Il poussa la boîte vers Jared qui, sous l'effet de l'émotion, faillit la faire tomber.

Son sourire s'évanouit aussitôt de ses lèvres.

— Je…, bégaya-t-il, je suis désolé, oncle Mason.

— Ce n'est rien, répondit-il avec un geste d'impatience. Laisse-moi t'aider.

Elizabeth grinça des dents en regardant son beau-frère tirer le paquet vers lui et déchirer brusquement le papier en velours rouge. Il ouvrit la boîte puis la poussa vers Jared. Elle était remplie d'une armée de soldats de plomb miniatures.

Chaque personnage était minutieusement sculpté et superbement peint. La moitié portait l'uniforme britannique rouge et blanc, tandis que les soldats en bleu de Napoléon composaient la force ennemie. C'était tout à fait le genre de cadeau qu'un petit garçon pouvait apprécier, et les yeux sombres de Jared brillèrent de plaisir.

Elizabeth frissonna. Elle ne cessait de penser à Reese et à la manière dont l'armée les avait séparés. Elle se souvenait de l'instant où il était entré à Aldridge Park dans son uniforme écarlate sans même se faire annoncer. Il était si beau qu'elle en avait frémi. Reese avait alors découvert sa trahison et son mariage précipité avec le comte et l'avait traitée de menteuse et de catin. Puis il l'avait laissée tremblante et le cœur brisé.

Elle chassa vivement cette image de son esprit. Sa tête lui faisait toujours mal et sa bouche était sèche. Elle observa Jared ouvrir le deuxième paquet. C'était une veste en laine que Frances lui avait apportée. Son fils la remercia poliment avant de s'emparer du dernier présent.

Levant les yeux vers elle, il lui sourit, sachant que ce cadeau était de sa part.

— J'espère qu'il te plaira, dit-elle.

Elle se sentait terriblement lasse. Pourvu que cela ne se voie pas ! pria-t-elle.

Jared tira doucement sur le ruban doré, retira soigneusement l'emballage de papier de soie marron, le mit de côté, puis souleva le couvercle de la boîte. Sur un lit de tissu reposait une petite licorne en argent de dix centimètres de hauteur. Son cou épais était incliné en avant et ses jambes puissantes dansaient dans les airs.

Plongeant sa main dans la boîte, Jared dégagea lentement le cheval et le souleva avec une expression de profonde admiration.

— Une licorne ! s'écria-t-il en faisant glisser ses petits doigts sur l'animal qui luisait à la lueur du chandelier au centre de la table. Elle est merveilleuse, mère.

Jared possédait déjà une collection de quatre licornes. Il adorait les chevaux de toutes les tailles et de toutes les formes, et tout particulièrement cette mythique créature.

— Je l'appellerai Beauté, déclara-t-il.

Mason essuya lentement sa moustache à l'aide de sa

serviette et tira sa chaise en arrière. Il avait peu de patience avec les enfants et manifestement, il était arrivé à ses limites.

— Il se fait tard, annonça-t-il. Maintenant que ton anniversaire est terminé, il est temps pour toi d'aller au lit.

Malgré sa torpeur et les aiguillons de douleur qui transperçaient son crâne, Elizabeth se sentit indignée par son attitude.

Elle se leva à son tour.

— Jared est mon fils, répliqua-t-elle sèchement. C'est à moi de lui dire à quel moment il doit aller se coucher.

Mais une petite main tira sur la jupe de sa robe de soirée de soie noire. De nouveau, elle fut prise de vertige. Elle n'avait pas vu que Jared s'était levé de sa chaise.

— Tout va bien, mère. Mme Garvey va s'occuper de moi.

La nurse était une femme d'un certain âge très aimable.

Elizabeth posa un genou à terre et prit son fils dans ses bras.

— Joyeux anniversaire, mon chéri. Je vais demander que l'on porte tes paquets dans ta chambre.

Elle repoussa en arrière une mèche des épais cheveux bruns de Jared.

— A demain, ajouta-t-elle tendrement.

Le petit garçon lança un regard furtif vers Mason, vit son air renfrogné et se dégagea brusquement de son étreinte.

— Bonne nuit, mère, dit-il.

— Bonne nuit, mon chéri, répondit-elle avec un pincement au cœur.

Sa licorne fermement serrée contre sa poitrine, Jared tourna les talons et quitta rapidement la salle à manger.

Une heure plus tard, Elizabeth était assise sur un tabouret en velours, en face du miroir qui ornait sa coiffeuse. Il était tard et presque toute la maisonnée dormait. Elle-même rêvait de s'étendre. Malgré la sieste qu'elle avait faite avant le dîner, elle se sentait toujours fatiguée. Ces derniers temps, elle n'arrivait plus à se reposer.

Elle étouffa d'une main un bâillement en se demandant

si elle aurait suffisamment d'énergie pour lire lorsqu'elle entendit la poignée de la porte tourner et vit le battant s'ouvrir en silence. Mason Holloway pénétra dans la pièce.

D'un bond, elle se leva de son siège. Elle ne portait qu'une chemise de nuit en coton, et cette tenue était tout à fait inappropriée pour recevoir la visite d'un homme.

— Que faites-vous ici ? demanda-t-elle, furieuse.

Elle tenta de saisir le peignoir qui gisait sur la commode, mais Mason l'attrapa avant elle.

— J'ai vu de la lumière sous votre porte. J'ai pensé que vous apprécieriez un peu de compagnie.

— De… de quoi parlez-vous ? Il est tard, Mason. Votre femme doit se demander où vous êtes.

— Ma femme n'a pas son mot à dire quant à l'endroit où je passe mes nuits.

Au lieu de quitter la pièce, il vint se placer derrière elle. Il posa ses mains épaisses sur ses délicates épaules et commença à les malaxer grossièrement.

Elizabeth sentit son estomac se retourner de dégoût. Elle repoussa vivement ses mains et pivota pour lui faire face. Mais soudain, elle fut prise de vertige et vacilla légèrement.

Mason lui prit le bras pour l'aider à retrouver son équilibre.

— Vous êtes toujours souffrante ? demanda-t-il d'un air goguenard.

Elle recula pour rompre tout contact physique.

— Sortez ! ordonna-t-elle.

Mais sa tête lui faisait mal et elle prononça faiblement ces mots.

Mason se pencha alors vers elle et pressa ses lèvres sur son cou. Sa moustache effleura sa peau et elle fut prise de nausée.

— Vous ne voulez pas vraiment que je m'en aille, dit-il d'une voix rauque. Vous avez besoin de moi, Elizabeth. Vous avez besoin de ce que je peux vous donner.

— Je vais crier, siffla-t-elle. Si vous ne quittez pas

immédiatement cette pièce, je vous jure que je vais réveiller toute la maison.

Il émit un petit rire. A la lueur de sa lampe de chevet, elle perçut l'éclat vicieux qui éclairait ses pupilles.

— Peut-être que l'heure n'est pas encore venue, répondit-il calmement. Mais elle est proche. Bientôt, lorsque je viendrai vous voir, vous m'accueillerez, Elizabeth. Vous n'aurez pas le choix.

Vous n'aurez pas le choix… Seigneur, il avait prononcé ces mots avec une telle certitude que les poils se dressèrent sur sa nuque.

— Sortez ! dit-elle d'une voix plus forte.

Mason se contenta de sourire.

— Dormez bien, ma chère. Je vous verrai demain matin.

Elizabeth resta immobile tandis qu'il quittait la pièce et refermait doucement la porte derrière lui. Les élancements dans sa tête et les vertiges avaient repris de plus belle. Elle s'effondra sur le tabouret le plus proche et tenta de remettre de l'ordre dans son esprit. Elle songea à Jared, au danger qu'il courait, et ses yeux se remplirent de larmes.

Elle n'était plus en sécurité dans cette maison, pas plus elle que son fils. L'heure était venue de partir.

Ignorant la douleur qui martelait son crâne, elle rassembla ses forces et son courage, se leva et se précipita vers la sonnette pour appeler Sophie, sa bonne. Puis elle plongea sous le lit pour en tirer un lourd sac en cuir qu'elle posa sur le matelas. Ce mouvement provoqua de nouvelles nausées, qu'elle ignora de son mieux.

Les yeux encore lourds de sommeil, Sophie pénétra dans la pièce en bâillant, ses cheveux flottant en désordre autour de sa tête.

— Vous avez sonné, madame ?

— J'ai besoin de votre aide, Sophie. Je m'en vais.

Les yeux verts de la jeune femme s'agrandirent de surprise.

— Maintenant, au milieu de la nuit, madame ?

— Je veux que vous alliez réveiller Mme Garvey.

Dites-lui de s'habiller. Dites-lui aussi que nous partons sur-le-champ et qu'elle prenne un sac pour elle et pour Jared. Demandez-lui de me rejoindre en bas, près de la remise à calèches.

Saisissant enfin l'urgence qui perçait dans sa voix, Sophie se raidit.

— Bien, madame.

— Dès que cela sera fait, allez à l'écurie et dites à M. Hobbs de préparer ma voiture, la petite. Dites-lui de m'attendre derrière la maison.

Sophie tourna les talons pour s'exécuter.

— Et ne dites à personne d'autre que je m'en vais, ajouta-t-elle.

La petite bonne parut comprendre. Même si elle ne l'avait jamais dit, elle n'aimait pas non plus Mason Holloway. Elle esquissa une révérence et quitta précipitamment la pièce.

Luttant contre de nouveaux vertiges, Elizabeth continua de faire sa valise. Lorsque la bonne fut de retour, elle avait enfilé une simple robe noire en laine et ramassé ses cheveux en un petit chignon sur sa nuque, surmonté d'un bonnet noir en crêpe noué sous le menton.

— J'ai besoin d'aide pour les derniers boutons de ma robe, dit-elle à sa bonne en se retournant.

Dès que la jeune femme se fut exécutée, Elizabeth prit la cape en laine noire accrochée derrière la porte et l'enroula autour de ses épaules. La terre se mit soudain à tanguer.

Aussitôt, Sophie se précipita vers elle, alarmée.

— Madame ! s'écria-t-elle.

— Tout va bien. Promettez-moi juste de garder le silence jusqu'à demain matin.

— Bien entendu. Vous pouvez me faire confiance, madame. S'il vous plaît, prenez soin de vous.

Reconnaissante de la savoir si loyale, elle lui sourit.

— J'y veillerai, promit-elle.

Son bagage à la main, elle emprunta l'escalier des domestiques. Il ne lui fallut pas longtemps pour atteindre la porte qui conduisait à l'écurie. Mme Garvey l'attendait déjà avec Jared et deux petits sacs. Lorsque son fils la vit arriver, il la regarda avec de grands yeux inquiets.

— Où allons-nous, mère ? demanda-t-il.

Jusqu'à cet instant, elle ne le savait pas encore avec certitude. Mais en contemplant son fils, elle sentit une nouvelle vague de vertiges se former et sut aussitôt ce qu'elle devait faire.

— Nous allons voir un très vieil ami, répondit-elle.

Elle pria alors pour que dans un endroit reculé de son cœur, Reese se considère encore un peu comme tel.

3

Reese fut tiré de son sommeil par des coups répétés à sa porte. Fronçant les sourcils, il bascula les jambes sur le côté de son grand lit à baldaquin et se redressa. Les coups redoublèrent tandis qu'il enfilait sa robe de chambre de soie bleu foncé.

Il saisit en ronchonnant sa canne, traversa la chambre en boitillant et ouvrit brusquement la porte. Il tomba nez à nez avec Timothy Daniels, debout dans le couloir.

— Pour l'amour du ciel, s'écria-t-il, quel est ce vacarme ? Si ça continue, vous allez réveiller toute la maison.

La chevelure fauve de Timothy brillait à la lueur de la lampe à huile qu'il tenait à la main.

— C'est une urgence, monsieur, répondit le jeune homme. Il s'agit d'une femme. Elle est en bas, et elle demande à vous parler. Elle dit que c'est important.

— Mais il est minuit passé, grommela-t-il. Pourquoi diable une femme désire-t-elle me voir à une heure aussi avancée ?

— Je ne sais pas, monsieur. Mais elle est ici avec son fils et semble dans une grande détresse.

Un frisson d'appréhension parcourut son corps. Il avait bien aperçu Elizabeth et son fils en ville deux jours plus tôt. Mais non, ça ne pouvait pas être elle. Pourtant, il n'était pas du genre à croire aux coïncidences.

— Dites-lui que j'arrive. Laissez-moi juste le temps de m'habiller.

— Bien, monsieur, répondit Timothy avant de disparaître.

Sans même y penser, Reese massa sa jambe blessée en se dirigeant vers l'armoire de sa chambre. Il choisit à la hâte des vêtements, mais lorsqu'il rentra les pans de sa chemise blanche en lin dans son pantalon noir, un aiguillon de douleur traversa sa cuisse. Il avait pris une volée de mitraille pendant la bataille d'Inkerman et depuis, il avait du mal à plier la jambe. Dès qu'il commençait à marcher, il sentait les muscles s'assouplir. Mais à cette heure avancée de la nuit, il avait l'impression qu'une tige de métal était reliée à son corps.

Ignorant cette désagréable impression, il se dirigea vers l'escalier en se demandant quel genre de problème pouvait bien l'attendre à une heure si tardive.

Il descendit les marches aussi vite qu'il le put en s'aidant de sa canne. Arrivé en bas, il aperçut le majordome grand et maigre debout à côté d'une femme toute vêtue de noir.

Le temps sembla s'arrêter. Il connaissait ces traits finement dessinés, ce teint pâle et cette chevelure de jais, ces sourcils parfaitement arqués et ces lèvres semblables à un bouton de rose. Le souvenir d'Elizabeth courant vers lui en riant l'envahit sans crier gare. Elizabeth dans ses bras tourbillonnant dans la salle de bal. Elizabeth enlacée avec lui sur la terrasse, les doigts dans ses cheveux, sa bouche douce et fraîche sous ses lèvres.

Reese se figea et la regarda droit dans les yeux.

— Vous n'êtes pas la bienvenue ici, dit-il sèchement.

Elle s'avança vers lui en tremblant. Ses mouvements étaient aussi gracieux et féminins que dans ses souvenirs.

— Je dois m'entretenir avec vous, milord, dit-elle. C'est urgent.

Il n'était pas habitué à se faire appeler ainsi. Commandant lui convenait bien mieux, et il fut saisi d'une légère émotion. Il aurait dû lui répondre qu'il n'avait pas de temps à consacrer à une femme aussi ignoble qu'elle, mais elle n'était pas seule. Une femme grisonnante se tenait dans la pénombre, accompagnée du jeune garçon qu'il avait vu au village, le fils d'Elizabeth.

— S'il vous plaît, milord, implora-t-elle.

— Par ici, lâcha-t-il d'une voix dure.

Il prit alors le chemin du salon en boitant le moins possible. Si seulement le ton sévère de sa voix pouvait la faire partir, songea-t-il. Il pénétra dans la pièce et patienta tandis qu'Elizabeth passait devant lui. Ses jupes effleurèrent ses jambes au passage. Pour plus d'intimité, il fit coulisser les panneaux, mais il ne l'invita pas à s'asseoir et préféra rester lui-même debout.

— Nous sommes en plein milieu de la nuit, dit-il d'une voix cinglante. Que voulez-vous ?

Elle redressa fièrement le menton et il remarqua son teint beaucoup trop pâle. Elle luttait pour garder une contenance et cette idée le remplit de satisfaction.

— Je…, bredouilla-t-elle, je sais ce que vous pensez de moi. Et je sais à quel point vous me détestez.

Il émit un petit rire sans joie.

— Je doute que vous puissiez le concevoir, riposta-t-il.

Elle se mordit la lèvre, aussi pleine et tentatrice que dans ses souvenirs. Aussitôt, il sentit son estomac se nouer. Maudite soit-elle. Qu'elle aille en enfer, songea-t-il.

— Je suis venue implorer votre aide, répondit-elle d'une voix tremblante. Mon père est mort, je n'ai ni frères, ni sœurs, et aucun véritable ami. Vous êtes un homme d'honneur, un vétéran de guerre. Quels que soient vos sentiments personnels, vous n'êtes pas le genre d'homme à tourner le dos à une femme et à son enfant dans la détresse.

Elle chancela et quelques gouttes de transpiration se formèrent sur son front.

— Vous ne vous sentez pas bien ? demanda-t-il, soudain soucieux.

— Je… je n'en suis pas très sûre, mais je suis un peu malade ces derniers temps. C'est une des raisons qui expliquent ma présence ici. Si mon état venait à empirer, je ne sais pas ce qui pourrait arriver à Jared.

— Jared ? C'est ainsi que se nomme votre fils ?

— Oui.

Elle vacilla de nouveau et il s'avança vers elle. Saisissant son bras, il l'aida à retrouver son équilibre. Malgré les efforts que ce rang exigeait parfois de lui, il était avant tout un gentleman.

— Asseyez-vous, dit-il. Vous risquez de tomber.

Sans se faire prier, elle s'effondra sur le canapé bordeaux et posa sa petite bourse de soie noire sur ses genoux. Puis elle porta une main tremblante à ses tempes et leva vers lui ses merveilleux yeux gris qui hantaient les rêves de Reese. Le souvenir de ces nuits sans sommeil le ramena durement à la réalité et le conforta dans sa détermination.

— Je ne suis pas l'homme qu'il vous faut, rétorqua-t-il.

— Je n'ai personne d'autre vers qui me tourner.

— Vous êtes la comtesse d'Aldridge. Il doit bien y avoir quelqu'un.

Elle serra son sac contre elle.

— Mon intention était de partir pour Londres. C'est ce que j'aurais fait dès ce soir si je m'étais sentie mieux.

Elle lui lança un regard suppliant.

— Je pense que mon beau-frère et ma belle-sœur ont empoisonné ma nourriture, ajouta-t-elle. Si mon état continue d'empirer, mon fils court un grave danger.

— Vous parlez de Mason et de Frances Holloway ? demanda-t-il, perplexe.

— Oui. Je crains que même si j'arrive à Londres, mon beau-frère vienne m'y rejoindre aussitôt. Il trouvera le moyen de me forcer à revenir à Aldridge Park. Et une fois là-bas…

Elle hocha gravement la tête.

— J'ai peur, milord. Je suis ici parce que je n'ai nulle part où aller.

— Qu'attendez-vous de moi ?

— J'espère que votre sens de l'honneur vous dictera

de m'aider. Vous êtes un homme fort, du genre à pouvoir protéger mon fils. J'espère que malgré les torts que je vous ai causés, vous ne me jetterez pas dehors.

Il se sentait animé d'une colère prête à exploser. Elle savait que son honneur était pour lui la chose la plus importante au monde. Elle le connaissait mieux que quiconque. Il s'efforça toutefois de calmer la haine qui habitait son cœur.

— Je crains, madame la comtesse, que vous m'en demandiez trop.

Il avait utilisé son titre à dessein, pour bien lui rappeler tout ce qui s'était passé entre eux.

— Elizabeth, corrigea-t-elle d'une voix douce. Nous nous connaissons trop bien pour de telles formalités.

Il sourit.

— Nous pouvons dire en effet que nous nous connaissons très bien.

L'espace d'un instant, elle s'empourpra ce qui raviva ses joues pâles, mais elle ne détourna pas son regard.

— Allez-vous m'aider ? demanda-t-elle de nouveau.

Il hocha la tête. Il ne pouvait pas accéder à sa requête. Il ne supportait pas l'idée de la savoir sous son toit, l'idée de voir resurgir des souvenirs douloureux.

Elle quitta le canapé et s'approcha de lui, si près qu'il pouvait percevoir chacun de ses épais cils noirs incroyablement longs.

Elle posa doucement sa main gantée de noir sur son bras.

— S'il vous plaît, milord, je vous supplie de ne pas refuser. Mon fils a besoin de vous. J'ai besoin de vous. Vous êtes la seule personne au monde capable de nous aider, la seule en qui je puisse avoir confiance.

Ses mots le heurtèrent avec violence. Elle lui faisait confiance, tout comme lui, autrefois. Il contempla la belle femme debout en face de lui. Il l'avait aimée. Sauvagement et sans réserve. Sauf qu'aujourd'hui, il la détestait avec le même acharnement passionné.

Mais comment ignorer le désespoir et la peur qu'il lisait

dans son regard ? Comme elle l'avait si bien dit, il était un homme d'honneur. Elle était venue à lui pour lui demander de l'aide. Il ne pouvait pas la lui refuser…

— Je vais demander à Hopkins de vous accompagner avec votre suite à l'étage. Vous vous souvenez certainement où se trouvent les chambres d'amis, ajouta-t-il avec un sourire glacial.

Elle parut soulagée.

— Merci, milord. Je jure que je m'acquitterai de la dette que je vous dois.

Puis elle s'effondra à ses pieds.

— Caporal Daniels ! cria-t-il.

Elizabeth remua légèrement. Elle sentait des bras forts autour d'elle sans qu'elle puisse se souvenir de l'endroit où elle était. Son esprit était embrumé. Elle cligna des yeux et aperçut les traits durs de Reese, comme taillés à la serpe.

— Je…, bégaya-t-elle, je vais bien. Vous n'avez pas besoin de…

— Daniels ! lança-t-il de nouveau.

Le jeune homme roux et musclé vint bientôt les rejoindre.

— Oui, monsieur ?

Reese la poussa sans cérémonie dans les bras du caporal.

— Avec cette fichue jambe, je ne peux pas la porter dans l'escalier.

Le caporal Daniels lui sourit gentiment.

— Ne bougez pas, madame. Je vais vous porter sur-le-champ jusqu'à votre chambre.

Elle n'eut pas le temps de protester : le jeune homme l'emportait déjà.

— Mère ! s'écria Jared en se précipitant vers elle lorsqu'ils entrèrent dans le hall.

Il s'accrocha frénétiquement à ses jupes.

— Je vais bien, mon chéri, dit-elle. J'ai juste quelques vertiges, c'est tout. Va chercher Mme Garvey et monte à l'étage.

Aussitôt, le petit garçon revint vers la femme qui attendait debout dans l'entrée et lui prit la main. Le majordome escorta le petit groupe tandis que le caporal gravissait les marches, Elizabeth dans les bras. Bientôt, ils arrivèrent devant une chambre d'amis.

— Je vais envoyer Gilda, la femme de chambre, pour qu'elle s'occupe de vous, madame, dit-il en la posant délicatement sur le lit.

Elizabeth ne protesta pas. Bien que les vertiges se soient calmés, elle était encore trop étourdie. Epuisée, elle enfonça la tête dans l'oreiller et regarda le plafond. Il était blanc et contrastait avec les murs d'un jaune pâle. La pièce était agréable, même si elle avait besoin d'être un peu rafraîchie. Les rideaux étaient en damas jaune, le mobilier de bois de rose. Il n'y avait aucune trace de poussière mais les meubles auraient eu besoin d'être frottés à l'huile de citron.

Dire qu'elle était à Briarwood et que Reese avait accepté de l'aider ! Elle avait encore du mal à le croire.

Et pourtant, au plus profond de son cœur, elle avait été certaine qu'en dépit de ses sentiments personnels, Reese ne la renverrait pas.

Quelques minutes plus tard, Reese entra dans la pièce. Il était toujours aussi grand et viril, et une impression de force et d'autorité se dégageait de tout son être. L'espace d'un instant, elle capta la lueur du pommeau argenté de sa canne en ébène. Elle avait entendu dire qu'il avait été blessé pendant la guerre mais ne savait pas à quel point sa blessure était grave.

Il s'approcha d'elle et la détailla de ses yeux d'un bleu d'acier.

— Vous voici en sécurité pendant quelque temps, dit-il. Je vais envoyer le caporal Daniels chercher le médecin.

— C'est inutile, l'interrompit-elle. J'ai juste besoin de dormir un peu. Peut-être que demain…

— Vous croyez ? demanda-t-il, l'air dubitatif.

Elle n'avait pas la moindre certitude de ce qu'elle

avançait, mais elle lui avait suffisamment causé de soucis pour la soirée.

— Oui, affirma-t-elle.

— Très bien, nous verrons demain.

— Merci beaucoup.

— A votre réveil, j'attends que vous me disiez exactement comment vous vous sentez.

Elle se hissa sur ses bras et se redressa au prix d'un gros effort jusqu'à ce que ses épaules reposent sur la tête de lit de bois sculpté. Il n'esquissa pas le moindre geste pour l'aider.

— Demain, dit-elle sans chercher à masquer son inquiétude, mon beau-frère découvrira que Jared et moi ne sommes plus là. Tôt ou tard, il saura où nous trouver.

— Tant que vous serez ici, vous serez en sécurité. Tâchez de vous reposer. Mme Garvey s'occupera de votre fils. Nous reparlerons demain.

Sur ces mots, il fit demi-tour et quitta la pièce. Elle s'aperçut alors que son cœur battait beaucoup trop vite. Jusqu'à cet instant, elle n'avait pas réalisé à quel point il lui était douloureux d'entendre la voix de Reese. Dieu qu'il était difficile d'endurer sa haine et son amertume !

Les sentiments qu'elle croyait profondément enfouis dans son cœur affleuraient de nouveau.

Elle devait être vigilante, ne rien laisser transparaître. Dans le cas contraire, au moindre signe de faiblesse, son cœur se briserait en mille morceaux et la laisserait anéantie.

La maison était éclairée d'une douce lueur d'automne lorsque Reese traversa le hall pour prendre son petit déjeuner dans la pièce prévue à cet effet avec vue sur le jardin. Le matin, elle était inondée de soleil. Avec ses murs jaune pâle et ses chaises vert clair rembourrées, c'était un endroit où il aimait lire le journal devant une tasse de café.

Mais pas aujourd'hui.

Il avait passé une nuit agitée et était d'humeur maussade.

Comme à son habitude, il était debout depuis plusieurs heures et avait occupé son temps dans son bureau avant d'aller inspecter les écuries.

Outre Warrior, son grand hongre noir, qui était comme lui un vétéran de guerre, il avait acheté depuis son retour plusieurs juments et un étalon pur sang nommé Thoroughbred. Avec cette fichue jambe raide, il n'était pas certain de pouvoir remonter un jour, mais il travaillait dur pour retrouver la souplesse de ses muscles. Et même s'il ne pouvait plus monter, il refusait de se défaire de ses chevaux.

Sa dernière acquisition était un étalon nommé Alexandre le Grand qui était un ancien cheval de course. Il l'avait déjà vu courir et il était persuadé qu'il pouvait engendrer des poulains capables de se démarquer à l'hippodrome d'Ascot.

Tandis qu'il traversait le hall, un léger bruit provenant de la salle du petit déjeuner attira son attention. Elizabeth et son fils étaient déjà à table et son cœur se serra en les voyant chez lui.

Prenant une profonde inspiration, il pénétra dans la pièce ensoleillée. On leur avait servi des saucisses, des harengs à la crème et des œufs. Mais Elizabeth n'avait rien mangé et se contentait de remuer la nourriture dans son assiette. Juste à cet instant, elle leva la tête vers lui et il lut une telle gratitude dans ses yeux que l'étau autour de son cœur se resserra un peu plus.

Il ne pouvait l'imputer qu'à l'aversion et à la colère qu'il ressentait pour elle, songea-t-il, et au désarroi dans lequel le mariage d'Elizabeth avec Aldridge l'avait plongé.

— Jared prend d'habitude ses repas avec sa nurse dans la salle de classe, expliqua-t-elle nerveusement, mais comme cette maison est nouvelle pour lui, je l'ai invité à prendre son petit déjeuner avec moi. J'espère que vous n'y voyez pas d'inconvénient.

Il regarda l'enfant qui l'observait avec des yeux ronds et sombres pleins d'incertitude. Il était assis sur le bord de sa chaise, comme prêt à partir en courant. Un petit cheval argenté, une licorne, trônait sur la table face à lui.

— Je n'y vois pas d'inconvénient, répondit-il en se détournant de l'enfant.

Il avait du mal à contempler l'héritier d'Aldridge sans éprouver de jalousie. Cet enfant aurait dû être le sien. Et Elizabeth aurait dû être à lui.

Mais l'argent et le pouvoir avaient été plus forts que les promesses et les déclarations d'amour d'Elizabeth.

Ou peut-être n'avait-elle jamais éprouvé la moindre affection pour lui, après tout. Tous ses mots d'amour n'avaient peut-être été que mensonges.

— J'ai terminé, mère, dit le petit garçon. Puis-je me retirer ?

L'enfant s'était arrêté de manger à l'instant même où Reese était apparu sur le seuil de la porte. Elizabeth, qui semblait sentir son désarroi, lui sourit. Son teint était encore beaucoup trop pâle et ses yeux d'un gris plus terne que dans ses souvenirs, sans ces notes bleues qui les rendaient si envoûtants.

— Tu peux te retirer, dit-elle à son fils. Je monterai dans un petit moment.

Elle chercha son regard.

— Peut-être que monsieur nous permettra de faire quelques pas dans le jardin, ajouta-t-elle. Les arbres sont magnifiques à cette période de l'année.

Il se contenta d'acquiescer. Inutile de punir l'enfant pour les péchés de sa mère.

Le petit garçon se laissa glisser de sa chaise, saisit la licorne et sortit de la pièce. Reese alla se verser une tasse de café au buffet. Lorsqu'il était arrivé, il avait une faim de loup. Mais en voyant Elizabeth assise dans ce salon, il avait songé à l'épouse dont il avait un jour rêvé et son appétit s'était envolé.

Tandis qu'un valet de pied débarrassait l'assiette à moitié

pleine d'Elizabeth pour l'emporter, il tira une chaise et prit place en face d'elle.

Elizabeth regardait par la fenêtre le jardin envahi par la végétation. Les plantes débordaient sur les allées et les feuilles mortes jonchaient le sol. Le jardinier était parti juste avant l'arrivée de Reese. Depuis son retour, il n'avait pas eu le temps d'en embaucher un autre, mais il espérait pouvoir s'en occuper bientôt.

— Comment vous sentez-vous ? demanda-t-il.

— Un peu mieux. J'ai toujours mal à la tête, mais un peu moins ce matin.

— Expliquez-moi de nouveau les raisons de votre présence ici, s'il vous plaît.

Elizabeth souleva sa tasse de thé d'une main incertaine et but une petite gorgée, se donnant le temps de formuler une réponse. Elle la reposa un peu trop brusquement sur la soucoupe.

— Je connais votre goût pour l'honnêteté, commença-t-elle. Je ne vais donc pas mâcher mes mots. Je n'ai bien entendu aucune preuve, mais je crois que Mason et Frances Holloway empoisonnent ma nourriture pour me rendre malade. Mon fils est l'héritier de la fortune des Aldridge. S'il m'arrivait quelque chose, ils deviendraient ses tuteurs. Mon beau-frère et sa femme sont sans pitié. Et j'ai de sérieuses raisons de croire qu'ils en ont après l'argent de Jared.

Lui-même n'avait jamais aimé Edmund, ni son frère, Mason. Le premier était arrogant et insupportable, et Mason n'était qu'un bon à rien cupide. Il ne fallait pas être devin pour en déduire que le jeune Holloway convoiterait la fortune de son frère après sa mort.

— Continuez, dit-il simplement.

Elle semblait faire des efforts surhumains pour se concentrer.

— Il y a plusieurs mois, ajouta-t-elle, j'ai commencé à me sentir mal. Au début, il ne s'agissait que de maux de tête et de quelques vertiges de temps en temps. Ces dernières semaines, les symptômes ont empiré. Ma mémoire a commencé à me jouer des tours. Les événements m'apparaissent comme flous. Je pense que mon beau-frère espère que je perde le sens des réalités et que je finisse par perdre pied complètement.

Elle saisit sa serviette sur ses genoux et la froissa d'une main nerveuse, puis la posa de nouveau sur sa jupe noire.

— Il cherche à prendre chaque fois plus le contrôle de ma vie, dit-elle d'une voix tremblante. Il a même commencé à se comporter d'une manière… inconvenante envers moi.

A ces mots, il se raidit.

— Entendez-vous par là que Mason Holloway vous a fait des avances déplacées ?

— Oui…, dit-elle dans un souffle.

La colère l'envahit soudain, dirigée cette fois contre Mason Holloway.

Ce sentiment le laissa désemparé. Non, c'était impossible, il ne pouvait pas être jaloux… Après toutes ces années, c'était tout simplement ridicule. Prenant une profonde inspiration, il chassa rapidement ces émotions embarrassantes.

— Je crois que Mason essaie de prendre le contrôle de mon esprit et de mon corps, expliqua Elizabeth en le dévisageant. Lorsque ce sera fait, il prendra alors le contrôle de mon fils et de sa fortune.

Il analysa les informations qu'elle venait de lui livrer. Il n'avait aucun moyen de savoir si ce qu'elle disait était vrai, mais la nuit dernière, elle s'était bel et bien évanouie. Son histoire était donc plausible.

— En supposant que ce que vous dites est vrai, comment pensez-vous que Mason s'y prend pour arriver à ses fins ?

— Je ne sais pas. Il doit ajouter de la drogue à ma nourriture, sans doute. J'ai essayé de ne plus manger pendant quelque temps mais j'ai commencé à me sentir trop faible. Comme je ne savais pas si c'était réellement la nourriture qui me rendait malade, ou si je me faisais des idées, j'ai recommencé à manger.

— Et vous n'avez jamais vu de médecin ?

Elle prit un peu de thé comme pour prendre des forces. Lorsqu'elle reposa la tasse sur la table, quelques boucles de cheveux noirs, retenus par un simple ruban en bas de sa nuque, effleurèrent sa joue pâle. Aussitôt, il sentit son corps prendre feu. Une vague de désir l'envahit et il étouffa un juron.

Il avait besoin d'une femme, songea-t-il. Son unique visite dans le bordel le plus select de Londres n'avait pas suffi à calmer les ardeurs d'un homme privé de compagnie féminine pendant de longs mois.

— Mason a fait venir quelqu'un, continua Elizabeth. Un docteur du nom de Smithson. Il a dit que j'allais bien. Je ne le connaissais pas. Je ne suis même pas certaine qu'il était réellement médecin.

— Celui de mon frère est très compétent. Je le ferai venir dès que possible.

Il guetta sa réaction. Après tout, peut-être que sa maladie n'était qu'une ruse.

— C'est une très bonne idée, dit-elle, l'air soulagé. Je le paierai, bien entendu.

— Vous êtes certainement riche, comtesse, répondit-il, outré, mais vous êtes mon invitée et donc sous ma responsabilité. Je ne suis pas pauvre même si, comparé au comte, j'ai pu l'être à vos yeux.

— Ce n'était pas ce que je voulais dire.

Il quitta brusquement son siège et les pieds de la chaise crissèrent sur le parquet de bois verni.

— J'ai du travail, déclara-t-il en saisissant soudain sa canne. Et votre fils doit certainement vous attendre.

Elizabeth ne répondit rien et se contenta de le regarder avec de grands yeux tristes. Il lui tourna le dos, bien décidé à ignorer le petit pincement de culpabilité qui l'avait saisi en prononçant ces mots durs.

Il ne devait rien à Elizabeth, songea-t-il en quittant la pièce. Absolument rien…

4

Ce matin-là, Reese écrivit à son frère pour lui demander le nom de son médecin qui vivait près de Swansdowne, sans préciser la raison de sa demande. Il savait le scandale que Royal ne manquerait pas de faire s'il apprenait qu'Elizabeth était hébergée à Briarwood.

A quoi bon alerter tout le monde ? Après tout, elle n'était pas là pour très longtemps, tenta-t-il de se rassurer. Elle partirait certainement pour Londres dès le lendemain.

Le médecin se présenta plus vite qu'il ne l'espérait. C'était un gentleman aux cheveux grisonnants mince comme un roseau qui répondait au nom de Richard Long. Reese l'accompagna jusqu'à la chambre d'Elizabeth, à l'étage. Victime de nouveaux maux de tête, la jeune femme était en effet retournée se coucher.

Lorsqu'ils pénétrèrent dans la pièce, elle était toute pâle sous les lourdes couvertures. Reese fit les présentations et se retira dans son bureau pour attendre le diagnostic du médecin. Pour tuer le temps, il essaya de se concentrer sur les registres du domaine, sans succès. Non, il n'était pas inquiet pour Elizabeth. Il souhaitait juste qu'elle se remette suffisamment vite pour pouvoir quitter sa maison.

Il examinait les chiffres inscrits sur les pages devant lui lorsqu'il entendit frapper doucement à sa porte. Reese invita aussitôt le médecin à entrer et le Dr Long prit place dans un fauteuil en cuir brun situé en face de son grand bureau en chêne.

— Comment va-t-elle ? demanda Reese sans détour.

— Pas très bien, je le crains. Lady Aldridge est extrêmement fatiguée. Elle a commencé à transpirer et elle ne va pas tarder à avoir des vomissements. J'ai laissé une femme de chambre avec elle.

Reese chassa une pointe d'inquiétude. Au moins, elle ne lui avait pas menti. Elle était bien malade, comme elle le lui avait dit.

— La comtesse s'est montrée très directe avec moi, continua Long. D'après elle, quelqu'un l'a droguée, et je pense que ses hypothèses sont justes.

Reese serra involontairement le poing.

— Je ne sais pas comment la drogue lui a été administrée, ajouta le médecin. Mais elle manifeste des signes d'ingestion continue de laudanum.

Du laudanum… Il savait quels étaient les effets de cette drogue que l'on prescrivait souvent pour soulager la douleur. On lui en avait également administré des doses massives avant et après lui avoir retiré les morceaux de métal de sa jambe.

— Peu à peu, dit Long, il y a eu une accoutumance. Aujourd'hui, elle n'a pas reçu sa dose et elle commence à ressentir les effets du manque. Il va falloir qu'elle les supporte jusqu'à ce que son corps ait éliminé toute la drogue.

Reese s'efforça de contenir sa rage. Elizabeth avait été droguée, et de surcroît par l'homme qui était censé être son protecteur. Soudain, il eut envie de dégainer son sabre et de passer Mason Holloway au fil de son épée.

Mais il n'avait aucune preuve de sa culpabilité et Elizabeth avait très bien pu prendre toute seule la drogue, par ailleurs réputée pour soulager la tension et la douleur.

Sans compter que beaucoup devenaient simplement dépendants de la sensation d'euphorie qu'elle procurait.

— Combien de temps lui faudra-t-il ? s'enquit-il.

— Plusieurs jours. D'après les symptômes qu'elle m'a décrits, le dosage devait être très faible.

— Ce qui explique pourquoi elle ne sait pas comment la drogue lui a été administrée.

— Allez-vous en référer aux autorités ? demanda Long.

— Comme vous l'avez dit, il n'y a aucun moyen de savoir comment elle a été droguée. Même lady Aldridge ne sait pas avec certitude qui est le responsable.

— Vous êtes conscient qu'un abus de cette drogue peut provoquer des lésions cérébrales, et entraîner la mort ?

— Oui.

— Je suppose que vous allez aider la comtesse à se rétablir.

— Oui, prononça-t-il du bout des lèvres.

— Vous allez donc lui offrir un refuge sûr jusqu'à ce que cette affaire soit résolue, dit le médecin en le scrutant de ses yeux sombres.

Il était évident que l'homme paraissait inquiet.

Elizabeth allait donc devoir rester chez lui, mais sans un chaperon, elle n'échapperait pas au scandale. Elle ne pouvait pas vivre seule dans la maison d'un célibataire. De son côté, il se fichait de sa réputation, mais il ne pouvait pas compromettre celle du petit garçon.

— Je vais écrire à ma tante, dit-il d'une voix déterminée. Je suis certain qu'elle acceptera de venir passer quelque temps ici en attendant qu'Elizabeth se rétablisse.

Sa grand-tante Agatha, comtesse douairière de Tavistock, avait fermement désapprouvé le mariage d'Elizabeth avec le comte d'Aldridge. Elle n'avait jamais eu d'enfants et se montrait terriblement protectrice à l'égard de ses trois neveux. Elle n'ignorait pas à quel point Reese avait souffert à cause d'Elizabeth. Pourtant, il savait que sa tante viendrait, ne serait-ce que pour le protéger de la femme qu'elle voyait comme la vipère qui avait détruit sa vie.

L'idée qu'il puisse avoir besoin de cette petite femme brune et fluette pour le protéger aurait dû le faire sourire s'il ne s'était pas souvenu de la manière dont son corps avait réagi ce matin même face à Elizabeth. Même à cet instant, en l'imaginant allongée sur son lit, un désir aussi soudain qu'inattendu venait de l'envahir. Il avait bel et bien besoin qu'on le tienne éloigné d'Elizabeth. Et sa tante s'en chargerait à merveille.

Il faudrait également qu'il songe à prendre une maîtresse. Il y veillerait dès que cela serait possible.

En attendant, il mènerait son enquête sur Mason et Frances Holloway, et tâcherait d'en apprendre plus sur la vie qu'Elizabeth avait menée avec son époux.

Même si cela devait le faire souffrir.

Elizabeth gisait tremblante dans son lit, le corps couvert de sueur. Elle avait déjà rendu deux fois dans le pot de chambre que Gilda, la jeune femme de chambre, avait placé à côté de son lit. Elle avait été droguée au laudanum, avait dit le médecin. Il lui avait annoncé qu'elle allait souffrir des effets du manque mais qu'en quelques jours, elle irait mieux.

La fine poudre avait certainement été mélangée à sa nourriture. Comme elle avait eu raison de partir ! songea-t-elle avant d'être prise de nouveau de nausées.

Au moins, malgré l'aversion de Reese à son égard, elle était en sécurité à Briarwood.

Avec Reese, le danger se situait ailleurs. Il fallait qu'elle chasse de son esprit à quel point elle l'avait trouvé beau ce matin lorsqu'il était entré dans la salle du petit déjeuner, et comment son cœur s'était soudain emballé. Au point qu'elle s'était demandé si les étourdissements dont elle avait été victime à ce moment-là étaient dus à la drogue ou à la simple présence de Reese.

Dès leur première rencontre, il lui avait fait cet effet. La tante de Reese, lady Tavistock, lui avait présenté le jeune homme lors du bal donné en son honneur pour ses dix-sept ans. Charles Clemens, son père, troisième fils d'une marquise, avait espéré que Royal, le frère aîné de

Reese, héritier d'un duché, deviendrait son prétendant. Mais avec ses cheveux noirs et ses yeux azur, c'était Reese qui avait retenu son attention. C'était un garçon sensible et étonnamment timide en sa présence.

Une nouvelle vague de nausée la submergea et elle s'empara vivement du pot de chambre. Si Edmund avait encore été en vie, et s'il ne s'était pas tourné vers d'autres femmes pour satisfaire ses besoins, elle aurait pu croire qu'elle était enceinte. Mais ce n'était pas le cas. Comme elle le craignait, elle avait été droguée.

Et son fils avait tellement besoin d'elle ! Pour lui, elle trouverait la force de surmonter cette épreuve.

En silence, elle remercia Reese qui, grâce à son sens de l'honneur, avait été capable de mettre ses sentiments de côté pour les accueillir, Jared et elle.

Depuis l'arrivée d'Elizabeth, Reese recherchait de plus en plus la tranquillité. Lui qui avait trouvé la demeure trop calme à son retour, il priait désormais pour jouir d'un peu de solitude.

Outre Elizabeth, son fils, et le médecin qui était revenu à plusieurs reprises, il avait reçu une autre visite tôt dans la matinée. Travis Greer, ancien capitaine de régiment de cavalerie, avait autrefois servi sous ses ordres. Pendant la bataille de Balaklava, Greer lui avait sauvé la vie lorsque son cheval avait été tué et qu'il s'était effondré, inconscient, sur le champ de bataille.

Bravant tous les dangers, le capitaine Greer avait conduit son officier supérieur en lieu sûr.

Mais en cours de route, il avait perdu son bras gauche.

Reese avait aujourd'hui une dette immense envers lui.

Les deux hommes étaient aussi devenus très proches, et il était sacrément heureux de le voir.

— Entre, mon ami, dit Reese en invitant Travis à le rejoindre dans son bureau.

Pour la première fois depuis des jours, il eut envie de sourire.

— Que c'est bon de te revoir, ajouta-t-il.

— Le plaisir est partagé, commandant.

Travis était un homme aux cheveux châtains tout en muscles. Sa mâchoire carrée lui donnait un visage dur, adouci par de petites lunettes rondes cerclées d'or perchées sur son nez. C'était une personne intéressante et cultivée, fils d'une danseuse russe et du regretté sir Arthur Greer, professeur à l'université d'Oxford.

— J'espère que ma visite n'est pas trop inopportune, dit Travis. J'étais en chemin pour Londres lorsque j'ai appris que tu étais ici. Je voulais prendre de tes nouvelles.

Reese fixa une seconde la manche de Travis qui pendait, vide jusque sous l'épaule. Il éprouva un pincement de culpabilité, comme chaque fois qu'il se rappelait le sacrifice que son ami avait fait pour lui. A la guerre, beaucoup d'hommes étaient blessés. Travis avait perdu son bras et lui-même traînait sa jambe. Toutefois, ils avaient eu tous les deux la chance d'avoir survécu.

— Veux-tu une tasse de café, proposa-t-il, ou de thé ? Ou bien préfères-tu un brandy ?

Reese se dirigea vers le buffet. Il était resté penché pendant plus de deux heures sur les registres de Briarwood et appréciait cette courte pause.

— Du brandy sera parfait, répondit Travis.

Reese remplit deux verres en cristal et en tendit un à son ami.

— Je croyais que tu habitais à Dorset. Qu'est-ce qui t'amène à Londres ?

— Aussi incroyable que cela puisse paraître, il s'agit d'un emploi. On m'a proposé une rubrique dans le *London Times*. Je suis censé écrire une série d'articles sur l'armée et la guerre.

— Laquelle ? S'il n'y en avait qu'une, ce serait trop beau.

— Celle où nous avons combattu, répondit Travis. Mais je dois aussi donner mon avis sur la guerre en général.

— On dirait que cet emploi est fait pour toi. Tu as toujours voulu devenir journaliste. C'est l'occasion rêvée !

Il leva son verre pour porter un toast.

— Félicitations, mon ami, dit-il.

— Merci, répondit Travis en trinquant.

Hopkins, le majordome, frappa à la porte juste à cet instant.

— Qu'y a-t-il ? demanda Reese en voyant la porte s'ouvrir.

— Un certain Holloway est ici et demande à vous voir, monsieur, répondit le domestique.

Tôt ou tard, il s'attendait à recevoir cette visite.

— Conduisez-le dans le salon et dites-lui que j'arrive, répondit-il sans cacher sa contrariété.

Il posa brusquement son verre de brandy sur la table.

— Je te prie de m'excuser, dit-il à son ami, je ne serai pas long.

En effet, songea-t-il, la chose serait vite expédiée. Il saisit sa canne et se dirigea vers la porte. Dès qu'il entra dans le salon, Mason Holloway bondit du siège où il était assis.

— Monsieur, dit Holloway en s'inclinant.

L'homme était grand et portait une moustache sombre. Il l'accueillit avec un sourire hypocrite.

— Holloway, répondit Reese froidement.

— J'espère que vous excuserez cette visite impromptue dans votre maison. Je viens juste d'apprendre que ma très chère belle-sœur se trouvait ici, à Briarwood.

— En effet, elle est ici avec son fils.

Mason émit un soupir de soulagement.

— Dieu merci, je commençais à me faire sérieusement du souci. Elizabeth n'est pas du genre à partir précipitamment. Mais ces derniers temps, elle ne se sentait pas bien. Elle était même un peu confuse. Ma femme et moi ne nous attendions pas du tout à cela.

— Lady Aldridge ne se sentait pas bien lorsqu'elle est

arrivée, mais je peux vous garantir qu'elle va beaucoup mieux. Elle se sent d'ailleurs suffisamment bien pour rester ici en compagnie de ma tante.

— Votre tante ? répéta Mason en s'étranglant.

— Vous avez bien entendu. A l'heure qu'il est, lady Tavistock est en route pour Briarwood. Elle se réjouit de revoir lady Aldridge après toutes ces années.

Ce n'était qu'un paquet de mensonges. La réponse de tante Aggie avait été sèche et directe.

> *Comment envisagez-vous d'accueillir cette femme dans votre maison ? J'arrive sur-le-champ.*
> *Tante Agatha*

Le sourire doucereux d'Holloway s'évanouit aussitôt.

— Lady Aldridge et son fils seront beaucoup mieux chez eux, dit-il précipitamment. Je suis venu avec notre voiture de voyage pour qu'ils puissent rentrer confortablement. Maintenant, je voudrais juste parler à Elizabeth…

Reese lui décocha un sourire carnassier.

— Elle a demandé à ne pas être dérangée.

— C'est ridicule ! s'insurgea Mason. Je suis son beau-frère et maintenant que son époux est mort, c'est moi le chef de famille. Je suis venu pour la chercher. Dites à vos servantes de l'aider à se préparer à partir, je vous prie.

Furieux, Reese serra fortement le pommeau de sa canne.

— Elizabeth n'ira nulle part avec vous, Holloway. Sauf si tel est son désir. Pas plus vous que votre femme n'êtes les bienvenus ici. Je vous demande donc de quitter cette maison sur-le-champ.

Toute trace de politesse quitta les traits de Mason.

— Sa place est dans *notre* maison, Dewar. Tôt ou tard, elle rentrera, que cela vous plaise ou non.

Reese songea alors à la lame de vingt centimètres cachée dans sa canne. Il mourait d'envie d'appuyer sur le bouton qui permettait de la dégager et de la planter sur le cœur noir d'Holloway en guise d'avertissement.

— Sortez, siffla-t-il.

Son regard glissa vers l'escalier où se tenait Timothy Daniels, son imposant valet, qui ne les quittait pas des yeux.

— Vous le regretterez, Dewar, le menaça Holloway. Vous avez ma parole.

Reese se tourna vers le caporal.

— Raccompagnez M. Holloway, voulez-vous, ordonna-t-il.

— Bien, monsieur.

Timothy s'avança vers eux et Holloway tourna de lui-même les talons avant de se diriger vers la porte d'entrée.

— Je reviendrai, lança-t-il sur un ton menaçant par-dessus son épaule.

Puis il disparut.

— Si jamais vous le voyez rôder dans le coin, Tim, dites-le-moi sans tarder.

— Comptez sur moi, mon commandant.

Laissant à Timothy le soin de s'assurer que Mason était bien parti, il retourna lentement vers son bureau. Travis était toujours debout près de la table lorsqu'il entra dans la pièce.

— Je n'ai pas pu m'empêcher d'entendre votre conversation, avoua Travis. Si j'ai bien compris, tu héberges une jeune femme.

Il acquiesça.

— Il s'agit de la comtesse d'Aldridge et de son fils, expliqua Reese. Mason Holloway est son beau-frère, mais Elizabeth a peur de lui et m'a demandé asile. Je n'ai pas pu refuser.

— Pas la même Elizabeth que celle que tu maudissais dans ton sommeil, n'est-ce pas ? Si mes souvenirs sont bons, elle était mariée à un certain Holloway.

Cette seule évocation le fit grincer des dents.

— C'est bien elle.

Travis lui lança un regard étonné.

— Je vois.

— Non, tu ne vois rien, se défendit-il. Moi-même, je ne me l'explique pas. Je sais juste qu'elle m'a piégé en invoquant mon honneur d'ancien soldat. A ce titre, je ne pouvais pas refuser de l'aider. Elle est ici jusqu'à ce que je sache quoi faire d'elle. Ensuite, elle s'en ira. Et le plus tôt sera le mieux.

Travis lui lança un regard appuyé mais discret.

— Les femmes vous apportent les pires problèmes qui soient, éluda-t-il.

— Oui, hélas, répondit Reese en avalant une longue gorgée de brandy.

5

Quelques jours plus tard

Elizabeth se sentait de mieux en mieux. Elle avait donc décidé de rejoindre Mme Garvey et son fils au troisième étage, où ils occupaient des chambres mitoyennes. Les symptômes liés au manque avaient complètement disparu et malgré une légère fatigue, elle se sentait prête à effectuer une courte sortie.

Arrivée devant la porte, elle tourna la poignée et l'ouvrit en silence. Les chambres de la gouvernante et de son fils communiquaient avec une troisième pièce, une charmante chambre d'enfant sous le charme de laquelle elle était tombée la première fois qu'elle avait visité la maison avec Reese, plusieurs années plus tôt.

A cette époque, elle avait imaginé leur bébé dormant paisiblement dans un petit couffin tapissé de coton blanc. Lorsque Reese l'avait suivie dans la pièce, elle lui avait souri en lui disant qu'il ferait un père formidable.

A cette évocation, son cœur se serra douloureusement. Comme elle aurait aimé que son fils soit élevé par Reese, et qu'il ait eu un père aimant au lieu de cet homme distant, voire cruel ! Jared avait recherché l'amour de son père, mais Edmund l'avait méchamment rejeté et l'avait traité avec à peine plus d'égard que l'un de ses domestiques.

Si seulement elle avait pu savoir à l'époque quel genre de vie l'attendait !

Son père, qui éprouvait une certaine admiration pour le jeune comte d'Aldridge, rêvait d'offrir à sa fille un titre. « Edmund fera de toi une comtesse, lui avait-il dit fièrement. Il ne s'engagera pas dans l'armée pour vivre une vie d'aventure en t'exilant à la campagne. »

Ce n'était qu'un des nombreux discours qu'il lui avait tenus. Au début, elle s'était contentée de les ignorer, certaine qu'avec le temps, il finirait par accepter Reese, l'homme qu'elle aimait et qu'elle avait choisi d'épouser.

Mais au final, elle avait succombé à ses paroles trompeuses, à ses terribles prédictions, et à son inflexible volonté. Elle avait répondu à ses attentes. Deux mois seulement après le départ de Reese pour Londres, et grâce à une autorisation spéciale, elle épousait le comte d'Aldridge.

Elle se refusa à songer à ce qu'avait été ensuite sa vie pour se concentrer plutôt sur la voix de Mme Garvey qui faisait la lecture à Jared. Son fils adorait écouter des histoires et était en passe de devenir lui-même un très bon lecteur.

— Mère ! s'écria-t-il joyeusement en l'apercevant.

Il courut à sa rencontre et elle le souleva dans ses bras.

— Bonjour, mon chéri, dit-elle en pressant ses lèvres contre son front. Que tu es grand ! Bientôt, je ne pourrai plus te porter.

Il lui adressa un sourire radieux tandis qu'elle le reposait au sol. Il semblait toujours heureux qu'elle lui fasse remarquer qu'il grandissait. Dans peu de temps, il deviendrait un homme fort à la stature imposante, elle en était sûre. Mais pour le moment, à sept ans, il était plutôt petit pour son âge, et son caractère renfermé ne faisait qu'accentuer cette impression.

— Que lisez-vous ?

Jared se tourna vers sa gouvernante.

— Il s'agit du *Voyage de Peter Wilson*, répondit Mme Garvey, un large sourire aux lèvres.

— De quoi parle ce livre ? demanda Elizabeth à son fils pour l'inciter à parler.

— C'est… l'histoire d'un petit garçon qui trouve un trésor dans son jardin, répondit-il timidement.

— Très intéressant. Je sais combien tu aimes les histoires, mais que dirais-tu d'une petite promenade ? proposa-t-elle en regardant par la fenêtre. Je suis certaine que Mme Garvey pourra finir de te lire ce livre plus tard.

Son fils la contempla d'un air grave.

— Vous n'êtes plus malade ?

— Je me sens beaucoup mieux aujourd'hui. Allez, viens avec moi.

Elle prit sa main et Jared la suivit.

— Amusez-vous bien, dit Mme Garvey en leur adressant un petit signe.

Main dans la main, ils sortirent de la chambre, remontèrent le couloir et descendirent l'escalier. Pendant les quelques jours de sa convalescence, Elizabeth avait réussi à éviter Reese. Tous les domestiques de la maison étaient au courant de la confrontation qu'il avait eue avec Mason Holloway. Tôt ou tard, elle devrait le remercier de l'avoir protégée.

Et aussi de sa générosité et de son hospitalité. Elle ignorait combien de temps elle pourrait en profiter, mais elle savait qu'il lui faudrait bientôt partir.

A cette idée, elle frémit. Elle se sentait beaucoup mieux à présent, presque capable d'affronter Mason et Frances. Toutefois, elle ne se faisait pas d'illusions. Son fils et elle étaient toujours en danger.

Prenant une courte inspiration, elle poussa la porte qui donnait sur l'arrière de la maison et laissa le soleil de septembre les envelopper de ses rayons. Une légère brise soufflait sur les champs où rien ne poussait encore. Pourtant, des hommes étaient occupés à semer des graines et, dans un vieux verger à l'abandon, d'autres taillaient les arbres.

Visiblement, Reese avait décidé de préparer le terrain pour les plantations du printemps. Elle savait qu'il avait été contraint de quitter l'armée à cause de sa blessure et que l'agriculture ne l'avait jamais intéressé. Peut-être ne resterait-il pas à Briarwood, songea-t-elle.

Soudain, Jared tira sur son bras et elle comprit qu'il désirait se diriger vers l'écurie. Son fils aimait beaucoup les chevaux et elle se laissa guider sans protester vers l'ombre fraîche du bâtiment.

A leur arrivée, ils entendirent un cheval hennir doucement. Jared se précipita aussitôt vers lui. Une très belle jument alezane passa alors son museau par-dessus la porte de son box.

— N'est-elle pas belle ? demanda-il, plein d'admiration, tout en gardant ses distances.

A Aldridge Park, il avait interdiction de s'approcher des chevaux mais il allait souvent les regarder courir dans les champs.

— Elle est magnifique, répondit-elle.

— Regardez, mère, elle porte une étoile sur le front.

Ni elle ni Jared n'avaient remarqué la présence de Reese et d'un autre homme cachés dans l'ombre du bâtiment.

— Je vois que vous allez mieux, dit soudain Reese en s'arrêtant à quelques mètres d'eux.

Elle sentit une tension se former au creux de son ventre. Pourvu qu'il ne lui demande pas de partir avant qu'elle se sente complètement remise !

— Beaucoup mieux, merci, dit-elle. Nous sommes venus prendre un peu l'air.

— Je vous présente le capitaine Greer, un très bon ami, dit-il. Nous avons servi plusieurs années ensemble dans l'armée.

— Heureuse de faire votre connaissance, capitaine Greer, dit-elle poliment.

— Le plaisir est partagé, madame. Le commandant m'a dit que vous et votre fils étiez ses invités.

— Oui, Reese est extrêmement aimable.

Celui-ci sembla se crisper légèrement, puis reporta son attention vers Jared, immobile devant le box de la jument.

— Tu aimes les chevaux, Jared ? demanda-t-il.

Le petit garçon se contenta de répondre par un hochement de tête.

— Elle s'appelle Lumière d'étoile, continua Reese. C'est un pur-sang et elle va bientôt mettre bas.

— Elle va avoir un bébé ? demanda Jared en écarquillant les yeux.

— Oui, un poulain. Alexandre, l'étalon, est le père. C'est ce grand cheval roux à la crinière et la queue noires. Tu l'as certainement vu dans les champs.

Jared acquiesça.

— Il court très, très vite, dit-il de sa petite voix.

— En effet. J'espère un jour pouvoir monter les poulains qu'il a engendrés.

Reese se tourna alors vers elle. Il avait parlé à Jared plus qu'Edmund au cours des six mois qui avaient précédé son accident mortel, songea-t-elle, le cœur empli de tristesse.

Il la scruta de ses yeux d'un bleu profond et elle se sentit soudain nerveuse.

— Je..., dit-elle timidement, je ne savais pas que vous étiez ici. J'espère que nous ne vous dérangeons pas. Jared aime beaucoup les chevaux. Je me disais que vous ne verriez pas d'inconvénient à ce que je vienne les lui montrer.

Elizabeth examina son fils, toujours en admiration devant la jument, et sa gorge se noua.

— Elle est très paisible, dit Reese qui semblait avoir remarqué la fascination du petit garçon. Aimerais-tu la caresser ?

Jared le regarda comme s'il était Dieu en personne.

— Vraiment ? C'est possible ? demanda-t-il, au comble de l'excitation.

Reese lui prit la main et s'approcha avec lui de l'animal. Levant le bras, il gratta l'étoile sur le front de la jument avant de tapoter doucement son museau. Puis il prit Jared dans ses bras pour qu'il puisse faire de même.

Le petit garçon passa lentement, presque avec vénération, la main sur la tête et le nez de la jument. Lorsque Reese le reposa à terre, Elizabeth aperçut sur le visage de son fils un sourire qu'elle n'avait jamais vu avant. De nouveau, la tristesse envahit son cœur.

Car elle gardait un secret. Un terrible secret qu'elle s'était juré d'emporter avec elle dans sa tombe. Mais en serait-elle encore capable à présent ?

Jared s'élança aussitôt vers elle.

— Vous avez vu, mère ? Je l'ai caressée et on dirait qu'elle a apprécié.

— J'ai vu, mon chéri.

Elle leva un regard ému vers Reese.

— Merci, dit-elle dans un souffle.

Mais il détourna les yeux, visiblement contrarié.

— J'ai du travail, déclara-t-il sèchement. Si vous voulez bien m'excuser…

— Heureux de vous avoir rencontrée, madame Aldridge, dit le capitaine.

— Le plaisir est partagé, capitaine Greer, répondit-elle poliment.

Elle suivit du regard les deux hommes qui s'éloignaient. En voyant le regard que son fils posait sur Reese, elle prit la mesure du terrible péché qu'elle avait commis.

Reese arpenta les champs avec son ami. Il prévoyait de labourer la terre début octobre afin de préparer les sols pour les semences. Au printemps, il la retournerait de nouveau et ajouterait de l'engrais. Tout serait alors prêt en avril pour l'ensemencement.

Reese prévoyait de planter de l'orge. Son frère Royal gagnait déjà beaucoup d'argent avec sa bière, qui commençait à devenir célèbre dans la région. La brasserie se trouvait en bordure du village de Bransford Castle, où Royal s'était établi. Il envisageait déjà de bâtir une autre installation plus près de Londres. Mais pour augmenter sa production, il avait besoin d'orge. Ainsi, Reese était certain d'avoir un acquéreur pour la production de Briarwood.

Cette pensée ne lui remonta pourtant pas le moral. Il n'avait jamais voulu devenir un *gentleman-farmer.* S'il s'était installé à Briarwood, c'était uniquement parce que son père le lui avait demandé sur son lit de mort. Le vieil homme lui avait fait promettre de revenir au domaine pour faire fructifier la terre dont il avait hérité.

Et Reese avait bien l'intention d'honorer sa promesse, quitte à détester chaque minute de sa vie.

Jusqu'à présent, en toute honnêteté, il n'avait pas trop souffert d'appartenir à la bourgeoisie terrienne. Il commençait même à aimer la campagne calme et paisible du Wiltshire. Plus de réveil au son des canons. Plus de chevauchées sans fin après lesquelles il tombait, épuisé, sur son lit de camp.

Aujourd'hui, il avait le loisir de regarder les feuilles se peindre de pourpre et d'or et d'écouter le gémissement du vent dans les arbres, au lieu de voir ses hommes mourir sous ses yeux.

Mais la camaraderie, les voyages dans les pays lointains, ses amis lui manquaient toujours. Le plaisir que la visite de Travis lui procurait en était la preuve.

— Ton Elizabeth... est une femme extrêmement belle, dit soudain son ami.

Reese sentit son estomac se soulever de dégoût.

— Ce n'est pas *mon* Elizabeth ! se défendit-il. C'est une étrangère. Je te l'ai dit, elle n'est ici que parce qu'elle a sollicité ma protection.

— Il n'empêche qu'elle est très belle.

— Encore plus belle que lorsqu'elle était plus jeune, répondit Reese en soupirant.

Ils quittèrent bientôt les champs pour revenir lentement vers la maison. Reese tenait absolument à marcher tous les jours pour fortifier sa jambe blessée. Un jour, il avait bien l'intention de remonter à cheval, même s'il savait qu'il n'était pas encore prêt.

— Alors, que vas-tu faire pour elle ?

Ils avaient atteint le haut d'une colline. En contrebas, le toit en tuile du manoir tapissé de lierre brillait sous le soleil.

— Je n'en sais rien, répondit Reese en se sentant soudain très las. Elle n'est pas tout à fait remise. Dès que son état de santé le permettra, elle partira pour Londres. Elle est la seule héritière de son père. A sa mort, il lui a légué sa fortune ainsi qu'Holiday House, la demeure familiale. Si mes souvenirs sont bons, l'endroit est somptueux.

— Y sera-t-elle en sécurité ? s'inquiéta Travis.

Reese fixa son regard au loin. Il ne voulait pas réfléchir à la question. Mais malgré tout, une vague inquiétude s'installa dans son esprit.

— J'ai écrit à un détective du nom de Morgan. Royal a déjà fait appel à ses services par le passé. Je lui ai demandé d'enquêter sur Edmund Holloway et sur Mason, son frère. Lorsque Elizabeth sera de retour à Londres, je demanderai à cet homme de prendre des mesures pour la protéger.

— Mais tu es inquiet, cela se voit.

Il avait veillé à garder une expression neutre, mais Travis le connaissait depuis trop longtemps.

— Jared n'est encore qu'un enfant, se justifia-t-il. Elizabeth a peur pour lui. Et après ma confrontation avec Holloway, je la comprends.

— Peut-être sont-ils mieux ici, alors.

Peut-être… mais avoir Elizabeth près de lui était la dernière chose que Reese souhaitait.

— Pour l'instant, ils peuvent rester ici. Ma tante va arriver d'un jour à l'autre. Cela mettra au moins un terme aux éventuels commérages.

— J'ai déjà rencontré ta tante, répondit son ami en souriant. Lady Tavistock est un sacré personnage !

Sa remarque arracha un faible sourire à Reese.

— C'est une femme à poigne, en effet. Et je n'envie pas

du tout Elizabeth. Tante Aggie a presque autant d'estime pour elle que pour une catin.

Travis pouffa de rire.

— Je suis heureux de partir avant que ta tante n'arrive, dans ce cas.

— Espèce de lâche, lança Reese en lui jetant un regard en coin.

Travis continua de glousser.

Quelques minutes plus tard, ils reprirent leur chemin en silence. Reese réfléchissait aux propos de son ami. Elizabeth et son fils étaient en danger. Cela ne faisait plus aucun doute. Il n'arrêtait pas de penser au petit garçon. En l'observant dans l'écurie, fasciné par le spectacle de la jument, il avait cru voir son propre fils.

L'idée lui avait bien sûr traversé l'esprit. Il y avait eu cette nuit avec Elizabeth, et cette union désespérée entre deux jeunes gens qui n'avaient jamais voulu que les choses aillent si loin. Lorsqu'il y repensait, il était désolé d'avoir infligé à Elizabeth son inexpérience. Elle méritait une meilleure initiation, et non le cafouillage maladroit d'un jeune puceau.

Pendant ses années de service, il avait connu des dizaines de femmes. Dans les bras de courtisanes expérimentées, il avait appris à donner du plaisir et à en tirer plus pour lui-même.

Cette nuit avec Elizabeth avait été un désastre. Pourtant, il était certain d'avoir fait ce qu'il fallait pour la protéger d'une éventuelle grossesse, comme son frère le lui avait appris.

Jared ne pouvait donc pas être son fils, c'était sûr. Ses cheveux n'étaient pas noirs mais brun foncé, de la même couleur profonde que ses yeux. Ses traits étaient plus doux, moins durs que les siens. Ses manières étaient également différentes. Il était extrêmement réservé. Et même si, enfant, lui-même avait été un petit garçon timide, ni lui ni ses frères n'avaient été comme Jared.

Jared était le fils d'Edmund Holloway. Il ne pouvait en être autrement. Il n'y avait eu qu'une seule nuit entre lui et Elizabeth. Ensuite, il était parti pour Londres. Quel âge avait exactement Jared ?

Travis partit le lendemain, une heure avant que l'attelage de tante Aggie remonte lentement l'allée qui conduisait au manoir. Des bourrasques glaciales soufflaient par rafales. En descendant de la voiture, la petite femme frêle se serra contre Reese pour se protéger du vent qui soulevait ses jupes. Il l'accompagna aussitôt vers la porte d'entrée.

Tante Aggie poussa un soupir de soulagement en entrant dans la maison et Hopkins ferma le battant derrière elle. Faisant glisser le capuchon de sa cape sur sa chevelure grisonnante, elle lui sourit d'un air toujours aussi déterminé.

— Vous avez l'air en forme, Reese. Quoiqu'un peu tendu.

Plus qu'un peu, songea-t-il, surtout depuis qu'Elizabeth était sous son toit.

— Je suis heureux de vous voir, tante Agatha.

Elle lui lança un regard acéré. D'habitude, il l'appelait tante Aggie, même si elle n'appréciait pas ces familiarités.

— Vous êtes désespéré à ce point ? lança-t-elle. Heureusement que je suis venue.

Il lui sourit faiblement en l'invitant à prendre place sur le canapé du salon. C'était bon de pouvoir compter sur elle, même s'il aurait préféré que ses sentiments ne soient pas si aisément démasqués.

— Merci d'être venue, ma tante. Comme je vous l'ai dit dans ma lettre, lady Aldridge a un fils. Il est important de protéger sa réputation.

Elle pouffa d'un air dédaigneux.

— Elle n'a pas l'air de se soucier des scandales. Ne vous a-t-elle pas rejeté pour ce bon à rien d'Aldridge ?

Reese réprima un sourire. Sa tante avait toujours plaidé en faveur de ses neveux, et ne mâchait pas ses mots. Il était d'ailleurs tout à fait d'accord avec elle, même s'il n'aurait jamais exprimé ses pensées aussi clairement.

— Elizabeth et son fils sont en danger, expliqua-t-il. Elle est venue me demander ma protection et je n'ai pas pu la renvoyer.

Elle émit un grognement de protestation mais ne fit aucun commentaire. Même si elle désapprouvait la présence de la jeune femme dans la maison, elle n'en attendait pas moins de lui.

— Vous devez être fatiguée par votre voyage, ajouta-t-il. Pourquoi ne pas aller vous reposer dans vos appartements ? Hopkins a déjà monté vos bagages. La gouvernante vous a installée dans une chambre qui donne sur le jardin, même si la vue n'est pas encore très agréable.

Elle poussa un soupir de lassitude.

— En effet, je crois qu'un peu de repos me fera du bien.

Handicapé par cette fichue jambe, Reese ne pouvait pas l'accompagner à l'étage. Il chercha du regard Timothy qui attendait dans le hall.

— Conduisez madame à sa chambre, voulez-vous ? demanda-t-il. La femme de chambre vous accompagnera.

— Bien, mon commandant.

— Comment l'avez-vous appelé ? demanda tante Aggie d'un air inquisiteur.

— Je…, bégaya Tim, je voulais dire, bien, monsieur.

— Voilà qui est beaucoup mieux, approuva la vieille dame.

Reese se contenta de sourire. Maintenant que sa tante était là, les choses seraient différentes. Il était heureux de sa visite, même s'il savait qu'il ne se sentirait soulagé que lorsque Elizabeth et elle seraient parties.

— Je vous verrai au dîner, lança-t-il tandis qu'elle montait l'escalier, solidement accrochée au bras de Tim.

Il ne se faisait aucun souci pour elle. Son valet risquerait sa vie plutôt que de la laisser tomber.

De nouveau, un sourire vint flotter sur ses lèvres. Et cela

lui faisait beaucoup de bien. Depuis qu'il s'était réveillé souffrant le martyre sur un lit d'hôpital, incapable de se souvenir de son nom, les diversions avaient été rares.

Lorsque Elizabeth pénétra dans le hall, Reese se tenait devant l'escalier, un léger sourire aux lèvres. Elle s'avança vers lui et, dès qu'il l'aperçut, son sourire s'évanouit. Il la fixa de ses yeux froids, comme pour lui rappeler qu'elle était une intruse dans sa maison.

— Bonjour… monsieur, bredouilla-t-elle.

— Vous êtes bien matinale, remarqua-t-il avec ironie. Il n'est que midi.

Elle était réveillée depuis des heures, mais elle préféra ne rien dire. Tant qu'il lui permettait de rester, elle se fichait de ce qu'il pensait d'elle. C'était d'ailleurs la raison pour laquelle elle veillait à ne pas croiser son chemin.

— Je me demandais…, avança-t-elle prudemment, j'ai remarqué votre piano, celui qui se trouve dans la pièce à l'autre bout de la maison. Verriez-vous un inconvénient à ce que j'y joue ? Je me sens un peu inutile à ne rien faire. A Aldridge Park, j'avais commencé à donner des cours à Jared. J'ai pensé que je pourrais continuer.

Reese prit un air renfrogné.

— Faites comme bon vous semble.

Puis il passa devant elle, l'effleurant au passage, et se dirigea vers son bureau où il avait l'habitude de se retirer.

Inconsciemment, elle porta une main à son cœur. Il battait très fort. C'était ridicule. Cet homme n'avait que du mépris pour elle. Elle n'avait aucune raison de ressentir une quelconque attirance pour lui.

Contrairement à elle, Reese avait toutes les raisons du monde d'éprouver de l'aversion pour elle. Et plus elle était en contact avec lui, plus elle prenait la mesure de la terrible erreur qu'elle avait faite.

Elle avait été tellement amoureuse de lui.

Si seulement elle s'était montrée plus forte ! Si seulement elle n'avait pas été si jeune à l'époque !

Mais le passé ne pouvait pas être changé. Et le temps de son séjour à Briarwood était limité. Bientôt, il lui faudrait partir pour Londres.

Elle avait déjà dressé un plan d'attaque. Elle enverrait une lettre à Mason Holloway indiquant qu'elle savait qu'avec l'aide de Frances, il lui avait administré du laudanum en vue de contrôler son fils et sa fortune. Elle lui dirait qu'il n'était pas le bienvenu à Holiday House, la demeure qu'elle possédait dans la banlieue de Londres. Elle embaucherait enfin des gardiens pour s'assurer que Mason ne viendrait pas la terroriser.

Elle ne voyait pas ce qu'elle pouvait faire de plus. Peut-être pourrait-elle écrire noir sur blanc ce qui lui était arrivé et ce qu'elle avait fait pour protéger son fils, au cas où il lui arriverait malheur.

Mason et Frances ne pourraient plus ensuite obtenir la garde de son fils sans éveiller les soupçons.

Un frisson glacial parcourut son corps. Comment faire pour mettre définitivement un terme à son inquiétude ?

6

Malgré lui, Reese se laissa envoûter par la mélodie qui s'échappait de la salle de musique à l'autre bout de la maison. Un peu plus tôt, il avait perçu les sons discordants du clavier occasionnés par les efforts maladroits d'un petit garçon. Mais à présent, la musique enchanteresse de Beethoven résonnait dans le hall et l'attirait avec une force irrésistible.

Il atteint bientôt la porte et s'immobilisa, stupéfait. Dans la pièce où le mobilier était encore couvert de draps blancs, Elizabeth était assise sur le tabouret, face au piano à queue Streicher en acajou flamboyant que son grand-père avait acheté, utilisé et aimé.

Elizabeth jouait les yeux fermés, ses doigts pâles courant souplement sur les touches en ivoire. Le petit garçon était parti, et elle jouait pour elle-même, comme si son cœur s'emplissait de chaque note. La première fois qu'il l'avait entendue jouer pour lui, il était tombé amoureux d'elle…

Sous le charme des accords mélodieux de Beethoven, il était comme figé. Même si la maison avait pris feu, il n'aurait pu esquisser un geste. A la fin du morceau, Elizabeth esquissa un sourire, qui disparut dès qu'elle ouvrit les yeux et l'aperçut.

Elle blêmit. De longues secondes s'écoulèrent sans qu'aucun d'eux ne puisse parler. L'air crépitait entre eux, chargé d'une énergie qui mit le sang de Reese en ébullition. Son pouls s'accéléra. Soudain, l'atmosphère devint encore plus dense et pesante. Malgré lui, son corps s'éveilla et un désir violent courut dans ses veines.

Elizabeth portait une robe de deuil de soie noire moins stricte, garnie d'une pièce de dentelle qui couvrait sa gorge jusqu'au cou. Ses cheveux de jais tombaient librement sur ses épaules, retenus de chaque côté par des pinces. Dans son dos, ses boucles épaisses ondoyaient souplement.

Elle était belle, encore plus désirable que lorsqu'elle était plus jeune.

Il eut soudain envie d'elle et tout son corps se raidit. Il aurait voulu s'approcher d'elle, la prendre dans ses bras et l'embrasser. Il aurait pu l'allonger sur l'épais tapis persan et arracher tous ses vêtements pour se délecter du spectacle de ses courbes sensuelles.

Ils avaient déjà fait l'amour une fois, mais leur étreinte furtive ne l'avait pas satisfait. Et il ne l'avait jamais vue nue.

— Reese… ?

Sa voix lui parvint de loin, basse et rauque. C'était la première fois qu'elle l'appelait par son prénom et son désir s'amplifia encore plus. Oubliant sa jambe blessée, il s'avança vers elle.

— Vous jouez aussi bien qu'avant, dit-il en s'approchant d'elle.

Elle se leva brusquement et il sentit le parfum de fleurs qui l'entourait. Elle était si près de lui qu'il lui suffisait de courber la tête pour capturer ses lèvres.

D'un côté, son esprit s'efforçait de le mettre en garde, mais d'un autre, son corps le pressait de saisir l'objet de son désir.

Les lèvres d'Elizabeth étaient semblables à un bouton de rose. Elles étaient pleines et parfaitement ourlées. Délicieusement tentatrices. Et lorsqu'elle leva les yeux vers lui en murmurant une fois de plus son nom, il fut perdu.

Sans réfléchir, il pencha son visage vers le sien et s'empara de sa bouche, douce et chaude. Leurs corps furent parcourus d'un long frémissement. Il crut qu'elle allait se dégager, mais elle écarta doucement ses lèvres et il approfondit irrésistiblement son baiser. Elizabeth gémit. Etait-ce de peur ou de désir ? Il avait perdu tout contrôle. Il la serra plus fort et prit sa bouche avec ferveur.

Non, il ne lui devait rien. Si elle acceptait ses avances, il ne se retiendrait pas. Il lui donnerait simplement le plaisir qu'il n'avait pas su lui offrir avant.

Il la tint étroitement contre lui, suffisamment pour qu'elle ne puisse pas ignorer son sexe dur pressé contre son ventre. Elle frissonna et sembla fondre dans ses bras juste avant de battre brusquement en retraite.

Elle le contemplait à présent avec de grands yeux étonnés, apparemment stupéfaite par ce qui venait de se produire.

— Vous ne m'avez jamais… embrassée comme cela avant, dit-elle en portant une main tremblante à ses lèvres gonflées.

Il toussota d'un air gêné.

— Il y a beaucoup de choses que je n'ai pas faites avant. J'étais jeune et sans expérience. Et suffisamment idiot pour croire que nous découvririons ces choses-là ensemble. Je suis un autre homme, Elizabeth.

— Oui, répondit-elle péniblement.

— Mais je serais heureux de me rattraper. Je vous garantis que l'expérience vous plaira.

Elle pâlit.

— Je ne voulais pas en arriver là, se défendit-elle. Je ne sais pas comment c'est arrivé.

— Vous êtes veuve, et je suis certain que vous avez des besoins. Comme je l'ai dit, je serais heureux de vous satisfaire de toutes les façons possibles.

Elle redressa fièrement le menton. Visiblement, il était allé trop loin.

— Je vous prie de m'excuser, monsieur. Je dois aller m'occuper de mon fils.

Il ne chercha pas à la retenir. En réalité, il lui était reconnaissant de quitter la pièce. Il se maudissait pour ce moment d'égarement. Qu'est-ce qui lui avait pris ? Il avait mieux à faire que de se frotter de nouveau à Elizabeth.

Tournant à son tour les talons, il quitta la salle de musique et tenta d'oublier à quel point il rêvait de l'embrasser de nouveau.

Et bien plus encore.

Elizabeth partit à toutes jambes vers le hall en essayant de calmer les battements désordonnés de son cœur. En venant ici, jamais elle n'aurait imaginé que Reese puisse la désirer. En sa présence, il s'était toujours montré timide. Autrefois, il ne l'aurait jamais embrassée sans un encouragement de sa part.

La nuit où ils avaient fait l'amour dans la voiture, c'était elle qui l'avait provoqué, elle qui n'avait pas voulu s'arrêter.

Elle aurait dû s'apercevoir qu'il était aujourd'hui un homme capable de désirer une femme, indépendamment de son aversion pour elle. Pourtant, il ne l'avait pas forcée à l'embrasser.

Et à son grand désarroi, elle avait aimé ça !

Comme autrefois, elle avait eu du mal à mettre un terme à leur baiser. Pendant toutes ces années passées avec Edmund, elle avait même oublié comment se sentait une femme qui désirait un homme. Son désir était mort le jour où Reese était parti pour Londres.

Son défunt mari n'avait fait que lui inspirer du dégoût.

Il était venu revendiquer de force ses droits. Jamais il ne lui serait venu à l'esprit qu'une femme puisse prendre du plaisir en faisant l'amour. Pendant leur nuit de noces, Edmund s'était contenté de se coucher sur elle et de relever sa chemise de nuit avant de la pénétrer brutalement. Leurs étreintes sporadiques s'étaient avérées douloureuses et humiliantes. Elle en était venue à détester le bruit des pas d'Edmund dans le couloir et celui du bouton de la porte lorsqu'il venait la rejoindre.

Jamais elle n'aurait cru éprouver de nouveau du plaisir au contact d'un homme mais aujourd'hui… aujourd'hui, elle avait découvert qu'elle était toujours une femme. Et qu'elle était toujours vulnérable face à Reese. Qu'il soit capable d'éveiller le même désir interdit qu'autrefois lui paraissait impossible avant ce jour.

Et cette révélation la terrorisait.

Soulevant les jupes noires de sa robe de deuil, elle se précipita dans l'escalier. La veille, elle avait réussi à éviter de dîner avec Reese et sa tante, lady Tavistock, qui était arrivée dans l'après-midi.

Mais la comtesse douairière avait demandé à Elizabeth et à son fils de la rejoindre pour le thé, et elle ne pouvait pas refuser son invitation. D'une main tremblante, elle ouvrit la porte de sa chambre à coucher. Ses lèvres gardaient encore la mémoire de la bouche de Reese.

Son cœur battait toujours très fort lorsqu'elle pénétra dans la pièce et referma la porte derrière elle. Elle prit appui contre le battant pour se calmer. Grâce à Dieu, elle avait un peu de temps devant elle pour reprendre ses esprits avant la confrontation avec la tante de Reese. Il lui restait environ une heure pour le chasser de son esprit, même si la tâche lui paraissait impossible.

Elle allait devoir mettre à profit le temps qui lui restait pour retrouver le contrôle d'elle-même et commencer à préparer son voyage pour Londres.

Car après ce qui s'était passé dans la salle de musique, l'heure était venue.

Elle devait partir.

Une heure plus tard, Elizabeth traversa le hall en direction du salon situé dans l'aile est du manoir en tenant son fils par la main. Elle arriva bientôt dans une pièce décorée dans des tons gris pâle et blanc. Lady Tavistock était assise sur un canapé jaune à fleurs, très raide dans sa robe de soie bleue. Devant elle trônait une majestueuse cheminée surmontée d'un manteau en marbre blanc. Le feu qui brûlait à l'intérieur atténuait légèrement l'humidité qui régnait dans le boudoir.

La vieille femme la salua d'un léger hochement de tête lorsqu'elle se présenta avec Jared.

— Lady Aldridge, dit la douairière. Vous êtes si aimable d'avoir accepté de vous joindre à moi.

L'aigreur de ses propos ne lui échappa pas. Elle savait que cette entrevue n'aurait rien d'agréable. La vieille dame protégeait ses neveux et se comportait à leur égard comme la mère qu'ils n'avaient jamais eue. Lady Tavistock aimait beaucoup Reese et savait qu'Elizabeth l'avait trahi. Elle avait toutes les raisons du monde de la détester.

Elizabeth la salua en exécutant une petite révérence.

— Je vous souhaite le bonjour, madame.

Près d'elle, Jared s'inclina poliment comme son tuteur le lui avait appris.

— Je vous présente mon fils, Jared, comte d'Aldridge, ajouta-t-elle.

Les yeux bleus délavés de la douairière fixèrent le petit garçon, et une lueur étonnée traversa son regard.

— Bon après-midi, monsieur Aldridge, répondit-elle.

— Bon après-midi, madame, dit à son tour Jared.

La vieille dame reporta son attention sur Elizabeth.

— Pourquoi ne pas nous servir une tasse de thé, lady Aldridge ?

Elizabeth s'exécuta, et versa un peu de liquide brûlant dans des tasses tandis que Jared escaladait nerveusement un des fauteuils rembourrés assortis au canapé. Elle posa la soucoupe devant lady Tavistock, versa du jus de fruits pour son fils.

— Il y a des gâteaux sur la table, proposa lady Tavistock. Tu aimes les gâteaux, n'est-ce pas, mon garçon ?

Il acquiesça sans se servir. Elizabeth en disposa plusieurs sur une petite assiette en porcelaine et la posa sur le guéridon à côté du fauteuil de son fils. D'une main timide, il en saisit un et le mangea poliment du bout des dents.

— Il ne parle pas beaucoup, n'est-ce pas ? dit la douairière.

— Il est un peu timide, c'est tout, répliqua-t-elle, sur la défensive. Avec le temps, ça lui passera.

Mais rien n'était moins sûr. Jared n'était pas seulement timide, il était aussi marqué par l'enfance malheureuse qu'il avait eue jusque-là, et Elizabeth se faisait du souci pour lui.

La vieille dame lui lança un regard entendu. Puis elle détailla attentivement le petit garçon.

— Qu'est-ce que tu aimes, Jared ? demanda-t-elle. Que fais-tu quand tu n'es pas occupé à étudier ?

La dernière bouchée qu'il avait prise sembla se coincer dans sa gorge. Il déglutit péniblement et lança un regard implorant à sa mère.

— Jared aime..., commença-t-elle.

— Ce n'est pas à vous que j'ai posé cette question, mais à votre fils, la rabroua la vieille dame d'une voix cassante.

Jared rougit et Elizabeth sentit son cœur se serrer.

— Je suis certaine que tu aimes les chevaux, ajouta la douairière plus doucement.

Jared leva les yeux vers elle. Dès qu'il aperçut son sourire, sa timidité s'envola comme par magie.

— J'adore les chevaux ! s'écria-t-il. Lord Reese possède le plus beau d'entre eux dans son écurie. Elle s'appelle Lumière d'étoile, et elle a une étoile sur le front. Elle va même avoir un bébé.

Elizabeth n'en revenait pas. Jamais elle n'avait entendu son fils tenir un discours aussi enthousiaste, et encore moins en présence d'une inconnue.

— Vraiment ? répondit la vieille dame. Nous aurons peut-être le temps d'y aller demain et tu pourras me montrer les chevaux de lord Reese.

— Il en a beaucoup, continua le petit garçon. Il a aussi un grand étalon roux, qui court vraiment très vite.

Lady Tavistock lui lança un bref coup d'œil.

— Tu es un gentil garçon, Jared, dit-elle.

Ils échangèrent encore quelques mots, le temps qu'il

termine ses gâteaux et son jus de fruits. Puis lady Tavistock lui donna la permission de se retirer. Dès qu'il eut quitté la pièce, Elizabeth aperçut des larmes briller dans les yeux de la vieille dame.

— Je vous croyais sans cœur d'avoir blessé mon neveu comme vous l'avez fait, dit lady Tavistock d'une voix tremblante, mais à présent, je vous trouve vraiment méprisable.

Elizabeth se sentit blêmir.

— Avez-vous essayé de le lui dire ? demanda lady Tavistock.

— Je…, bredouilla Elizabeth, désemparée, je ne sais pas de quoi vous parlez.

— Vous le savez très bien. Cet enfant est le fils de mon neveu. Je l'ai su au premier regard.

— Vous faites erreur, se défendit-elle, soudain prise de vertiges.

— Quel âge a-t-il ?

Elle aurait pu mentir et lui dire que Jared avait six ans. Il était plutôt petit pour son âge. Reese devait également croire qu'il était plus jeune.

— Quel âge ? insista la comtesse.

— Sept ans, murmura-t-elle d'une voix tremblante.

— J'en étais sûre.

— Ce n'est pas le fils de Reese, objecta-t-elle. Il ne lui ressemble en rien.

— A première vue, cela ne saute pas aux yeux, en effet. Ses traits sont plus doux et ses cheveux plus bruns que noirs. Mais hormis la couleur de ses yeux, il est le portrait craché de son père lorsqu'il était enfant.

Elizabeth sentit ses oreilles bourdonner. Sa bouche était sèche. Cela faisait beaucoup trop longtemps qu'elle gardait en elle ce secret qu'elle s'était juré de ne partager avec personne.

— Je pense que notre thé est terminé, annonça la vieille dame en se levant.

Elizabeth l'imita en chancelant.

— Qu'allez-vous faire ? demanda-t-elle.

La douairière lui lança un regard perçant.

— Pour l'instant, absolument rien.

Puis elle fit quelques pas, s'arrêta et se tourna vers elle.

— Mais je vous préviens, ajouta-t-elle, l'heure viendra. Et pour le bien de mon neveu et de son fils, je ne reculerai devant rien.

A ces mots, Elizabeth resta immobile. L'espace d'un instant, sa vue se brouilla et elle crut qu'elle allait s'évanouir.

Elle devait s'armer de courage. Certes, la vieille dame avait percé son secret, mais si elle décidait d'en parler à son neveu, Elizabeth nierait tout en bloc. Vu le mépris que Reese avait pour elle, il serait sûrement soulagé de la croire.

Et puis, bientôt, elle quitterait Briarwood. Pas tout de suite, bien sûr, elle avait besoin de temps pour remettre de l'ordre dans ses pensées, et prendre les bonnes décisions. Elle devait se ressaisir avant d'affronter de nouveau la douairière.

Elle secoua la tête, désemparée. Tout cela était ridicule. Jamais elle ne parviendrait à nier la vérité devant Reese. Non, maintenant que lady Tavistock connaissait son secret, elle devrait se confier à Reese. Elle ne pouvait plus garder le silence. La comtesse avait entre ses mains les moyens de détruire la vie de Jared et la sienne.

Tôt ou tard, il lui faudrait confesser son mensonge.

Mais pas maintenant ! La pièce s'était de nouveau mise à tanguer et elle se dirigea vers le canapé pour s'asseoir. Reese la détestait déjà suffisamment. Elle ne pourrait pas supporter son regard lorsqu'il mesurerait l'ampleur de sa trahison.

Elle devait trouver le moyen de demander du temps à la vieille femme, le temps d'élaborer un plan et de trouver le courage d'affronter Reese.

Elle devait absolument trouver une solution.

*
* *

Reese jura en silence pour la énième fois. Il n'aurait jamais dû embrasser Elizabeth. Il aurait dû deviner l'effet qu'elle aurait sur lui s'il la prenait de nouveau dans ses bras. Elle avait répondu à son étreinte avec exactement la même fougue que lorsqu'elle était jeune.

Comme si elle lui appartenait encore. Comme si elle l'aimait toujours.

Jusqu'à présent, il n'avait pas mesuré l'ampleur de ce dont elle était capable, songea-t-il. Elle ne ressentait rien pour lui, tout n'était que mensonge. Elle ne faisait que se servir de lui, et rien de plus. Elle avait besoin de sa protection. Et même s'il la lui avait déjà accordée, jusqu'où était-elle prête à aller pour la garder ?

Traversant la pièce sans l'aide de sa canne, plus que jamais décidé à assouplir et rééduquer ses muscles inactifs depuis trop longtemps, il tira sur la sonnette pour appeler Timothy Daniels. Il avait besoin de son aide pour s'habiller pour le dîner.

Au moins, la soirée s'annonçait plus intéressante que fatigante. Elizabeth et sa tante avaient pris le thé ensemble cet après-midi, et il aurait aimé être une petite souris pour entendre leur conversation.

La glace avait dû être brisée. L'ambiance du dîner serait peut-être même tolérable.

Une fois son costume noir revêtu, il prit sa canne et passa devant Timothy qui lui tenait la porte. Il fut le premier à arriver dans l'antichambre de la salle de réception. Trois couverts étaient disposés sur la grande table pouvant accueillir jusqu'à douze invités et un grand feu brûlait dans l'immense cheminée à foyer ouvert qui courait le long du mur.

Sa tante arriva la première, parée d'une robe de soie bleu saphir et d'une rivière de diamants autour du cou, fidèle dans les moindres détails à son titre de comtesse douairière.

La vieille dame s'arrêta devant lui.

— Vous êtes très beau, mon enfant, même sans votre uniforme rouge tant apprécié des femmes.

— Merci, tante Aggie, répondit-il avec un sourire.

L'usage de ce diminutif provoqua un froncement de sourcils, mais il savait qu'elle aimait cette marque d'affection.

— Vous êtes aussi très belle, comme toujours.

— Vous êtes comme votre père et vos frères, dit-elle avec un geste dédaigneux de la main. Comme possédé lorsque vous êtes en présence de dames.

Il avait oublié à quel point elle pouvait être drôle, songea-t-il en riant.

Elizabeth arriva quelques minutes plus tard, vêtue d'une robe en taffetas noir, une rangée de perles à son cou. Une fine bande de peau pâle se détachait de son modeste décolleté.

Il détestait la voir habillée en noir.

— J'espère ne pas être en retard, dit-elle en lançant un regard inquiet vers la pendule dans le coin de la pièce.

Elle posa ses yeux gris sur lui puis les détourna vivement. Ses joues s'empourprèrent légèrement et il devina qu'elle pensait aux moments qu'ils avaient partagés dans la salle de musique.

— Vous êtes juste à l'heure, dit-il. Nous pouvons entrer.

Elizabeth jeta un regard en coin à sa tante, qui la toisa vertement par-dessus son nez court et poudré. Reese offrit son bras à la vieille dame et elle posa sa petite main gantée sur la manche de son costume le temps d'entrer dans la salle de réception.

Galant comme à son habitude, Reese aida les deux femmes à s'asseoir. Ce soir, sa jambe le soutenait étonnamment bien et il n'eut pas besoin de sa canne. Puis il prit place sur le siège à haut dossier au bout de la table.

Le premier plat fut servi, un délicieux riz chaud avec une soupe.

— Que pensez-vous du fils de lady Aldridge ? demanda Reese à sa tante, espérant dissiper la tension qui régnait dans la pièce.

Les deux femmes échangèrent un regard furtif.

— Il est trop timide, répondit tante Aggie d'un ton brusque. Il a besoin d'une présence masculine pour apprendre à devenir un homme.

La main d'Elizabeth trembla lorsqu'elle porta sa cuillère à la bouche, mais elle s'abstint de tout commentaire.

— Peut-être qu'un jour, lady Aldridge se remariera, répondit-il en la regardant fixement.

Elle reposa sa cuillère dans son bol.

— Cela n'arrivera jamais, répondit-elle sur un ton catégorique. Un mari, c'est plus qu'assez.

Tante Aggie prit un air surpris.

— Vraiment ? Vous avez dû beaucoup l'aimer, alors.

Les lèvres d'Elizabeth n'étaient plus qu'un mince trait.

— L'aimer ? répéta-t-elle comme si elle était étonnée que l'on puisse le penser. Le mariage n'est qu'à un pas de l'esclavage. Jamais plus je ne me mettrai dans une telle situation de dépendance.

Tante Aggie la scruta attentivement. Puis, très précautionneusement, elle essuya sa bouche avec sa serviette.

— Je vois, dit-elle platement.

Reese se demanda ce qu'elle pouvait bien voir exactement. En revanche, une chose était certaine : sa tante avait des dons particuliers avec les gens. Il lui suffisait d'une seule conversation pour les cerner.

Après cet échange, le repas se déroula de manière un peu plus détendue. Au moment du dessert, composé de crème anglaise accompagnée d'une délicieuse sauce à la framboise, il parla à sa tante de la visite de son meilleur ami. Et lui annonça que ce dernier allait travailler pour le *London Times*.

— Je n'ai rencontré le capitaine Greer que deux fois, dit-elle. Avant son affreuse blessure, évidemment. Il m'a toujours paru aimable.

— C'est devenu un très bon ami, dit-il, omettant de dire qu'il lui avait sauvé la vie.

La guerre n'était pas son sujet préféré.

— Il s'est montré très gentil avec Jared, ajouta Elizabeth, qui essayait de faire de son mieux pour participer à la conversation.

— L'enfant a besoin de l'attention d'un homme, dit la vieille dame. Ça crève les yeux.

Elizabeth contempla le fond de sa coupe à dessert comme si elle contenait quelque chose d'intéressant. Reese ne put s'empêcher de ressentir de la compassion pour elle. Sa tante Aggie était au mieux de sa forme. Dès qu'ils eurent pris leur dessert, il conduisit les deux dames dans le salon pour un dernier verre, et elles parurent soulagées.

— Que diriez-vous d'un sherry, ma tante ?

— Pas ce soir, répondit la vieille femme d'un air las. Je vais aller me coucher. Où est ce jeune homme costaud qui m'a accompagnée tout à l'heure ?

Timothy apparut aussitôt.

— Puis-je vous aider, madame ?

Il avait parlé d'une voix maniérée qui n'allait pas du tout avec son physique, et Reese faillit éclater de rire.

— Oui, merci, monsieur Daniels.

— Bonne nuit, madame, dit Elizabeth doucement.

Elle reçut en retour un « bonne nuit » sec. Timothy conduisit alors la douairière vers l'escalier et Reese resta seul avec Elizabeth, ce qu'il n'avait pas prévu.

Il repensa au baiser qu'ils avaient échangé dans la salle de musique et ne put s'empêcher de songer à ce que la nuit allait leur apporter.

7

Assise sur le canapé en face de Reese, Elizabeth but nerveusement une gorgée de sherry. Elle était de nouveau seule avec lui et ne s'y était pas préparée. Pendant le dîner, elle avait évoqué la possibilité de quitter Briarwood, mais la douairière l'avait aussitôt dissuadée en lui lançant un regard d'avertissement.

Si elle partait sans dire à Reese la vérité sur la naissance de Jared, elle savait que lady Tavistock le mettrait immédiatement au courant.

Elle devait rester. Pour l'instant.

Etrangement, cette décision provoqua en elle un certain soulagement.

— Un autre sherry ? proposa Reese.

Elle se rendit compte qu'elle avait complètement vidé son verre.

— Non, merci. Je crois qu'il est l'heure de me retirer.

Elle quitta le canapé en velours rose et posa son verre sur le petit guéridon à côté d'elle.

— Vous semblez avoir conclu une sorte de trêve avec ma tante, dit Reese en l'imitant.

Elle n'aurait pas dit cela. En réalité, la vieille dame la tenait complètement sous son contrôle, mais elle ne pouvait pas le dire à Reese.

— Peut-être a-t-elle décidé de garder un esprit ouvert, répondit-elle évasivement. Avec le temps, elle comprendra sans doute qu'un événement peut toujours être vu de deux façons différentes.

C'était du moins ce qu'elle espérait. D'ailleurs, dès le lendemain, elle expliquerait à la douairière comment les choses s'étaient déroulées quelques années plus tôt.

Reese plongea son regard perçant dans le sien.

— Parce qu'il existe deux façons de voir les choses, Elizabeth ?

Il voulait qu'elle lui donne des explications, mais elle doutait fort qu'il puisse la comprendre. Elle-même ne se comprenait pas entièrement.

— Mon père a refusé que je vous épouse, Reese. Il a insisté pour que je me marie avec le comte.

— Etrange. Je crois encore vous entendre dire que vous arriveriez à le convaincre.

Elle soutint son regard froid.

— Nous n'avons jamais été officiellement fiancés. Avec le temps, j'ai cru que mon père nous donnerait sa bénédiction, mais il a refusé. Après votre départ, j'ai eu du mal à lui tenir tête. Je n'étais pas aussi forte qu'aujourd'hui.

Et elle était enceinte, elle n'avait que dix-huit ans et elle avait peur du scandale que sa grossesse aurait pu provoquer.

Mais comment avouer tout cela à Reese ?

— Puis Aldridge est arrivé, dit-il d'un air sombre, avec ses poèmes, sa sollicitude et ses propos flatteurs.

— Il cachait bien son jeu. Il a complètement berné mon père. Et au début, il a réussi à me tromper aussi.

— Et aujourd'hui, vous voilà comtesse, et votre fils est comte.

Elle contempla son verre vide. Finalement, elle aurait mieux fait d'accepter un autre sherry.

— Depuis le décès de mon père, je dispose aussi d'une fortune à mon nom. Et maintenant que mon époux est mort, elle me revient de droit.

— Vous avez bien de la chance.

Il s'approcha plus près. Il se tenait juste derrière elle. Elle sentait son souffle chaud sur sa nuque.

— Avez-vous songé à ce qui s'est passé dans la salle de musique ? demanda-t-il.

Elle retint son souffle. Elle pouvait difficilement oublier ce moment-là. Lentement, elle se tourna vers lui.

— J'y ai réfléchi. Jamais personne ne m'avait embrassée ainsi.

Il fronça les sourcils.

— Aldridge a certainement dû être un amant à la hauteur.

Elle sentit son estomac se nouer. Les souvenirs des nuits où Edmund l'avait prise de force étaient insupportables.

— Je préférerais ne pas parler de mon défunt mari.

Les mains de Reese se posèrent sur sa taille.

— Vous avez raison. Je préfère parler des dispositions que nous pouvons prendre ensemble.

Elle se raidit tandis qu'il s'inclinait vers elle pour poser ses lèvres au creux de son cou. Un long frisson parcourut son corps et son cœur s'emballa.

— Que… que faites-vous ? balbutia-t-elle.

— Je vous embrasse, Elizabeth.

Sa bouche s'empara impérieusement de la sienne, comme s'il avait tous les droits sur elle. Il la prit avec désinvolture, et l'entraîna dans un baiser profond, envoûtant et possessif qui aurait dû l'effrayer mais qui la laissa étourdie et chancelante.

Son baiser se fit plus sauvage. Sa langue chaude glissa sur la sienne. Sa bouche avait le goût du brandy qu'il avait bu. Confuse, elle avait du mal à tenir sur ses pieds. Elle s'accrocha au revers de sa veste de soirée noire et s'enivra de son parfum.

— Autrefois, vous me désiriez, Elizabeth, murmura-t-il contre son oreille. Apparemment, vous me désirez toujours et croyez-moi, je vous désire tout autant.

Il la serra si près qu'elle ne put ignorer son excitation. Elle aurait dû se sentir dégoûtée, mais elle ne l'était pas.

Reese avait un corps mince et athlétique. Son torse était large et puissant, et ses mains posées sur ses hanches lui donnaient le vertige.

Au prix d'un effort surhumain, elle réussit à se dégager.

— Vous… vous ne m'appréciez même pas, s'insurgea-t-elle.

Il haussa les épaules.

— Cela n'a rien à voir avec le désir.

Il s'inclina vers elle et embrassa sa peau juste en dessous de l'oreille, faisant naître un long frisson le long de son corps.

— Il est évident que nous sommes toujours attirés l'un par l'autre, continua-t-il. Vous êtes veuve. Nous pourrions prendre du plaisir ensemble, Elizabeth.

Elle s'écarta légèrement de lui dans le but désespéré de se sauver. Il n'avait aucune estime pour elle, mais il la désirait. Reese était comme tous les autres…

— Je ne suis pas intéressée par une aventure, riposta-t-elle. Je dois penser à mon fils. Et je refuse d'être victime de la lubricité d'un autre homme.

Il lui lança un regard surpris.

— Edmund était donc un homme lubrique ?

Elle sentit ses yeux se remplir de larmes, qu'elle refoula aussitôt.

— Je n'ai pas envie d'en parler. S'il vous plaît, Reese…

En l'entendant prononcer son prénom d'une voix plaintive, il se figea. Il l'étudia un long moment, et elle aurait donné cher pour lire dans ses pensées.

— Très bien, qu'il en soit ainsi, dit-il d'un air résigné. Mais sachez que mon offre tient toujours. Réfléchissez-y, Elizabeth. Je peux vous donner le plaisir qu'il n'a pas su vous apporter.

Elle se contenta de hocher tristement la tête. Elle aimait les baisers et les caresses de Reese, aussi douces qu'une plume, qui la réconciliaient avec la femme qu'elle était autrefois. Mais l'idée de faire de nouveau l'amour lui était absolument insupportable.

— Je..., dit-elle, je partirai bientôt. Tout n'est pas encore organisé, mais je suis certaine de pouvoir vous soulager de ma présence très rapidement.

Reese ne répondit rien.

— Bonne nuit, monsieur, ajouta-t-elle en s'humectant les lèvres.

Une lueur traversa le regard de Reese comme elle tournait les talons. Quittant précipitamment la pièce, elle se dirigea aussitôt vers l'escalier. Elle avait hâte de regagner sa chambre.

Mais pourquoi diable l'offre de Reese faisait-elle battre si fort son cœur ?

Reese faisait les cent pas dans sa chambre. Il n'avait pas du tout prévu la scène qui s'était déroulée dans le petit salon. Pourtant, il aurait dû se douter qu'il perdrait le contrôle. Au cours de la soirée, il avait observé Elizabeth à la lueur des bougies, il s'était surpris à admirer ses cheveux noirs luisants, sa peau douce et pâle, le mouvement lent de sa poitrine qui se soulevait au rythme de sa respiration. Le désir s'était alors emparé de lui, et il brûlait de l'emmener dans son lit.

Il ne cessait de penser aux baisers qu'ils avaient partagés un peu plus tôt, et à la manière dont elle lui avait répondu. Il avait envie d'elle, et apparemment, ce désir était réciproque.

Il ne lui devait rien.

S'il la désirait, pourquoi ne pourrait-il pas l'avoir ?

En apprenant à quel point elle en savait peu sur les choses de l'amour, son désir s'était amplifié encore plus. Visiblement, Edmund Holloway s'était avéré un bien piètre amant. Il était le genre de mari à prendre son plaisir sans rien donner en retour. Lorsqu'ils s'étaient embrassés, dans la salle de musique, il avait senti en elle une surprenante innocence, qu'il avait encore retrouvée ce soir.

Il pourrait lui apprendre tout ce qu'elle ignorait, et lui

offrir le plaisir qu'elle n'avait pas reçu lorsqu'elle était mariée. De son côté, il pourrait satisfaire les besoins qui le tenaillaient depuis son retour à Briarwood.

D'une certaine manière, avoir temporairement Elizabeth comme maîtresse reviendrait à prendre une étrange revanche sur sa trahison. Il ne l'aimait pas. Ou plus. Mais il la désirait. D'autant plus qu'il ne l'avait possédée qu'une seule fois et qu'il était resté sur sa faim.

Oui, il avait envie d'elle, comme elle de lui. Seules la conscience et la morale d'Elizabeth représentaient un obstacle.

Un sourire dur étira ses lèvres. Etant donné la facilité avec laquelle elle l'avait abandonné pour un autre homme, sa conscience ne devrait pas être un gros problème.

Retirant sa robe de chambre d'un mouvement d'épaule, il la déposa sur le lit. Sa jambe le faisait souffrir à présent. Il s'avança vers la sonnette pour appeler Timothy, tout en commençant à élaborer une stratégie. Il avait été officier dans l'armée ; il savait comment planifier une campagne.

Moyennant très peu d'effort, Elizabeth serait bientôt dans son lit.

Elizabeth avait envoyé une note à lady Tavistock pour solliciter un rendez-vous aussi vite que possible. La douairière lui avait proposé une rencontre dans le jardin à 14 heures.

Si seulement le temps pouvait passer plus vite ! songea-t-elle en faisant nerveusement les cent pas dans sa chambre. A 13 heures, elle demanda à Gilda de l'aider à enfiler une robe plus adaptée pour la promenade et à coiffer ses cheveux. La femme de chambre qui lui servait occasionnellement de bonne était grande et mince, avec des cheveux blonds et bouclés. Elle ne savait pas vraiment comment s'occuper de la toilette d'une lady, mais elle lui obéissait en tout sans broncher.

Gilda ouvrit en grand la porte de l'armoire.

— Laquelle voulez-vous, madame ?

Elle hésita. Quelques jours plus tôt, elle avait envoyé Gilda à Aldridge Park et donné des instructions à Sophie pour récupérer d'autres vêtements. Ceux avec lesquels elle s'était enfuie étaient loin d'être suffisants.

Elle étudia attentivement les robes alignées dans l'armoire. Elles étaient toutes noires, bien entendu, mais de styles différents.

— Peut-être pourrais-je mettre celle avec les manches gigot.

Puis elle se ravisa.

— Et puis non, je mettrai celle de soie et crêpe boutonnée devant. Elle est moins stricte.

La bonne étala la robe sur le lit et lui prêta main-forte pour serrer son corset, qu'elle avait relâché après le déjeuner pendant qu'elle se reposait. Elle l'aida ensuite à enfiler les différentes couches de jupons qui faisaient gonfler sa jupe, puis à boutonner les boutons de soie noirs qui ornaient le devant de sa robe.

Elizabeth se tourna enfin vers le miroir. Elle n'était plus aussi pâle qu'à son arrivée mais le résultat était le même : elle avait horreur de se voir en noir.

D'autant plus que son cœur, lui, n'était pas en deuil : la mort d'Edmund avait été un soulagement pour elle.

Elle s'assit devant la commode et Gilda coiffa ses épaisses boucles en un chignon serré au bas de la nuque. Elle avait maintenant l'air suffisamment convenable pour affronter la tante de Reese, songea-t-elle en se dirigeant vers la porte.

— Merci, Gilda, dit-elle, vous pouvez disposer jusqu'au dîner.

A cette occasion, elle porterait une autre robe, noire également mais un peu plus décolletée et féminine.

Reese la regarderait-il comme il l'avait fait la veille ? Elle sentait encore la chaleur de son regard sur sa poitrine. Elle n'avait jamais été très mince, même lorsqu'elle était plus jeune. Et depuis la naissance de Jared, ses seins était plus ronds, ses hanches plus voluptueuses. Reese ne semblait pas s'en soucier.

A cette pensée, elle sentit une bouffée de chaleur l'envahir. Elle ne devait plus penser à lui, songea-t-elle en descendant l'escalier, ne plus se demander l'effet que lui feraient ses baisers s'il la prenait de nouveau dans ses bras pour l'embrasser.

Pour l'heure, il fallait qu'elle se concentre sur son entrevue avec la comtesse douairière. Son fils restait sa principale inquiétude et elle devait trouver le moyen de le protéger à tout prix.

Plus déterminée que jamais, elle traversa la terrasse pavée de briques et descendit les quelques marches qui conduisaient au jardin. Il était très mal entretenu. Toute la demeure avait besoin d'un grand nettoyage. Malgré ses efforts, Reese était célibataire et seule une femme pouvait vraiment s'occuper de l'entretien d'un vieux manoir.

Elle parcourut une dizaine de minutes les allées de gravier blanc jonchées de feuilles d'automne multicolores avant d'entendre des bruits de pas hésitants derrière elle. La comtesse était arrivée.

Lorsqu'elle se retourna, elle aperçut la vieille dame vêtue d'une robe de soie abricot assortie à sa pelisse. Elle marchait lentement et s'appuyait lourdement sur sa canne. Sans réfléchir, elle s'élança vers elle pour l'aider.

— Pourquoi ne pas nous asseoir ici ? proposa-t-elle en l'aidant à s'installer sur un banc en fer forgé.

— Merci, répondit froidement lady Tavistock.

— C'est moi qui vous remercie d'avoir accepté de me voir, dit-elle en s'asseyant à l'autre bout du banc.

L'air était frais sans être froid, et le vent n'était qu'un murmure dans les arbres.

— Je crois que nous avons beaucoup à nous dire, lâcha la vieille dame.

— Oui…

— Je me trompe rarement sur les gens, voyez-vous,

mais il semblerait que je vous aie mal jugée. Mon neveu était profondément amoureux de vous, et je croyais que vos sentiments étaient réciproques. J'ai eu tort. Si vous l'aimiez vraiment, vous ne l'auriez jamais blessé comme vous l'avez fait.

Elizabeth sentit son cœur chavirer. Comment pouvait-elle expliquer ce qu'elle avait vécu ?

— Je vous comprends, répondit-elle simplement. Vous croyez que j'ai abandonné Reese et que j'ai épousé Aldridge pour son argent et son titre. Ce n'est pas le cas. J'aimais Reese. Je voulais l'épouser plus que tout au monde.

Elle baissa les yeux sur ses genoux, où le soleil venait éclairer les plis noirs de sa robe. Puis elle se tourna vers la comtesse douairière.

— J'ai alors découvert que j'étais enceinte, continua-t-elle.

Elle frémit à ce souvenir.

— J'étais terrorisée. Lorsque mon père l'a appris, il était hors de lui.

— Je me souviens qu'il avait très mauvais caractère, intervint la vieille dame. Mais jamais il n'aurait levé la main sur vous.

— Non, ce n'est pas ce que je voulais dire. Il ne m'a jamais frappée. Il a simplement pris les commandes de ma vie. Ma mère était morte et je devais faire tout ce qu'il me disait. Je ne me souviens pas lui avoir jamais désobéi.

— Est-ce la raison pour laquelle vous avez caché votre grossesse à Reese ?

Le fait d'y repenser était toujours très douloureux.

— Père m'avait interdit tout contact avec Reese. Il disait qu'il m'avait déshonorée et que jamais plus il ne le laisserait s'approcher de moi. Je n'étais pas aussi forte qu'aujourd'hui et je n'étais pas capable de lui tenir tête. J'ai dû faire selon ses volontés.

La vieille dame la regarda avec méfiance.

— Le charme d'Aldridge n'a donc joué aucun rôle dans votre décision ?

— Pas son charme, non. Mais peut-être la sécurité qu'il m'offrait en donnant son nom à mon enfant. Il était plus âgé que moi, bien installé, et il était surtout là. Il ne pensait pas à mener une vie d'aventure. Je n'ai pas pris moi-même la décision de l'épouser. Je l'ai fait parce que mon père m'y a poussée. Et je l'ai regretté chaque jour de ma vie.

La comtesse s'adossa contre le banc en fer et Elizabeth s'efforça de soutenir son regard perçant.

— Mon neveu m'a dit que vous étiez venue à lui car vous aviez peur pour vous et pour votre fils, mais peut-être que vos motivations étaient différentes.

— Que voulez-vous dire ?

— Peut-être êtes-vous venue pour reconquérir Reese. Essayez-vous de l'attirer de nouveau dans vos filets ?

— Non, je suis venue car j'étais désespérée. Je sais que mon fils est en danger. Je n'ai plus aucune famille, et Reese est la seule personne en qui je puisse avoir confiance.

— Parce qu'il est le père de Jared ?

— Parce qu'il est un homme d'honneur, parce qu'il est fort, et parce que j'espérais du fond du cœur qu'il ne nous renverrait pas.

La comtesse sembla peser la sincérité de ses paroles.

— Quand allez-vous lui dire la vérité ? demanda la vieille dame.

Elizabeth laissa son regard se perdre au loin. Comment allait-elle révéler à Reese un secret aussi grave ? Un secret capable de changer son aversion pour elle en haine.

— J'ai besoin de temps, répondit-elle. Je ne sais pas ce que Reese fera ensuite. Je ne sais pas ce qu'il adviendra de mon fils une fois qu'il connaîtra la vérité.

Les larmes lui montèrent aux yeux.

— Jared est déjà beaucoup trop renfermé, continua-t-elle. Il est encore trop jeune pour comprendre les choix que j'ai dû faire. Je crains que cette nouvelle le détruise complètement.

La comtesse se tut un long moment.

— Le bien-être de l'enfant est en effet la chose la plus importante, répondit lady Tavistock. Il ne me concernait en rien avant que vous veniez ici. Mais maintenant... Je vais vous donner le temps dont vous avez besoin. Je vais vous donner une chance de réfléchir à la meilleure façon de gérer cette affaire, mais je ne vous laisserai pas décevoir Reese trop longtemps.

En imaginant l'hostilité de Reese une fois qu'il connaîtrait la vérité, Elizabeth sentit une boule se former dans sa gorge.

— Au fond de mon cœur, dit-elle, j'ai su en voyant Reese et Jared ensemble que tôt ou tard, je serais amenée à lui parler. Je vous donne ma parole que je le ferai. En attendant, je vous remercie du fond du cœur de me laisser le temps de trouver le moyen de rétablir les choses.

La vieille dame se leva péniblement du banc.

— Comme je vous l'ai dit, vous pouvez faire comme bon vous semble. Mais je vous préviens, ne mettez pas ma patience à l'épreuve trop longtemps.

La comtesse s'appuya lourdement sur sa canne et s'engagea sur l'allée de gravier avant de remonter les marches qui conduisaient à la terrasse. Elle disparut ensuite dans la demeure, et Elizabeth s'appuya lourdement contre le dossier du banc.

Pour l'instant, elle pouvait compter sur la coopération de la vieille dame. Mais pour combien de temps ?

Et comment allait-elle expliquer à son fils qu'elle lui avait menti sur l'identité de son père ?

8

Habillé d'une simple chemise blanche en lin et d'une culotte d'équitation, Reese était assis sur un banc de bois de l'écurie et faisait travailler sa jambe blessée. Il effectuait tous les jours ces exercices avec l'aide de Timothy Daniels.

— Tirez plus fort, dit Reese en ignorant l'aiguillon de douleur qui remontait le long du mollet et de sa cuisse.

Il fallait qu'il assouplisse ses muscles ankylosés s'il voulait un jour retrouver l'usage complet de sa jambe.

— Dans l'autre sens maintenant, ordonna-t-il.

Il endura le supplice en serrant les dents. Il pouvait y arriver. Il apprendrait à marcher sans cette fichue canne.

— Plus fort, que diable ! gronda-t-il. Vous êtes fort comme un taureau. Servez-vous de vos muscles, mon ami.

Timothy contempla d'un air inquiet les gouttes de sueur qui s'étaient formées sur le front de Reese, mais c'était un soldat, et un soldat obéissait toujours aux ordres de son supérieur.

— A vos ordres, mon commandant.

Reese s'agrippa au dispositif de bois qu'ils avaient installé au-dessus du banc, et Timothy pesa de tout son poids sur sa jambe.

La douleur traversa son corps d'un seul coup.

— Continuez, grinça-t-il.

Timothy tira jusqu'à ce qu'il entende un craquement. Sa souffrance était devenue insupportable. Le jeune caporal se pencha aussitôt sur lui, visiblement inquiet.

— Je vous ai fait mal, mon commandant ? demanda-t-il.

— Vous avez fait exactement ce que je vous ai demandé, et rien de plus.

Très lentement, il plia son genou et grimaça de douleur.

— Je vais bien, ajouta-t-il. Mais je pense que c'est assez pour aujourd'hui.

— Oui, monsieur.

— Ce sera tout, Tim.

— Peut-être devrais-je rester et vous aider à…

— J'ai dit, ce sera tout, caporal Daniels.

— A vos ordres, mon commandant.

Timothy se mit au garde-à-vous, pivota et quitta l'écurie. Les cheveux roux du jeune homme étincelèrent au soleil lorsqu'il passa devant la fenêtre en direction de la demeure.

C'est alors que Reese aperçut le petit garçon.

— Jared, grommela-t-il avec un rictus de douleur, je croyais que tu étais dans la maison avec ta mère.

L'enfant se raidit, terrifié d'avoir été surpris dans l'écurie. Reese fronça les sourcils. Cette timidité n'était pas normale. Pourquoi cet enfant était-il aussi réservé ?

— Tout va bien, ajouta-t-il plus gentiment en enfilant ses bottes. Ma jambe me fait mal, et elle me rend aussi grognon qu'un ours.

Le petit garçon ne dit rien et resta debout, paralysé, comme s'il voulait tourner les talons et s'enfuir, mais qu'il avait trop peur pour le faire.

— Tu as caressé la jument aujourd'hui ? demanda Reese.

Jared secoua énergiquement la tête de gauche à droite.

— Non, monsieur, dit-il timidement. Je ne l'ai pas touchée, je le jure.

— Tout va bien, tu peux la caresser quand tu veux. Tant que tu n'entres pas dans son box, tu es en sécurité.

Jared ne fit pas un geste.

— Et si tu allais la retrouver pour lui donner ceci ? proposa Reese.

Il sortit un morceau de sucre de sa culotte d'équitation.

— Mets-le bien à plat dans ta main et donne-le-lui. Viens avec moi, je vais te montrer.

Jared s'approcha lentement de lui jusqu'à ce qu'il arrive à sa hauteur. Ils se dirigèrent alors vers le box où se trouvait la jument.

— Tends ta main, dit Reese.

Jared n'hésita pas. Il n'avait manifestement pas peur des chevaux, seulement des hommes.

Reese posa le morceau de sucre au milieu de sa petite paume, et souleva l'enfant dans ses bras afin qu'il puisse le donner à la jument.

Elle se saisit de la friandise en hennissant doucement et un sourire radieux éclaira le visage du petit garçon.

— Elle aime ça ! s'écria-t-il, ravi.

— Oui, répondit Reese d'un ton bourru en le reposant.

Il sentait encore la chaleur de son petit corps sur sa poitrine et l'odeur propre du savon sur ses cheveux. Autrefois, il avait désiré avoir des enfants, et toutes ces émotions oubliées avaient refait surface.

Qu'Elizabeth aille au diable, songea-t-il, *qu'elle retourne à sa vie et qu'elle emporte son fils avec elle !*

— Ta mère sait que tu es là ? demanda-t-il en se concentrant de nouveau sur le garçon.

Jared secoua la tête.

— Dans ce cas, ajouta-t-il, tu ferais mieux de retourner à la maison.

L'enfant acquiesça puis il tourna les talons, sortit en trombe de l'écurie et courut à toute vitesse vers la demeure.

Reese le regarda partir et leva la tête en entendant la voix de Timothy.

— Navré de vous déranger, mon commandant, mais M. Hopkins m'a demandé de venir vous chercher. Votre frère et son épouse viennent d'arriver.

Reese jura en son for intérieur. Royal et Lily étaient là... Son frère détestait Elizabeth presque autant que sa tante Aggie. Il savait qu'ils viendraient dès qu'ils découvriraient la présence de la jeune femme chez lui, mais il n'avait pas cru que cela arriverait aussi vite.

Reese se dirigea vers le salon où Royal et sa femme, Lily, étaient confortablement installés dans un profond canapé en velours. La pièce était très agréable. Elle était décorée dans des tons rose et or, avec des meubles de bois de rose, des coussins à franges et des tapis persans qui habillaient élégamment le plancher de bois. Une paire de vases chinois anciens trônait sur le manteau en acajou de la cheminée à l'autre bout de la pièce, éclairée par un grand feu.

Dès qu'il entra, Royal se leva et vint à sa rencontre. Aussitôt, Hopkins tira les panneaux coulissants pour les laisser seuls. Royal dépassait Reese de quelques centimètres et était un peu plus corpulent que lui. Il avait les cheveux blonds et les yeux fauve. Dès qu'il l'aperçut, Royal lui lança un regard furieux.

— As-tu perdu l'esprit, mon frère ? demanda-t-il aussitôt.

— Apparemment, répondit Reese avec aplomb. C'est du moins ce que pense notre très chère tante.

Royal sembla se détendre un peu.

— J'ai entendu dire que tante Agatha était là. C'est une des raisons pour lesquelles je suis venu.

— J'en déduis donc que vous restez au moins pour le dîner.

Il se tourna vers la jolie femme de son frère pour guetter son approbation. Habillée d'une robe de soie bleu ciel, Lily était plus blonde que son époux, et avait de beaux yeux émeraude. Avec son tempérament doux, Lily était l'épouse parfaite pour Royal.

— Je lui ai dit que nous aurions dû vous envoyer un mot, dit-elle, pour savoir si notre visite n'était pas trop inopportune, mais il n'a pas voulu attendre.

— Vous n'avez pas besoin d'invitation, répondit-il poliment. Vous êtes toujours les bienvenus. De plus, tante Aggie espérait vous voir. Elle a envoyé une note à Bransford dans ce sens pas plus tard que ce matin. Je pense qu'elle sera ravie de vous savoir ici.

— Dans ce cas, dit Lily avec un petit sourire, nous resterons.

Royal lorgna alors vers les portes étroitement fermées.

— Parfait, dit-il, trêve de bavardages. Pourquoi diable Elizabeth Holloway est-elle chez toi ?

— Elle est venue me rendre une petite visite de voisinage, répondit-il d'un air indifférent. Elle ne reste qu'une semaine ou deux, c'est tout. Tu ne trouves pas que c'est une bonne idée ?

Royal lui lança un regard stupéfait.

— Une bonne idée ! s'écria-t-il. Cette femme t'a abandonné pour un autre ! Elle avait promis de t'épouser et a rompu ses engagements, sans compter qu'elle t'a aussi brisé le cœur. Et aujourd'hui, elle est ici ! Tu es devenu fou ?

Reese éclata de rire. C'était plus fort que lui. Royal lui parlait et le regardait effectivement comme s'il avait vraiment perdu la raison.

— Tu ris ? s'étonna son frère. Pourtant, tu ne le fais plus depuis des années…

— Désolé, répondit-il avec un sourire narquois. Si seulement tu pouvais t'entendre ! Allons nous asseoir. Je tâcherai de t'expliquer de mon mieux pourquoi Elizabeth et son fils sont ici. Nous demanderons ensuite à notre tante de venir nous rejoindre.

Royal se dirigea vers le canapé, prit place à côté de Lily et le jaugea du coin de l'œil.

Etait-ce vrai qu'il ne riait plus depuis longtemps ? s'interrogea Reese. Peut-être que son retour au pays lui avait fait du bien, comme le croyait son père.

Ou bien était-ce dû au défi qu'il s'était fixé de séduire Elizabeth et de la mettre dans son lit ?

Lorsqu'il se rappelait leurs baisers fougueux et ses regards émerveillés à la fin de leur étreinte, toute trace de mauvaise humeur s'évanouissait. Elizabeth était chez lui en attendant que ses problèmes soient résolus. Mais pendant ce temps, il était bien décidé à tirer le meilleur parti de cette fâcheuse situation, ce qui ne serait que justice comparé à la façon dont elle l'avait traité.

Bien entendu, il ne ferait rien de plus que la mettre dans son lit. Il n'avait nullement l'intention de laisser cette femme atteindre son cœur comme elle l'avait fait autrefois.

Aucune chance que ce scénario se produise.

Absolument aucune.

— Je t'écoute, dit soudain Royal en le tirant de ses pensées. Il me tarde d'entendre cette histoire.

Reese soupira. Même lui ne savait pas par où commencer.

La veille, Elizabeth avait souffert le martyre tout au long du somptueux dîner qui avait été servi dans la salle à manger, composé de six plats dont un cuissot de chevreuil accompagné d'un copieux pudding. Le repas avait beau être délicieux, elle avait dû se forcer pour manger.

Toute la soirée, elle n'avait croisé que des regards hostiles autour d'elle. Seule Lily Dewar, duchesse de Bransford, s'était montrée aimable avec elle. Elizabeth avait eu le sentiment que la jeune femme comprenait son malaise.

Cela expliquait peut-être pourquoi la duchesse lui avait proposé un rendez-vous plus intime aujourd'hui, dans le petit salon avec vue sur le jardin.

Vêtue d'une robe de soie vert pâle couverte de petites roses brodées, la duchesse se leva lorsqu'elle entra dans la pièce.

— Je suis si heureuse que vous ayez pu venir vous joindre à moi, dit-elle.

— Merci pour votre invitation, répondit Elizabeth. Je suis ravie d'avoir un peu de compagnie féminine. Toutefois, je suis surprise que votre époux approuve cette entrevue.

— Royal a beau être duc, dit-elle en souriant, il ne fait pas toujours ce qu'il veut.

Elizabeth lui sourit en retour.

— Pourquoi ne pas nous asseoir ? proposa la duchesse.

Acceptant sa proposition, elle prit place dans un grand fauteuil en chintz tapissé de fleurs bleues placé en face d'un canapé assorti. Des moulures blanches décoraient le plafond de la pièce, garnie de meubles bleus et blancs qui contrastaient agréablement avec les jardins à l'extérieur.

Lily servit le thé dans des tasses en porcelaine.

— Reese nous a expliqué les raisons de votre présence avec votre fils. Je sais ce que c'est que de n'avoir personne vers qui se tourner.

— Vraiment ?

— Un sucre ou deux ? demanda la duchesse.

— Un seul suffira, merci.

La duchesse lui tendit une tasse.

— Mes parents sont morts lorsque j'avais douze ans, expliqua-t-elle. Sans l'aide de mon oncle, je tremble à l'idée de ce qui aurait pu m'arriver. Nous n'avons pas eu la vie facile, mais j'ai au moins eu la chance d'être élevée par une personne qui m'aimait.

— J'ai perdu ma mère à l'âge de cinq ans, répondit Elizabeth. J'ai été élevée par mon père, mais il est mort il y a quatre ans.

La duchesse se servit à son tour.

— Je suis au courant… Je sais aussi que Reese et vous étiez censés vous marier, mais que vous en avez épousé un autre. Vous avez beaucoup de courage d'être venue lui demander son aide.

Elizabeth posa délicatement sa tasse dans la soucoupe.

— Comme Reese a dû vous le dire, je n'avais personne d'autre vers qui me tourner.

— Vous voulez dire, personne de confiance.

— Oui.

— Vous avez une très haute opinion de Reese.

— J'ai toujours eu beaucoup d'admiration pour lui.

— Vous l'aimiez ?

— Je l'aimais. Mais les choses ne se passent pas toujours comme on les imagine.

La duchesse l'étudia attentivement.

— Il est parfois possible de corriger ses erreurs.

— Pas cette fois, je le crains, répondit-elle en souriant tristement.

— Pourquoi cela ?

— Reese ne ressent que de l'aversion à mon égard.

Mais peut-être aussi du désir, songea-t-elle.

— Même si ses sentiments pour moi étaient différents, continua-t-elle, après ce que je lui ai fait, jamais plus il ne me fera confiance.

La duchesse sirota lentement son thé puis elle tourna la tête vers la fenêtre qui donnait sur le jardin.

— Il fait un temps agréable, aujourd'hui, dit-elle. Nous aurions pu aller nous promener. Le jardin est un peu négligé, mais même ainsi, il est charmant.

Elizabeth suivit son regard, heureuse de changer de sujet. Parler du passé était toujours aussi douloureux. Mais le futur ne s'annonçait guère plus prometteur.

— Cet endroit a quelque chose de chaleureux et d'accueillant, répondit-elle. J'ai longtemps rêvé d'y habiter avec Reese.

— Vraiment ?

Elle n'aurait pas dû se livrer autant. Après tout, elle connaissait très peu la duchesse.

— C'était il y a longtemps, dit-elle.

— Bien sûr…, répondit Lily d'un air énigmatique.

— Et pourtant, c'est comme si c'était hier.

Maintenant qu'elle vivait à Briarwood, les moments passés avec Reese lui paraissaient en effet très proches.

A son grand soulagement, elles échangèrent ensuite quelques mondanités et au bout d'une heure, elles se levèrent pour se quitter.

— J'ai beaucoup apprécié notre conversation, madame, dit Elizabeth.

— J'ai peu d'amies, répondit la duchesse. Et celles que j'ai, je les apprécie vraiment. J'ai le sentiment que nous pouvons bien nous entendre. Je serais heureuse que vous m'appeliez Lily.

Elizabeth sentit son cœur se serrer. Ces dernières années, Edmund avait détruit toutes les amitiés qui lui tenaient à cœur. La seule femme qui était restée dans son entourage était Frances. Et Frances était une femme mesquine et jalouse. L'idée de se lier d'amitié avec quelqu'un qu'elle admirait l'enchantait.

— Ce sera un honneur, répondit-elle. J'espère que vous m'appellerez en retour Elizabeth.

L'affaire fut conclue. Le duc n'approuverait pas et Reese non plus. Pourtant, Lily ne semblait pas s'en soucier et Elizabeth lui était reconnaissante pour ses efforts.

Lorsqu'elle serait à Londres, elle serait libérée de Mason et de Frances, libre de vivre et de se faire de nouveaux amis. Lily Dewar serait peut-être la première.

Cette idée aurait pu réjouir son cœur si elle n'avait pas songé à Reese et au terrible secret qu'elle devait lui livrer.

Seigneur, combien de temps encore devrait-elle payer pour ses erreurs de jeunesse ?

Royal et Lily n'étaient pas encore retournés à Bransford Castle. Leur maison était à une heure à peine en voiture, mais Reese n'avait pas vu son frère depuis plusieurs semaines et était heureux de leur visite.

De surcroît, Royal et Lily formaient un rempart entre lui et sa tante Aggie, et plus important encore, entre lui et Elizabeth.

Son frère et sa femme devaient partir après le déjeuner mais ce matin, un autre visiteur s'était présenté. Chase Morgan, le détective qu'il avait embauché, était le même qui avait aidé son frère à retrouver la personne qui avait escroqué leur père quelques mois plus tôt.

Morgan arrivait avec des informations sur Edmund Holloway. Comme Royal avait déjà travaillé avec le détective, Reese l'invita à se joindre à eux dans son bureau.

Morgan avait une trentaine d'années. Il était grand, mince comme un fil, avec des cheveux sombres. Après l'échange rituel de politesses, il s'assit sur la chaise que lui indiqua Reese à côté de Royal. Lui-même prit place derrière le grand bureau en chêne.

— Alors, qu'avez-vous découvert ? demanda Reese sans perdre de temps.

Morgan sortit un dossier de sa sacoche en cuir et le posa sur ses genoux.

— Edmund Holloway, dit-il en regardant ses notes, sixième comte d'Aldridge, est mort le 9 juillet, il y a un peu plus d'un an. Les rumeurs laissent entendre que son décès pourrait être dû à un excès d'alcool.

L'homme leva les yeux vers Reese.

— Apparemment, continua-t-il, Holloway avait développé un goût prononcé pour le brandy ou pour tout ce qui pouvait se boire.

Reese était un peu surpris. A l'époque où Edmund et lui se disputaient l'affection d'Elizabeth, le comte n'abusait jamais de la boisson. Mais il était beaucoup plus jeune alors. Bénéficiant de plus d'argent qu'il n'aurait pu en dépenser dans toute sa vie, peut-être que l'ennui avait eu raison de lui.

Comment pouvait-on s'ennuyer en ayant Elizabeth pour femme ? songea Reese. Sans compter le fils qu'elle lui avait donné. Edmund ne s'occupait donc pas du petit garçon ?

— Continuez, dit-il simplement à Morgan.

— En plus d'être un comte extrêmement riche, obtempéra le détective en hochant la tête, Holloway avait une vie secrète. Quelques années après son mariage, il a commencé à rechercher la compagnie de prostituées. Il avait la réputation d'être cruel, surtout lorsqu'il avait bu. Les filles ne l'aimaient pas et plusieurs maisons closes lui refusaient l'entrée.

Reese sentit un frisson désagréable le parcourir. Quel genre de vie avait mené Elizabeth ? Edmund l'avait-il maltraitée ? Il s'interdit pourtant d'éprouver la moindre pitié pour elle.

— Et Elizabeth ? demanda-t-il. Avez-vous découvert quelque chose concernant sa relation avec Aldridge ?

— D'après ce que je sais, le comte et sa femme ne s'entendaient pas. Au fil des années, les problèmes d'alcool d'Edmund ont empiré. Leurs disputes étaient bruyantes. Les servantes m'ont dit que lady Aldridge se disputait souvent avec son mari à propos de l'enfant.

Il aimait de moins en moins la tournure que prenait cette conversation.

— Et quoi d'autre ? demanda-t-il.

— Pas grand-chose. Lorsque Mason et Frances ont emménagé dans la maison trois ans plus tôt, les choses ont encore empiré. Edmund se dressait contre sa femme avec le soutien de son frère et de sa belle-sœur. Lady Aldridge a certainement vécu l'enfer.

Reese lança un regard à son frère, visiblement contrarié. Malgré ce qu'Elizabeth lui avait fait, ils ne pouvaient pas approuver la manière dont Aldridge l'avait traitée.

Pour la première fois, Royal prit la parole.

— Vous savez que lady Aldridge est persuadée que Mason et Frances l'ont droguée afin de contrôler son fils et sa fortune.

— Lord Reese me l'a dit, répondit Morgan.

— Peut-on le prouver ? demanda Royal.

Morgan se gratta le menton.

— Je peux faire des recherches plus poussées. Peut-être en saurai-je plus en interrogeant les servantes, mais les chances sont minces. Je doute que quiconque en dehors des Holloway sache ce qui se tramait. Et même dans le cas contraire, personne ne parlera.

— Essayez, dit Reese en se levant. Il faut protéger

l'enfant. Si nous arrivons à prouver que les Holloway droguaient sa mère, ils n'en obtiendront jamais la garde.

Morgan se leva à son tour.

— Comptez sur moi, monsieur. Je vais voir si je peux obtenir d'autres informations.

Sur ces mots, le détective quitta le bureau et Reese se rassit en face de son frère.

— Quel imbroglio, grommela-t-il en passant la main dans ses cheveux noirs et bouclés.

— Lily aime bien Elizabeth, dit Royal.

— Ta femme est du genre à recueillir tous les animaux égarés. Y a-t-il quelqu'un qu'elle n'aime pas ?

— Touché, répondit son frère en riant.

Reese s'efforça de sourire, en vain.

— L'enfant, Jared. Son père était un vrai salaud. Je me demande s'il a maltraité son fils.

Royal s'adossa contre sa chaise.

— Difficile à dire. Il me fait l'effet d'un gentil garçon beaucoup trop sage. J'ai le sentiment qu'il ne peut qu'aller mieux, maintenant que son père n'est plus là.

Et Elizabeth aussi. Si seulement il pouvait ne plus penser à toutes ces années qu'elle avait dû partager avec un alcoolique !

Puis il repensa à ce que son propre père disait souvent : « Dormez avec les chiens et vous aurez des puces. » Elizabeth ne devait s'en prendre qu'à elle-même, et à son goût pour la richesse et la position sociale.

Car c'était bien elle qui avait choisi l'homme qu'elle avait épousé, après tout.

9

Ce soir-là, l'ambiance au dîner fut tendue. Le duc et la duchesse étaient repartis pour Bransford Castle, et Elizabeth avait donc mangé en compagnie de Reese et de lady Tavistock.

La douairière s'était excusée de bonne heure, prétextant une légère indigestion, et le jeune caporal Daniels l'avait accompagnée à sa chambre. Reese avait proposé à Elizabeth de prendre un dernier verre dans le salon mais, sachant ce qui s'était passé la dernière fois qu'ils s'étaient retrouvés seuls, elle avait décliné son invitation.

Avant de se retirer dans sa chambre, elle était allée voir Jared, qui dormait déjà profondément. Elle avait ensuite regagné ses appartements. Toute la maison ou presque dormait. Mais elle ne trouvait pas le sommeil.

Assise au coin du feu, elle commença à lire à la lueur d'une petite lampe. Dehors, un orage d'automne grondait. Elle entendait le vent siffler dans les branches nues du grand sycomore qu'elle apercevait de sa fenêtre.

Elle s'absorba quelque temps dans la lecture de *Hide and Seek*, un livre très mystérieux de Wilkie Collins, puis sa vue commença à se brouiller. Elle se sentait fatiguée mais la tension, l'anxiété et l'inquiétude l'empêchaient de dormir. Peut-être qu'en s'allongeant dans son lit, elle trouverait le sommeil, songea-t-elle en posant son livre. Elle s'apprêtait à se lever lorsqu'elle entendit quelqu'un frapper doucement à sa porte.

Il ne pouvait pas s'agir de Gilda à pareille heure.

Un frisson d'appréhension parcourut son corps. Mon Dieu, était-il arrivé quelque chose à Jared ?

Elle se précipita vers la porte et sa chemise de nuit en coton blanc tourbillonna derrière elle. Puis elle s'arrêta net, sous le choc : Reese venait d'entrer dans sa chambre.

— Que se passe-t-il ? demanda-t-elle, affolée. Jared va bien ?

— Tout le monde va bien, autant que je sache.

Elle se sentit aussitôt soulagée.

— Que voulez-vous ? s'enquit-elle alors, saisie par une horrible crainte.

Les yeux étonnamment bleus de Reese parcoururent lentement son corps de haut en bas, jusqu'à ses pieds nus qui dépassaient de sa chemise de nuit.

— J'apprécie de vous voir porter autre chose que du noir, dit-il. Même si je vous préférerais en violet ou dans un bleu nuit brillant.

Baissant la tête pour observer sa tenue peu appropriée à une entrevue, elle réalisa que le tissu de sa chemise de nuit épousait toutes ses formes. Gênée, elle se tourna pour saisir son peignoir de soie bleue, mais Reese la devança et le lui prit doucement des mains.

— Vous n'en avez pas besoin. Souvenez-vous que j'ai déjà vu vos beaux seins. Mais j'avoue que j'aimerais beaucoup vous voir entièrement nue.

Piégée par l'intensité de son regard et l'expression amusée de son sourire, elle resta immobile. Son souffle devint court et son pouls s'accéléra.

Avec une fascination diabolique, elle le regarda sans bouger se pencher vers elle et s'emparer délicatement de ses lèvres.

Comment était-ce arrivé ? Comment, soudain, s'était-elle retrouvée dans ses bras ? Elle savait juste qu'il l'embrassait, que sa bouche réclamait la sienne lentement, comme s'il avait tout son temps, comme s'il voulait que ce baiser dure toujours.

Un flot de sensations déferla dans son corps, et une vague de chaleur s'empara d'elle. Très vite, un désir violent l'envahit. Les lèvres de Reese couvraient parfaitement les siennes, plus douces qu'elle l'aurait cru, annihilant toute volonté, généreuses et impérieuses à la fois. Tantôt elles l'effleuraient, tantôt elles prenaient possession de sa bouche avant de battre en retraite. Puis elles se firent insistantes, et elle n'eut plus le choix : elle entrouvrit ses lèvres et la langue sensuelle de Reese glissa dans sa bouche, la goûta, et la força à répondre.

Elle gémit de plaisir. Elle aurait aimé lui demander d'arrêter et de quitter sa chambre. Au lieu de cela, ses bras s'enroulèrent autour de la nuque de Reese et elle glissa ses doigts dans ses cheveux noirs semblables à de la soie. Il ne portait qu'un pantalon noir moulant et une chemise à manches longues. A travers le tissu de sa chemise de nuit, elle sentait la force de son corps mince et dur, les muscles de son torse, son ventre plat, et la puissance de son érection qui en disait long sur ce qu'il attendait d'elle.

Elle aurait dû se sentir effrayée. Elle l'aurait été si elle avait senti quelque chose de menaçant dans ses manières. Mais il ne faisait que la couvrir de baisers tour à tour tendres et doux, profonds et vertigineux à lui couper le souffle. Plus rien n'existait en dehors de leurs corps brûlants et de l'attirance irrésistible qu'elle avait toujours ressentie pour lui.

Elle se pressa contre lui en gémissant et laissa sa tête retomber en arrière, permettant à la bouche de Reese de s'attarder à loisir sur sa gorge. Il prit entre ses dents le lobe de son oreille et un frisson de plaisir la secoua entièrement, tandis que le désir se répandait dans ses veines comme la lave d'un volcan.

— Reese…, murmura-t-elle.

Ses longs doigts hâlés défirent lentement les boutons de sa chemise de nuit. Il écarta ensuite le mince tissu pour dévoiler son épaule et pressa ses lèvres sur sa peau nue. De sa main, il continuait d'écarter le tissu, découvrant un peu plus sa peau chaque fois, déposant des baisers humides à mesure qu'il la déshabillait. A chaque caresse, elle avait l'impression de prendre feu.

Elle retint son souffle lorsque le vêtement glissa un peu plus bas et dévoila l'un de ses seins. Aussitôt, Reese prit sa pointe rose entre ses dents et l'aspira doucement, la mordilla délicatement. Enivrée par ses baisers, elle défaillit. Aussitôt, il passa un bras aussi dur que le fer autour de sa taille.

— Doucement, dit-il à voix basse.

Elle s'agrippa désespérément à lui, le cœur battant à tout rompre.

— Mon Dieu, Reese…, gémit-elle.

Ignorant sa plainte, il l'embrassa avec passion et caressa d'une main habile sa poitrine nue, attisant des flammes de désir encore plus vives. Elle s'aperçut alors qu'il l'avait conduite au bord du lit. Sa chemise de nuit avait glissé jusqu'à sa taille et Reese prenait ses seins à pleines mains, les taquinant de sa langue tour à tour. Puis il la prit par les hanches et pressa son corps entre ses jambes, lui faisant sentir encore mieux sa puissante érection.

Son cœur battait si fort qu'il menaçait à chaque instant de sortir de sa poitrine. Tout son corps était en feu. Il fallait à tout prix qu'elle l'arrête. Elle savait ce qui allait se passer et les souvenirs affluèrent malgré elle, chargés de douleur et d'humiliations.

— Arrêtez ! s'écria-t-elle en essayant de se dégager. Reese, arrêtez, laissez-moi !

Elle n'était pas certaine qu'il allait l'écouter. C'était un homme, et les hommes prenaient toujours ce qu'ils voulaient. Il respirait fort, ses yeux bleus étaient fiévreux. Mais peu à peu, il reprit le contrôle de lui-même.

— Vous le voulez autant que moi, Elizabeth, dit-il d'une voix haletante.

Elle remit sa chemise de nuit en place en tremblant, et couvrit sa poitrine.

— Vous avez tort. Ce n'est pas du tout ce que je veux.

Les sentiments que nous avons partagés autrefois n'existent plus. Je vous demande de quitter ma chambre.

— Vous êtes une femme, Elizabeth, répondit-il, visiblement contrarié. Vous pouvez toujours nier les besoins de votre corps, vous ne parviendrez pas à les faire disparaître.

Même s'il avait raison, cela n'avait aucune importance.

— Bonne nuit, Reese, répondit-elle simplement.

Ses yeux bleu glacier parcoururent une dernière fois son corps et sa bouche prit un pli dur.

— Bonne nuit, madame, dit-il en s'inclinant vers elle d'un air moqueur.

Puis il partit.

Elizabeth contempla longuement la porte. Sa peau gardait l'empreinte des caresses et des baisers de Reese. Ses seins étaient lourds et douloureux. Elle pouvait encore sentir la chaleur de sa bouche. Tout son corps vibrait de désir pour lui.

Il avait dit la vérité. Même après toutes ces années, elle le désirait encore.

Mais trop de choses s'étaient passées au fil du temps. Les souvenirs terribles d'Edmund et de sa cruauté ne s'effaceraient jamais.

Serait-ce différent avec Reese ?

Elle repensa à leur étrange nuit d'amour dans la voiture, des années plus tôt. En dépit de leur inexpérience, cette étreinte avait été bien plus agréable que tout ce qu'elle avait vécu avec son mari.

Pourtant, elle ne prendrait pas le risque de recommencer.

Tôt ou tard, elle devrait lui dire la vérité sur son fils.

Et Reese la détesterait encore plus.

Jamais il ne lui accorderait son pardon.

Reese dut se retenir pour ne pas claquer la porte de sa suite.

Bon sang !

Ce soir, il n'était censé livrer que le premier assaut de sa campagne et non pas se mettre dans cet état.

Incapable de trouver le sommeil, il avait fait les cent pas dans son bureau. En montant l'escalier plusieurs heures plus tard, il avait vu de la lumière sous la porte d'Elizabeth.

Il avait alors compris que comme lui, elle ne dormait pas. Il avait frappé à sa porte dans l'intention de lui donner un simple baiser. Il ne voulait pas aller plus loin, et il ne l'aurait pas fait si elle n'avait pas répondu avec une telle passion.

Même à l'époque où elle n'était qu'une jeune fille innocente, Elizabeth était déjà de nature passionnée. Mais aujourd'hui, elle semblait avoir enfoui son caractère fougueux si profondément qu'il n'était pas certain de pouvoir l'exhumer. Il avait cherché à attiser son désir pour lui, mais sa propre soif d'elle était devenue incontrôlable. Et lorsqu'elle lui avait demandé d'arrêter, il n'avait pas été certain de pouvoir lui obéir.

Il avait eu envie de lui arracher ses vêtements, de la pénétrer avec force.

Il la voulait comme jamais il n'avait voulu aucune femme.

Il aurait pu insister, lui demander plus. Mais elle l'avait regardé avec ses grands yeux tristes. Elle cachait quelque chose qui lui échappait, et qui lui donnait envie de la protéger, y compris de lui-même.

Mais cela ne changeait rien. Il avait toujours envie d'elle. Il savait ce que son corps voulait, ce dont elle avait besoin, même si elle-même l'ignorait. Et il avait la ferme intention de le lui donner.

Il lui faudrait juste un peu plus de temps que ce qu'il avait prévu.

Il soupira dans la pénombre de sa chambre, à peine éclairée par la petite lampe qui brûlait sur sa table de nuit. Sa jambe lui faisait souffrir le martyre. Il avait volontairement abandonné sa canne pour contraindre ses muscles à travailler. Mais maintenant, il en payait le prix.

Il s'appuya lourdement sur le pommeau en argent de la longue tige d'ébène et se dirigea à pas lents vers son lit à baldaquin. Timothy devait dormir à l'heure qu'il était et il n'avait pas l'intention de le réveiller. Prenant appui contre la structure du lit, il se déshabilla tant bien que mal et se glissa sous les couvertures. Les élancements irradiaient dans sa jambe jusque dans l'aine. Si seulement il avait sous la main du laudanum ! Mais il était devenu beaucoup trop dépendant à cette drogue lorsqu'il était à l'hôpital, et en songeant aux crises d'Elizabeth lors de son sevrage, il se résigna.

Elizabeth…

Il aurait aimé qu'elle s'en aille pour ne plus jamais la revoir.

Mais il voulait aussi qu'elle reste.

Il avait tellement envie d'elle ! Avec le temps, peut-être viendrait-elle à lui et le laisserait-elle satisfaire leurs désirs ?

Incapable de trouver le sommeil, il contempla les tentures de soie dorée qui pendaient de chaque côté de son lit en se demandant si Elizabeth était aussi nerveuse et impatiente que lui.

Elizabeth ne dormait toujours pas lorsque les premières lueurs de l'aube commencèrent à filtrer par la fenêtre. Il faisait certainement frais dehors, mais elle avait besoin de prendre l'air pour réfléchir. Des années plus tôt, Reese et elle avaient battu la campagne à cheval autour de Clemens Abbey, sa maison, et même autour de Briarwood. Toujours dûment chaperonnés, bien entendu.

Toujours, à l'exception de cette nuit où il avait fini par la raccompagner chez elle après une soirée donnée chez sir Donovan.

La nuit où ils avaient fait l'amour.

Elizabeth chassa vivement ces souvenirs de son esprit. Elle était fatiguée de penser à Reese et épuisée par sa nuit sans sommeil. Elle enfila seule son habit d'équitation en velours noir et descendit l'escalier en direction des écuries.

Elle aperçut alors un garçon d'écurie qui s'affairait déjà et s'avança vers lui.

— Désolée de vous déranger si tôt, dit-elle, mais j'ai besoin d'un cheval. Je suis une bonne cavalière, même si je n'ai pas monté depuis longtemps. Pouvez-vous me trouver une monture convenable ?

Comprenant qu'il était en présence de la dame qui séjournait dans la demeure, le garçon d'écurie se découvrit aussitôt.

— Le commandant, dit-il précipitamment, ou plutôt lord Reese, est très doué pour choisir ses bêtes. Il a plusieurs hongres qui devraient vous convenir.

Il jeta un regard inquiet alentour.

— Il est vraiment très tôt, m'dame. Etes-vous sûre que…

— Comment vous appelez-vous ?

— Morris, m'dame.

Il serra sa casquette entre ses doigts et elle remarqua une vilaine cicatrice sur le dos de sa main qui montait jusqu'au poignet et disparaissait sous la manche de sa chemise. Un autre vétéran de guerre, sans aucun doute, songea-t-elle.

— Je me demande, Morris, si la selle d'amazone que j'utilisais autrefois est toujours là. Rien ne semble avoir bougé depuis que Reese est parti à la guerre.

— Oui, m'dame. Elle est ici et en parfait état. Les gars et moi, on prend soin du matériel du commandant.

— Parfait. Dans ce cas, sellez-moi un cheval.

Morris secoua tristement la tête, faisant onduler ses longs cheveux bruns.

— Non, m'dame, je ne peux pas vous laisser partir seule. Lord Reese me punirait si je laissais une lady chevaucher seule.

Peut-être avait-il raison. Aldridge Park n'était pas très loin et elle n'oubliait pas que Mason voulait obtenir la garde de Jared pour contrôler sa fortune. Son beau-frère ne baisserait pas les bras si facilement.

— Parfait ! Dans ce cas, préparez un cheval pour vous et un pour moi. Et dépêchez-vous. J'ai hâte de respirer l'air frais du matin.

— A vos ordres, m'dame. Cela ne me prendra pas plus d'une minute.

Reese s'était réveillé de bonne heure après une horrible nuit, qu'il avait sans doute bien méritée.

Il lança un regard furtif vers l'horloge de son bureau. Il avait occupé les deux dernières heures à lire dans son bureau les *Méthodes d'amélioration de l'agriculture* d'Ulysses Markham. Malgré ses efforts pour comprendre ce texte, la lecture était laborieuse. D'ailleurs, il commençait à avoir faim.

Abandonnant sa lecture, il se dirigea vers la salle du petit déjeuner. La cuisinière connaissait ses habitudes. Elle lui avait certainement préparé des œufs mollets et des saucisses qui l'attendaient au chaud sous des cloches en argent. En traversant le hall, il humait déjà la riche odeur du café.

— Monsieur !

Il aperçut Hopkins qui s'approchait de lui d'un pas décidé. L'homme tenait un plateau en argent dans sa main gantée de blanc.

— Cette lettre vient tout juste d'arriver, monsieur, dit le majordome. On dirait qu'elle vient de Londres. Le messager qui l'a portée a dit que c'était urgent.

Reese prit l'enveloppe et la décacheta. C'était son ami Travis Greer qui lui écrivait.

Cher Reese,

Je suis navré de te déranger car je sais que tu as de ton côté bien des soucis. Sache toutefois que je suis confronté à de graves ennuis. J'ai vraiment besoin de ton aide. Je serais bien venu moi-même t'expliquer la situation si l'on ne m'avait pas interdit de quitter Londres. J'espère que tu trouveras le moyen de venir me voir.

Ton ami dévoué,

Travis Greer

Reese lut et relut la lettre. Travis avait des ennuis. Il ne savait pas de quel ordre mais à ce jour, son ami ne lui avait jamais demandé le moindre service. L'affaire devait donc être importante, et il était bien décidé à faire tout ce qu'il fallait pour lui venir en aide.

Il devait se rendre à Londres. Malheureusement, cela impliquait de laisser Elizabeth et Jared seuls à Briarwood et cette idée ne lui plaisait pas du tout. Mason Holloway était un homme sans scrupule qui voulait mettre la main sur le fils d'Elizabeth. Il en profiterait certainement pour s'attaquer à eux pendant son absence.

Certes, Reese pouvait envoyer Jared et sa mère à Bransford Castle et les confier à son frère. Mais il refusait de se décharger de ses responsabilités sur Royal.

Il réfléchit à toutes les possibilités. Il devait garantir la sécurité d'Elizabeth et de son fils, et il avait à son service des hommes de confiance. Il demanderait donc à Timothy d'engager deux autres hommes du village qu'il connaissait bien, ce qui devrait suffire à les protéger le temps qu'il serait à Londres.

Sa décision prise, il demanda à Hopkins de lui préparer un panier-repas en vue de son voyage ainsi que sa voiture. Puis il monta dans sa chambre et donna quelques ordres à Timothy concernant ses bagages. Il partit enfin à la recherche d'Elizabeth.

— Je crains qu'elle ne soit pas dans sa chambre, milord, l'informa Gilda, sa femme de chambre. Vous la trouverez peut-être en bas.

Contrarié, il descendit aussi vite qu'il put l'escalier. Il venait tout juste d'atteindre les dernières marches lorsque la porte d'entrée s'ouvrit brusquement. L'un de ses garçons d'écurie, le sergent Morris Dexter, entra en trombe dans le hall.

— Commandant ! s'écria-t-il, à bout de souffle. Grâce à Dieu, je vous ai trouvé. Ce matin, lady Aldridge et moi sommes partis nous promener à cheval. Nous étions sur le chemin du retour quand nous avons entendu tirer. Il y a eu une balle perdue et…

Reese sentit sa gorge se serrer.

— Elle est étendue par terre derrière les écuries, mon commandant !

Abandonnant sa canne, il serra les dents pour lutter contre la douleur et se mit aussitôt en chemin. Quelqu'un avait tiré sur Elizabeth et elle était peut-être mourante.

Peut-être même était-elle déjà morte…

L'angoisse lui vrilla l'estomac. Il se déplaça aussi vite que sa fichue jambe le lui permettait, tandis que Morris s'élançait en courant vers les écuries.

En passant le coin du bâtiment, ils aperçurent Elizabeth qui s'approchait en boitillant de la maison. Il ressentit un tel soulagement qu'il chancela.

— Je vais bien, dit-elle en tenant son chapeau de soie noir dans la main. Je me suis un peu tordu la cheville en tombant, c'est tout.

Mais tout dans son allure indiquait le contraire. Des feuilles et des brindilles étaient accrochées à son ample jupe d'équitation noire et les épingles qui retenaient ses cheveux étaient détachées. Son visage, plus pâle que d'ordinaire, portait des traces de boue, et de longues mèches folles tombaient lamentablement sur ses épaules.

— Morris m'a dit que quelqu'un avait tiré sur vous, dit-il. Etes-vous certaine qu'il ne vous a pas touchée ?

Elle leva le bras et il aperçut un trou qui traversait la manche bouffante de sa veste, juste au-dessus du coude.

— Mon cheval s'est cabré en entendant le coup de feu, répondit-elle. Je n'y étais pas préparée. Je n'étais pas montée depuis longtemps.

Il la détailla de la tête aux pieds à la recherche d'un quelconque signe de blessure, mais en dehors de sa mine défaite et de sa tenue débraillée, elle paraissait aller bien.

— Morris pense qu'il s'agit d'un braconnier, dit-il. Qu'en dites-vous ?

Elle détourna le regard. Manifestement, elle ne partageait pas cet avis.

— Je ne le crois pas non plus, ajouta-t-il.

Il se tournait vers le garçon d'écurie pour lui demander d'amener le cabriolet afin de transporter Elizabeth jusqu'à la maison lorsque Timothy fit son apparition. Aussitôt, il souleva Elizabeth dans ses bras puissants.

— Je m'en occupe, monsieur, dit le valet.

Reese acquiesça, contrarié de confier à un autre homme les tâches qu'il ne pouvait pas accomplir. Mais pour l'heure, le plus important était de mettre Elizabeth en sécurité dans la maison.

Il avait le devoir de la protéger.

Il songea alors à son ami Travis, qui avait des ennuis et qui avait aussi besoin de son aide.

Comment diable allait-il s'en sortir ?

Il ne partit pas pour Londres ce jour-là, pas plus qu'il ne descendit dans la salle à manger pour dîner. Il avait besoin de temps pour réfléchir. Il devait à tout prix partir pour Londres tout en sachant qu'en son absence, il pouvait arriver malheur à Elizabeth. Il était certain que ce coup de feu n'était pas un accident. Quelqu'un surveillait la maison, quelqu'un que Mason Holloway avait payé pour terminer le travail qu'il avait commencé.

Si Mason ne pouvait pas arriver à contrôler Elizabeth, il la tuerait, purement et simplement.

Reese était rongé par l'inquiétude. Il avait engagé d'autres hommes du village, des personnes de confiance, qui étaient partis à la recherche du tireur. Mais ils n'avaient rien trouvé. Depuis, ils surveillaient la demeure vingt-quatre heures sur vingt-quatre, avec pour mission de chasser les intrus.

Reese bouillonnait de colère. C'était sa maison, bon sang ! Tout le monde devait y être en sécurité.

Il resta éveillé jusque tard dans la nuit, faisant les cent pas pour trouver des solutions. Et il n'y en avait pas beaucoup.

D'un côté, il refusait d'abandonner l'homme qui lui avait sauvé la vie.

Et malgré tout ce qui l'opposait à Elizabeth, il ne pouvait

pas rester les bras croisés et permettre que l'on porte atteinte à sa vie ou à celle de son fils.

Une heure s'écoula. L'horloge carillonna tandis qu'il broyait du noir devant le feu de cheminée qui s'éteignait lentement. Dehors, la nuit était aussi noire que les sinistres habits de deuil d'Elizabeth.

Faisant tournoyer le brandy dans son verre, il but une petite gorgée.

Une seule chose était claire dans son esprit. S'il partait pour Londres, Elizabeth et Jared devaient venir avec lui.

Il prit une autre gorgée et réfléchit à l'idée qui hantait son esprit depuis des heures. Il existait un moyen de mettre l'enfant en sécurité. Un moyen qui lui permettait aussi d'obtenir ce qu'il voulait d'Elizabeth.

C'était la solution qui s'était imposée à lui, et contre laquelle son esprit se débattait farouchement.

Jamais plus il ne pourrait faire confiance à Elizabeth, pas après les promesses qu'elle lui avait faites et qu'elle avait rompues. Mais cela n'avait pas d'importance. Cet arrangement pouvait être l'occasion d'arriver à ses fins, sans mettre en danger son cœur.

Il pourrait mettre Elizabeth dans son lit, satisfaire le désir qu'il éprouvait pour elle depuis presque huit ans, tout en la protégeant, ainsi que son fils, de la cruauté de son beau-frère et de sa belle-sœur.

Elle était également une héritière, ce qui représentait un atout supplémentaire. Il n'avait pas vraiment besoin de son argent, mais celui-ci lui reviendrait de droit, comme le voulait la loi.

Plus il y réfléchissait, plus cette idée lui paraissait séduisante. Elizabeth avait besoin de sa protection. Et lui avait besoin d'une femme dans son lit.

Et pas n'importe laquelle, il l'avait bien compris.

Il la voulait, elle, et il savait exactement comment atteindre son but.

10

Elizabeth avait encore dormi très peu cette nuit. Elle avait des décisions à prendre. Elle savait que sa vie et celle de son fils étaient en danger, mais après le coup de feu qui avait failli la tuer, elle était encore plus indécise et confuse.

Elle se leva un peu plus tard que prévu, sonna Gilda, s'habilla et se dirigea vers la nursery située à l'étage. Mme Garvey lisait avec Jared un livre d'histoires pour les enfants lorsqu'elle entra dans la pièce.

Elle prit quelques instants pour les observer. Son fils aimait tant lire. Il était grand temps qu'il reprenne ses études. Elle n'avait jamais apprécié M. Horton, l'ancien précepteur de Jared, mais c'était Mason qui l'avait embauché et elle n'avait pas été capable de lui tenir tête à ce sujet.

Dès qu'elle serait à Londres, elle engagerait une personne non seulement de confiance, mais qu'elle apprécierait.

Jared leva la tête à cet instant et bondit sur ses pieds en l'apercevant.

— Maman ! s'écria-t-il.

Il s'accrocha à ses jupes et enfouit son petit visage dans les grands plis de tissu noir.

Emue, elle caressa les épais cheveux de son fils.

— Tu lis, dit-elle avec un sourire. C'est formidable !

— Jared apprend très vite, dit fièrement Mme Garvey, comme s'il s'agissait de son propre enfant.

Elizabeth sentit monter une bouffée de gratitude en

elle. Quelle chance d'avoir une femme aussi dévouée à son service !

— Il a toujours aimé apprendre, répondit-elle. Dès que nous serons à Holiday House, je lui trouverai un précepteur convenable afin qu'il reprenne ses études.

— Quand partons-nous, madame ? demanda Mme Garvey.

— Je ne le sais pas encore, dit-elle d'une voix hésitante. Bientôt, je l'espère.

Mais avant, elle devait dire à Reese la vérité sur Jared.

La peur lui noua soudain le ventre et sa main trembla un peu dans les cheveux de son fils. Son fils *et* celui de Reese. Elle entendit alors frapper doucement à la porte et fut soulagée par cette diversion.

— Monsieur demande à vous parler le plus tôt possible, madame, déclara Hopkins, le majordome. Il vous attend dans le salon bleu.

Elle répondit par un signe de tête. Ainsi, Reese voulait la voir. Il n'était pas descendu dîner la veille. Et elle n'avait pas le droit de se demander où il était, ni de s'avouer qu'il lui avait manqué.

— Je dois m'en aller, mon chéri, dit-elle avant de déposer un baiser sur la joue de son fils. Peut-être pourrions-nous nous rendre à l'écurie un peu plus tard pour donner un morceau de sucre à Lumière d'étoile.

Le visage du petit garçon s'illumina.

— Oh oui !

Elizabeth lui sourit. Cet enfant était un amour.

— Marché conclu, dit-elle. Je reviendrai plus tard te chercher.

Son cœur battait fort dans sa poitrine lorsqu'elle descendit l'escalier. Etait-elle seulement nerveuse ou impatiente de revoir Reese ?

Lorsque Elizabeth entra dans le salon, Reese l'attendait, confortablement installé dans le canapé en chintz bleu, sa canne posée à côté de lui. Il se leva pour la saluer. Il avait l'air si grand, si brun, si viril dans cette pièce à la décoration si douce.

— Merci d'être venue, dit-il d'une voix solennelle.

L'anxiété d'Elizabeth monta d'un cran.

— Vous avez eu la gentillesse de nous offrir un lieu sûr pour mon fils et moi-même, dit-elle. Je suppose que vous voulez que nous en parlions.

— En effet.

Elizabeth s'avança très raide vers l'un des fauteuils bleus à fleurs à côté du canapé. Dès qu'elle eut pris place, Reese retourna vers son siège, et s'assit, le dos très droit, sans doute un héritage de ses années passées dans l'armée. Il était incroyablement beau, non pas au sens habituel du terme, mais de façon plus mâle, plus virile, et plus impressionnante.

L'homme dur qu'il était devenu était beaucoup plus séduisant que le beau jeune homme qu'il était autrefois.

— Après l'attentat dont vous avez été victime hier, dit-il en s'asseyant, j'ai passé beaucoup de temps à réfléchir à la situation. Etant donné que vous auriez pu être tuée, il est clair que le danger que vous encourez est beaucoup plus grand que ce que nous pensions. Mason Holloway veut votre fils et sa fortune. Et apparemment, il ne reculera devant aucun crime pour parvenir à ses fins.

Un frisson de terreur la parcourut.

— C'est en effet probable, répondit-elle en essayant de maîtriser les tremblements de sa voix, même si nous n'avons aucune certitude.

— Tout à fait. Mais c'est la seule conclusion que nous pouvons tirer pour l'instant.

Reese avait raison. Ils devaient supposer le pire afin d'être prêts à parer à toutes les éventualités.

— Je vous ai fait venir car mon ami, le capitaine Greer, a aussi un problème. Vous vous souvenez de lui ?

— Bien sûr.

— Sachez que Travis m'a sauvé la vie et que ce geste

lui a coûté un bras. J'ai une énorme dette envers lui. Je dois partir pour Londres le plus tôt possible.

La peur lui noua la gorge. Reese devait partir, ce qui signifiait qu'elle aussi.

— Nous devons nous en aller, je comprends, dit-elle calmement. Il est d'ailleurs grand temps pour moi de le faire. J'envisage de m'installer à Holiday House. Je vais préparer mes bagages sur-le-champ.

Elle se levait déjà pour quitter la pièce quand la voix profonde de Reese la stoppa.

— Je ne vous ai pas demandé de venir pour vous demander de partir, dit-il d'un air grave. Je vous ai fait venir car je pense avoir trouvé un moyen de protéger votre fils.

Stupéfaite, elle se laissa tomber dans le fauteuil.

— Et quel est-il, s'il vous plaît ?

— Si j'adoptais l'enfant et que je lui donnais mon nom, même s'il vous arrivait malheur, Holloway ne pourrait pas obtenir la garde de Jared. Je pourrais prendre soin de lui. Mais pour que vous puissiez continuer à élever votre fils — et je sais que c'est ce que vous souhaitez — nous devons nous marier.

A ces mots, elle se sentit blêmir.

— Vous n'êtes pas en train de me demander…

— Holloway n'est pas idiot, l'interrompit-il. Il comprendra aussitôt les conséquences de notre mariage et de l'adoption de Jared, laquelle ne devrait pas poser de problème dans la mesure où mon frère est duc : il a beaucoup d'influence. Holloway n'aurait ainsi plus aucune prise sur Jared, et vous tuer ne servirait plus à rien.

Abasourdie, elle secoua tristement la tête. Non, jamais elle ne se remarierait, et encore moins avec un homme qui risquait de vouloir la punir pour ses fautes au lieu de l'aimer.

— Non, dit-elle d'une voix blanche.

— C'est votre réponse ? Vous ne voulez même pas y réfléchir ?

— Je vous ai déjà dit que je n'avais aucun intérêt à me

marier de nouveau. Jamais plus je ne me mettrai dans une telle situation.

— Pas même pour sauver votre fils ? demanda-t-il en la foudroyant du regard.

Elle sentit son sœur se serrer. Jared était tout pour elle. Tout. Et s'il venait à tomber entre les mains de Mason, sa vie ne lui appartiendrait plus. Elle ne voulait même pas imaginer la cruauté et le danger auxquels son fils serait exposé s'il vivait avec un homme aussi impitoyable que son oncle.

— Il y a un autre facteur dont vous n'avez pas tenu compte, ajouta-t-il.

— Lequel ? demanda-t-elle, au comble de l'inquiétude.

— Si votre fils venait à mourir, Holloway serait le prochain comte en titre.

Elizabeth se redressa.

— Je le sais. Pourtant, Mason a beau être impitoyable, je ne crois pas qu'il s'abaisserait à tuer un enfant.

— Alors qu'il n'éprouve aucun scrupule à se débarrasser de sa mère…

Elle frémit. Jamais elle n'aurait pensé que Mason irait jusqu'à commanditer son meurtre. Mais hier, elle avait compris à quel point elle avait eu tort. Avait-il aussi l'intention de tuer Jared ? Une fois l'enfant mort, il n'y aurait plus d'obstacle entre lui et la fortune des Aldridge. Mason pourrait devenir comte, avec tout l'argent et la puissance que lui conférerait ce titre.

— Avec une licence spéciale, insista Reese, nous pouvons nous marier dans quelques jours. Je lancerai aussitôt la procédure d'adoption.

— Je… je ne peux pas vous épouser.

Non, elle ne voulait se marier avec personne. Et surtout pas avec Reese.

— Je suis un militaire, Elizabeth. Je suis en mesure de vous protéger, vous et votre fils. Vous serez en sécurité avec moi, et je pense que vous le savez. C'est d'ailleurs la raison pour laquelle vous êtes venue me trouver.

— Oui, mais…

Elle s'interrompit. Elle ne pouvait pas épouser Reese. Dieu du ciel, dès qu'elle lui dirait la vérité sur son fils, il la mépriserait ! Et elle avait déjà vécu l'enfer avec un mari violent et vengeur.

Sa réponse était claire. Reese ne lui aurait jamais proposé le mariage s'il connaissait la vérité. Non, il la détesterait de tout son être. Mais il ferait tout pour protéger son fils.

— Je n'espère pas une réponse immédiate de votre part, dit Reese en se levant. Vous avez jusqu'à ce soir pour réfléchir. Je pars pour Londres demain matin. Vous et votre fils pouvez m'accompagner. Epousez-moi, Elizabeth, et je vous protégerai. Jared sera en sécurité. Je vous en fais la promesse solennelle.

Le cœur battant, Elizabeth se tut. Rien n'était plus précieux aux yeux de Reese que l'honneur. Jamais il ne s'engagerait s'il n'était pas certain de tenir sa promesse. Partagée entre l'appréhension et la peur, elle resta immobile tandis que Reese prenait sa canne et sortait de la pièce.

Elle devait lui parler, lui dire la vérité. Elle le ferait dès ce soir. Et demain matin, elle partirait pour Holiday House.

Vingt minutes plus tard, elle était encore assise dans le salon, réfléchissant à ce qu'elle allait dire à Reese. Elle entendit soudain frapper à la porte et aperçut Hopkins qui se tenait dignement sur le pas de la porte.

— Navré de vous déranger, madame, mais lady Tavistock désire vous voir.

Frêle et courbée, la vieille dame passa devant le major-dome et entra dans la pièce.

Elizabeth se leva aussitôt.

— Lady Tavistock, dit-elle en s'inclinant.

— Asseyez-vous, ma fille. Nous devons parler.

— Bien, madame, répondit-elle.

Dès qu'elle se trouvait en présence de la vieille dame, elle avait l'impression de redevenir une enfant.

La douairière s'assit péniblement sur le canapé.

— Mon neveu vient de me parler. Il m'a dit qu'il vous avait demandée en mariage. Il m'a expliqué qu'il souhaitait vous offrir, à vous et à votre fils, sa protection.

Elizabeth tenta de sourire, en vain.

— C'est très aimable de sa part de me faire une telle proposition, dit-elle. Mais je crains que cela ne soit trop lui demander. J'ai l'intention de refuser son offre. Ce soir, je vais lui dire la vérité à propos de Jared.

La vieille dame lui lança un regard courroucé.

— Vous n'en ferez rien !

— Comment ? demanda-t-elle, interloquée.

— Vous allez faire ce qu'il vous demande et l'épouser.

— Vous… vous insinuez que vous souhaitez vraiment que je l'épouse ?

— Je n'ai jamais été aussi sérieuse. Vous allez épouser Reese dès que possible. C'est d'ailleurs ce que vous auriez dû faire dès que vous avez appris que vous portiez son enfant.

— Mais c'est impossible ! Vous ne comprenez pas ? Tôt ou tard, je devrai lui dire la vérité à propos de Jared. Et lorsqu'il saura, il me détestera pour toujours.

— Peut-être pas. Une fois mariée, vous aurez le temps nécessaire pour lui faire comprendre pourquoi vous avez agi de la sorte. Rappelez-vous que Reese n'est pas tout à fait innocent dans cette histoire. Vous étiez jeune et naïve, et il vous a séduite. Avec le temps, il comprendra que les torts sont partagés.

Si seulement elle disait vrai ! Sauf qu'en réalité, c'était elle qui l'avait séduit, et non le contraire. Et dans l'univers de Reese, tout était noir ou blanc, vrai ou faux. L'enfant était le sien et elle aurait dû l'épouser.

Si seulement elle avait pu faire ce choix des années en arrière !

La voix haut perchée de la douairière s'adoucit un peu.

— Je vous ai vus ensemble et je pense que vous avez toujours des sentiments pour mon neveu. Et je ne crois pas qu'il aurait envisagé de vous épouser s'il ne ressentait rien pour vous, même s'il se peut qu'il ne le sache pas lui-même.

— Il me désire. Il me l'a fait clairement comprendre. Mais il n'y a que cela qui l'intéresse.

— Cela n'a aucune importance. Vous devez penser à l'enfant. Reese est un homme fort et plein de ressource. Il trouvera le moyen de vous protéger, vous et votre fils.

Elizabeth froissa nerveusement entre ses doigts les plis de sa jupe en taffetas noir.

— S'il vous plaît, madame, supplia-t-elle. Vous ne comprenez pas. Ne me demandez pas cela.

— Ce n'est pas une demande. Pour une fois, vous allez faire ce qui est juste. Vous allez le faire car vous avez une dette envers Reese. Et aussi parce que vous aimez votre fils.

A ces mots, Elizabeth sentit les larmes lui monter aux yeux. Elle songea à Reese et à la peine qu'elle lui avait infligée des années plus tôt. Elle pensa aux années où elle l'avait privé de son fils, et à la manière dont Edmund avait traité Jared.

Dès le début, son mari connaissait la vérité. Son père avait insisté pour qu'elle la lui dise. Mais elle avait une dot importante et un héritage encore plus grand.

Et cela avait suffi à convaincre Edmund de l'épouser.

Sauf qu'il le lui avait fait payer chaque jour qu'ils avaient passé ensemble.

Aujourd'hui, Reese lui offrait une chance de réparer ses erreurs. Il élèverait Jared, comme il aurait dû le faire dès le départ. Avec le temps, elle trouverait une façon de lui dire la vérité et il lui accorderait peut-être son pardon…

Essuyant les larmes qui avaient roulé sur sa joue, elle inspira profondément.

— Je ferai ce que vous me demandez, madame, articula-t-elle péniblement.

La vieille dame hocha gravement la tête.

— Je savais que vous le feriez. Vous avez toujours été une gentille fille, Elizabeth, même si vous vous êtes égarée en chemin.

Oui, elle s'était égarée en chemin, songea-t-elle, le cœur gros, et aujourd'hui encore, elle se demandait comment tout était arrivé.

Peut-être qu'en épousant Reese, et en lui rendant son fils, elle pourrait s'amender du mal qu'elle avait fait.

Assis dans l'un des grands fauteuils en cuir de son bureau, près de la cheminée, Reese essayait vainement de finir son livre en attendant qu'Elizabeth vienne le rejoindre pour lui donner sa réponse. Il était 10 heures passées. Elizabeth s'était excusée pour le dîner. Comme lui, elle devait sans doute être en proie à la confusion.

Et si elle refusait son offre de mariage ? Après tout, c'était une femme riche et indépendante, comtesse de surcroît. Elle avait beaucoup changé. Elle était devenue plus forte, plus courageuse et beaucoup plus déterminée.

Elle était aussi devenue une mère qui aimait de toute évidence son fils.

Reese avait proposé de donner son nom à l'enfant pour le protéger et éviter qu'Holloway puisse en demander la garde. Bien sûr, il espérait qu'Elizabeth avait raison et que ce monstre de Mason n'irait pas jusqu'à faire tuer un petit garçon. Mais dans le doute, il avait l'intention de sécuriser la maison vingt-quatre heures sur vingt-quatre et de trouver une solution pour se protéger définitivement d'Holloway.

Il était prêt à veiller sur la mère et sur l'enfant à n'importe quel prix, et Elizabeth le connaissait suffisamment pour lui faire confiance. De son côté, il espérait qu'elle mettrait ses propres doutes de côté et qu'elle accepterait sa proposition, pour le bien de son enfant.

Mais comment en être certain ? Il jeta un coup d'œil inquiet vers l'horloge en or posée sur le manteau de la cheminée. Plus les minutes passaient, plus il comprenait à quel point il espérait qu'elle accepte. Il était inquiet pour l'enfant, pour lequel il commençait à ressentir une certaine affection, mais il désirait Elizabeth par-dessus tout. Il voulait à tout prix la mettre dans son lit.

En outre, l'idée qu'Holloway envisage de leur faire du mal le mettait hors de lui.

En attendant qu'elle arrive, il essaya de nouveau de s'absorber dans la lecture du livre posé sur ses genoux, un recueil de conseils sur l'agriculture. A peine quelques minutes plus tard, il releva la tête et aperçut Elizabeth debout sur le pas de la porte.

Aussitôt, il mit son ouvrage de côté et lui fit signe d'entrer dans la pièce.

— Je commençais à croire que vous ne viendriez pas, dit-il.

— Je voulais venir plus tôt. J'espère qu'il n'est pas trop tard pour vous.

— Je me couche rarement avant minuit.

— J'ai moi-même pris cette mauvaise habitude.

Il l'invita à s'asseoir dans un fauteuil en cuir brun et l'observa tandis qu'elle traversait la pièce. Ces dernières années ne lui avaient causé aucun tort, bien au contraire. Ses longs cheveux bouclés étaient toujours aussi noirs que sa robe de deuil, et sa peau avait le velouté d'une pêche. Sa silhouette s'était épanouie, ses seins étaient plus pleins. Elle était encore plus féminine, plus désirable qu'autrefois.

Soudain, il sentit son corps se raidir à l'idée que si elle acceptait son offre, elle partagerait bientôt son lit.

Une fois qu'elle fut installée dans le fauteuil, elle se mit à froisser entre ses doigts les plis de sa jupe. Elle paraissait aussi nerveuse que lui. Il n'avait formulé qu'une seule demande en mariage dans sa vie, songea-t-il, et à l'époque, elle était déjà destinée à cette femme.

— Je suppose que vous avez pris votre décision, dit-il, pressé d'entendre sa réponse.

La patience n'était pas sa plus grande qualité.

— En effet…

Elle prit une profonde inspiration.

— J'ai décidé d'accepter votre proposition, sous certaines conditions.

Il lui lança un regard surpris.

— Quelles conditions ?

— Il s'agira d'un mariage de convenance, et rien de plus.

Il éclata de rire.

— Je suis un homme, Elizabeth, avec des besoins. Depuis ce jour où nous avons fait l'amour pour la première fois à l'arrière de cette voiture, je rêve de vous posséder de nouveau. Voilà près de huit ans que j'y pense. Je n'accepterai ce mariage que si vous devenez complètement ma femme.

Le rose lui monta aux joues, rappelant à Reese la jeune fille qu'il avait rencontrée autrefois.

— Bien des années se sont écoulées, riposta-t-elle. Nous nous connaissons à peine aujourd'hui. Vous m'en demandez beaucoup.

— Mais je vous offre beaucoup en retour.

Elle détourna les yeux et se mordit la lèvre inférieure. Il ressentit aussitôt une nouvelle bouffée de désir. Il se souvenait encore du goût de sa bouche, des courbes sensuelles de son corps pressé contre le sien, de la manière dont la pointe de ses seins s'était dressée sous ses doigts.

— Si j'accepte, dit-elle d'une voix hésitante, j'aurai besoin de temps. J'ai besoin de vous connaître mieux avant de…

Il fronça les sourcils.

— Ne jouez pas à la vierge effarouchée, Elizabeth. Vous avez été mariée, et vous avez eu un enfant. Vous savez ce qui se passe entre un homme et une femme. Et puis, il y a un autre aspect, et non des moindres : vous me désirez peut-être autant que je vous désire.

Ses joues s'empourprèrent de nouveau.

— Vos baisers me plaisent beaucoup, certes, mais…

— Mais quoi ? Vous n'aimez pas la façon dont je vous

touche, dont je vous caresse ? Inutile de vous mentir à vous-même, Elizabeth.

Elle ouvrit la bouche pour riposter mais il se reprit et hocha la tête d'un air résigné. S'il voulait obtenir ce qu'il désirait, ce n'était pas le moment de la contrarier.

— Très bien, dit-il, je vous donne une semaine à partir du jour de notre mariage. Passé ce délai, je revendiquerai mes droits conjugaux.

Elle détourna le regard, au bord des larmes. Elle contempla un long moment les flammes qui dansaient dans la cheminée. Sachant à quel point elle tenait à son indépendance, le choix qu'elle avait fait ne devait pas être facile.

Enfin, elle posa son regard sur lui, la tête haute. Une faible crainte se lisait dans ses yeux, et Reese dut chasser l'émotion que ce constat suscitait en lui.

— J'accepte vos conditions, mais même si vous devenez mon mari, je ne vous laisserai pas me faire du mal.

Il sentit son cœur se serrer. Bon sang, que lui avait fait Aldridge ? Même s'il n'avait jamais aimé cet homme, il ne parvenait pas à l'imager maltraitant une femme. Aldridge avait-il fait du mal à Elizabeth ?

Reese s'approcha lentement d'elle. Il ne voulait pas l'effrayer.

— Je ne vais pas vous forcer, Elizabeth, dit-il d'une voix douce. Pour l'amour du ciel, je n'ai jamais forcé une femme de toute ma vie. Je ne vais pas commencer avec vous.

Elle leva ses merveilleux yeux gris vers lui et une larme roula sur sa joue. Il ressentit alors sa douleur aussi vivement que si c'était la sienne.

— Je ne sais pas, Reese… Je ne sais pas si je peux faire ça.

Emu, il la prit délicatement dans ses bras. Que s'était-il passé pendant toutes ses années d'absence ? La vie avec Aldridge avait-elle été à ce point insupportable ? Il la sentit trembler et une petite fissure se creusa dans le rempart qu'il avait édifié autour de son cœur.

Il lutta de toutes ses forces pour ne pas céder. Non, il ne pouvait pas montrer le moindre signe de faiblesse, pas avec Elizabeth. Il continua pourtant à la serrer dans ses bras.

— Nous irons doucement, dit-il d'une voix tendre, nous apprendrons à nous connaître de nouveau. Je ne ferai rien que vous ne voulez pas.

Il prit son menton pour la contraindre à lever son visage vers lui.

— En contrepartie, ajouta-t-il, j'attends que vous vous montriez coopérative. Je ne vous laisserai pas vous refuser à moi indéfiniment.

Elle battit des paupières et de nouvelles larmes roulèrent sur ses joues. Il aurait préféré qu'elle ne pleure pas. Jamais elle n'avait pleuré une seule fois lorsqu'ils étaient ensemble. Il essuya ses larmes de son pouce.

— Dites oui, Elizabeth. Laissez-moi vous protéger, vous et votre fils.

Elle le dévisagea longuement, une émotion indéchiffrable dans le regard. Puis elle hocha lentement la tête.

— Très bien, Reese, dit-elle gravement, j'accepte de vous épouser.

A ces mots, une chaleur enivrante l'envahit. Il se pencha vers elle et l'embrassa très doucement. Il sentit ses lèvres souples trembler sous les siennes, et il comprit que le moment était mal choisi pour lui en demander plus.

— Une dernière chose, dit-il en s'écartant.

Elle le regarda avec chaleur.

— Oui ?

— Une fois que nous serons à Londres, je voudrais que vous abandonniez ces horribles robes noires. Je veux que vous vous habilliez comme ma femme, et non comme la veuve d'un autre homme.

L'espace d'un instant, il crut qu'elle allait protester. Mais sa demande lui arracha presque un sourire.

— Comme vous voudrez, monsieur.

— Nous sommes donc d'accord. Je commencerai demain

toutes les démarches. A la fin de la semaine, nous pourrons nous marier. Nous partirons ensuite pour Londres.

Elizabeth se contenta d'acquiescer en silence et ses épaules s'affaissèrent, comme si toute volonté venait de la quitter.

— J'espère que vous ne m'en voudrez pas, dit-elle, mais je me sens soudain très lasse. Si vous le permettez, je vais me retirer dans ma chambre.

— Bien entendu, dit-il sans chercher à la retenir.

Elizabeth tourna les talons et quitta rapidement le bureau.

Il poussa un long soupir. Dans quelques jours, ils seraient mariés. Il s'apprêtait à épouser une femme qui l'avait trahi, une femme qui ne lui inspirait aucune confiance. Mais une femme qui l'attirait encore plus que tout ce qu'il aurait pu imaginer.

11

De gros nuages gris s'étaient amoncelés au-dessus du manoir de Briarwood, annonciateurs de l'orage. En ce mois d'octobre, des bourrasques de vent glaciales soufflaient sur les terres nues du domaine.

Elizabeth se tenait à côté de Reese dans la salle de réception. Par égard pour lui, elle portait une robe de soie lavande agrémentée d'un jupon en tulle argenté chatoyant ouvert sur l'avant et drapé sur le côté. La duchesse de Bransford lui avait confectionné elle-même cette tenue.

Près d'elle, Reese arborait une veste à queue-de-pie bleu marine avec un col en velours et un pantalon gris foncé. Ses traits taillés à la serpe, son air sombre et intimidant et ses yeux d'un bleu intense ne faisaient que mettre en valeur son charme viril.

Elle osait à peine penser que bientôt, elle serait sa femme.

Un frisson courut dans son dos et elle tâcha de reporter son attention sur l'homme vêtu d'une soutane en satin blanc debout devant eux. Il était mince, avec des cheveux gris et un teint cireux. Comme dans un rêve éveillé, elle l'entendit psalmodier d'une voix monotone les vœux sacrés du mariage.

Les invités étaient peu nombreux. Royal, le frère de Reese, se tenait à sa droite, tandis que Lily, la jolie duchesse blonde, était debout à sa gauche. Sheridan Knowles, vicomte de Wellesley, un ami de longue date des frères Dewar qui vivait dans une propriété voisine, était également présent.

C'était un homme charmant et distingué qu'elle avait déjà rencontré en diverses occasions. Quelques mètres plus loin, son fils était assis sur une chaise à côté d'Agatha, la tante de Reese. Jared la regardait d'un air solennel et inquiet.

Elle lui avait expliqué ce qui allait se passer. Reese et elle allaient se marier et lord Reese vivrait avec eux à partir de ce jour.

— Il va devenir mon père ? avait demandé Jared.

— Eh bien, oui, je suppose, avait-elle répondu, l'estomac noué.

— Comment devrai-je l'appeler ?

Lorsqu'elle avait accepté l'offre de Reese, elle n'avait pas réfléchi à tout cela.

— Pour l'instant, contente-toi de l'appeler lord Reese, d'accord ? avait-elle répondu.

Jared avait acquiescé d'un signe de tête. Comme bien souvent, elle était incapable de savoir ce qu'il pensait.

Le pasteur prononça alors le nom de Reese, et elle fut tirée de ses rêveries.

— Reese, voulez-vous prendre Elizabeth pour épouse et vivre avec elle dans la sainte union du mariage ? Acceptez-vous de l'aimer, de la réconforter, de l'honorer et de la garder dans la maladie et dans la santé, et de lui être fidèle jusqu'à ce que la mort vous sépare ?

— Je le veux, répondit-il d'une voix ferme.

— Et vous, Elizabeth, voulez-vous prendre Reese comme époux, l'aimer, l'honorer et le garder dans la maladie et dans la santé, et lui être fidèle jusqu'à ce que la mort vous sépare ?

— Je le veux, dit-elle d'une voix un peu tremblante.

Prenant sa main, Reese glissa à son majeur gauche un épais anneau en or serti de rubis. C'était une magnifique bague ancienne. Avait-elle une quelconque signification ? Puis il posa la main tremblante d'Elizabeth sur la manche de son habit et se tourna de nouveau vers le pasteur.

— Par cet échange d'anneau, vous voilà unis par les

liens sacrés du mariage. Au nom du Père, du Fils et du Saint-Esprit, je vous déclare mari et femme. Que ce que Dieu a uni, l'homme ne le défasse pas.

Le pasteur leur adressa un sourire.

— Vous pouvez embrasser la mariée, ajouta-t-il.

Elle ferma les yeux tandis que Reese se penchait lentement vers elle. Il posa ses lèvres sur les siennes avec une infinie douceur, et une étrange chaleur s'empara d'elle. Elle sentit ses joues rosir de plaisir. Mais alors que Reese aurait dû mettre fin à leur baiser, il l'approfondit encore plus, revendiquant ainsi son nouveau statut d'époux. Puis il la relâcha.

— Tout va bien se passer, dit-il d'une voix douce en caressant sa joue.

Mon Dieu, comme elle avait envie de le croire !

— Votre tante a organisé un repas de noce en votre honneur, déclara le pasteur en souriant. Pour ma part, j'ai hâte d'y goûter.

— Moi aussi, répliqua la frêle dame en quittant péniblement son siège. Et je suis certaine que ce jeune homme est tout autant affamé.

Le visage de Jared s'éclaira et ils éclatèrent tous de rire, heureux que la tension de la cérémonie soit passée. Ils se dirigeaient gaiement vers la salle à manger lorsque la porte d'entrée s'ouvrit brusquement. Accompagné d'une rafale de vent, Rule Dewar entra dans la demeure.

— Désolé d'être en retard, dit-il en retirant son manteau.

Il étouffa une quinte de toux derrière sa main.

— Ces routes sont un cauchemar, ajouta-t-il.

— Rule ! s'écria Reese en s'avançant vers lui, si heureux qu'il en oublia sa canne.

Elizabeth avait remarqué qu'il ne l'avait pas utilisée pendant toute la cérémonie. Mais à quel prix ?

— Je ne m'attendais pas à ce que tu viennes de Londres, continua-t-il. Tout s'est passé si vite.

Rule était le plus jeune des trois frères, et sans doute le plus beau de tous. Il prit son frère dans ses bras.

— Tu es fou ! s'écria-t-il. Mon frère se marie et tu penses que je pourrais rater ça ?

Reese affichait un air ravi.

— Tu arrives un peu tard pour le mariage, mais je suis extrêmement heureux de te voir. Merci d'être venu, petit frère.

Rule se tourna alors vers Elizabeth.

— Bienvenue dans la famille, madame.

Il avait le même regard azur que Reese.

— Il semblerait que mon frère ait un goût aussi avisé en matière de femmes que de chevaux, dit-il en la détaillant d'un air appréciateur.

Ce compliment déplacé lui tira un sourire. Elle était certaine de bien s'entendre avec le plus jeune des frères Dewar.

— Puisque nous faisons maintenant partie de la même famille, appelez-moi Elizabeth, répondit-elle.

Rule n'avait que quatorze ans lorsqu'elle avait rencontré Reese. Elle ne l'avait vu qu'une seule fois chez lui, alors que le jeune garçon avait quitté pour quelques jours l'internat afin de rendre visite à sa famille. Il ne semblait pas lui en vouloir. Peut-être sa jeunesse le rendait-elle plus indulgent. Un problème de moins à régler avec la famille de Reese, songea-t-elle, soulagée.

Elle fit signe à Jared de venir la rejoindre.

— Je vous présente mon fils, Jared, dit-elle en posant une main rassurante sur sa petite épaule.

— Beau garçon, répondit Rule.

Il s'agenouilla en face de l'enfant.

— Je suis ton oncle Rule. Je suis enchanté de faire ta connaissance, Jared.

Il lui tendit la main et le petit garçon la serra fortement.

— Vous êtes mon oncle ? demanda Jared, incrédule.

— C'est exact. Tu en as deux maintenant. Ton oncle Royal est juste là.

Endossant son rôle sans problème, Royal fit un signe de la main au petit garçon. Elizabeth eut un petit pincement au cœur. La famille de Reese était visiblement prête à accepter l'enfant, même sans savoir qui était vraiment son père. Jusqu'à présent, son fils n'avait jamais eu la chance d'être entouré d'une famille aimante.

Elle sut alors qu'elle avait fait le bon choix. Les Dewar protégeraient l'un des leurs à tout prix, et Jared faisait désormais partie de leur famille.

Elle sentit ses yeux s'embuer et trouva du réconfort dans la présence solide de Reese à son côté.

— Tout va bien ? s'enquit-il.

Elle hocha la tête.

— C'est juste…

Elle regarda Rule, qui parlait toujours avec son fils.

— Merci, dit-elle, reconnaissante de l'attention qu'il lui portait.

Reese suivit son regard et eut l'air de comprendre ce qu'elle ressentait.

— Je ne permettrais pas qu'il lui arrive quoi que ce soit, Elizabeth.

— Je meurs de faim, déclara soudain Rule.

Il se redressa et prit la petite main de Jared dans la sienne.

— Au moins, je suis arrivé à temps pour manger.

Ils éclatèrent tous de rire et tout le monde se dirigea vers la salle à manger, impatient de goûter au somptueux buffet.

Le repas de noce organisé par lady Tavistock était sobre mais raffiné. Les invités vinrent leur présenter leurs vœux de bonheur et chacun des frères leur porta un toast, ainsi que leur ami, le vicomte Sheridan Knowles.

— Je sais que ce jour a mis du temps à arriver, dit le jeune homme en levant sa coupe de champagne. Mais dans la vie, les meilleures choses valent la peine d'attendre. Je lève mon verre aux mariés. Puissent-ils vivre de longues années de bonheur.

Puis tous trinquèrent gaiement.

La voiture à quatre chevaux de Reese avait été attelée et amenée devant l'entrée du manoir en vue de leur départ pour Londres. Elizabeth et lui firent leurs adieux à tante Agatha, ainsi qu'à Royal, à Rule, à la duchesse et aux autres invités.

La voiture d'Elizabeth avait également été préparée pour le voyage. Elle accueillerait Mme Garvey, Jared, Timothy Daniels et Gilda, et transporterait leurs bagages à Holiday House.

Dire qu'elle était mariée, et qu'elle s'apprêtait à partir avec son mari pour Londres…

Une fois encore, sa vie venait radicalement de changer.

Reese était assis en face d'Elizabeth dans la voiture qui s'avançait cahin-caha sur les routes boueuses parsemées d'ornières. Le vent s'était calmé, mais les températures avaient chuté et le froid ambiant les transperçait jusqu'aux os.

Elizabeth était chaudement emmitouflée dans un plaid et avait posé ses pieds sur une brique chaude qu'il avait prévue pour elle. Son teint était pâle, certainement dû aux événements bouleversant sa vie, et non à l'air glacial qui soufflait en ce mois d'octobre.

Il avait encore du mal à croire aux hasards de la vie. Car aujourd'hui, il était marié à la dernière femme au monde qu'il aurait imaginée depuis qu'il avait découvert sa trahison, des années plus tôt.

La haine qu'il avait nourrie à l'égard d'Elizabeth s'était-elle transformée en quelque chose de nouveau ? Hormis le désir brûlant qu'il ressentait pour elle, il n'était pas certain de pouvoir mettre des mots sur ses émotions.

Mais une chose était claire dans son esprit. Quels que soient ses sentiments pour elle, il devait garder ses distances.

Ils pouvaient très bien s'entendre sans s'encombrer du fardeau de l'amour.

Lorsque Elizabeth remua doucement sur la banquette en velours, il posa de nouveau les yeux sur elle. Depuis que le pasteur les avait déclarés mari et femme, ses pensées ne s'étaient pas détournées très longtemps d'elle.

Une chaleur diffuse envahit soudain son corps. Elizabeth lui appartenait désormais. Et bientôt, ils consommeraient leur mariage. Mais pas ce soir, songea-t-il en serrant les dents.

Elizabeth retira alors son gant et leva vers elle sa main pour contempler la bague en or sertie de rubis qu'elle portait au majeur gauche.

— Elle est magnifique, Reese. Tout s'est passé si vite que je n'étais pas certaine d'avoir une alliance, et encore moins une aussi belle.

Il sourit, étrangement ravi qu'elle lui plaise.

— Elle appartenait à ma grand-mère maternelle. Comme Royal était l'héritier du duché, mes grands-parents nous ont légué quelques biens, à Rule et à moi-même.

— Si mes souvenirs sont bons, votre mère est morte lorsque vous aviez six ans.

— Et la vôtre lorsque vous en aviez cinq.

Elle acquiesça.

— Comme les enfants de mes grands-parents étaient morts, Rule et moi sommes devenus leurs héritiers.

Il repensa alors aux soucis récents de Royal qu'il n'avait appris que récemment.

— Mais il se trouve que Royal est celui qui a eu le plus de problèmes d'argent, ajouta-t-il. Heureusement, il semble avoir réglé la question.

— Vous parlez des affaires de votre frère ?

— Oui. Royal a toujours été intelligent. Il a hérité d'un duché sans le sou au lieu de la fortune qui lui était destinée. Heureusement, grâce à sa brasserie et à son sens des affaires, tout est réglé.

— J'ai lu dans les journaux à quel point sa bière gagnait en popularité.

— Mon frère se débrouille très bien.

— Il a l'air très heureux.

— Je pense qu'il l'est, en effet.

— La duchesse m'a dit qu'ils prévoyaient de passer l'essentiel de leur temps à la campagne.

Il approuva d'un signe de tête.

— Bransford est un très grand domaine, et Royal est heureux de le diriger. De plus, il a épousé une femme avec des goûts simples.

Contrairement à vous, ne put-il s'empêcher de penser. Lily savait que la situation financière de Royal était désespérée lorsqu'elle l'avait rencontré. Contrairement à Elizabeth, qui accordait beaucoup d'importance à la richesse et à la position sociale, Lily s'était mariée à Royal par amour.

— Et vous ? demanda Elizabeth en le tirant de ses pensées, que prévoyez-vous de faire maintenant que vous vous êtes retiré de l'armée ?

Il s'était longtemps posé la question, mais maintenant, son avenir était tracé.

— Je vais exploiter les terres de Briarwood. Royal a besoin de toute l'orge qu'elles peuvent produire. La tâche ne devrait pas être trop difficile.

— Mais vous n'avez jamais aimé l'agriculture, lui rappela-t-elle.

Il haussa les épaules.

— Je ne fais qu'honorer la promesse que j'ai faite à mon père sur son lit de mort.

Elizabeth l'étudia attentivement.

— Et maintenant, vous êtes marié, avec une famille à charge, ce qui vous laisse encore moins le choix.

Elle avait toujours su lire en lui beaucoup trop bien à son goût.

— Je m'y ferai. En outre, la vie à la campagne n'est pas aussi désagréable que je l'imaginais autrefois.

Elizabeth tourna ses beaux yeux gris vers la fenêtre. Un léger brouillard flottait au-dessus des collines.

— Briarwood est un endroit charmant, dit-elle. Il y règne une ambiance particulière.

L'idée que le domaine plaise à Elizabeth lui fit chaud au cœur. Il ne trouvait pourtant rien de particulier à ce vieux manoir construit au XVIIe siècle. Il s'agissait d'une demeure simple, sans commune mesure avec les somptueuses résidences comme Aldridge Park.

Soudain, l'image de l'homme incroyablement riche qu'Elizabeth avait épousé autrefois s'imposa à lui. Et ce soir, songea-t-il, amer, à cause de lui, il ne jouirait pas du corps voluptueux de sa belle épouse.

— Avez-vous des nouvelles de votre ami, le capitaine Greer ? demanda-t-elle, inquiète.

— Je lui ai envoyé une lettre pour l'informer de ma venue à Londres. J'espère que ses problèmes sont moins graves qu'il le croit.

Il avait également prévu de rencontrer Chase Morgan, le détective que son frère lui avait recommandé. Il l'avait chargé d'organiser la sécurité de Holiday House, où ils avaient décidé de demeurer, ainsi que la protection personnelle d'Elizabeth et de Jared.

— Le capitaine Greer a de la chance d'avoir un ami tel que vous, dit-elle.

— J'ai eu beaucoup de chance d'avoir un ami comme lui. Je ne serais pas là s'il n'avait pas risqué sa vie pour moi.

Elizabeth posa les yeux sur sa jambe, très raide sous l'effet du froid. Il tira dessus un peu plus en luttant contre la douleur qui était revenue.

— J'ai entendu dire que vous aviez été blessé, dit-elle. Pendant quelque temps, j'ai cru que… vous étiez mort.

— Pendant que j'étais à l'hôpital, j'ai souvent souhaité

l'être. Mais je me suis rétabli et aujourd'hui, j'ai bon espoir de retrouver l'usage complet de ma jambe.

— Si telle est votre volonté, vous y arriverez, lui assura-t-elle. Comme je suis certaine que vous allez trouver le moyen d'aider votre ami. Vous avez toujours su trouver des solutions.

— Comme notre mariage ?

Elle baissa les yeux, prit son gant et le remit.

— Cela reste à voir.

Puis elle resta silencieuse et il ne chercha pas à continuer cette conversation. Il eut alors tout le loisir de l'observer.

Sous sa simple robe de voyage en laine noire, ses seins se soulevaient de manière suggestive, malgré son corsage boutonné jusqu'au cou. Une chaude pelisse en laine entourait ses épaules. Elle avait la taille fine et, même s'il n'avait jamais vu les douces courbes de ses hanches, il les imaginait aussi tentatrices que le reste de son corps.

Il sentit son sang s'échauffer. Seigneur ! Il allait vivre ce soir la pire torture de sa vie. Il avait donné à Elizabeth une semaine pour se faire à l'idée qu'il serait son mari dans tous les sens du terme. Alors, même s'il devait souffrir le martyre, il ne reviendrait pas sur sa parole.

En revanche, il avait bien l'intention de passer la nuit dans son lit. Il avait réservé des chambres d'hôtel pour les gens qui les accompagnaient, et une suite pour eux deux. Ce soir, il montrerait à Elizabeth comment il voyait les choses, en commençant par prendre le contrôle de la situation.

Elizabeth était une femme passionnée, même si elle ne le savait pas. Il lui donnerait un petit aperçu de ce que l'avenir leur réservait.

Il s'adossa contre la banquette en velours, posa la tête sur les coussins et l'observa à travers ses yeux mi-clos. Il s'imaginait lui retirant les épingles qui retenaient ses longues boucles noires pour passer les mains dans ses cheveux. Il se rappela combien ses seins étaient voluptueux. Il mourait d'envie d'y poser ses lèvres, de les sucer et de les lécher jusqu'à ce qu'elle le supplie de lui faire l'amour.

Il sentit son sexe se tendre douloureusement. Cette soirée allait mettre à l'épreuve sa force de volonté, mais peut-être en tirerait-il quelques compensations.

Il la contempla longuement, songea à l'objectif qu'il s'était fixé et pria pour que son vœu soit exaucé.

12

L'hôtel Roving Bull, situé sur la route de Londres, offrait une halte appréciable tant ce voyage était long et froid. Lorsque Elizabeth avait fait le même parcours en compagnie d'Edmund, celui-ci avait insisté pour ne faire qu'une seule étape et elle était arrivée épuisée.

En revanche, Reese avait veillé à son confort et à celui de Jared. Ils s'étaient arrêtés plusieurs fois en chemin et avaient prévu de passer une nuit à l'hôtel. L'endroit était incroyablement propre et bien aménagé, constata-t-elle en pénétrant dans le bâtiment aux murs blanchis à la chaux et au toit de chaume. Des plafonds bas aux poutres apparentes décoraient le bar, et un accueillant feu de cheminée dansait dans le foyer.

Lorsque Reese monta inspecter leurs chambres pour la nuit, les autres voyageurs harassés de fatigue se serrèrent autour du feu pour réchauffer leurs pieds et leurs mains.

Reese revint quelques minutes plus tard.

— Nos chambres sont presque prêtes, annonça-t-il. En attendant, il y a de la tarte aux rognons pour le dîner ou des cailles rôties.

Il baissa les yeux vers Jared, qui eut un léger mouvement de recul. Son fils commençait à peine à s'habituer à tous ces changements, sans comprendre vraiment leur signification, et elle éprouva de la compassion pour lui. Elle s'attendait que Reese l'envoie dîner avec sa nurse, ce qu'Aldridge aurait fait, mais comme bien souvent ces derniers jours, il la surprit.

— Pourquoi ne pas dîner avec nous ce soir, Jared ? demanda-t-il. Ta mère a été privée de ta compagnie toute la journée. Je pense qu'elle sera heureuse de savoir comment ton voyage s'est passé.

Jared le regarda avec ses grands yeux bruns mélancoliques.

— D'accord, répondit-il comme si on lui avait vraiment laissé le choix.

Reese lui serra doucement l'épaule.

— Parfait, dans ce cas, voyons si nous pouvons trouver quelque chose à manger.

Il escorta Elizabeth et Jared jusqu'à la salle à manger et ils prirent place dans une petite alcôve à l'écart des autres membres du groupe, qui étaient installés dans la salle en face du bar.

— C'est très bon, dit Elizabeth au milieu du repas.

Elle se tourna vers son fils.

— Qu'en penses-tu, Jared ?

Il lui sourit en hochant la tête et s'attaqua de nouveau à sa tourte aux rognons. A plusieurs reprises, Reese avait essayé de le faire parler, mais l'enfant n'avait répondu que par oui ou par non à ses questions. Elizabeth redoutait que Reese finisse par s'agacer du silence de l'enfant, comme Edmund le faisait.

Jared venait tout juste d'avaler sa dernière bouchée quand Mme Garvey vint les rejoindre à leur table.

— L'hôtelier vient de nous informer que notre chambre était prête. Avec votre permission, monsieur, je pense qu'il est temps d'emmener Jared se coucher.

Elizabeth se pencha vers son fils juste avant qu'il ne quitte le banc de bois sur lequel ils étaient assis.

— Demande la permission de te retirer, dit-elle.

Jared s'exécuta aussitôt.

— Puis-je me retirer, lord Reese ?

Ce dernier fronça les sourcils. Voyant cela, Jared recula d'un pas et se heurta aux immenses jupes de Mme Garvey.

— Tout va bien, répondit Reese gentiment. Tu as fini de manger. Tu peux te retirer, bien sûr. Bonne nuit, Jared.

— Bonne nuit, mon cœur, dit Elizabeth en caressant les cheveux de son fils. Je monterai te dire bonne nuit dans quelques minutes.

Mme Garvey sortit avec Jared de la salle à manger et se dirigea vers l'escalier.

— Qu'a dit Jared pour vous contrarier ? demanda-t-elle. Il fait tellement d'efforts pour ne pas faire de faux pas.

— Ce n'est pas à cause de Jared. C'est juste que… bientôt, il deviendra mon fils. Peut-être que lorsque ce sera fait, nous pourrons voir comment il devra m'appeler.

— Il m'a déjà posé la question, mais je ne savais pas exactement quoi lui répondre.

Reese quitta son siège, saisit sa canne en ébène et l'aida à se lever.

— Tout va bien se passer, Elizabeth. Nous devons juste prendre notre temps.

Elle sentit sa gorge se nouer. Il avait l'air si sûr de lui. Et pourtant, ce soir, c'était sa nuit de noces et elle allait se refuser à lui.

Quelles étaient les limites de sa patience ?

Reese conduisit Elizabeth à l'étage en suivant des yeux le balancement de hanches de la plantureuse femme de chambre qui les accompagnait.

— Nous sommes arrivés, milord, dit la jeune femme. C'est la plus grande chambre de la maison. Les draps sont tout propres. Vous trouverez de l'eau dans le pichet à côté de la bassine sur la commode. Le feu est allumé dans la cheminée. Si vous avez besoin d'autre chose, dites-le-moi.

Elle lui fit un clin d'œil.

— Il y a une sonnette ici, dans le coin, ajouta-t-elle, d'un air aguicheur.

— Merci, Molly, répondit Reese.

— A votre service, milord.

Puis elle lui lança un regard lourd de sous-entendus. Apparemment, s'il avait besoin de quelque chose, n'importe quoi, Molly serait ravie de le lui offrir.

Reese serra rageusement le poing. Il avait désespérément besoin d'une femme, mais la seule qu'il désirait lui refusait le réconfort de son corps.

— Je suppose qu'il s'agit de votre chambre, dit Elizabeth d'une voix anxieuse en regardant autour d'elle. Où vais-je dormir ?

L'heure était venue. Reese l'amena au milieu de la pièce et ferma la porte d'une main décidée.

— Je vous ai dit que je vous donnais une semaine et je tiendrai ma promesse. Mais j'ai également exigé votre coopération.

— Oui, mais…

— Nous sommes mariés, Elizabeth. Et c'est notre nuit de noces. J'ai la ferme intention de partager le même lit que vous.

Sa respiration s'accéléra et il vit la peur s'insinuer dans ses beaux yeux gris.

— Ecoutez-moi, Elizabeth, continua-t-il. Je ne vais pas vous forcer, d'aucune manière que ce soit. Vous avez ma parole et vous savez que vous pouvez me faire confiance. A présent, tournez-vous et laissez-moi vous aider à vous déshabiller.

Elle se contenta de secouer vigoureusement la tête de droite à gauche.

— Nous sommes mariés, Elizabeth. Je suis votre mari et j'ai envie de contempler votre superbe corps. Vous pouvez au moins m'accorder cela.

Pendant de longues secondes, elle resta debout, immobile. Puis elle acquiesça lentement.

— Très bien, si tel est votre souhait. Mais je dois appeler Gilda.

— Vous n'aurez pas besoin de votre femme de chambre ce soir. Je vais prendre sa place.

Un autre moment de silence s'écoula, pendant lequel elle se contenta de le dévisager. Puis elle se retourna et lui présenta son dos afin qu'il puisse défaire ses boutons.

Il éprouva aussitôt un immense soulagement. C'était le premier pas qu'elle faisait vers lui, mais aussi le plus important.

— Vous n'avez aucune raison d'être gênée, j'ai déjà eu le plaisir de contempler quelques parties de votre corps.

Autrefois, elle se languissait pour ses caresses, songea-t-il, contrarié. Qu'était-il arrivé à la femme passionnée qui prenait si souvent les devants ?

Aldridge, songea-t-il, amer, tandis qu'un sentiment de pitié l'envahissait. Il l'entoura de ses bras.

— Nous allons y arriver ensemble, Elizabeth. Je vais vous aider à surmonter votre peur. Vous m'avez fait suffisamment confiance pour venir me trouver à Briarwood. Faites-le encore aujourd'hui.

Elle inspira profondément et il la sentit se détendre.

— Je vous fais confiance, Reese.

C'était la vérité. Elizabeth avait confiance en lui comme en aucun autre homme. Elle s'était toujours sentie à l'abri à ses côtés. Et il lui avait donné sa parole.

Elle recommença à respirer normalement. Ils étaient mariés maintenant, et Reese pouvait revendiquer le droit d'avoir une femme dans son lit qui le satisfasse. Elle était donc prête à faire de son mieux pour ne pas le décevoir.

Au lieu de la dévêtir à la hâte comme elle l'avait imaginé, il déposa un baiser sur sa nuque, tendre et doux, uniquement destiné à chasser ses peurs. Aussitôt, un flot de chaleur l'envahit et un désir intense s'empara d'elle.

Elle se tourna vers lui et, comme mus par une volonté propre, ses bras s'enroulèrent autour de la nuque de Reese. Il l'enlaça à son tour et l'embrassa avec fougue et ardeur.

Elle frémit de nouveau, mais la peur n'en était plus

responsable. Désireuse d'accueillir sa langue douce et chaude, elle écarta ses lèvres et sentit bientôt ses seins se durcir lorsqu'ils frôlèrent le torse de Reese.

Celui-ci avait ôté sa veste et son gilet, et elle percevait les muscles plats et fermes de son ventre sous sa chemise. Elle enroula une mèche de ses cheveux noirs et bouclés, toujours trop longs, autour de son index.

— Reese…, murmura-t-elle en se pressant contre lui.

Elle faillit trébucher lorsqu'il s'écarta brusquement d'elle. D'un geste tendre, il prit son visage en coupe.

— Vous voyez ? Ce ne sera pas si dur que vous le croyez.

Pas si dur ? A ces mots, elle baissa les yeux. Le sexe de Reese tendait son pantalon, comme elle avait pu le sentir à travers ses jupes. Elle frissonna.

— Tournez-vous, mon ange. Laissez-moi vous aider à vous déshabiller.

Ce mot doux la fit sourire. Il l'appelait déjà ainsi lorsqu'elle était jeune fille. Elle lui obéit, les lèvres encore brûlantes de leur baiser, les seins toujours gonflés par le désir. Elle resta immobile lorsqu'il fit glisser sa robe de voyage froissée sur ses épaules, puis entreprit de dégrafer l'attache qui retenait ses lourdes jupes noires.

Bientôt, elle porterait de nouveau des vêtements de couleur, comme Reese le lui avait demandé. Il n'avait pas idée du service qu'il lui rendait.

— Venez par ici, dit-il d'une voix rauque, laissez-moi vous aider.

Prenant sa main, il l'aida à s'extirper de la masse de tissu que formaient ses amples jupes et jupons étalés à ses pieds. Il fit passer son cache-corset par-dessus sa tête puis s'attaqua au corset lui-même. La dextérité avec laquelle il défit les cordons et le lui retira l'étonna. Elle tâcha de ne pas penser à toutes les femmes avec lesquelles il avait fait l'amour pendant toutes ces années.

— Asseyez-vous sur ce tabouret, ajouta-t-il, je vais vous retirer vos chaussures.

Elle ne portait plus que ses sous-vêtements, ses jarretières et ses bas, et une paire de bottines souples en cuir noir. De plus en plus gênée, elle prit place au bord du tabouret tandis que Reese s'agenouillait lentement devant elle. Il lui retira ses chaussures, défit ses jarretières en satin rose puis roula ses bas noirs de soie.

Lorsqu'il leva la tête vers elle, l'éclat qui brillait dans ses yeux lui coupa le souffle. Aucun homme ne l'avait jamais regardée comme à cet instant, pas même lui à l'époque où ils se fréquentaient.

— Levez-vous afin que je puisse retirer votre combinaison, grogna-t-il.

Sous le fin tissu en coton, ses seins gonflés lui faisaient presque mal. Son entrejambe était humide. Jamais elle ne s'était sentie si gorgée de désir depuis que Reese lui avait fait l'amour, il y avait si longtemps.

Elle se redressa lentement. Elle respirait trop vite, souhaitant de tous ses pores qu'il la touche. Mais que se passerait-il s'il le faisait ? songea-t-elle, rongée par la peur et le doute. Passant derrière elle, Reese la plaça face au miroir de la coiffeuse et commença à retirer les épingles qui retenaient ses cheveux. Ses longues boucles d'un noir de jais tombèrent en cascade sur ses épaules. Il caressa sa chevelure, puis prit une longue mèche et la porta à son nez pour la humer.

— Ils sentent la rose, dit-il. Je me souviens que vous sentiez toujours ce parfum.

Elle sentit son estomac se contracter. Ainsi, il se souvenait de l'odeur de l'eau de rose qu'elle ajoutait dans son bain. A son tour, quelques détails lui revinrent à l'esprit. Elle se souvenait de la courbe des lèvres de Reese lorsqu'il souriait, de la petite fossette qui barrait son menton, du son plein et riche de son rire, à l'époque où il riait beaucoup.

Lentement, Reese fit glisser les bretelles de sa combinaison sur ses épaules. Le vêtement glissa jusqu'à sa taille, dévoilant ses seins pleins et ronds aux pointes rose foncé.

Aussitôt, il prit sa poitrine à pleines mains sans lâcher son regard dans le miroir. Les yeux azur de Reese étaient troubles. Elle sentit son cœur s'emballer tandis qu'elle frémissait de désir.

Il se pencha vers elle et tira sur le cordon de sa culotte, puis la fit glisser en même temps que sa combinaison le long de ses hanches. Elle aurait aimé ne pas se sentir gênée, mais ses joues étaient brûlantes. Une chaleur diffuse se répandit sur son cou et ses épaules. Aucun homme ne l'avait jamais vue nue, pas même Edmund.

— Magnifique, dit Reese d'une voix sourde.

Il pencha vers elle sa tête brune et posa ses lèvres dans le creux de son cou, parsemant ses épaules de baisers, mordillant parfois sa peau. C'était si bon, si chaud, si doux. Elle avait presque oublié le bonheur de ses caresses.

Délicatement, il la fit pivoter face à lui et contempla un long moment sa poitrine. Puis, il prit en coupe un sein et saisit la pointe rosie dans sa bouche, tandis qu'une vague de désir s'emparait d'elle. Elle dut s'accrocher à ses puissantes épaules pour ne pas tomber, et s'arc-bouta pour mieux s'offrir à lui. Elle sentit sa barbe naissante frotter contre sa peau et chancela de plaisir.

Reese porta alors son attention sur son autre sein, prenant sa pointe entre le pouce et l'index pour le caresser d'une main habile. Elle avait de plus en plus chaud et sentait son bas-ventre se liquéfier à chaque coup de langue. Ses jambes ne la portaient plus. Reese l'embrassa avec fougue, et l'entraîna avec lui dans le brasier de la passion. Elle en avait oublié sa peur, ne pensant plus qu'à la magie de ses caresses. Mais soudain, elle sentit la main de Reese entre ses jambes, ses doigts s'insinuant en elle délicatement.

Saisie d'une peur panique, elle réprima un cri et fit brusquement un pas en arrière. Elle trébucha contre le tabouret posé devant la coiffeuse et sentit la terreur déchirer ses entrailles. Elle tremblait de tous ses membres.

— Doucement, dit Reese pour l'apaiser. Tout va bien,

Elizabeth. Je vous désire, mais j'attendrai que vous soyez prête. Je vous l'ai promis.

Elle sentit sa gorge se serrer. Elle le désirait aussi, elle venait de le comprendre. Mais elle avait toujours peur. Saisissant sa combinaison au sol, elle se couvrit tout en essayant de contrôler ses tremblements.

Reese étouffa un juron et se dirigea vers son sac de voyage. Il en sortit un épais peignoir bleu matelassé dont il l'enveloppa.

— Je vous ai promis que nous irions lentement, dit-il d'une voix douce. Je ne vais pas vous presser. Maintenant, mettez-vous dans le lit. Je viendrai vous rejoindre dès que je me serai déshabillé à mon tour.

Elizabeth poussa un soupir de soulagement, puis se dirigea rapidement vers le lit. Elle se blottit sans attendre sous les couvertures moelleuses et soupira de plaisir lorsqu'elle sentit la chaleur d'une brique sous ses pieds.

— Comme vous le voyez, le lit est chaud, dit Reese. Retirez donc ce peignoir.

Elle écarquilla les yeux de surprise.

— Mais…

— Faites-le, Elizabeth. Rappelez-vous votre promesse.

Même si c'était difficile, elle lui avait promis de coopérer. Résignée, elle ôta le peignoir tout en se maudissant d'avoir été si souple sur les conditions de leur mariage. Pourtant, elle n'avait pas vraiment peur de Reese. Du moins, pas pour l'instant.

Confortablement installée dans le grand lit en plumes et bien décidée à tirer quelques leçons de cette soirée, elle observa Reese d'un œil fasciné pendant qu'il se déshabillait. Il effectuait chacun de ses gestes avec une précision militaire. Un à un, il plia ses vêtements et les posa sur le dossier d'une chaise de bois.

Elle aurait dû fermer les yeux. Il n'était pas convenable de regarder ainsi un homme. Mais lorsqu'il retira sa chemise et qu'il resta nu jusqu'à la taille, elle garda son regard rivé sur ses bras puissants et forts, sur son ventre plat et musclé, sur son large torse couvert d'une toison noire et bouclée qui s'estompait en une fine ligne sur son estomac. Il retira son pantalon, et elle put admirer ses jambes longues et minces. Elle remarqua également la cicatrice qui partait de son genou gauche pour remonter jusqu'à la cuisse avant de disparaître sous son caleçon.

La compassion qu'elle ressentait pour lui se mua en une confusion de sentiments aussi forts que contradictoires lorsqu'il retira son dernier vêtement. Elle aurait dû se douter que lui aussi viendrait se coucher nu. Il lui présentait maintenant son dos lisse et large et ses fesses étroites et fermes. Lorsqu'il pivota, elle retint son souffle en apercevant sa puissante érection qui pointait vers son ventre plat. La conscience aiguë de sa nudité éveilla en elle un intérêt auparavant inimaginable, et lorsqu'il se dirigea vers elle, le sexe si scandaleusement tendu, elle comprit à quel point cela devait être dur pour lui de tenir sa parole.

Captivée, elle contempla son membre long et dur. Jamais elle n'avait vu d'homme nu jusqu'à ce jour. Edmund était toujours venu la rejoindre dans le noir, pour prendre son plaisir et repartir sans un mot.

— Vous me regardez fixement, Elizabeth. Et vous ne faites qu'accroître mon désir.

Elle leva les yeux vers lui, espérant qu'il ne remarquerait pas le rouge qui lui était monté aux joues.

— Je n'ai… jamais vu un homme nu avant, dit-elle à voix basse.

Elle vit ses traits se contracter, signe de son aversion grandissante pour Edmund.

— Puisqu'il en est ainsi, peut-être avons-nous raison de prendre notre temps.

Nu et sans complexe, Reese s'arrêta au bord du lit et lui permit de le regarder à loisir. Elle ressentait le besoin étrange de le toucher pour savoir si son membre était aussi dur qu'il le paraissait.

Mais elle n'osa pas le faire. Elle se poussa un peu pour lui faire de la place tandis qu'il s'allongeait à son côté. Puis il remonta les couvertures sur lui.

— Venez ici, dit-il doucement.

Comme elle ne faisait aucun geste pour le rejoindre, il étendit le bras, passa une main sous sa taille et la tira fermement contre lui. Elle sentit la chaleur de son corps, ses muscles souples s'unir à ses courbes douces. D'un geste involontaire, elle frôla son sexe et elle l'entendit retenir son souffle.

— Dormez maintenant, Beth, grommela-t-il en la serrant contre son flanc.

En entendant le surnom qu'il lui donnait autrefois, un flot de souvenirs resurgit aussitôt. Comment avait-elle pu oublier à quel point ils s'entendaient bien ? Comment avait-on pu la convaincre d'épouser un autre homme que lui ?

C'était pourtant ce qu'elle avait fait, et dès que Reese connaîtrait la vérité sur son fils, il la punirait.

Elle ferma les yeux, certaine d'être incapable de dormir. Mais la chaleur de Reese gagna son corps las et une surprenante impression de sécurité s'empara d'elle. En quelques minutes, elle glissa dans un paisible sommeil.

Elle dormit à poings fermés quelques heures mais au beau milieu de la nuit, ses beaux rêves se transformèrent en cauchemars. Elle commença à tourner et à se retourner, l'esprit envahi de pensées sombres et inquiétantes sur l'avenir qui l'attendait.

13

Les bruits de la nuit lui parvinrent peu à peu. Il entendit un chien aboyer quelque part sur la route, le hululement d'une chouette nichée dans la soupente de l'écurie, des grillons qui grésillaient dans l'herbe autour de l'auberge. Il avait à peine dormi et gisait sur le dos, les yeux grands ouverts, bercé par la profonde respiration d'Elizabeth.

Il lui était impossible de trouver le sommeil avec sa belle épouse nichée au creux de son bras et son désir si vif pour elle. Pendant ces longues heures, il avait repassé en boucle le souvenir de ses courbes si voluptueuses, de ses seins si pleins et de la rondeur de ses fesses. Elizabeth avait des jambes galbées, avec des chevilles fines et de petits pieds adorables.

Il n'avait jamais vu de créature si désirable ! Et il ne s'était pas trompé sur sa nature passionnée. L'innocence de ses réactions avait fait bouillonner son sang. Pourtant, il était maintenant évident que ses rencontres avec Aldridge avaient été déplaisantes. Le salopard s'était servi d'elle sans jamais tenir compte de son plaisir à elle.

Lorsque Elizabeth se tourna dans son sommeil, ses douces boucles brunes frôlèrent son épaule et il sentit son sexe se tendre de nouveau sous le drap.

S'écartant un peu d'elle, épuisé, il ferma les yeux dans l'espoir de dormir une heure ou deux. Mais les heures s'écoulèrent sans qu'il trouve le sommeil. Au petit matin, il glissa vers le bord du lit et sentit sa jambe blessée le tirailler.

Comme tous les matins, elle était un peu raide. Il étouffa un grognement puis plia et déplia le genou plusieurs fois pour détendre l'articulation. Enfin, il s'habilla en silence et quitta la chambre.

Un bon petit déjeuner le mettrait de meilleure humeur, songea-t-il. Après avoir englouti une grande assiette de saucisses et d'œufs, il se sentit en effet beaucoup mieux.

Il était l'heure pour Elizabeth de se lever. Il s'aperçut d'ailleurs qu'il avait hâte de la réveiller par un baiser.

Lorsqu'il ouvrit la porte de leur chambre, Elizabeth était hélas déjà prête à s'habiller. Elle se tenait nue, au milieu de la pièce. Avec ses cheveux en bataille, elle était délicieuse. Un élan de désir s'empara une nouvelle fois de lui.

— Reese ! s'écria-t-elle, rouge de confusion.

Elle s'avança rapidement vers la commode et saisit son peignoir de soie bleue.

— Tout va bien, je vous ai vue nue la nuit dernière, vous vous souvenez ? dit-il avec un sourire en coin.

Elle s'empourpra encore plus et tourna vers lui son superbe dos avant d'enfiler le vêtement. Fronçant les sourcils, il aperçut alors la cicatrice près de son coude qu'il n'avait pas vue la veille à la faible lueur des bougies.

— Qu'avez-vous au bras ? demanda-t-il.

Elle rabattit vivement les pans du peignoir et noua la ceinture. Puis elle se retourna vers lui. Machinalement, elle frotta l'endroit où une ligne de dix centimètres matérialisait la profonde entaille dans sa chair.

— Je me suis cassé le bras et l'os a traversé la peau.

Elle détourna le regard, mais il eut le temps de percevoir une étrange lueur dans ses yeux.

— Comment est-ce arrivé ? insista-t-il, inquiet d'entendre la réponse.

— Je me suis cognée contre le coin de la commode en tombant.

— Vous êtes tombée.

Elle redressa le menton.

— C'est bien cela.

— Aldridge est mort, répliqua-t-il. Je suis votre mari, Elizabeth, et je veux entendre la vérité. Est-ce ce salopard qui vous a cassé le bras ?

Ses beaux yeux gris s'embuèrent.

— Je préfère ne pas en parler.

— Oui ou non ? demanda-t-il plus fermement.

— Oui, répondit-elle dans un souffle.

— Et qu'en est-il de l'enfant ? continua-t-il. A-t-il également maltraité son fils ?

— Edmund n'a jamais… frappé Jared.

— Il s'est contenté de s'en prendre à vous, alors.

Tâchant de maîtriser sa colère, il s'avança vers elle et la prit tendrement dans ses bras.

— Si Aldridge n'était pas déjà mort, je jure que je le tuerais de mes propres mains.

Au lieu de le repousser comme il craignait qu'elle le fasse, Elizabeth se blottit contre lui.

— Je le détestais, dit-elle à voix basse. Je ne veux plus entendre parler de lui.

Reese la serra encore plus fort. Edmund l'avait terrorisée, c'était évident. Il déposa un baiser sur son front.

— Vous êtes en sécurité maintenant, et personne ne vous fera plus jamais du mal.

Elle leva les yeux vers lui et il croisa son regard trouble et inquiet. Elle lui cachait autre chose, mais quoi ?

— Il se fait tard, dit-elle en se dégageant de son étreinte. Je dois m'habiller si nous voulons partir.

Il acquiesça.

— Je vais vous envoyer Gilda pour vous aider.

Saisissant sa canne à pommeau d'argent, il quitta la pièce et descendit l'escalier en maudissant Aldridge. Elizabeth n'avait plus à avoir peur du comte.

Sauf que maintenant, c'était son frère, Mason, qui représentait une menace pour elle, songea-t-il en jurant.

*
* *

Mason Holloway se tenait dans la longue galerie d'Aldridge Park et contemplait le mur couvert des portraits de ses ancêtres. Celui de son frère, Edmund, était le plus récent, et était accroché près du portrait de famille où figuraient son père et sa mère, Edmund et lui-même. Quelques minutes plus tard, Mason alla rejoindre sa femme.

— Nous devons faire quelque chose, dit Frances.

Son épouse était assise en face de lui sur une chaise de bois sculptée face à un petit guéridon couvert d'une nappe à franges en velours rouge.

— Nous ne pouvons pas nous contenter de rester là sans rien faire pendant que cette femme nous gâche la vie, conclut-elle.

— Je n'arrive pas à croire qu'elle l'ait épousé, répondit Mason, incrédule. Cela fait à peine plus d'un an qu'Edmund est décédé et elle dort déjà dans le lit d'un autre homme.

Mason avait eu vent des noces précipitées qui s'étaient tenues à Briarwood. Après l'échec de l'attentat contre Elizabeth, qui aurait réglé le problème causé par son soudain départ, Reese Dewar avait posté des gardes tout autour de sa propriété. Mais l'argent permettait de venir à bout de tous les obstacles et l'un des commis de cuisine s'était fait un plaisir de leur rapporter toutes les activités de la maison.

Avec le temps, il était certain qu'une autre opportunité se présenterait. Une fois Elizabeth éliminée, ils deviendraient les tuteurs légaux de Jared et la fortune d'Edmund tomberait en toute légalité entre leurs mains.

Mason jura sans retenue. Jamais il n'aurait imaginé qu'Elizabeth aille jusqu'à épouser Dewar pour contrecarrer ses plans.

— Si les choses s'étaient passées comme prévu, dit Frances en exprimant tout haut ce qu'il pensait tout bas, Elizabeth ne serait plus un problème. Elle serait dans sa chambre à pleurer la mort de son mari, comme il se doit.

— Et nous contrôlerions la situation, comme le voulait mon frère.

Il avait encore du mal à croire qu'Edmund ait pu épouser cette garce. Décision qu'il avait regrettée quelques mois à peine après son mariage.

Mais suite à une forme sévère de rougeole contractée lorsqu'il était enfant, Edmund croyait être stérile. Il avait avoué à son frère qu'Elizabeth était enceinte lorsqu'il l'avait épousée, ce qui lui donnait une chance d'avoir un héritier. La jeune fille s'était hélas avérée décevante au lit et son fils ne ressemblait en rien à Edmund.

Son aversion pour eux n'avait fait que croître en même temps que ses regrets. Il avait envisagé de modifier son testament pour laisser tous ses biens et l'ensemble de sa fortune à Mason. Ils en avaient souvent parlé, mais Edmund était encore jeune et sa mort avait été aussi soudaine qu'inattendue.

Une nuit où il avait bu plus que de raison, il avait raté une marche dans l'escalier de la terrasse et s'était brisé le cou. Il était mort sur le coup.

— Peut-être n'est-il pas trop tard, dit Mason. Tant que l'adoption de Jared n'est pas entérinée, nous pouvons encore rétablir l'ordre des choses.

Frances émit un bruit de gorge. C'était une femme mince et pâle, en aucun point séduisante, mais jamais il n'avait regretté de l'avoir épousée. Elle était intelligente et fourbe, et elle comprenait ses désirs. Lorsqu'il avait besoin d'une femme, par exemple, elle se contentait de fermer les yeux et lui laissait le champ libre.

— Si Elizabeth mourait aujourd'hui, souligna-t-elle, Dewar demanderait certainement la garde de l'enfant. Son frère est duc. Et en tant que beau-père de Jared, il l'obtiendrait certainement.

Mason serra les dents. Frances avait toujours été aussi perspicace qu'impitoyable. Il admirait ces qualités, qui expliquaient en partie pourquoi il l'avait épousée.

— Que proposez-vous ? demanda-t-il.

— Je pense que nous devrions aller à Londres. D'après votre informateur, Elizabeth se trouve à Holiday House. Nous pouvons nous installer dans la maison d'Edmund, comme votre frère nous en a donné le droit.

Avant de mourir, Edmund leur avait en effet assuré un certain confort. Mason disposait d'un revenu annuel considérable et avait reçu le droit de séjourner dans toutes les propriétés de son frère.

Mais Edmund voulait en réalité lui faire hériter beaucoup plus.

Et Mason avait bien l'intention de récupérer ce à quoi il avait droit.

— Une fois en ville, continua Frances, nous engagerons quelqu'un pour les surveiller. Il est évident que tôt ou tard, une occasion se présentera.

Il lui lança un regard étonné.

— Vous n'insinuez pas que…

— Nous savons tous les deux la vérité, s'emporta-t-elle. Edmund n'est pas le père de l'enfant. C'est vous qui devriez être comte, et non le bâtard d'un autre.

Edmund ne leur avait jamais dit qui était le véritable père de Jared et Mason s'en fichait. La loi était la loi, et Jared avait hérité de son père légitime. Il n'y avait aucune preuve de sa véritable ascendance, et Edmund était marié à la mère de l'enfant au moment de sa naissance. Comme d'habitude, Frances avait raison.

Edmund avait fini par regretter que cet enfant, qu'il n'avait même pas engendré et qui lui ressemblait si peu, puisse hériter un jour du comté. Mais il était trop tard.

Mason caressa sa longue moustache. Même s'il détestait l'idée de se débarrasser d'un enfant si jeune, après tout, il ne ferait que rétablir la justice.

Se levant d'un bond, il s'avança vers sa femme et prit sa petite main dans la sienne pour l'aider à se lever.

— Faites vos valises, Frannie. Nous partons pour Londres, sur-le-champ.

Elle leva les yeux vers lui et son visage se fendit d'un large sourire.

Après une petite pluie matinale, les rues de Londres étincelaient. Un brouillard humide flottait dans l'air et le ciel était bas et gris tandis que l'attelage de Reese s'avançait lentement vers la maison de ville qu'occupait son ami, Travis Greer.

La veille, il avait installé sa nouvelle famille à Holiday House, la luxueuse résidence que possédait Elizabeth près de Hampstead Heath. Depuis qu'il était devenu son mari, la demeure lui appartenait aussi. Il ne savait pas trop quoi en penser, mais puisque leur avenir était désormais commun, cela n'avait pas vraiment d'importance.

La sécurité d'Elizabeth était sa seule vraie priorité. Avant de partir pour Londres, il avait envoyé une lettre à Chase Morgan, le détective, pour l'informer de l'attentat à l'encontre d'Elizabeth, de leur mariage et de leur prochaine visite à Londres. Il avait demandé à Morgan d'engager suffisamment d'hommes pour sécuriser la maison et ses alentours vingt-quatre heures sur vingt-quatre.

A leur arrivée à Holiday House, Reese avait eu le plaisir de constater que le détective avait fait son travail avec efficacité. Six hommes gardaient l'extérieur de la maison et les jardins, et tous les visiteurs étaient contrôlés à leur arrivée, tandis que deux hommes surveillaient l'intérieur de la demeure.

Malgré cela, l'idée de s'éloigner lui déplaisait toujours autant. A l'heure qu'il était, Mason Holloway avait certainement dû découvrir le mariage précipité d'Elizabeth. Et tant que l'adoption de Jared n'était pas entérinée, son épouse était toujours en danger.

Elle, et son fils.

La richesse d'un comté était en jeu, et Reese n'était pas aussi certain qu'Elizabeth que Mason ne ferait pas de mal à l'enfant. Mais son ami Travis avait aussi besoin de lui, et il fallait qu'il sache à quels problèmes il était confronté.

L'équipage s'immobilisa bientôt dans une ruelle et quelques instants plus tard, Reese descendit tant bien que mal de la voiture en s'aidant de sa canne. Il avait la ferme intention de continuer ses exercices d'assouplissement à Holiday House pour améliorer l'état de sa jambe.

Holiday House était située à proximité du parc d'Hampstead Heath, avec ses centaines d'acres de collines verdoyantes, ses étangs où s'ébattaient des canards et ses vieux bois, qui offrait de vastes espaces pour chevaucher. Comme elle jouissait également d'une belle écurie, avec une douzaine de chevaux de selle, Reese avait envoyé Timothy chercher Warrior, son grand hongre noir. Il était grand temps pour lui de remonter à cheval, et même si cela devait lui coûter quelques égratignures et quelques bleus, il était bien décidé à chevaucher de nouveau sa monture.

Il leva les yeux vers la maison de ville de Travis, une bâtisse à trois étages avec une façade en briques blanches située à deux pas de Berkley Square. C'était un quartier coûteux pour un ancien militaire et Reese aurait été surpris s'il avait ignoré que Travis avait hérité une grosse somme d'argent à la mort de sa mère.

Travis lui avait confié, au cours d'une nuit de beuverie dans une taverne de Crimée près de Varna, que Katarina Markolov descendait de la royauté russe. En suivant le majordome aux cheveux blancs de son ami jusqu'à un élégant salon aux rideaux pourpres et aux riches canapés couleur rubis, Reese esquissa un sourire en constatant que cette histoire était finalement vraie.

Travis entra dans la pièce quelques minutes après le départ du domestique. Remontant ses petites lunettes dorées sur son nez, il tira les panneaux derrière lui.

— Bel endroit, dit Reese en tendant la main à son ami.

La manche vide de sa veste lui rappela amèrement combien Travis avait souffert à cause de lui.

— Cette maison appartenait à ma mère, expliqua Travis. Je l'avais louée pendant que j'étais à l'armée. Dès que j'ai su que je reviendrais à Londres, mon notaire a pris les dispositions nécessaires pour que je puisse m'y installer.

Un coup d'œil circulaire à la pièce lui révéla en effet quelques touches féminines dans la décoration, qui ne cadraient pas vraiment avec le vaillant soldat que son ami avait été autrefois.

— Je vais devoir repenser la décoration, dit Travis d'un air gêné comme s'il avait lu dans ses pensées.

— Bien, répondit Reese en se redressant, je pense qu'il est temps que tu me dises ce qui se passe.

Travis acquiesça.

— Tu veux boire un brandy, ou autre chose ? demanda-t-il.

— Non, merci.

Reese prit place sur le canapé rouge et son ami s'installa sur une chaise en face de lui.

— Tout a commencé avec mon journal, dit Travis en soupirant. Tu te souviens que j'en tenais un lorsque nous étions en Crimée ?

— Je m'en souviens.

Pendant la guerre, son ami passait des heures assis devant un gros volume relié de cuir, à coucher sur le papier ce qui se passait autour d'eux.

— Après ma libération de l'armée, continua Travis, je suis revenu passer quelque temps à Londres. J'ai envoyé ma candidature à plusieurs journaux, mais aucun ne m'a embauché. Bien plus tard, j'ai reçu une proposition du *Times*. Parallèlement, eh bien, disons que la comtesse de Sandhurst a des charmes auxquels je n'ai pas pu résister. Je sais que je n'aurais pas dû mais voilà, les choses sont arrivées.

— Tu es parti à la guerre sacrément longtemps. Et si

la dame t'a proposé ses charmes, il paraît logique que tu les aies acceptés.

— Tout à fait. Le mari de Caroline l'ignorait complètement. Elle recherchait une compagnie masculine et j'avais besoin d'une femme. Nous nous sommes vus quelque temps et à plusieurs occasions, j'ai mentionné mon journal.

— Et ?

Il ne voyait pas où son ami voulait en venir. Travis tenait un journal, la belle affaire !

— Son mari nous a surpris un jour ensemble. Il était furieux. Je pense qu'il avait eu vent de ce journal. Mon aventure avec sa femme s'est terminée, mais Sandhurst n'était pas satisfait. Il s'est mis à fouiller dans mon passé, et a découvert que ma mère était russe. Il savait que je parlais cette langue et que j'avais servi en Crimée. Le comte est allé trouver les autorités en sous-entendant que j'étais peut-être un espion.

Reese émit un grognement dubitatif.

— Un espion ? C'est ridicule. Tu t'es battu comme un diable en Crimée. Tu as même perdu un bras pendant la bataille de Balaklava pour me sauver la vie. Ces événements devraient suffire à prouver ton innocence.

— Je pensais que mes états de service parleraient pour moi. Mais visiblement, j'avais tort.

Reese resta silencieux. Travis était l'Anglais le plus farouchement loyal qu'il connaissait.

— Qu'est devenu le journal ?

— C'est la partie la plus pénible de cette histoire, soupira-t-il. La semaine dernière, des hommes du ministère des Affaires étrangères sont venus chez moi. Ils ont fouillé la maison. Le journal était posé sur mon bureau. Il ne m'est jamais venu à l'esprit de le cacher. Ils l'ont pris et l'ont emporté avec eux.

Reese le scruta intensément.

— Dis-moi que ce journal ne contient rien qui ne devrait pas s'y trouver.

Son ami détourna le regard et remonta ses petites lunettes dorées sur son nez.

— Tout ce que j'ai vu là-bas, tout ce que j'ai appris, je l'ai écrit. Je voulais devenir journaliste. Je pensais que le journal m'aiderait à me souvenir en détail de la guerre une fois de retour.

— Bon sang !

— Ils pensent que je me suis rendu coupable de trahison, Reese. C'est pourquoi je ne pouvais pas écrire la nature de mes problèmes dans une lettre. Et aussi la raison pour laquelle j'ai sollicité ton aide.

Son ami avait en effet rudement besoin de lui.

— Qui est chargé de ton dossier ? demanda-t-il.

— Le colonel Malcolm Thomas, du ministère de la Défense. Il semblerait qu'il soit ami avec lord Sandhurst.

— La situation est encore pire que je ne le pensais.

Travis se raidit.

— Je sais.

— Tu as autre chose à me dire ?

— Non, pas pour le moment.

Reese quitta brusquement son canapé.

— Ma femme et moi…

— Ta *femme* ? s'écria Travis en se levant d'un bond. Tu t'es marié ?

Il acquiesça d'un air gêné.

— Tu as rencontré Elizabeth pendant ton séjour à Briarwood.

— Oui, tu m'as parlé de son beau-frère malintentionné, mais je croyais que tu…

— C'est une longue histoire et comme tu l'as dit tout à l'heure, certaines choses finissent par arriver. Sache que nous logeons dans une demeure nommée Holiday House. Elle se trouve près du village de Highgate et de Hampstead Heath. Si tu as besoin de me contacter, envoie-moi un mot.

Travis sourit d'un air narquois.

— Ainsi, tu l'as épousée. J'ai tout de suite vu que tu

l'aimais encore. Il faut avoir des sentiments très forts pour détester une personne pendant tant d'années.

— J'ai des circonstances atténuantes, dit-il simplement. Holloway représente toujours une menace pour elle et son fils. J'ai promis de la protéger, je n'avais pas le choix.

Les lèvres de Travis s'étirèrent en un sourire entendu. Mais il eut la sagesse de ne pas dire ce qu'il pensait.

— Félicitations, répondit-il laconiquement.

Reese n'ajouta rien. Il ne lui avoua pas que son mariage n'était pas encore consommé. Il ne lui dit pas non plus qu'il comptait les jours qui le séparaient de la fin de la semaine. Il ne restait plus beaucoup de temps, mais chaque nuit passée près d'Elizabeth lui paraissait une éternité.

— Je vais commencer mon enquête, dit Reese, et voir ce que je peux trouver. Je n'arrive pas à croire que les seules accusations de Sandhurst suffisent à t'inculper. Il doit y avoir autre chose.

— Si seulement je pouvais faire quelque chose. Je leur ai donné ma parole que je ne quitterais pas la maison tant que cette affaire ne serait pas réglée. Mais ma parole ne semble pas être suffisante. Ils ont posté des hommes de l'autre côté de la rue vingt-quatre heures sur vingt-quatre.

Cette information ne présageait rien de bon.

— Dès que j'aurai trouvé quelque chose, je te le ferai savoir, dit-il en posant une main rassurante sur l'épaule de son ami.

En quittant la maison et en montant dans sa voiture, Reese réfléchit à la situation de Travis. Si seulement il pouvait voir ce que contenait son journal. Les traîtres étaient pendus. Et il était prêt à tout pour éviter que son ami subisse ce sort.

Après avoir quitté la maison de Travis, Reese se rendit à son rendez-vous avec Chase Morgan, le détective, dont les bureaux se trouvaient Threadneedle Street. Depuis que l'on avait attenté à la vie d'Elizabeth, Morgan avait redoublé d'efforts pour découvrir tout ce qu'il pouvait sur Mason et Frances Holloway. Il avait fixé rendez-vous à Reese pour lui faire part de ses découvertes.

— Des problèmes avec les agents de sécurité ? demanda le détective pendant que Reese prenait place sur une chaise de l'autre côté de son bureau.

— Non. Je suppose que vous avez engagé des hommes de confiance.

— Je les connais tous depuis des années. Ils sont extrêmement fiables. Surtout Jack Montague, le responsable de l'équipe.

Reese acquiesça.

— Je lui ai parlé avant de quitter la maison. Je ne serais pas parti si j'avais eu le moindre doute sur son professionnalisme.

Il se cala sur son siège et lança à Morgan un regard inquisiteur.

— Alors, qu'avez-vous trouvé d'autre sur Holloway ?

— Pas grand-chose, hélas. Un couple de domestiques d'Aldridge Park m'a avoué avoir remarqué que lady Aldridge n'allait pas bien. Mais ils ne savaient pas pourquoi, ni à cause de qui.

— En d'autres termes, nous n'avons toujours aucune preuve.

— Pas encore, répondit Morgan en s'adossant à son siège.

— J'ai également parlé au notaire de feu lord Aldridge, Milton Bryce. Apparemment, le comte prévoyait de modifier son testament et de laisser tout ce qui n'était pas rattaché au comté à son frère.

Reese fronça les sourcils.

— Jared est son héritier. Pourquoi aurait-il voulu faire cela ?

— D'après Bryce, Aldridge et sa femme se parlaient à peine. Le fils qu'elle lui avait donné le décevait. Mason et Frances lui étaient par ailleurs très attachés. Je pense que cette décision avait un sens pour lui.

Reese baissa les yeux sur son poing serré. Le petit garçon était doux et aimable, et derrière sa timidité apparente, il paraissait extrêmement intelligent. Comment un tel enfant pouvait-il être une déception ?

— Mason en a après la fortune de l'enfant, cela ne fait aucun doute, dit-il. Il croit qu'elle aurait dû lui appartenir.

— La loi dit le contraire. Edmund n'a pas eu le temps de modifier son testament. L'enfant a donc hérité de tout. C'est aussi simple que cela.

— Mais si jamais Mason arrive à ses fins, il n'en profitera pas longtemps.

— A ce sujet, dit Morgan, Holloway est en ville. Il est arrivé ce matin avec sa femme. Ils logent dans la maison d'Aldridge. Apparemment, ils en ont légalement le droit.

Reese étouffa un juron.

— J'ai posté un homme devant chez eux, continua le détective. Nous serons informés de leurs moindres faits et gestes.

— Parfait, répondit Reese.

L'espace d'un instant, il avait envisagé de solliciter Morgan pour enquêter sur la machination dont Travis était victime. Mais la situation d'Elizabeth était trop délicate et il voulait que le détective se concentre sur sa protection et celle de son fils.

Il savait où trouver une aide encore plus efficace. Royal était sur le point de venir à Londres pour affaires. Lui et ses amis évoluaient dans les cercles les plus hauts de la société. Peut-être pourraient-ils obtenir les informations qu'il cherchait.

En attendant, il brûlait de s'entretenir avec le colonel Thomas au ministère de la Défense pour savoir à quel point la situation de Travis était grave.

— Tenez-moi au courant, dit-il en saisissant sa canne pour mettre fin à leur discussion.

— Comptez sur moi, répondit Morgan.

14

Elizabeth chantonnait gaiment. Avec l'aide de deux femmes de chambre, elle avait entrepris de rafraîchir les chambres situées à l'étage de Holiday House. Depuis la mort de son père, elle n'y était plus venue car la maison lui rappelait trop de mauvais souvenirs.

Mais depuis son retour, elle avait découvert qu'elle pouvait aussi se rappeler avec plaisir la vie qu'elle y avait menée enfant, lorsque sa mère était encore vivante. Et même si son père avait été autoritaire et sévère, elle l'avait aimé comme il l'avait aimée en retour.

Ce matin, après le départ de Reese pour Londres, elle avait rapidement inspecté la maison. Mme McDonald, la gouvernante, était vieille et malade et ne quittait presque plus ses appartements. Elle ne pouvait plus effectuer les tâches qu'elle accomplissait autrefois d'une main de maître.

La demeure nécessitait un nettoyage de fond en comble et Elizabeth était décidée à s'en charger. Elle s'était réveillée tôt pour se mettre au travail et à sa grande surprise, elle y prenait beaucoup de plaisir.

— Les tapis des chambres d'amis de l'aile est ont besoin d'être tapés, Fanny.

Elle espérait que les magnifiques tapis persans multicolores retrouveraient leur éclat.

— Prenez un valet de pied avec vous pour vous aider, ajouta-t-elle.

— Oui, madame, répondit la femme de chambre en se dépêchant.

Elizabeth passa à une autre tâche.

— Betty, prenez les draps et portez-les à la buanderie. Nous nous attaquerons aux rideaux demain matin.

— A vos ordres, madame.

Elle se dirigea vers le couloir et croisa son reflet dans l'un des grands miroirs au cadre doré accroché au mur. Elle avait protégé ses lourdes boucles sous une charlotte, accroché un tablier sur ses jupes et s'était mise au travail. Elle ressemblait un peu à un épouvantail, mais comme elle n'attendait pas Reese avant plusieurs heures, cela n'avait aucune importance.

En descendant le grand escalier en marbre, elle se dirigea vers l'office du majordome pour vérifier comment avançait le polissage de l'argenterie. Mais arrivée en bas, elle tomba nez à nez avec Reese dans le hall. Il la regarda fixement, un petit sourire aux lèvres.

— Depuis quand la lady de la maison effectue le travail des domestiques ? demanda-t-il sur le ton de la plaisanterie.

Elle ne l'attendait pas si tôt. Mais malgré les gardes postés tout autour de la maison, elle savait qu'il était inquiet pour elle et pour Jared.

Elle songea à la poussière accrochée à ses jupes, aux boucles qui s'échappaient de sa charlotte et elle sentit ses joues s'empourprer.

— Mme McDonald est vieille, dit-elle, légèrement sur la défensive. Jusqu'à ce que je trouve quelqu'un pour la remplacer, j'ai décidé de prendre moi-même les choses en main.

Il parut surpris.

— Vous en êtes sûre ? Vous pouvez certainement trouver quelqu'un pour vous remplacer.

— Oui, tôt ou tard. Mais en attendant…

Un petit bruit de pas attira soudain son attention et Jared fit son apparition dans le hall.

— Maman aime faire le ménage, intervint le petit garçon. Cela lui rend le sourire.

Elle contempla son fils et sentit une bouffée d'amour l'envahir. Jared était un être très sensible et il avait raison. Elle avait gardé le sourire toute la matinée.

— C'est ce que je vois, acquiesça Reese en souriant à son tour.

A Aldridge Park, elle restait assise toute la journée à broder ou à lire. Une comtesse ne devait pas travailler, disait souvent Edmund. Elle montait de temps en temps à cheval, mais jamais sans l'escorte d'un valet et même ainsi, Edmund était contre.

Après la mort du comte, l'inquiétude qu'elle ressentait pour son fils, ajoutée à la drogue que Mason et Frances lui administraient, l'avait privée de son énergie. Elle observa la rampe de l'escalier dûment astiquée qui brillait de mille feux. Que c'était bon de se sentir utile de nouveau…

— Vous voyez ? souligna Jared. Elle recommence.

Reese rit de bon cœur. C'était si rare de le voir joyeux. Il était si beau qu'elle en eut le souffle coupé.

— Une comtesse qui aime la poussière ! s'esclaffa-t-il. Qui aurait pu le croire ?

Elle redressa vivement le menton.

— Je ne suis pas seule, protesta-t-elle. J'ai mis une douzaine de servantes au travail ce matin.

Reese gloussa encore et elle eut un étrange pincement au cœur. Toutes les nuits depuis leur mariage, elle avait dormi à son côté. Et toutes les nuits, il lui en demandait un peu plus, tout en veillant à ne pas trop la presser, à ne pas trop exiger d'elle.

Depuis quelques jours, elle s'était même languie de ses baisers et de ses caresses expertes. A tel point que lorsqu'il s'arrêtait pour la prendre dans ses bras avant de s'endormir, elle se sentait nerveuse et impatiente, souhaitant désespérément qu'il continue. Demain soir, il revendiquerait ses droits d'époux. Elle aurait dû avoir peur, mais chaque fois qu'il la regardait comme à cet instant, elle ne ressentait que de l'excitation.

Prenant une profonde inspiration, elle lutta contre l'envie de se dresser sur la pointe des pieds pour l'embrasser. Mais avec Jared à côté, elle n'en ferait rien.

— Comment s'est passé votre rendez-vous avec le capitaine Greer ? demanda-t-elle.

Le sourire de Reese s'évanouit brusquement.

— Je vous en parlerai lorsque vous aurez terminé.

Il baissa les yeux vers son fils. Désormais, elle ne pouvait plus penser à Jared autrement qu'en ces termes.

Tendant la main vers le petit garçon, il glissa ses doigts dans ses cheveux pour rejeter en arrière une mèche rebelle.

— En attendant, dit-il à Jared, pourquoi ne vas-tu pas rendre une petite visite aux chevaux ? J'ai entendu dire que ton grand-père avait une très belle écurie.

Le petit garçon ouvrit de grands yeux.

— Oh, s'écria-t-il, ce serait formidable !

— J'ai envoyé le caporal Daniels à Briarwood, intervint Reese. Il devrait bientôt être de retour avec Warrior.

— Vous l'avez déjà monté ? demanda le petit garçon.

— Lorsque j'étais dans l'armée, je le montais tous les jours. J'espère le remonter bientôt.

Soudain, une vague inquiétude s'empara d'elle. Elle voulait que Reese retrouve l'usage de sa jambe mais monter à cheval sans posséder l'équilibre nécessaire pouvait s'avérer extrêmement dangereux.

— Je vous verrai un peu plus tard, dit-il à Elizabeth en lui lançant un regard lourd de sous-entendus sur la manière dont il souhaitait la voir.

Il la voulait nue et prête à répondre à ses baisers. Dans ce regard, le capitaine Travis Greer n'avait pas sa place.

— Très bien, répondit-elle, le souffle un peu court. Profite bien de ta promenade, lança-t-elle à Jared, qui hésita un court instant avant d'emboîter le pas de Reese.

En contemplant le père et le fils s'éloigner, la main de

Reese posée d'une manière protectrice sur l'épaule du petit garçon, elle sentit son cœur se serrer. Bientôt, elle dirait toute la vérité à Reese. Mais où allait-elle trouver le courage de le faire !

Pas encore, lui disait une petite voix. *Pas tant que tu n'es pas devenue pleinement sa femme.*

Pas tant qu'il n'éprouvera pas de véritables sentiments pour toi.

Mais éprouverait-il un jour de l'amour pour elle ? Son affection ne risquait-elle pas de disparaître dès qu'il apprendrait ce qu'elle avait fait ?

En attendant Elizabeth, Reese s'installa dans la bibliothèque, sur le canapé face à la cheminée où crépitait un grand feu. C'était une grande pièce très haute de plafond, avec une rangée de fenêtres à meneaux qui couraient le long du mur pour laisser entrer la lumière. Un confortable espace de lecture était disposé autour d'un grand foyer en marbre. Tout autour, des centaines de livres reliés en cuir s'alignaient sur des étagères en noyer.

L'endroit lui plaisait. Depuis leur arrivée, il l'avait élu comme bureau car celui de la demeure était actuellement en cours de rénovation.

Charles Clemens, le père d'Elizabeth, et lui avaient peu de choses en commun. Reese voulait donc débarrasser le bureau de tout son bric-à-brac, nettoyer les canapés en cuir et repeindre les murs pour enlever l'odeur des cigares que fumait lord Charles.

Il avait demandé à Elizabeth la permission d'entreprendre ces travaux, qu'elle lui avait immédiatement accordée. Il était temps de laisser le passé derrière eux et de se tourner vers l'avenir.

— Comment s'est passée votre promenade à l'écurie ? demanda-t-elle en apparaissant soudain sur le pas de la porte.

Reese l'invita à prendre place sur le canapé en face de la

cheminée et s'assit à côté d'elle, tâchant de ne pas se laisser distraire par l'odeur de rose qui s'échappait de ses cheveux.

— Il est grand temps que votre fils apprenne à monter, dit-il. Il aime beaucoup les chevaux et je suis surpris qu'Edmund n'ait pas insisté pour lui donner des leçons.

Elizabeth détourna le regard.

— Edmund a passé très peu de temps avec Jared, répondit-elle. Ils n'avaient pas les mêmes goûts. Edmund possédait beaucoup de chevaux de race, mais il n'aimait pas les monter.

— Contrairement à vous.

Il se souvenait à quel point elle aimait cet exercice. A Briarwood, dès que son état de santé le lui avait permis, elle était partie faire de longues promenades à cheval.

— Edmund et moi… nous avions très peu de choses en commun.

— Je vois.

Mais il ne comprenait pas tout. Qu'est-ce qui avait pu la pousser dans les bras d'un homme avec lequel elle avait si peu d'affinités ? Un homme qui ne lui avait pas apporté le moindre plaisir au lit ?

A l'évocation de ce simple mot, il tressaillit de la tête aux pieds. L'image d'Elizabeth la nuit dernière, s'abandonnant dans ses bras et gémissant pendant qu'il caressait ses superbes seins, refit soudain surface. Demain soir, la semaine toucherait à sa fin et il pourrait la prendre et satisfaire son désir qui le rongeait à chaque instant.

Son regard glissa alors sur les courbes voluptueuses de sa poitrine. Il en connaissait exactement les rondeurs, ainsi que la couleur foncée de ses pointes. Il en connaissait le goût et savait comment ils se transformaient en petits bourgeons durs sous sa langue. Il sentit son sexe durcir. Il avait tellement envie d'assouvir enfin ce perpétuel désir qu'il ressentait pour elle !

— Je dois encore aller en ville demain, dit-il. Je prévoyais de vous emmener avec moi. Je suis las de vous voir avec ces maudites robes noires. Et je ne peux pas vous tenir toujours cloîtrée, même si ce serait préférable pour l'instant.

Il envisageait d'emmener deux des hommes de Morgan avec eux. Ensemble, ils seraient capables de la protéger le cas échéant.

Le visage d'Elizabeth s'éclaira, puis soudain, le rose qui avait coloré ses joues s'estompa.

— Et Jared ? s'enquit-elle.

— Il sera en sécurité ici. Jack Montague est un professionnel. C'est un ancien soldat. Il a servi dans la 62e de cavalerie et d'après ce que je sais, il est très compétent. Il ne quittera pas Jared un seul instant pendant notre absence.

Elle mordit nerveusement ses belles lèvres et son excitation revint aussitôt. Il s'était déjà fait à l'idée qu'il ne la ferait pas sienne ce soir. Mais la prochaine fois qu'il partagerait sa couche, ce serait pour réclamer ses droits. En attendant, l'épreuve physique qu'il endurait était presque insupportable.

— Nous pourrions peut-être en profiter pour placer une annonce dans le journal afin de trouver un précepteur pour Jared, proposa-t-elle. Son éducation a été négligée depuis trop longtemps.

— Dans ce cas, nous devrons sérieusement enquêter sur la personne que nous embaucherons, mais vous avez raison. Votre fils est intelligent et il va rapidement s'ennuyer. Il doit étudier.

— Merci, dit-elle en souriant légèrement.

L'expression douce de son visage aiguisa son appétit pour elle.

— Vous m'avez demandé des nouvelles du capitaine Greer, tout à l'heure.

— Ses ennuis sont-ils aussi graves qu'il le pense ?

— Pires. Il n'a pas encore été inculpé, mais cela ne saurait tarder. Certaines personnes du ministère des Affaires étrangères pensent que Travis est un espion.

Les yeux gris d'Elizabeth s'agrandirent de surprise.

Reese lui parla de l'existence du journal et des origines russes de son ami, ce qui sembla l'inquiéter encore plus.

— Mais le capitaine Greer est journaliste, dit-elle. Ecrire des mémoires de guerre ne suffit pas à condamner une personne pour trahison.

— C'est aussi ce que je pense. Je vais essayer d'obtenir un rendez-vous avec le colonel Thomas au ministère et voir si cette histoire en cache une autre. Il semblerait que le colonel soit parti en voyage. Il ne rentrera pas avant un jour ou deux.

— Qu'allez-vous lui dire ?

— Je parlerai en faveur de Travis et expliquerai l'existence du journal. Greer est un héros, pour l'amour du ciel, et non un criminel.

— Ce doit être une erreur, tenta-t-elle de le rassurer.

— Si c'est le cas, ils vont en entendre parler. En attendant, Travis est assigné à résidence vingt-quatre heures sur vingt-quatre.

Elizabeth posa une main sur son bras.

— Vous allez leur faire entendre raison, j'en suis sûre.

— Je vais faire de mon mieux.

Puis il se leva et l'attira à lui en la dévorant des yeux, lui faisant comprendre à quel point il avait envie d'elle.

— Demain soir, Elizabeth, vous serez mienne.

Il sentit son pouls s'accélérer. Gênée, elle humidifia ses lèvres et il ne put résister à l'envie de se pencher vers elles pour les goûter. Il l'embrassa longuement, à pleine bouche.

Elle ne fit pas un geste pour le repousser. Ses bras s'enroulèrent au contraire autour de son cou et il sentit le feu du désir se déverser dans ses veines et s'emparer de lui avec une force inattendue. Posant ses mains sur ses hanches, il la pressa contre son corps dur et Elizabeth gémit doucement tandis qu'il s'appropriait de nouveau ses lèvres. Proche du point de non-retour, et craignant de perdre la tête, il relâcha son étreinte.

— Demain, dit-il doucement.

Elizabeth porta une main tremblante à ses lèvres gonflées, se leva sans un mot et quitta la bibliothèque.

Reese soupira. Demain lui paraissait une éternité.

Les rues de Londres fourmillaient d'attelages et de magnifiques fiacres. Dans ce brouhaha, les piétons tentaient de se frayer un passage au milieu des chevaux et des marchands installés devant leurs étals.

Deux hommes de Chase Morgan, armés jusqu'aux dents, suivaient à cheval la voiture de Reese et d'Elizabeth. Même s'il ne pensait pas qu'Holloway passe si vite à l'attaque, Reese portait sur lui un pistolet à cinq coups et, bien entendu, la petite dague dissimulée dans le corps de sa canne.

Elizabeth et lui s'arrêtèrent d'abord chez le notaire. Edward Pinkard avait toute la confiance des frères Dewar. Il avait travaillé avec le père de Reese pour le protéger de la terrible escroquerie qui avait coûté la quasi-totalité de l'héritage de Royal.

Heureusement, ce dernier était en train de reconstruire le duché et de refaire la fortune de Bransford. Grâce à l'aide et au soutien de Lily, il s'en tirerait très bien.

Pinkard s'avança vers eux d'un pas déterminé. Une crinière de cheveux argent encadrait son visage et mettait en valeur ses yeux bleu pâle.

— Je suis heureux de vous voir, monsieur.

Il sourit à Elizabeth.

— Enchanté de faire votre connaissance, madame.

Il se pencha, très raide, vers sa main.

— Je me demandais si une femme arriverait à apprivoiser un jour ce jeune voyou, plaisanta-t-il.

Reese faillit sourire. Il n'était plus si jeune et, malgré ses vingt-huit ans, il avait l'impression de crouler sous le poids des années ces derniers temps. Mais Pinkard, qui était du même âge que son défunt père, le connaissait depuis qu'il était enfant.

— Vous avez eu connaissance de mon récent mariage, déclara Reese. Comme je vous l'ai dit dans ma lettre, je souhaite entamer une procédure d'adoption concernant le fils d'Elizabeth. Maintenant que nous sommes mariés, je souhaite donner mon nom à l'enfant.

Sans trop lui donner de détails, Reese s'assura que le notaire avait compris qui était Jared et l'urgence de cette demande.

— L'adoption doit se faire dans les plus brefs délais, ajouta-t-il en se penchant vers Pinkard. Mon frère est disposé à m'aider autant qu'il le pourra. Sachez simplement que l'enfant a besoin de porter mon nom pour être protégé.

Le notaire fronça les sourcils, mais ne chercha pas à en savoir plus.

— Nous allons demander une audience. Il y aura peut-être quelques objections, l'enfant est un comte, après tout. Mais à moins que quelqu'un s'y oppose, l'adoption ne devrait être qu'une formalité. Je vous informerai dès que la date sera fixée.

— Merci.

— Je vous promets de faire aussi vite que possible.

Sur ces mots, Elizabeth et lui quittèrent le notaire et remontèrent dans la voiture.

— Qu'est-ce qui vous permet de croire que Mason ne s'opposera pas à l'adoption ? demanda Elizabeth.

— Je ne crois pas qu'il ait des raisons suffisantes, répondit-il en s'adossant contre le siège en velours capitonné. Vous êtes la mère de Jared. Son père est mort et votre nouveau mari appartient à l'aristocratie.

Elizabeth ne dit rien de plus. Ils savaient tous les deux qu'il était impossible de prévoir les intentions de Mason et Frances.

Ils s'arrêtèrent ensuite aux bureaux du *London Times*. Il ne leur fallut pas très longtemps pour placer une annonce pour un précepteur qualifié et lorsqu'ils reprirent place dans la voiture, Elizabeth parut soulagée.

— Je me fais du souci pour Jared, dit-elle. Il est si timide. Je dois trouver une personne qui l'aide à prendre confiance en lui.

— Jared est bien plus que timide, Elizabeth, répondit-il. Il est extrêmement réservé. Que s'est-il passé pour qu'il devienne ainsi ? Est-ce la faute d'Aldridge ?

Elle cligna les yeux plusieurs fois. Malgré la faible luminosité de l'habitacle, il vit des larmes accrochées à ses cils.

— Je ne sais pas exactement ce qui s'est passé. Edmund ne l'a jamais blessé physiquement. Mais il traitait toujours Jared comme s'il avait fait quelque chose de mal. Mon fils faisait tout ce qu'il pouvait pour lui plaire, mais ce n'était jamais assez.

Ce bâtard avait de la chance d'être déjà mort, songea Reese en serrant les poings.

— Dès qu'Edmund a compris que Jared ne serait jamais le fils qu'il imaginait, continua-t-elle, il s'est complètement détourné de lui. Jared est devenu de plus en plus distant, de plus en plus anxieux.

Elle le regarda et les larmes qui remplissaient ses yeux coulèrent sur ses joues.

— Je suis heureuse qu'Edmund soit mort. Que Dieu me pardonne, mais je suis heureuse.

Reese la prit dans ses bras pour la réconforter.

— Chut, dit-il d'une voix douce, Aldridge a disparu de votre vie. L'enfant et vous êtes en sécurité maintenant. Tôt ou tard, Jared comprendra qu'une vie meilleure l'attend et il sortira de sa coquille.

Elizabeth acquiesça timidement et sourit à travers ses larmes.

— Je suis navrée de vous avoir traité comme je l'ai fait autrefois, dit-elle en essuyant ses joues. Parfois, lorsque Aldridge me battait, je pensais que j'étais punie pour le mal que je vous avais fait.

Reese sentit son cœur se serrer.

— Quoi qu'il y ait eu entre nous, Beth, Aldridge n'avait pas le droit de vous frapper. Ne croyez jamais que vous méritiez ses coups.

Elizabeth baissa les yeux et il prit la mesure de son chagrin.

Elle avait tellement souffert.

Il tenta pourtant de se reprendre. Il ne pouvait pas s'autoriser la moindre pitié pour elle. Il n'oubliait pas qu'autrefois, sa trahison avait failli le détruire.

Elizabeth était certes de retour dans sa vie, mais son cœur lui était fermé à jamais.

15

L'attelage avançait à grande vitesse vers Bond Street. Elizabeth n'avait jamais eu l'intention de parler à Reese de la cruauté d'Aldridge à l'égard de Jared, mais maintenant qu'il était au courant, elle se sentait soulagée.

Quoi que l'avenir leur réserve, il méritait de savoir la vérité, toute la vérité. Et elle s'apprêtait à la lui révéler très bientôt.

Bientôt, mais pas aujourd'hui.

— Nous sommes presque arrivés, dit Reese. J'ai hâte de vous voir débarrassée de ces frusques noires. Je veux que vous soyez convenablement habillée, comme ma femme se doit de l'être.

— Ce ne sont en rien des frusques, répliqua-t-elle. Les vêtements de deuil sont très chers.

Esquissant un sourire espiègle, elle soupira bruyamment.

— Mais je suppose que je n'ai pas le choix. Je dois me rallier à votre décision. Et puis, je suis tout à fait d'accord avec vous.

Comme s'il avait lu dans ses pensées, Reese répondit à son sourire. Il était si beau qu'elle sentit son estomac se nouer.

Dire que ce soir, ils allaient faire l'amour. Elle se souvenait du moindre détail de la soirée où elle s'était donnée à Reese, à l'arrière de la voiture. Et elle se souvenait surtout qu'elle en avait tiré beaucoup de plaisir.

Ses sentiments oscillaient entre la peur et l'excitation.

Mais elle voulait avant tout faire l'amour avec Reese, et avoir la chance de devenir une femme normale.

La voiture s'arrêta enfin devant la boutique de Madame Brumaire, la modiste de Bond Street, comme l'enseigne l'indiquait.

Elizabeth l'avait déjà prévenue de leur arrivée et ils furent accueillis par Mme Brumaire en personne. C'était une petite femme mince au menton légèrement pointu. Dans ses cheveux se mêlaient quelques fils d'argent. Elle les conduisit à l'arrière de la boutique dans un élégant salon garni d'épais tapis, éclairé par des lampes en cristal biseauté. Une lumière tamisée entrait par les fenêtres tendues de tissus richement brodés. En face d'une estrade, un canapé en brocart bordeaux trônait à côté d'un fauteuil assorti.

— Je vous en prie, asseyez-vous, monsieur, proposa-t-elle en le conduisant vers un siège.

Reese obéit sans paraître le moins du monde gêné de se trouver dans cet environnement si féminin. Elizabeth ne put s'empêcher de comparer cet homme autoritaire et si sûr de lui au jeune garçon timide qu'il avait été autrefois. L'homme qu'elle avait épousé aujourd'hui était bien différent de celui qu'elle avait connu et, malgré ses appréhensions, elle se sentait beaucoup plus attirée par lui maintenant.

Pendant les heures qui suivirent, Reese l'aida dans ses choix, tout en se laissant dorloter par une multitude de femmes attentives à satisfaire ses moindres besoins dans le but de lui soutirer autant d'argent que possible.

Reese ne semblait pas s'en soucier. Confortablement enfoncé dans le canapé, il sirotait une tasse d'un épais café turc en la regardant défiler devant lui, vêtue de tissus légers qui ondulaient autour de son corps.

Elle avait toujours eu bon goût, mais elle avait tendance à être trop classique, chose qu'il était bien décidé à changer. Il insista pour qu'elle se fasse confectionner plusieurs robes de soirée, taillées dans des tissus aux couleurs chatoyantes : un taffetas bleu nuit et scintillant, un riche velours rouge et un satin vert émeraude. Il donna aussi des instructions précises sur la coupe.

— Je voudrais que le décolleté soit plus échancré, dit-il à la patronne. Ma femme a une belle poitrine et j'aimerais pouvoir la contempler autant que possible.

Il lui lança un regard brûlant qui lui rappela que ce soir, il ne se contenterait pas de la regarder. Il caresserait ses seins pour mettre ses sens à vif, et ils uniraient leurs corps pour ne plus faire qu'un.

Reese se tortilla sur le canapé. Ses yeux brillants de désir balayèrent son corps tandis qu'elle se tenait debout sur l'estrade en face de lui, ses sous-vêtements à peine recouverts d'un coupon de soie bleue. Le tissu s'enroulait autour de ses hanches et remontait sur sa poitrine, en dévoilant une grande partie de son corps.

Si elle le touchait maintenant, lut-elle dans ses yeux de braise, il n'hésiterait pas à l'emmener tout droit vers le lit le plus proche.

Elle sentit son pouls s'accélérer. Avec ses traits virils, ses cheveux noirs et bouclés et ses yeux incroyablement bleus, Reese Dewar était un des hommes les plus séduisants qu'elle ait rencontrés. L'image de ses longs doigts prenant en coupe ses seins et de sa bouche les aspirant doucement pour la faire frémir de plaisir dansa devant ses yeux.

Pour la première fois, elle comprit à quel point elle avait envie de lui.

— Je pense que cela suffit pour aujourd'hui, dit Reese à Mme Brumaire.

Elizabeth sortit de ses rêveries embarrassantes, mais lorsqu'il tourna vers elle ses yeux perçants, elle en ressentit la chaleur malgré la distance qui les séparait.

— Avez-vous besoin d'autre chose avant que nous partions ? lui demanda-t-il.

Oui, j'ai besoin de vous, songea-t-elle en réalisant avec horreur à quel point c'était vrai. Mon Dieu, elle ne pouvait pas s'autoriser de tels sentiments ! Elle s'était juré de ne plus jamais dépendre de quiconque. Elle ne pouvait pas se permettre de tomber sous le charme de Reese. Pas quand tant de mensonges les séparaient.

Elle lui répondit par un sourire timide.

— Des gants et des chapeaux, dit-elle, pensant qu'il serait peu disposé à lui faire ce plaisir et qu'elle pourrait bientôt retrouver la sécurité de sa maison.

Reese n'était pas un homme très patient.

Mais contre toute attente, il sourit.

— Habillez-vous, dit-il. Puisque nous sommes ici, tâchons de trouver quelque chose qui vous plaise.

Lorsqu'elle retourna dans le vestiaire, elle enfila une robe en laine verte très simple que les assistantes de Mme Brumaire avaient retouchée pour elle. Il s'agissait d'un vêtement qu'une autre femme avait commandé sans jamais venir le chercher. Elle fit promettre à la couturière que la moitié de ses nouvelles robes seraient prêtes sous trois jours, puis elle sortit de la boutique au bras de Reese.

Aujourd'hui, elle ne regrettait pas d'avoir abandonné ses coûteux vêtements à Aldridge Park. Elle ne voulait plus rien garder qui lui rappelle de près ou de loin Edmund.

Remontant Bon Street, Elizabeth conduisit Reese chez J. D. Smithwell où elle acheta plusieurs paires de gants en peau de chevreau. Elle déposa aussi des échantillons de tissu pour se faire confectionner de longs gants assortis aux robes de bal qu'elle avait commandées.

Ils venaient de passer devant la vitrine d'un verrier lorsque Reese s'arrêta brusquement.

— Que se passe-t-il ? demanda Elizabeth en regardant à son tour la devanture.

— J'ai vu quelque chose que j'aimerais acheter, répondit-il. Venez, je vais vous montrer.

Il l'accompagna à l'intérieur et se dirigea vers une étagère où s'alignaient d'adorables animaux de verre soufflé à la bouche. Parmi eux, une licorne dressait sa patte avant, la tête penchée en arrière.

— Vous pensez qu'elle lui plaira ? demanda Reese.

Elizabeth sentit son cœur se serrer lorsqu'elle comprit qu'il souhaitait faire un cadeau à Jared.

— Elle est magnifique, approuva-t-elle. Je suis certaine qu'il va beaucoup l'aimer, Reese.

Il acheta la licorne et le marchand l'enveloppa soigneusement dans une boîte qu'il noua à l'aide d'un ruban bleu brillant. Reese porta le paquet tandis qu'ils continuaient leur chemin en direction de Lily Pad, le magasin de chapeaux et d'accessoires qui appartenait à Lily Dewar, leur belle-sœur.

— Lily travaille rarement dans son magasin, maintenant, l'informa Reese en pénétrant dans la boutique. Elle réalise toujours des chapeaux, mais chez elle. C'est son assistante qui s'occupe de tout.

Tilly Perkins, la jeune fille en question, était mince avec des cheveux roux. Elle était très efficace. Grâce à ses conseils, Elizabeth commanda des bandeaux garnis de plumes et de perles pour le soir, ainsi que tout un éventail de bonnets et de coiffes pour d'autres occasions.

— Revenez me voir si jamais vous avez besoin d'autre chose, déclara Tilly en les raccompagnant à la porte. Nous tâcherons de vous servir aussi vite que possible.

Elizabeth esquissa un sourire.

— Merci, Tilly.

— Je dois encore aller quelque part, annonça Reese pendant qu'ils s'avançaient vers la voiture, les bras chargés de paquets.

— Pour ma part, ce sera tout, répondit-elle, surprise. Avez-vous besoin de quelque chose ?

— Pas moi, vous.

Il l'entraîna alors vers la porte d'une étroite boutique aux fenêtres à meneaux. En entrant, elle aperçut des tiroirs qui débordaient de sous-vêtements de soie garnis de dentelle, de corsets rose pâle à baleines, de bas de toutes les couleurs. Sur un portant étaient suspendus de coûteux négligés et des chemises de nuit venus tout de droit de Paris. Comment connaissait-il l'existence de cette boutique ? songea-t-elle. Mais elle se retint de poser la question.

Reese était un homme, non un petit garçon. Elle pensa de nouveau à la nuit qui l'attendait. Elle souhaitait du fond du cœur le satisfaire car si jamais elle échouait, l'idée qu'il puisse se tourner vers une autre femme la rendait malade.

Reese choisit une chemise de nuit couleur lavande, qui se résumait à un minuscule bout de satin décoré de dentelle qui devait à peine couvrir ses fesses.

— J'aimerais que vous portiez ceci ce soir.

Elle rougit.

— Mais, ce n'est pas possible…

— Inutile de vous inquiéter, mon amour. Vous ne le porterez pas très longtemps.

Comment pouvait-elle s'imaginer dans une tenue si légère ? songea-t-elle, mortifiée. Pourtant, elle était sa femme et s'il lui plaisait de la voir porter cette nuisette, quelle importance ? En contemplant les chemises de nuit qu'il avait choisies pour elle ainsi qu'un corset garni de dentelle, un nouveau modèle ouvert sur l'avant, elle ne put réprimer un frisson de plaisir à l'idée de les porter pour Reese.

Elle sortit de la boutique le rose aux joues et lorsqu'il l'aida à se hisser dans la voiture, une vague de chaleur s'installa au creux de son ventre. Etait-ce du désir ? Elle reconnut aussitôt ce sentiment et elle eut peur. Mais peut-être que ce soir, elle n'aurait pas à se sentir effrayée, peut-être même allait-elle vivre un moment magique.

Elle garda cette idée à l'esprit tandis que Reese prenait place sur la banquette à côté d'elle.

Plusieurs heures plus tard, Reese était assis dans la bibliothèque, face à une grande table en noyer sculptée. Derrière les hautes fenêtres, de gros nuages gris annonçaient l'orage. De temps à autre, de lointains éclairs illuminaient la pièce. Il ne tarderait pas à entendre gronder le tonnerre.

Il avait posé devant lui la petite boîte contenant la licorne de verre qu'il avait l'intention d'offrir à Jared. Il avait proposé à Elizabeth de la lui remettre de sa part, mais elle s'y était opposée.

— C'est votre présent, avait-elle objecté, c'est donc à vous de la lui offrir.

Elle avait sans doute raison. Le petit garçon avait besoin d'un père et même s'il n'y avait jamais vraiment réfléchi, Reese avait déjà commencé à endosser son nouveau rôle.

A côté de la boîte se trouvaient les messages qu'il avait reçus cet après-midi de Londres. L'un venait du colonel Thomas, qui lui proposait un rendez-vous à 11 heures le lendemain matin. L'autre billet provenait de Royal qui l'informait qu'il se trouvait à Londres avec Lily dans sa maison de ville.

Reese leur avait aussitôt répondu qu'il viendrait leur rendre visite le lendemain.

Un petit bruit attira soudain son attention et il leva les yeux vers le plafond, comme s'il pouvait voir ce qui se passait à l'étage. Le dîner était terminé. Elizabeth était montée souhaiter bonne nuit à Jared, puis elle s'était retirée dans sa chambre. Reese ne pensait plus qu'à une chose : monter la rejoindre.

Il savait qu'elle était prête. Toute la journée, elle avait eu le regard d'une femme à la recherche d'un homme et, ce soir, il avait bien l'intention de satisfaire tous ses désirs.

Mais comment ne pas être nerveux, lui qui voulait lui donner du plaisir et être pour elle l'homme qu'Aldridge n'avait jamais été ?

Il lui avait laissé une semaine, comme elle le lui avait demandé. Il était grand temps pour eux de consommer leur mariage. Et ce soir était le grand soir.

Prenant sa canne, il se leva avec raideur. Timothy et lui avaient fait des exercices tous les matins pour assouplir ses muscles et ses tendons. Il faisait des progrès mais le processus était long. Tim était revenu depuis peu de Briarwood avec Warrior, son cheval, et il lui tardait de le monter de nouveau.

Mais en attendant, quelque chose de beaucoup plus plaisant l'attendait. Le sourire aux lèvres, il sortit de la bibliothèque et se dirigea vers l'escalier.

Vêtue de la nuisette de satin lavande que Reese lui avait achetée, Elizabeth se tenait dans sa chambre debout face au miroir de plain-pied. Elle étudiait sa silhouette aux courbes pleines, heureuse d'avoir si bien traversé sa grossesse. Seuls ses seins s'étaient épanouis mais elle avait retrouvé sa taille fine et son ventre plat.

Elle se trouvait jolie dans ce minuscule bout de tissu, et même excitante, comme Reese le voulait. Avec ses longues boucles noires qui tombaient librement sur ses épaules, elle était féminine et désirable.

Elle sentit la pointe de ses seins se dresser en songeant à l'arrivée imminente de Reese. Ses sens étaient à vif. La dentelle frôlait sa peau de manière terriblement érotique. Bientôt, Reese viendrait la rejoindre et prendre ce qu'elle lui avait refusé, et qu'elle désirait maintenant ardemment lui donner.

En contemplant son reflet, elle se mit à trembler. Elle voulait lui offrir tout le plaisir qu'un mari était en droit d'attendre.

Soudain, elle entendit la porte de sa chambre s'ouvrir et elle pivota brusquement. Reese venait d'entrer dans la pièce, vêtu d'une robe de chambre bleu marine qui dévoilait une partie de son large torse. Ses pieds nus s'enfoncèrent dans l'épais tapis persan qui ornait le sol lorsqu'il s'avança vers elle.

Le regard brillant, il détailla la nuisette lavande qui

couvrait à peine son corps et elle sentit une bouffée de chaleur l'envahir, ainsi qu'un désir diffus et inédit.

— Vous êtes très belle, dit-il d'une voix mal assurée. Seigneur, j'ai tellement envie de vous.

Il s'avança vers elle en boitant à peine et la prit dans ses bras.

Puis il posa ses lèvres sur les siennes très doucement. Mais très vite, son baiser se fit plus sauvage, plus ardent. Tandis qu'il l'embrassait avec fougue, elle sentit la lave du désir se déverser dans ses veines.

Que lui arrivait-il ? Ses jambes ne la portaient plus, elle était prise de vertige. Elle dut s'agripper aux revers de sa robe de chambre pour garder l'équilibre.

— Reese…, murmura-t-elle lorsqu'il dégagea son cou gracile pour mieux l'embrasser.

Pour toute réponse, il glissa ses longs doigts sous le mince tissu et s'empara de ses seins. Le désir enfla aussitôt et elle se pressa contre lui.

— Reese…, murmura-t-elle de nouveau, surprise d'entendre le désespoir qui perçait dans sa voix.

— Doucement, répondit-il entre deux baisers fiévreux. Nous allons prendre notre temps, même si cela me met au supplice.

Sa remarque l'amusa et elle se détendit un peu. Mais lorsqu'il fit glisser les bretelles de sa nuisette sur ses épaules et qu'il se pencha vers elle pour embrasser ses seins, elle sentit son corps se raidir. Dans un élan désespéré, elle s'arc-bouta contre lui pour mieux lui offrir sa gorge pleine.

Reese répondit à son invitation muette en suçotant et mordillant la pointe rosie de ses seins et son pouls s'accéléra encore plus.

Il fallait qu'elle le touche, qu'elle sente la texture de sa peau. D'une main maladroite, elle défit la ceinture de son peignoir, ouvrit largement les deux pans et fit glisser ses doigts sur son torse musclé et la toison brune qui le couvrait.

Elle comprit que sa nuisette avait glissé lorsqu'elle sentit les mains de Reese se poser sur ses fesses pour mieux presser ses hanches contre les siennes. Elle ne pouvait plus ignorer à quel point il était excité lui aussi. Etroitement serrée contre lui, elle s'abandonna à son baiser toujours plus profond, toujours plus fougueux. Haletant, il ne lui laissait aucun répit.

Maintenant, ses seins dressés étaient devenus douloureux. Elle ne cessait de se tortiller, de caresser les cheveux de Reese, tout en se délectant du contact excitant de son torse frottant contre sa poitrine. Son corps s'était transformé en brasier et son cœur battait à tout rompre. Son entrejambe était humide, comme elle put s'en apercevoir lorsqu'elle sentit la main de Reese glisser entre ses cuisses.

Mais au lieu de s'écarter avec effroi, elle se pressa désespérément contre lui. Elle en voulait plus, désireuse d'obtenir ce qui était encore hors de sa portée.

Reese la caressa lentement, sans cesser de l'embrasser. Elle réalisa alors dans un brouillard qu'il venait de la soulever pour l'emmener vers le pied du lit. Délicatement, il la coucha sur le matelas et lécha ses seins, les mordilla et les aspira jusqu'à ce qu'elle gémisse de plaisir.

Elle était comme droguée par ses baisers qu'elle lui rendit avec la même fougue lorsqu'il s'installa sur elle. Elle voulait faire l'amour avec lui, elle voulait être sa femme dans tous les sens du terme.

Elle sentit une main se poser sur son sein tandis qu'une autre était revenue caresser la partie la plus sensible de son sexe pour la griser de sensations aussi merveilleuses que délicieuses. Reese vint alors la couvrir de son grand corps puissant et son sexe bandé effleura l'intérieur de ses cuisses, tandis qu'il se plaçait entre ses jambes, prêt à la posséder.

Soudain, elle sentit son cœur s'emballer et tout son plaisir s'évanouit.

Des images d'Edmund venaient d'envahir son esprit et la peur la paralysa.

C'est Reese, se dit-elle, *rien que Reese*. Mais elle ne

voyait qu'Edmund, tenant ses poignets, l'étouffant sous son corps lourd, la prenant de force malgré ses protestations.

Un hurlement se forma dans sa gorge. Elle refoula un sanglot et se mordit la lèvre pour retenir un cri.

Reese écarta encore plus ses jambes et elle sentit son sexe dur commencer à la pénétrer. N'y tenant plus, elle libéra les cris qu'elle retenait, sans pouvoir s'arrêter. Avec une expression d'horreur, Reese s'interrompit aussitôt.

— Elizabeth ! s'écria-t-il, pour l'amour du ciel !

Tremblant de tous ses membres, elle se mordit de nouveau la lèvre pour refouler un autre cri. Il fallait à tout prix qu'elle se ressaisisse !

— Je suis désolée, dit-elle d'une voix hachée. Je suis vraiment désolée.

Le passé venait encore de ternir sa vie. Reprenant pied dans la réalité, elle regarda Reese se lever et se diriger nu vers la fenêtre. Dehors, la tempête avait fini par les rattraper et un éclair vint éclairer ses hanches étroites et son large dos couvert d'une fine pellicule de sueur.

— Je suis navrée, dit-elle encore. J'en avais tellement envie. Je vous avais pourtant prévenu. J'avais peur que ça se passe ainsi.

Puis son corps fut secoué de violents sanglots qu'elle ne pouvait plus arrêter. Quelques instants plus tard, elle sentit le matelas s'enfoncer doucement lorsque Reese vint la rejoindre pour l'attirer contre lui et la serrer dans ses bras.

— Ne pleurez pas, ma chérie, dit-il en écartant les mèches de cheveux collées sur son visage trempé.

Elle posa sa tête contre son torse.

— C'est sa faute, continua-t-il, et non la vôtre.

Mais ses larmes ne tarissaient pas et pendant tout le temps que dura son chagrin, Reese la tint contre lui. Elle avait échoué. Elle l'avait déçu. Et elle était certaine de l'avoir perdu.

Combien de temps restèrent-ils ainsi, elle fut incapable de le dire. Assez longtemps pour que ses larmes sèchent enfin et qu'une douce léthargie s'empare d'elle, accompagnée d'une bouffée de désir sans appel. Couchée contre le grand corps solide de Reese, les bras autour de son cou, elle sentait ses seins pressés contre ses muscles. Sa main virile caressait lentement son dos de bas en haut, la rassurait, et une nouvelle vague de chaleur se concentra bientôt au creux de son ventre.

L'odeur piquante de sa peau excitait ses narines, la chaleur de son corps la pénétrait peu à peu.

Si seulement elle trouvait en elle suffisamment de courage pour surmonter ses peurs.

Elle ne pouvait ignorer son corps lourd de désir, ses seins gonflés et tendus. Elle rêvait de poser sa bouche sur Reese, de sentir le goût de sa peau. Elle pressa ses lèvres sur son torse et fit glisser sa langue sur son téton. Aussitôt, elle l'entendit gémir.

— Beth, s'il vous plaît, ma chérie… Je ne peux pas… Je ne veux pas vous faire du mal.

— J'ai envie de vous, Reese, dit-elle en levant les yeux vers lui. J'ai besoin de vous. Je ne sais pas quoi faire. S'il vous plaît… aidez-moi.

Il planta alors son regard de braise dans le sien. L'espace d'un instant, il ne dit rien. Il semblait indécis. Puis il la souleva et l'installa à califourchon sur lui. Enfin, il l'attira vers lui et lui donna un long baiser.

Un éclair illumina soudain la pièce et le tonnerre gronda en faisant trembler la maison. Au même moment, Elizabeth luttait contre la tempête qui faisait rage dans son esprit.

— C'est vous qui décidez, Beth, dit-il d'une voix rauque. Prenez ce que vous voulez. Trouvez votre plaisir. A vous de choisir quand vous serez prête.

Elle sentait son sexe qui pulsait entre ses cuisses, bandé à l'extrême. Mais en contemplant son beau visage, elle vit Reese, et non Edmund. Reese, l'homme qu'elle avait aimé.

Et qu'elle aimait encore.

Elle empêcha les mots de franchir la barrière de ses lèvres, concentrée sur le désir qui la consumait de l'intérieur.

— Montrez-moi comment faire, dit-elle doucement. S'il vous plaît, Reese, aidez-moi.

Il posa ses lèvres contre les siennes une dernière fois, puis il caressa ses seins et les titilla jusqu'à ce qu'elle gémisse de nouveau de plaisir.

Enfin, il souleva ses hanches et la pénétra avec une infinie douceur.

Seigneur, que c'était bon !

— Dites-moi ce que je dois faire, murmura-t-elle, effrayée à l'idée de bouger.

Il serra ses mains autour de sa taille et la souleva légèrement avant de la laisser retomber, puis recommença, lui montrant comment bouger pour soulager son corps du désir violent qui l'habitait.

— Voilà, dit-il en haletant, tandis qu'elle commençait à comprendre et à prendre du plaisir. Prenez-moi en vous, Beth. Tout entier. Laissez-moi vous donner ce dont vous avez besoin.

Elle glissa de nouveau le long de son sexe, l'accueillant encore plus loin en elle, grisée par le flot de sensations délicieuses provoquées par ce mouvement. Elle soupira de plaisir lorsqu'elle le sentit la remplir complètement, cajolant son corps pour mieux se faire accepter. L'espace d'un instant, Reese s'immobilisa, visiblement inquiet à l'idée de l'effrayer de nouveau.

— Ne vous arrêtez pas, l'implora-t-elle, s'il vous plaît, Reese, ne vous arrêtez pas.

Il émit un bruit de gorge presque animal, puis il saisit ses hanches pour bouger avec elle, la pénétrant chaque fois un peu plus. Elle eut soudain l'impression d'être submergée par une immense vague de plaisir.

— Plus, supplia-t-elle en rejetant la tête en arrière, tandis qu'il l'emmenait toujours plus loin, toujours plus haut dans sa quête. Oh, mon Dieu, Reese…

— Laissez-vous aller, Beth, gémit-il. Vous êtes à moi, maintenant. Faites-le pour moi.

Sans plus se faire prier, elle lui obéit. Elle sentit un nouveau tourbillon l'emporter et fut prise de vertige. L'instant d'après, elle se libéra de toutes ses peurs et explosa, atteignant un endroit lumineux qu'elle n'avait encore jamais visité.

Reese continuait de la pénétrer profondément, et une fois encore, le plaisir l'envahit et balaya toute forme de volonté. Bientôt, il gémit à son tour et la suivit dans cette explosion de bonheur, les muscles tendus à l'extrême.

Complètement vidée, elle s'effondra contre son torse. Pourtant, elle avait l'impression d'être plus vivante que jamais, tous ses sens étaient en éveil. Même dans ses rêves les plus fous, jamais elle n'aurait imaginé que cela puisse être aussi doux de faire l'amour avec un homme.

S'agrippant aux épaules de Reese, elle se remit à pleurer. Mais de joie cette fois.

16

Reese fut reçu au ministère de la Défense par un jeune lieutenant aux cheveux blonds qui le conduisit aussitôt au cabinet du colonel Malcolm Thomas.

— Si vous voulez bien vous asseoir, déclara l'aide de camp. Je suis certain que le colonel ne tardera pas à vous recevoir.

— Merci, lieutenant, répondit Reese en prenant place sur une chaise de bois à haut dossier juste en face du bureau du colonel.

La pièce à la décoration spartiate était d'une propreté impeccable, sans aucun objet personnel, constata-t-il après un rapide coup d'œil. Le militaire semblait se consacrer entièrement à ses affaires et paraissait peu enclin aux émotions.

Quelques minutes plus tard, le colonel Thomas entra dans la pièce. De taille moyenne, il avait un teint rougeâtre qui contrastait avec sa chevelure châtaine. La nature l'avait doté d'un physique très banal, exception faite de la détermination implacable qui brillait au fond de son regard sombre.

Thomas ne serait pas un adversaire facile, songea Reese, sur la défensive.

Après avoir échangé les politesses d'usage, ils s'examinèrent avec méfiance.

— Vous avez souhaité me voir pour me parler de votre ami, Travis Greer, commença le colonel.

— Le capitaine Travis Greer, en effet, répliqua Reese en insistant sur le grade de son ami.

— Le capitaine Travis *Alekseï Markolov* Greer, pour être exact, rétorqua le colonel d'une voix cinglante.

Reese prit une légère inspiration. Cette entrevue s'annonçait plus compliquée que prévu.

— Il est de notoriété publique, répondit-il calmement, que la mère du capitaine Greer était une danseuse russe. Mon ami parle couramment cette langue, ce qui nous a rendu bien des services lorsque nous étions en Crimée.

— L'armée l'a certainement envoyé là-bas à dessein.

— Cet homme a risqué sa vie pour sauver la mienne, colonel. C'est d'ailleurs ainsi qu'il a perdu son bras. Le capitaine Greer est un patriote, monsieur, et non un espion.

— Je vous comprends. Vous avez une dette considérable envers lui. Toutefois, nous sommes entrés en possession de certaines informations extrêmement compromettantes pour lui.

Reese s'agita sur son siège, mal à l'aise.

— Vous faites sans doute allusion au journal du capitaine Greer, répondit-il sans se laisser déstabiliser. Vous n'êtes pas sans savoir que le capitaine espérait devenir journaliste. Il a consigné ses mémoires pour pouvoir relater ses expériences de la guerre. Il a même été embauché par le *London Times* dans ce but.

— Je sais tout cela, soupira le colonel. Malheureusement, le journal qu'il a tenu ne se résume pas à de simples mémoires. Il contient des informations sur les mouvements des troupes britanniques, sur les rencontres avec les hauts officiers et même sur nos stratégies de campagne. Il a tout noté : les dates, les heures, et toutes ces informations sont d'une valeur sans nom pour les Russes.

— En effet, mais il ne leur a pas livré son journal. Comme vous l'avez dit, il se trouve en votre possession.

— C'est vrai, approuva Thomas. Et vous auriez sans

doute raison si le capitaine n'était pas passé de l'autre côté des lignes ennemies.

Reese sentit son estomac se retourner tout en s'efforçant de masquer sa surprise. Pourquoi Travis ne lui avait-il rien dit ? songea-t-il, furieux.

— A la manière dont vous serrez les dents, je crois comprendre que vous n'aviez pas connaissance de ce petit détail, commandant.

— Je suppose que vous avez des preuves de ce que vous avancez.

Le colonel hocha gravement la tête.

— Notre enquête nous a conduit jusqu'au sergent qui a servi dans le même régiment que le capitaine et qui sait quelle nuit Greer a quitté le camp. Le capitaine a prétexté vouloir rendre visite à un membre de sa famille vivant dans un village tout proche. D'autres hommes ont confirmé cette version.

— Que vous a dit le capitaine pour se défendre ? demanda Reese, inquiet de la tournure que prenait leur conversation.

— Nous sommes toujours à la recherche d'autres informations. Actuellement, votre ami est assigné à résidence, comme vous le savez certainement.

— Il doit y avoir une explication, colonel ! s'insurgea Reese. Le capitaine Greer est un soldat. Sa loyauté est exemplaire. Laissez-moi lui parler pour découvrir ce qui s'est passé cette nuit-là.

Le colonel hocha légèrement la tête.

— Vous pouvez lui poser les questions que vous voulez, répondit sèchement le militaire. Mais l'enquête suit son cours. Nous sommes en train de constituer un dossier contre le capitaine et je vous préviens, commandant, dès que nous aurons réuni suffisamment de preuves, nous n'hésiterons pas à le poursuivre et à prendre toutes les mesures qui s'imposent.

Reese quitta le cabinet du colonel avec un sentiment

de colère et de peur mélangées. Même si ce n'était que par omission, son ami lui avait menti, songea-t-il en se dirigeant tout droit vers le domicile de Travis.

Lorsque l'attelage s'immobilisa devant sa maison, Reese aperçut le garde posté sous le lampadaire dans la rue. Un autre homme devait sans doute surveiller l'arrière du bâtiment. Il gravit rapidement les marches qui conduisaient à la porte et toqua. Quelques secondes plus tard, son ami vint lui ouvrir. Il était dans un état pitoyable. Ses cheveux étaient en bataille et ses yeux injectés de sang brillaient d'un éclat sinistre.

— Tu as une mine épouvantable, dit Reese en s'introduisant dans la maison sans même y avoir été invité. Qu'as-tu fait la nuit dernière ? Tu t'es noyé dans une bouteille de brandy ?

Travis soupira.

— J'ai bu plus que de raison, c'est vrai. Bientôt, je vais démolir les murs si je reste enfermé plus longtemps.

— D'après ce que j'ai compris, tu risques de te retrouver enfermé dans un endroit bien pire que celui-ci, à condition que l'on ne te pende pas.

Travis se raidit.

— Tu as parlé avec le colonel Thomas ?

— C'est exact. Je sors tout juste de son bureau.

Son ami l'invita d'un signe de tête à entrer dans le salon, où ils pourraient s'entretenir en privé, puis fit coulisser derrière eux les panneaux de bois.

— Comment s'est passé ton entretien ? demanda aussitôt Travis.

— Pour commencer, soupira Reese, je voudrais savoir pourquoi tu as « oublié » de m'informer que tu as quitté le camp sans permission pour te rendre en territoire ennemi.

Le corps de Travis s'affaissa dans le canapé, comme si un énorme poids venait de lui tomber sur les épaules.

— J'aurais dû me douter qu'ils le découvriraient.

— Mais qu'avais-tu derrière la tête ? demanda Reese en s'asseyant en face de lui.

Travis remonta d'un geste maladroit ses lunettes cerclées d'or sur son nez.

— Je suis allé voir ma tante, la sœur de ma mère, répondit-il tristement. Je ne l'avais jamais vue, mais je savais où elle vivait. Comme nous n'étions pas très loin, j'ai cru que je pouvais faire l'aller-retour avant le petit matin. Il ne me reste aucune famille, juste ma tante et deux cousins éloignés. Je n'ai pas pu résister et je suis parti.

Reese secoua la tête en regardant son ami d'un air incrédule. Pourquoi diable avait-il commis une telle imprudence ? Mais dans ces contrées lointaines, la solitude s'était certainement emparée de l'esprit du soldat qui n'avait pas pu résister à la tentation de se rapprocher de sa famille…

— Comment l'ont-ils découvert ? demanda Travis d'une voix blanche.

— Ils ont interrogé les hommes de ton régiment. Tu as dû te confier à certains d'entre eux.

L'incident s'était produit une année plus tôt, avant la bataille de Balaklava qui avait coûté à Travis un bras.

— J'ai été obligé de confier à quelques personnes que je voulais rendre visite à ma tante, avoua-t-il en soupirant. J'avais besoin de leur aide pour m'enfuir. Pour eux, c'était comme une rigolade mais ils comprenaient pourquoi je voulais quitter le camp. C'était du moins ce que je croyais.

— C'est accablant, Travis. Le colonel Thomas ne s'arrêtera pas tant qu'il n'aura pas réuni suffisamment de preuves pour te déclarer coupable.

Travis se leva d'un bond, l'air indigné

— Il n'aura jamais assez de preuves ! s'écria-t-il. Je n'ai jamais aidé les Russes, d'aucune façon que ce soit. Je ne suis pas un espion, je le jure.

Reese quitta à son tour son siège.

— J'en suis certain, répondit-il en posant une main

rassurante sur l'épaule de son ami. Mais maintenant, il faut faire en sorte que le colonel te croie également.

— Que dois-je faire ? demanda Travis, l'air désespéré.

Reese regarda autour de lui. Toute la pièce était imprégnée d'une forte odeur de tabac à pipe. Travis n'était pas fait pour rester enfermé.

— Je te conseille de rester tranquillement dans ton coin encore un peu. Je vais bientôt voir mon frère. Il connaît tout le monde dans cette ville. J'espère qu'avec ses relations, il découvrira pourquoi Thomas est si déterminé à prouver ta culpabilité.

Travis lui lança un regard misérable. Il était temps de partir, et d'agir.

— Merci pour tout, lui dit son ami en le raccompagnant jusqu'à la porte.

Lorsqu'il sortit de chez son ami, Reese se rendit aussitôt chez son frère, qui séjournait à quelques pâtés de maisons de Brook Street.

— Bonjour, Rutgers, dit-il au majordome qui était au service de la famille depuis longtemps.

Le domestique s'effaça devant lui pour le laisser entrer.

— Bonjour, milord, répondit-il.

— Je suppose que mon frère est ici. Il doit être en train de m'attendre.

L'homme grisonnant acquiesça d'un léger signe de tête.

— Oui, monsieur. Monsieur le duc m'a demandé de vous conduire dans son bureau.

— Inutile de me montrer le chemin, répondit Reese en passant devant lui.

Il connaissait très bien la maison. Il y avait vécu avec son père et ses frères lorsqu'il était enfant. Il traversa le hall d'un pas décidé, frappa à la porte du bureau, tourna la poignée et entra.

Assis derrière une grande table, Royal leva vers lui ses grands yeux dorés. Sa crinière blonde et son imposante stature lui donnaient l'air d'un grand fauve. Son meilleur ami, Sheridan Knowles, vicomte de Wellesley, était assis en face de lui.

— Je ne savais pas que tu avais de la compagnie, dit Reese en s'avançant vers eux.

— Sherry n'est pas une compagnie, répliqua Royal avec un sourire amusé. Il fait partie des meubles.

Sheridan éclata d'un grand rire. C'était un homme mince et élégant, dont l'esprit et le charme étaient très appréciés par les ladies et les gens de la bonne société. Sherry pourrait peut-être lui être très utile, songea Reese en l'observant du coin de l'œil.

— Si vous souhaitez vous entretenir en privé, commença Sherry en se levant de son siège.

— En fait, j'aimerais avoir votre avis sur ce dossier, avança Reese. Peut-être pourrez-vous m'aider.

Le vicomte se rassit et Reese vint prendre place à côté de lui.

— Comment vis-tu le fait d'être marié ? demanda soudain son frère.

Les heures passées au lit avec Elizabeth la nuit dernière lui revinrent brutalement à l'esprit. Il repensa à ses hurlements de terreur et à la manière dont elle avait courageusement vaincu ses peurs. Elle avait répondu avec passion à ses caresses et à ses baisers, et son corps se raidit à cette seule évocation.

— Infiniment mieux aujourd'hui que la semaine dernière, répondit-il en lançant à son frère un regard entendu.

Royal partit d'un grand rire. Il savait sous quelles conditions il s'était marié et il semblait heureux que ses relations conjugales soient rentrées dans l'ordre.

— Pas de problèmes avec les Holloway ? ajouta Royal. Elizabeth ou Jared n'ont pas eu de nouveaux ennuis ?

— Pas jusqu'à présent, mais Mason et Frances sont arrivés en ville, et je ne crois pas beaucoup aux coïncidences. Ils sont ici pour une bonne raison, et je crains que leur arrivée ne présage rien de bon.

Un pli soucieux barra le front de son frère.

— Tu as demandé à Morgan de t'aider sur cette affaire, n'est-ce pas ?

— Oui, il a posté des hommes tout autour de la maison. Elizabeth et son fils ne peuvent pas faire un pas sans eux. Mais même ainsi, je n'aime pas beaucoup m'éloigner.

— Tu seras donc heureux d'apprendre que j'ai reçu la visite de M. Pinkard, notre notaire. Il m'a demandé de lui écrire une lettre pour soutenir l'adoption de Jared. Elle lui parviendra cet après-midi.

— Merci, répondit Reese, profondément reconnaissant.

— Tu penses que mon intervention peut t'aider ?

— Il faut empêcher Mason et Frances de mettre la main sur l'enfant. Si j'adopte Jared, Elizabeth ne sera plus en danger. En revanche, je ne sais pas si cela peut protéger l'enfant.

— Tu penses qu'ils envisagent vraiment de le tuer ? demanda Sherry.

— Elizabeth est sceptique, mais rappelez-vous que c'est le titre d'Aldridge et son immense fortune qui sont en jeu. L'avidité peut conduire à toutes sortes de crimes.

— Comme nous en avons fait les frais, Lily et moi, intervint Royal. Mon père y a perdu une grosse partie de notre fortune, et nous avons failli y laisser nos vies.

— Je te remercie pour ton aide à propos de Jared, le coupa Reese. Mais malheureusement, j'ai encore besoin de toi.

Royal se redressa sur son siège, une lueur d'intérêt dans le regard.

— Tu sais que je ferai tout ce qui est en mon pouvoir pour t'aider, répondit-il d'une voix ferme.

— Un de mes amis a de graves ennuis. Je pense que tu te souviens de lui. Il s'agit du capitaine Travis Greer.

Pendant la demi-heure qui suivit, Reese leur fit part des accusations non officielles qui pesaient sur son ami et des preuves qui avaient été réunies pour l'inculper. Les deux hommes connaissaient Travis car il accompagnait souvent Reese dans ses sorties à l'époque où il vivait à Londres.

— Travis n'est pas un espion, déclara-t-il enfin. Je risquerais ma vie pour le défendre.

Puis il expliqua comment son ami avait perdu son bras en volant à son secours pendant la bataille de Balaklava.

— Il s'est battu comme un lion, continua-t-il. Sans lui, je ne m'en serais pas sorti vivant. Aujourd'hui, Travis a commis quelques erreurs et il en paye le prix. Je veux juste savoir pourquoi les autorités s'acharnent tellement à vouloir le condamner pour trahison.

Reese regarda tour à tour Royal et Sherry.

— Vous évoluez dans les plus hautes sphères de la société, continua-t-il. Je me demandais si vous ne pourriez pas vous renseigner discrètement.

Sherry lança un coup d'œil à Royal.

— Nous avons besoin de toutes les oreilles disponibles, dit le vicomte. Pourquoi ne pas convoquer une réunion du club des Rameurs ?

— Excellente idée ! Cela fait longtemps que je n'ai pas vu tout ce petit monde, répondit Royal avec un sourire ravi. A nous tous, nous arriverons bien à découvrir ce qui se trame.

Reese se laissa aller lourdement contre le dossier de sa chaise, soulagé d'entrevoir enfin une lueur d'espoir. Il n'était plus seul et grâce à l'aide de son frère et de ses amis, peut-être arriverait-il à blanchir son ami.

Elizabeth tremblait de tous ses membres. Serrant très fort Jared dans ses bras, elle appuya sa joue contre la sienne pour mieux se convaincre qu'il était sain et sauf.

— Je suis désolé, madame. Cela n'arrivera plus, je vous le promets.

— Je vais bien, maman, dit Jared en reculant d'un pas.

Elle reporta son attention sur le garde à la carrure imposante, debout quelques mètres plus loin, près de l'entrée.

— Nous étions en train de jouer, continua l'enfant. L'homme ne m'a fait aucun mal.

— Que diable s'est-il passé ? tempêta Reese en arrivant en trombe dans la maison. Les gardes battent la campagne et les domestiques sont en effervescence.

Elizabeth n'approuvait pas le ton qu'il utilisait parfois, mais c'était un ancien militaire, et il paraissait hors de lui.

— Un homme a essayé de kidnapper Jared, répondit-elle avec peine.

Le regard de Reese se porta aussitôt sur le petit garçon.

— Il n'est pas blessé ? Tout va bien, Jared ?

— Il va bien, répliqua-t-elle.

Jared se tortilla pour se dégager de son étreinte, et elle le reposa à terre à contrecœur. Elle dut même se retenir d'étendre le bras pour lui prendre la main.

— Dites-moi ce qui s'est passé, ordonna Reese.

Sa colère et son inquiétude étaient presque palpables.

— Charlie et Jared jouaient dehors…, commença-t-elle.

— Charlie ? Mais qui est ce Charlie ?

— C'est le fils des Brody, le couple qui vit dans la maison du gardien. Ils s'occupent des jardins.

— Très bien, continuez.

— Le père de Charlie a fabriqué un petit bateau, expliqua-t-elle. Les enfants ont alors eu l'idée de le faire naviguer sur l'étang.

— Et… ? demanda Reese avec insistance.

— Un homme est sorti de derrière un buisson et a essayé d'emmener Jared. Sans M. Gillespie, il serait sûrement arrivé à ses fins.

Reese se tourna vers l'agent de sécurité qui faisait équipe avec Montague.

— Votre travail consiste justement à empêcher ce genre de chose. Bon sang, comment ce type est-il arrivé si près de notre maison ?

— L'étang se trouve en lisière de la forêt, milord, se défendit l'homme. Je n'aurais pas dû laisser les enfants y aller, mais tout était si calme et ils avaient tellement envie de faire naviguer le bateau. Cela ne se reproduira plus.

— Ça, vous pouvez en être certain, répondit Jack Montague qui venait d'entrer à grands pas dans le hall. Vous êtes renvoyé, Gillespie.

L'homme blêmit. Plus petit que Reese ou Montague, il était puissamment bâti et jusqu'à présent, Elizabeth le trouvait extrêmement compétent.

— Vous aviez pour mission de protéger l'enfant, continua Montague. C'est ce que vous auriez dû faire. Maintenant, sortez !

— Sans vouloir me mêler de ce qui ne me regarde pas, monsieur Montague, intervint soudain Elizabeth en observant le teint pâle de Jared, il me semble que M. Gillespie a très bien fait son travail. Il s'est même battu avec le ravisseur pour sauver mon fils.

Elle lança au garde un rapide coup d'œil. Son visage était empreint de regrets et de détermination.

— Je pense que si vous le gardez à votre service, il fera tout ce qui est en son pouvoir pour protéger Jared, ajouta-t-elle.

Jared et Sean Gillespie étaient rapidement devenus amis et elle ne voulait pas briser cette amitié, d'autant plus que Jared peinait à faire confiance aux adultes de son entourage.

— Qu'est devenu l'homme ? demanda Reese à Gillespie.

— Il s'est enfui, milord, répondit le garde, visiblement contrarié.

Un bleu violacé commençait à se former sur sa mâchoire.

— Je voulais surtout mettre l'enfant en sécurité, continua-t-il. Si vous ne me renvoyez pas, je promets qu'il n'arrivera plus rien à l'enfant, vous avez ma parole.

— Monsieur Montague ? demanda Reese.

En tant que chef de la sécurité, c'était lui qui avait le dernier mot.

— Gillespie est l'un de mes meilleurs éléments, répondit le responsable de la sécurité. Je suppose qu'un homme a le droit de commettre une erreur, à condition qu'elle ne se reproduise plus.

— Non, monsieur Montague, cela n'arrivera plus, assura le jeune homme.

— Vos hommes sont à la recherche du ravisseur ? demanda Reese.

— Oui, même s'il y a peu de chances qu'ils le retrouvent. Il devait certainement avoir prévu un moyen de s'enfuir.

Reese ne cacha pas son mécontentement.

— Engagez d'autres hommes pour quadriller le périmètre, dit-il. Je ne veux plus d'intrus sur notre propriété.

— Bien, monsieur, répondit Montague.

Reese prit une profonde inspiration, tendit le bras et saisit la petite main de Jared.

— Viens avec moi, mon garçon. J'ai quelque chose à te montrer.

Les gardes retournèrent prendre leur poste, tandis que Reese et Jared remontaient le couloir en direction de la bibliothèque. Elizabeth leur emboîta le pas. Elle ne voulait plus perdre son fils de vue.

Elle s'était trompée sur le compte de son beau-frère, songea-t-elle, le cœur gros. Mason convoitait l'héritage de Jared et était prêt à tout pour l'obtenir. Un frisson d'horreur la parcourut. Seigneur, si elle n'avait pas épousé Edmund, son fils ne serait pas en danger à l'heure qu'il était.

Elle émit un long soupir avant d'ouvrir la porte de la bibliothèque. Reese avait assis Jared au bord de la table qui lui servait de bureau. Il lui tendit ensuite le cadeau qu'il avait acheté pour lui à Bond Street.

Le petit garçon défit à la hâte le ruban bleu et ouvrit la boîte. Puis il écarta avec précaution le tissu et jeta un coup d'œil furtif à l'intérieur.

— Allez, regarde ce que c'est, le pressa Reese.

Jared glissa sa petite main dans la boîte et en sortit la licorne en verre. Elle brillait de mille feux sous les rayons du soleil qui perçaient à travers les hautes fenêtres.

— Oh, elle est magnifique, monsieur ! s'écria-t-il, fou de joie. C'est le plus beau cheval que j'aie jamais vu !

Reese esquissa un sourire satisfait et Elizabeth sentit son cœur se serrer. Plus Jared grandissait et plus elle voyait les ressemblances avec son père. Elle mourait d'envie de dire à Reese que Jared était son fils. Mais elle n'en avait pas le courage…

Comment surmonter toutes ses peurs ? Comment trouver la force de chasser le fantôme d'Edmund, comme elle l'avait fait la nuit dernière, si Reese venait la rejoindre ce soir dans sa chambre ?

— Je ne sais comment vous remercier, dit Jared. C'est un si beau présent.

Reese passa gentiment sa main dans les cheveux du petit garçon et le reposa au sol.

— A partir de maintenant, je te demande de rester à côté de M. Gillespie, d'accord ? dit-il au petit garçon.

— Oui, monsieur, je vous le promets, dit Jared, les yeux rivés sur sa licorne. Je vais l'appeler Arc-en-ciel, à cause de toutes les lumières qu'elle renvoie.

— Arc-en-ciel, dit Reese en souriant. C'est un très beau nom.

— Puis-je aller la montrer à Charlie ? demanda Jared.

— Oui, à condition que M. Gillespie t'accompagne.

L'enfant approuva d'un signe de tête puis sortit en courant de la bibliothèque. Il passa devant Elizabeth sans même remarquer sa présence.

— Vous avez été merveilleux avec lui, dit-elle en s'avançant vers Reese. Merci du fond du cœur.

— C'est un gentil garçon. Je suis navré pour l'incident qui s'est produit aujourd'hui. Je parlerai aux hommes et je m'assurerai qu'ils veillent tout particulièrement sur lui.

Il réfléchit quelques instants.

— Holloway est allé trop loin, continua-t-il, les yeux brillant de colère. Je ne le laisserai pas faire de mal à ma famille. Et j'ai bien l'intention de le lui faire comprendre.

— Comment allons-nous l'arrêter, Reese ? demanda-t-elle, au comble de l'inquiétude. Mason est bien décidé à devenir comte. Il représentera toujours une menace. Comment allons-nous faire pour protéger Jared ?

— Si Gillespie avait arrêté le ravisseur de Jared, nous aurions pu faire intervenir les autorités. En l'état actuel des choses, je vais faire un rapport officiel dans lequel je signalerai aussi l'attentat dont vous avez été la cible à Briarwood, ainsi que les suspicions d'empoisonnement à votre égard.

— Rien de tout cela ne prouve que Mason et Frances sont impliqués.

— Je le sais. Et s'il n'en tenait qu'à moi, j'irais moi-même régler son compte à ce gredin. Mais il resterait Frances et j'ai le sentiment qu'elle est aussi implacable que son mari.

— Pire encore, répondit Elizabeth en s'avançant vers lui.

Aussitôt, il la prit dans ses bras.

— J'ai peur, Reese, dit-elle en tremblant, et j'ai peur pour Jared.

Il la serra encore plus fort contre lui.

— Nous trouverons bientôt le moyen de nous sortir de ce mauvais pas. En attendant, nous devons veiller sur Jared.

Elle leva les yeux vers lui. Il ferait tout ce qui était en son pouvoir pour tenir parole, elle n'en doutait pas. Avec sa peau tannée et ses yeux d'un bleu intense, il était incroyablement beau. Soudain, elle sentit son cœur s'emballer au point d'avoir du mal à respirer. Ils restèrent longuement enlacés, immobiles. Il posa enfin ses lèvres sur les siennes et l'embrassa très doucement au départ, puis plus profondément.

Aussitôt, elle sentit la flamme de la passion se répandre comme une traînée de poudre dans ses veines. Prise de vertige, elle pressa son corps alangui contre le sien et s'agrippa au revers de sa veste.

— Savez-vous combien je vous désire ? murmura-t-il tout en faisant glisser ses lèvres le long de son cou.

Oui, elle le savait. Elle sentait son sexe tendu à travers l'épaisseur de ses jupes, exigeant et prometteur à la fois.

— Je vous veux de toutes les façons possibles, dit-il, mais je ne veux pas vous brusquer, Elizabeth.

Elle sentit son pouls s'accélérer. La nuit dernière, après avoir chassé ses peurs, elle avait fait l'amour avec lui et avait vécu une expérience formidable dans ses bras.

Mais elle n'était pas tout à fait guérie. Ses vieilles peurs étaient tapies sous la surface, et Dieu seul savait quel minuscule événement pouvait les déterrer…

Reese l'embrassa de nouveau, langoureusement. Il caressa son dos de bas en haut avant de poser les mains sur ses hanches. Elle tressaillit. La nuit dernière, il lui avait montré tout le plaisir qu'il pouvait lui offrir et elle se sentait prête à savourer de nouveau cette expérience, maintenant, dans cette bibliothèque. Elle gémit sous les caresses de sa langue et s'arc-bouta contre lui.

Soudain, un petit bruit dans le hall leur rappela où ils étaient et elle rougit en apercevant M. Longacre, le grand majordome aux cheveux noirs qui se tenait sur le pas de la porte grande ouverte. Reese jura dans sa barbe.

— Navré de vous déranger, monsieur. Mais madame m'a demandé de la prévenir de l'arrivée de M. Benson, le précepteur.

— Oui, bien sûr, répondit-elle précipitamment, j'avais presque oublié.

Elle lissa vivement ses cheveux en espérant que ses joues retrouvent bientôt leur teinte habituelle. Après un regard furtif vers Reese, elle emboîta le pas du majordome et sortit de la bibliothèque. M. Benson, le précepteur potentiel de Jared qui avait répondu à leur annonce, l'attendait dans le salon vert.

Elle devait s'efforcer de chasser de son esprit ses inquiétudes, dominer son envie de partir à la recherche de Jared pour s'assurer qu'il était sain et sauf. C'était à cause d'elle s'il était en danger. Si seulement elle pouvait revenir en arrière et changer le passé.

Mais personne n'avait ce pouvoir, et elle pria pour que la vie de son fils ne soit pas le prix à payer pour ses erreurs.

17

Mason Holloway claqua la porte du bureau si fort que le vase en laque de cinabre posé sur le manteau de la cheminée tomba et se brisa au sol.

— Bande d'imbéciles incompétents ! hurla-t-il.

Frances sursauta dans son fauteuil près de la cheminée. Dehors, la nuit tombait déjà et un épais brouillard commençait à s'étendre autour de leur maison de ville.

— Peut-être aura-t-il plus de chance la prochaine fois ? dit-elle pour essayer de calmer son mari.

— Il n'y aura pas de prochaine fois, tempêta Mason. Du moins, pas pour lui. L'imbécile a failli se faire prendre. Si jamais on le voit près de la maison, les gardes le reconnaîtront aussitôt.

— Vous l'avez donc renvoyé ?

— Je lui ai payé la moitié de ce que je lui devais, même s'il n'était pas content. Après tout, il n'a pas fait son travail. Il n'a que ce qu'il mérite.

— Personne ne pourra remonter jusqu'à nous, intervint Frances. Nous étions à des kilomètres à ce moment-là.

— Dewar ne laissera pas passer ça. Il sait que nous sommes derrière tout ça. Je pourrai m'estimer heureux qu'il ne me provoque pas en duel.

— C'est tout à fait illégal et si jamais il vous blesse, je veillerai à ce qu'il soit arrêté et sévèrement puni. Dewar est assez intelligent pour le savoir.

— Nous devons pourtant nous débarrasser de l'enfant, soupira Mason.

— Tout à fait. Et dès que ce sera fait, vous serez comte d'Aldridge. Sans preuves contre nous, Dewar ne pourra rien faire.

— Hormis me tuer. N'oublions pas qu'il était commandant dans l'armée. C'est un homme dur et déterminé, avec qui on ne plaisante pas.

Frances se leva et fixa longuement les flammes. Le feu se refléta sur sa peau pâle et son long nez fin.

— Nous n'avons pas réussi à mettre la main sur l'enfant, déclara-t-elle d'une voix monocorde. La tentative de rapt a échoué. Nous devons donc trouver une meilleure solution.

— C'est bien ce que je pensais. Il nous faut payer un employé de maison, et suffisamment bien pour que l'on soit informés de leurs moindres faits et gestes. Quelqu'un qui fasse exactement ce que nous lui dirons.

Frances fit volte-face.

— L'une des servantes ?

— Eventuellement. Ou peut-être l'un des gardes.

— Il faudra le choisir avec soin. Dans le cas contraire, nous risquons d'échouer de nouveau.

— C'est une éventualité que nous ne pouvons plus nous permettre, répondit Mason d'une voix cinglante.

Frances s'avança lentement vers lui.

— Vous avez subi trop de tension ces derniers temps, dit-elle d'un air compréhensif. Peut-être méritez-vous ce soir un peu de… plaisir.

Mason tendit la main vers sa joue.

— Vous êtes une femme très spéciale, Frances, dit-il en souriant. Vous comprenez les besoins des hommes. Je pense que vous avez raison. Je vais sortir ce soir. Ne m'attendez pas, je risque de rentrer tard.

— Amusez-vous bien, mon cher ami. Demain se présentera sous un jour meilleur pour nous.

Mason songea à la soirée qu'il prévoyait de passer dans

la maison close très chic de Mme Lafon. Demain, il se pencherait de nouveau sur la tâche qu'ils s'étaient fixée. Mais pour l'heure, une nuit de plaisirs très sensuels l'attendait.

Les notes enchanteresses du piano à queue situé dans la salle de musique envahissaient le couloir et résonnaient jusqu'à l'aile opposée de la grande demeure. Le dîner était terminé depuis longtemps et, même si Reese rêvait d'emmener sa femme directement à l'étage, il s'était efforcé d'attendre une heure plus décente. Il s'était donc enfermé dans la bibliothèque pour travailler un peu.

Demain, il avait prévu de déménager dans le bureau qui venait d'être repeint à neuf. Il commençait à se sentir chez lui à Holiday House, et pour un homme qui avait passé la plus grande partie de sa vie à voyager, ce sentiment était bien étrange. L'armée l'avait envoyé un peu partout en Europe et pendant des années, il avait cru mener la vie dont il rêvait. A présent, en songeant à l'enfant qui dormait à l'étage et à la jeune femme assise au piano, il avait l'impression d'être chez lui.

Répondant à l'appel envoûtant des notes de Brahms, il se leva, s'avança dans le couloir et se laissa guider par la musique sans pouvoir lui résister.

Arrivé devant la salle de musique, il s'immobilisa sur le pas de la porte pour écouter. Elizabeth était assise sur un tabouret de bois et lui tournait le dos, inconsciente de sa présence. Il la contempla plusieurs minutes pendant qu'elle jouait, mais l'attirance qu'elle exerçait sur lui était trop forte.

Lentement, il entra dans la pièce et ferma doucement la porte derrière lui. Il se souvenait de sa réponse dans la bibliothèque, un peu plus tôt dans la journée. Après la nuit qu'il avait passée avec elle, il comprenait ses besoins physiques beaucoup mieux qu'elle-même. Il avait compris qu'Aldridge s'était contenté de l'allonger sur son lit et de prendre ce qu'il voulait.

Il savait maintenant que c'était la brutalité qu'elle redoutait avant tout. Il attendrait donc de gagner pleinement sa confiance et lui ferait l'amour de sorte que rien ne puisse lui rappeler, ni de près ni de loin, la manière dont Aldridge était venu vers elle.

Il éloignerait les peurs d'Elizabeth en faisant preuve d'inventivité, et cette idée était loin de lui déplaire...

A pas de velours, il traversa la pièce et s'arrêta juste derrière elle. Puis il posa doucement les mains sur ses épaules, pencha la tête vers sa nuque et y pressa doucement ses lèvres.

Elizabeth sursauta légèrement et rata une note, mais elle se ressaisit rapidement et continua de jouer. Reese effleurait à peine sa peau, lui arrachant des frissons partout où il la touchait.

Elle sentait la puissance de sa présence derrière elle, la force de son désir qui la dominait et la tenait sous son emprise. Une belle flambée brûlait dans la cheminée et d'épais rideaux en velours les isolaient du froid de la nuit. Une unique lampe projetait dans la pièce une douce lueur. Reese avait fermé la porte. Ils étaient seuls et personne ne pouvait les déranger.

Un léger frémissement parcourut son corps. Reese était ici, avec elle, et il la désirait. Comme elle le désirait.

Elle sentit sa bouche brûlante sur son cou et ses dents mordiller délicatement le lobe de son oreille. Une à une, il retira les épingles qui retenaient ses cheveux, puis dégagea sa chevelure sur le côté pour embrasser son épaule nue.

Aussitôt, son estomac se contracta et elle s'arrêta de jouer. Elle n'arrivait plus à concentrer son attention sur ses doigts qui couraient sur les touches en ivoire.

— Ne vous arrêtez pas, murmura Reese. J'aime vous entendre.

Prenant une légère inspiration, elle ferma les yeux et fit ce qu'il lui demandait. Elle reprit son morceau là où elle s'était arrêtée, et les cordes se mirent au diapason des battements de son cœur, attisant le désir qui pulsait dans ses veines.

Reese défit un à un les boutons qui couraient dans le dos de sa robe avant de faire glisser le tissu sur ses épaules. Sa bouche couvrait chaque centimètre de peau découverte, tandis que ses mains glissées dans son corset s'étaient saisies de ses seins. Elle les sentit gonfler et se tendre presque douloureusement sous ses caresses habiles.

Incapable de se concentrer plus longtemps, elle s'arrêta de jouer brusquement. Etourdie par son propre désir, elle se leva. Reese prit alors son visage en coupe et l'embrassa longuement, fougueusement. Son esprit s'embruma encore plus et une douce chaleur envahit son bas-ventre. Elle sentit sa langue jouer avec la sienne et l'entraîner dans un tourbillon qui la laissa pantelante et fiévreuse.

Reese pressa son corps contre le sien et elle mesura la puissance de son désir. Les effluves qui se dégageaient de sa peau enflammèrent ses sens. Doucement, il lui prit la main et l'aida à contourner le tabouret. Sans cesser de l'embrasser, il défit les attaches qui retenaient ses jupes.

Elle lança un regard inquiet vers la porte, mais Reese se contenta de hocher la tête.

— Personne ne viendra nous déranger, dit-il d'une voix rassurante.

Mais son inquiétude ne résista pas aux battements de son cœur, et son désir dépassait de loin ses craintes d'être surprise. Bientôt, sa jupe, son corsage et ses jupons s'étalèrent à ses pieds et elle les enjamba, vêtue de son corset, de sa culotte et de ses bas.

Reese la dévora du regard et la détailla de haut en bas. Avec ses lèvres humides et ses seins nus qui jaillissaient de son corset, elle avait l'impression d'être une nymphe tout droit sortie d'un tableau de Rubens.

Reese s'empara violemment de ses lèvres et l'embrassa comme si sa vie en dépendait. Elle comprit à quel point il la désirait, à quel point il avait envie d'elle. Elle aurait dû avoir peur, mais il n'en était rien.

Lorsqu'il approfondit son baiser, elle sentit son sexe bandé frotter contre son ventre. Elle se laissa envelopper par sa chaleur et sa puissance. Reese prit ses seins à pleines mains et pencha la tête pour les lécher. Enivrée par ses caresses, elle gémit.

Elle tremblait de tous ses membres, désirant cet homme comme jamais auparavant.

— Vous me faites confiance ? demanda-t-il d'une voix douce. Vous savez que je ne vous ferai aucun mal.

— Je vous fais confiance, dit-elle dans un souffle.

Reese l'embrassa passionnément et attisa son désir jusqu'à ce qu'elle s'accroche à son cou comme si sa vie en dépendait, ses seins frottant délicieusement contre le tissu de son corset.

Après avoir déposé une pluie de baisers sur son cou, il la fit pivoter face au piano.

— Mettez vos mains à plat sur le tabouret, dit-il.

Indécise, elle n'obéit pas tout de suite. Mais la curiosité l'emporta sur l'inquiétude.

— Faites-le pour moi, ma chérie. Je vous promets beaucoup de plaisir.

Rassurée par ses paroles, elle s'exécuta. Tandis qu'elle posait ses mains sur le tabouret, Reese vint se placer derrière elle et elle haleta doucement lorsqu'il tira vers le bas sa culotte. Il suivit alors les courbes de ses fesses nues avant de caresser doucement son sexe. Elle eut l'impression de se liquéfier et le même torrent de lave que la nuit dernière l'envahit.

Rejetant la tête en arrière, elle laissa échapper un faible gémissement. Puis, involontairement, elle essaya de se redresser, mais Reese la maintint d'une main ferme dans cette position.

— Ecartez vos jambes pour moi, mon ange.

Elle haletait de plus belle. Ses cuisses bougèrent comme

mues d'une volonté propre. Il continuait de la caresser d'une main habile et une chaleur encore plus intense irradia son bas-ventre. Enfin, lorsqu'il la pénétra lentement, elle cria de surprise. Elle se sentait vivante. Reese s'était agrippé à ses hanches. Ses coups de reins étaient rapides et profonds. Quelques instants plus tard, n'y tenant plus, elle eut l'impression de voler en éclats. Le plaisir l'emporta dans ce lieu dont il lui avait ouvert la veille les portes et elle cria de bonheur.

— Mon Dieu, Reese !

Elle jouit longuement et entendit bientôt son râle rauque de triomphe. Toujours accroché à ses hanches, il la prit avec fougue, l'amenant de nouveau au comble du plaisir. Mais Reese ne s'arrêta pas. Il continua de lui faire l'amour avec passion et elle explosa une dernière fois sous la puissance de ses assauts, jusqu'à ce qu'il jouisse à son tour avec un grognement d'intense satisfaction.

Il glissa alors ses bras autour de sa taille et le tint serrée contre lui un long moment.

— Oh, mon Dieu, Reese, répéta-t-elle tandis qu'il l'aidait à se rhabiller.

— Nous nous entendons très bien, Beth. Vous vous en rendez compte, n'est-ce pas ? Vous n'avez plus besoin d'avoir peur.

Elle chercha son regard, faisant de gros efforts pour refouler ses larmes de bonheur.

— Vous n'êtes pas comme lui, répondit-elle. Je le sais maintenant. Je n'aurai plus jamais peur.

Reese l'embrassa très longuement. Pourvu que cette joie ne soit pas éphémère ! pria-t-elle dans son cœur.

— Royal nous a expliqué la situation, déclara Sherry. Vous connaissez tous le capitaine Greer. Reese est convaincu de sa loyauté. J'espère que vous serez tous aussi disposés que nous à l'aider.

Royal et Sherry étaient assis avec quatre de leurs amis à une table du White's, un club de gentlemen très sélect. Les charges dont avait à répondre Travis Greer étaient au centre de leurs débats. Ils s'étaient tous rencontrés à l'université d'Oxford, où ils avaient fait partie de l'équipe d'aviron. Après avoir gagné la célèbre course contre l'université de Cambridge, ils avaient créé le club des Rameurs. Depuis, leur amitié n'avait pas fléchi.

— Ma sœur connaît Greer sans doute mieux que nous tous, avança Quentin Garret. Elle était très proche de sa sœur. Celle-ci s'est mariée très jeune avant de mourir en couches.

— Oui, je me souviens de cette histoire, renchérit Benjamin Wyndam. Pauvre fille ! Non content de perdre son bras à la guerre, Greer a perdu toute sa famille. Je serais heureux de pouvoir l'aider. Bien entendu, si nous trouvons des preuves de sa culpabilité, je n'hésiterai pas une seconde à en référer aux autorités. Quels que soient les arguments invoqués, je ne couvrirai pas un espion.

— Ce serait en effet trop nous demander, intervint Dillon St Michaels en s'enfonçant dans un large fauteuil.

St Michaels était un homme de grande stature, avec un sens de l'humour caustique qui frôlait parfois la grossièreté.

— Mais, si je puis me permettre, continua-t-il, je me rallie complètement à l'opinion de Reese, surtout en ce qui concerne les questions militaires. S'il dit que Greer est innocent, j'aurais plutôt tendance à me fier à son jugement.

— Qu'en penses-tu, Savage ? demanda Royal à l'un de ses amis, connu pour sa propension à la débauche.

Jonathan était un homme au charme indéniable. Avec ses airs mystérieux et sa chevelure sombre, il était la coqueluche de ces dames.

— Ma vie est bien morne depuis que ta femme et toi avez réglé tous vos soucis, dit Savage à Royal. Quelques intrigues me sauveront de l'ennui.

— Je doute fort que ta vie soit ennuyeuse, plaisanta St Michaels. L'odeur d'un jupon empesé suffit à te distraire.

Savage partit d'un grand éclat de rire.

— Et toi, Quent, demanda Royal, qu'en penses-tu ?

— Ma sœur s'est entichée de ce capitaine il y a plusieurs années. Elle serait très en colère si elle apprenait que j'ai refusé de l'aider.

— Parfait, conclut Sherry. Nous allons mener notre enquête et voir ce que nous pouvons découvrir.

— Une dernière chose, ajouta Royal. Vous savez tous que mon frère vient de se marier mais vous ignorez encore ce qui l'a poussé à prendre cette décision précipitée.

Une lueur amusée traversa le regard de Savage.

— Je suppose que la dame se trouve dans un état intéressant, plaisanta le libertin. Et comme ton frère est un homme d'honneur, il n'a fait que son devoir.

— J'aurais préféré que les choses soient aussi simples, soupira Royal. Malheureusement, ce n'est pas le cas. Je suis désolé de vous le dire, mais la situation est beaucoup plus compliquée.

Royal leur expliqua ensuite les motivations des Holloway, comment ils avaient essayé de prendre le contrôle de Jared et de sa fortune en empoisonnant Elizabeth, et la menace qu'ils représentaient encore.

— Tout porte à croire, continua-t-il, qu'Holloway et sa femme ne reculeront devant rien pour s'emparer du titre d'Aldridge. Pendant que vous essaierez de glaner des informations pour venir en aide à Greer, je vous demande de tendre l'oreille au cas où vous entendriez quelque chose d'intéressant susceptible de les arrêter.

Les quatre hommes chuchotèrent entre eux quelques instants. Leur inquiétude était presque palpable. Reese était son frère et à ce titre, Royal pouvait compter sur eux : ils feraient tout ce qui était en leur pouvoir pour l'aider.

*
* *

Une aube pourpre teintait le ciel au-dessus de Hampstead Heath. Un vent frais d'octobre soufflait à travers les arbres autour de la grande maison et s'engouffrait à travers les vêtements de Reese, dont le front était déjà couvert de sueur.

— Essayez encore une fois, Tim.

Le jeune homme musclé tira fortement sur sa jambe pour assouplir ses muscles, puis inversa le mouvement et plia son genou. Reese serra les mâchoires pour lutter contre la douleur jusqu'à la fin de l'exercice.

Lorsque Timothy lâcha sa jambe, il soupira de soulagement. Puis il s'assit sur le bord du banc de bois et plia sa jambe plusieurs fois.

— Il y a vraiment du progrès. Merci, Tim.

— C'est vous qui faites tout le travail.

Reese épongea son front du revers de la manche.

— Warrior est-il sellé ? demanda-t-il.

— Il est prêt. Vous êtes sûr de pouvoir monter, mon commandant ?

— Non, mais il faut bien que j'essaie.

Timothy tourna les talons pour aller chercher le grand hongre noir et revint quelques minutes plus tard. Le cheval était de bonne composition et, bien que Reese ne l'ait pas monté depuis qu'il avait été blessé, l'animal était habitué à lui. Maintenant, il s'agissait juste de faire en sorte que sa jambe le maintienne en selle.

Comme il lui était impossible de monter par la gauche, il se dirigea vers le montoir et se hissa sur la plate-forme. Timothy tenait par la bride l'animal, qui hennit en apercevant Reese.

— Nous avons traversé des moments difficiles, ensemble, n'est-ce pas ? dit Reese en grattant le cheval derrière l'oreille.

Warrior s'ébroua doucement. Prenant les rênes dans une main, Reese passa sa jambe valide par-dessus le dos du cheval et s'installa sur la selle en cuir.

Que c'était bon de monter de nouveau !

— Comment vous sentez-vous ? demanda Timothy.

Reese lança un coup d'œil vers le grand homme roux.

— Autrefois, je me sentais mieux sur une selle que sur la terre ferme, répondit-il.

— Mais pas aujourd'hui.

— Non, pas encore.

Même s'il était capable de plier suffisamment son genou pour passer sa botte dans l'étrier, il éprouvait une sensation d'inconfort. Tendant la main, il ajusta son pied jusqu'à ce qu'il soit stabilisé.

Le problème était dans la prise. Un cavalier utilisait ses genoux et ses cuisses pour serrer et contrôler l'animal et tenir sur sa selle, mais les muscles de sa jambe blessée étaient encore trop faibles.

— Emmenez-le jusqu'à la piste, ordonna-t-il.

Il voulait donner à Warrior le temps de s'habituer de nouveau à lui. Il lutta de toutes ses forces pour garder l'équilibre tandis que le cheval avançait à pas lents derrière Timothy.

Ils se dirigèrent vers le petit enclos et Warrior commença à piaffer, heureux de se dégourdir les jambes.

— Parfait, faisons un essai, dit Reese.

Timothy recula et Reese mit le cheval au pas d'un léger coup de talon. Il effectua deux tours de piste avant de le pousser au trot.

Cette position était pour lui une véritable torture. Il força ses muscles à se tendre et se détendre au rythme de l'animal, serrant les dents pour lutter contre la douleur. Il effectua deux autres tours de piste avant de pousser Warrior au galop. Alors, son genou s'assouplit et la douleur s'estompa.

Peu à peu, il se sentait de plus en plus à l'aise sur sa selle, même s'il était loin d'avoir atteint la maîtrise qu'il avait du temps où il officiait dans la cavalerie.

Warrior conserva une allure paisible et la jambe de Reese se détendit encore plus. Il était même très satisfait de sa performance jusqu'à ce qu'un gros chat tigré traverse en courant la piste et fonce tout droit dans les jambes de

Warrior. Le cheval fit une légère embardée qui suffit à le déséquilibrer.

Incapable de se rétablir, Reese fit une pirouette dans les airs avant d'atterrir dans la poussière au milieu de la piste.

— Père !

La voix suraiguë et apeurée de Jared lui parvint de derrière la clôture, d'où l'observaient l'enfant et M. Gillespie, son garde. Reese se remit rapidement sur pied et épousseta ses vêtements. Le petit garçon courait déjà vers lui, l'air paniqué. Quelques instants plus tard, le petit corps de Jared se pressait contre le sien et faillit le renverser en arrière.

— He ! s'écria-t-il. Doucement !

L'enfant tremblait de tous ses membres en s'accrochant désespérément à lui.

— Je ne veux pas que vous mouriez, dit-il en pleurant. S'il vous plaît, ne mourez pas !

Reese sentit son cœur se serrer en caressant les cheveux de l'enfant.

— Je ne vais pas mourir, répondit-il. Je vais très bien. J'ai fait une toute petite chute, c'est tout. Inutile de t'inquiéter.

Reese baissa les yeux vers le petit garçon et lui sourit.

— Tu m'as appelé père.

Jared le contempla d'un air grave. Son regard était brillant.

— Hier, vous m'avez dit que j'étais votre fils, balbutia-t-il, très gêné. J'ai cru que…

— Tu as cru que cela faisait de moi ton père, répondit-il, bouleversé. Et tu as raison.

Il avait certes employé cette expression mais jamais il n'aurait imaginé que l'enfant la prendrait au pied de la lettre. Il prit une profonde inspiration et tenta de se calmer.

— Je suis ton père, à présent, déclara-t-il. Je crois qu'il est grand temps que tu m'appelles ainsi.

Jared recula d'un pas pour mieux le regarder.

— Vous allez vraiment bien ? demanda-t-il. Warrior ne vous a pas blessé ?

— Si je suis blessé, c'est seulement dans mon orgueil, mon garçon, répondit-il en souriant.

Warrior était à quelques pas de lui. Timothy le tenait par les rênes. Brusquement, Reese souleva le petit garçon et l'installa sur la selle. Jared semblait abasourdi de se trouver là.

— Tout va bien ? demanda Reese en veillant à garder une main sur l'enfant pour le tenir.

Timothy vint se placer de l'autre côté pour plus de sécurité.

Jared acquiesça gravement.

— Comment te sens-tu ? ajouta-t-il.

Le visage de l'enfant se fendit d'un large sourire.

— Dire que je suis assis sur un vrai cheval !

Jared se pencha en avant et caressa la crinière noire de Warrior.

— Il est vraiment très grand, continua-t-il avec un sourire béat.

— En effet. Mais tu as besoin d'un cheval à ta taille. En attendant, cramponne-toi bien. Le caporal Daniels va te faire faire un tour de piste.

Jared serra sa petite main autour de la poignée de la selle sans se départir de son sourire radieux. Visiblement touché par sa joie, Timothy fit faire lentement à Warrior un tour de piste.

— Un autre ? demanda Reese à leur retour.

Jared hocha vigoureusement la tête.

Après un deuxième tour de piste, ils revinrent à leur point de départ.

— Je peux en faire un autre ? demanda le petit garçon.

— Pas aujourd'hui, mon fils. Mais bientôt, je te le promets, nous monterons ensemble.

En attendant, il allait devoir fortifier ses muscles et trouver un poney qui convienne à l'enfant… A son fils.

18

— Pensez-vous que vous êtes prête à les affronter ? demanda Reese à Elizabeth au moment où elle descendait le grand escalier en marbre de Holiday House.

— Tôt ou tard, il fallait que je le fasse. Autant que ce soit maintenant.

Mais les commérages iraient bon train. Une femme était censée faire le deuil de son mari pendant au moins trois ans avant de se remarier. Certaines portaient même le deuil tout le reste de leur vie et ne se remariaient jamais.

— Nous ne resterons pas longtemps, déclara Reese. Lady Annabelle cherche à nous aider en donnant ce bal. Elle a même réussi à inviter les Holloway. Je veux leur faire comprendre que malgré leurs menaces, ils ne nous prendront pas en otage.

Elizabeth ajusta ses longs gants bleus assortis à sa robe en taffetas saphir. Une de celles au décolleté échancré selon les désirs de Reese.

Elle lui lança un regard inquisiteur.

— Lady Annabelle est l'une de vos amies, n'est-ce pas ? demanda-t-elle. Je ne l'ai jamais rencontrée, mais j'ai entendu dire qu'il s'agissait d'une très belle femme.

Il la détailla attentivement de ses yeux azur, de la même intensité que sa robe.

— C'est une amie de la famille, répondit-il. Elle est très liée à Royal et Lily. C'est également une amie de Travis. C'est pour cette raison qu'elle a accepté de donner ce bal.

— Je vois, répondit-elle en détournant son regard.

Reese saisit son menton et l'obligea à le regarder bien en face.

— Elle n'a jamais été autre chose qu'une amie, si c'est ce à quoi vous pensez.

Elle se sentit aussitôt soulagée. Car elle s'était posé la question, en effet. Elle s'était demandé si la jolie veuve et Reese avaient été amants, si elle le connaissait comme elle-même commençait à le connaître…

La nuit dernière, songea-t-elle en frissonnant, Reese lui avait fait l'amour sur l'épais tapis persan qui couvrait le sol face à la cheminée, dans le bureau qui venait d'être refait à neuf. Tout était si nouveau pour elle qu'aucun souvenir d'Edmund n'était venu hanter son esprit.

— Je pense que notre voiture nous attend, dit Reese. Nous ferions mieux d'y aller.

Elle leva la tête vers les chambres à l'étage.

— Etes-vous sûr que Jared sera en sécurité ?

Reese suivit son regard.

— Nous serons de retour dès que possible, répondit-il d'une voix ferme. Gillespie et Montague sont ici, et deux autres gardes sont postés à l'extérieur. Mais Jared ne sera jamais vraiment en sécurité tant que les Holloway n'auront pas été démasqués.

Il avait raison. Après la tentative de kidnapping, ils ne pouvaient plus rester les bras croisés à attendre. Ils devaient agir. Reese avait déjà parlé à son frère, qui avait sollicité l'aide de ses amis. Peut-être qu'à eux tous…

S'efforçant d'apaiser ses sombres pensées, Elizabeth se dirigea vers la porte et descendit les marches du grand porche. Reese l'accompagna à leur voiture. Il s'installa sur le siège en face d'elle, et elle éprouva une pointe de déception.

L'attelage s'ébranla lentement, tandis que le cocher conduisait ses quatre chevaux le long de l'allée en gravier blanc. Pendant tout ce temps, toutes ses pensées restèrent tournées vers Reese et les moments qu'ils avaient partagés dans son bureau. Moments qu'elle espérait de tout son cœur vivre bientôt de nouveau…

— Continuez de me regarder ainsi, et je me verrai contraint de venir près de vous pour vous faire tout ce que vous avez en tête.

Elle sentit ses joues s'enflammer.

— Je ne pense à rien en particulier, protesta-t-elle.

Il esquissa un sourire.

— Nous savons tous les deux que vous mentez, et cela me fait plaisir. Vous imaginez peut-être que nous pourrions concrétiser vos pensées sur le chemin du retour. Sachez que je suis à votre service.

Elle se sentit faiblir. Reese lui ferait l'amour dans la voiture en revenant du bal. Il était déterminé à effacer tous ses mauvais souvenirs liés à Edmund. Et il s'y prenait à merveille.

— En attendant, dit-il d'un air narquois, je vous suggère de cacher cette gorge voluptueuse. Sans quoi, je me verrai dans l'obligation de vous faire l'amour ici et tout de suite. Et nous aurons piètre allure en arrivant au bal.

— Vous êtes scandaleux, dit-elle, les joues en feu.

Mais elle appréciait son côté viril un peu cru. Elle en arrivait même à se languir de leurs formidables étreintes. C'était lui qui lui avait révélé sa nature étonnamment passionnée, qu'elle avait été à mille lieues d'imaginer.

Elle s'adossa nerveusement contre son siège et remit en place ses jupes pour se donner une contenance, tâchant d'éviter soigneusement son regard. Elle le trouvait si beau ! Mais il fallait à tout prix qu'elle étouffe pour l'instant le désir qui venait de naître au creux de son ventre.

Ils parlèrent très peu en chemin, l'esprit accaparé par la soirée difficile qui les attendait. Elle aurait besoin de beaucoup de courage pour affronter le regard de la société, mais Reese était le fils d'un duc et elle, une comtesse. De surcroît, Royal, Lily et tous les amis influents du duc seraient là pour leur apporter leur soutien.

Jalousement enfouie au fond de son cœur se trouvait aussi la promesse des plaisirs qui l'attendaient après le bal, sur le chemin du retour…

Elizabeth se mordit nerveusement les lèvres. Plus les jours passaient et plus elle se sentait proche de Reese. Si seulement elle trouvait la force de lui avouer le terrible secret caché au plus profond de son âme.

Seule la certitude de le perdre la retenait encore.

Elle lutta de toutes ses forces pour ne pas se laisser anéantir par cette insupportable pensée.

Toute la bonne société s'était pressée au bal donné dans l'élégante demeure de lady Annabelle Townsend. Veuve depuis cinq ans, Annabelle était la fille du comte de Leighton. Quentin Garret, vicomte de March, était son frère. Il était aussi l'héritier de lord Leighton, et l'un des meilleurs amis de Royal.

Elizabeth ne l'avait jamais rencontrée. La tyrannie qu'exerçait Edmund pour tout ce qui concernait sa vie privée, couplée à ses rares visites à Londres, ne lui en avait jamais donné l'occasion. En apercevant lady Annabelle pour la première fois, elle constata qu'elle était plus jeune que ce qu'elle avait imaginé. Elle ne devait pas avoir plus de vingt-quatre ans, et était extrêmement jolie. Avec ses cheveux châtains, ses grands yeux bleus et sa silhouette élancée, elle attirait le regard de beaucoup d'hommes. La jeune femme vint les accueillir avec un sourire chaleureux, et Elizabeth éprouva pour elle un élan spontané de sympathie.

Après les présentations de rigueur, Annabelle insista pour les accompagner personnellement jusqu'à la salle de bal.

— Venez, dit-elle d'une voix enjouée. Monsieur le duc et ses amis vous attendent avec impatience.

Elle lui apportait son soutien, comprit Elizabeth en tâchant d'ignorer les murmures désapprobateurs et les chuchotements qui saluèrent leur arrivée dans la salle de bal.

Un groupe d'hommes et de femmes se levèrent pour

les saluer et elle reconnut parmi eux le duc et la duchesse de Bransford.

— Bonsoir, madame.

Le frère aîné de Reese se pencha galamment vers sa main.

— Bonsoir, monsieur le duc, répondit-elle. Je suis heureuse de vous revoir.

Elizabeth et Lily échangèrent quelques mots et la jeune femme lui demanda des nouvelles de son fils.

— Tout ira bien pour Jared, promit la duchesse. Royal et ses amis ne vous abandonneront pas.

Elizabeth sentit les larmes lui monter aux yeux. Cela faisait si longtemps qu'elle n'avait pas eu d'amie.

— Merci, madame, répondit-elle, émue.

— S'il vous plaît, appelez-moi Lily. Nous sommes de la même famille, après tout. Je croyais que c'était ce que nous avions convenu.

Elizabeth lui adressa un sourire radieux.

— De la même famille, oui…, bredouilla-t-elle. Merci beaucoup, Lily.

Puis elle salua Sheridan Knowles, vicomte de Wellesley, ainsi que Benjamin Wyndam, comte Nightingale, et sa femme, Maryann. Les autres amis de Royal étaient disséminés dans la pièce, en quête de quelques commérages susceptibles d'aider Travis Greer.

Quelques instants plus tard, Annabelle les quitta pour accueillir d'autres invités, et Elizabeth se retourna pour saluer la dernière personne qui était venue se joindre à leur groupe. Son estomac se noua lorsque Agatha Edgewood, la vieille tante de Reese, vint se placer à côté d'elle.

— Bonsoir, Elizabeth.

La frêle dame la transperça du regard.

— Madame, répondit-elle poliment.

— Détendez-vous, ma chère, dit la douairière qui avait dû percevoir la peur dans ses yeux ou remarquer sa soudaine pâleur. La vie de votre fils est toujours en danger. Ne dites rien qui puisse distraire Reese de sa mission pour l'instant.

Malgré ses efforts, elle sentit ses yeux s'embuer.

— Vous êtes d'une grande sagesse, madame.

— Pour l'amour du ciel, ma fille ! Ne pleurez pas. Vous devez à tout prix garder la tête froide ce soir.

Elizabeth cligna plusieurs fois des yeux, luttant pour ne pas perdre contenance.

— Bien entendu, madame, répondit-elle d'une voix blanche.

Tante Agatha tapota amicalement son bras.

— Tout va bien se passer. Reese y veillera.

Mais comment en être certaine ?

Reese vint alors saluer chaleureusement sa tante avant de se pencher vers elle.

— Restez ici avec nos amis, dit-il à voix basse. J'ai quelque chose à faire.

Elle acquiesça puis le regarda s'éloigner. Il boitait à peine. Sa jambe se fortifiait de jour en jour, fruit de sa détermination. Soudain, elle comprit qu'il avait repéré sa proie. Mason Holloway était là et s'avançait vers la salle de jeu. Un peu plus loin se tenait Frances, en grande conversation avec un groupe de femmes. Aussitôt, ses anciennes peurs l'assaillirent.

Elle réprima un frisson.

Reese rattrapa Holloway alors qu'il s'apprêtait à entrer dans la salle de jeu. Il s'interposa entre lui et la porte, lui bloquant le passage.

— Je pense qu'il est temps d'avoir une petite discussion, déclara Reese.

Holloway le poussa de côté.

— Je n'ai rien à vous dire, Dewar.

— Mais moi, j'ai des choses à vous dire. Je peux m'entretenir avec vous ici, sur le pas de la porte si vous le souhaitez. Demain matin, la moitié de Londres sera au courant de notre petite conversation. Sinon, je vous propose d'entrer dans la pièce sur votre droite.

Holloway jeta un regard anxieux autour de lui. Plusieurs

invités commençaient déjà à les regarder avec insistance. Etouffant un juron, il ouvrit la porte et Reese le suivit dans un petit salon qui semblait ne servir que rarement.

— Que me voulez-vous ? demanda sèchement Holloway.

— Je pense que vous le savez très bien. Je voulais vous prévenir, Holloway. J'ai informé les autorités de tous les actes criminels dont vous vous êtes rendu coupable contre ma famille.

— Quels actes ? Je ne sais pas du tout de quoi vous parlez. Vous n'avez aucune preuve contre moi.

— Les autorités ont besoin de preuves, répliqua Reese. Mais pas moi. Si vous vous approchez de ma femme ou de mon fils, s'il leur arrive quelque chose, vous êtes un homme mort.

L'homme à la carrure imposante se raidit. Ses lèvres ne formaient plus qu'un mince trait.

— Vous me menacez ?

— Non, c'est uniquement une mise en garde. Faites du mal à l'enfant ou à sa mère et vous mourrez.

— Vous pensez que ce sera si simple ? Même si vous me tuez, vous finirez pendu haut et court.

— Il y a des causes pour lesquelles on peut risquer sa vie. C'est du moins ce que je crois. Mais vous ? Voulez-vous mourir et laisser derrière vous une veuve très riche ? Car vous ne serez plus en mesure de jouir de votre argent une fois votre crime accompli.

Mason se contenta de garder le silence.

— Réfléchissez, Holloway, reprit Reese avant de quitter la pièce.

Il pensait chacun de ses mots, mais faire sa propre justice n'était pas une solution acceptable, surtout si Jared venait à mourir. Il fallait trouver un autre moyen pour mettre fin à la menace qu'Holloway représentait pour sa famille.

Sans compter Frances.

Avec un peu de chance, peut-être que ce soir, Royal

et ses amis trouveraient quelque chose qui les aiderait à régler ce problème.

Deux jours plus tard, le petit groupe d'amis avait décidé de se réunir dans un salon privé de l'auberge Horn and Hoof sur Kentish Town Road. Reese avait bien essayé de convaincre Elizabeth de rester à la maison, mais elle s'y était farouchement opposée.

— Jared est mon fils, avait-elle protesté. Je suis sûre que vos amis sont en possession d'informations importantes. Je veux savoir ce qu'ils ont à nous dire.

— Il se peut qu'elles ne concernent que Greer.

— Comme elles peuvent concerner Jared.

— Bon sang, Beth !

Elle s'était contentée de lui sourire.

Que c'était bon de l'entendre l'appeler par son surnom, comme il le faisait à l'époque où ils prévoyaient de se marier ! Mais cela ne lui arrivait pas souvent. Reese veillait encore plus qu'elle à ne rien dévoiler de ses sentiments. Aucun des deux ne voulait plus prendre le risque de souffrir de nouveau.

Ils protégeaient leurs cœurs tout en laissant libre cours à leur passion.

La nuit après le bal, dans la voiture qui les ramenait chez eux, Reese avait tenu parole. Par deux fois, il lui avait fait l'amour. Comblée et alanguie, elle était restée blottie dans ses bras jusqu'à la fin du trajet.

L'auberge se dressa bientôt devant eux, imposante, avec son toit gris en ardoise. A l'arrière, une écurie permettait de mettre à l'abri les chevaux. Habillée d'une robe en laine grise très simple soulignée par un liseré en velours vert foncé, Elizabeth s'avança au bras de Reese vers le petit salon privé au fond de la salle.

Tous les hommes présents se levèrent à son arrivée ; le duc, Sheridan Knowles, lord Nightingale, lord March et

Jonathan Savage. Elle les avait tous rencontrés lors du bal chez lady Annabelle. Elle fut même surprise de découvrir la présence de Rule, le plus jeune frère de Reese, assis avec les autres autour de la table.

Visiblement, son mari semblait partager son étonnement.

— Qu'est-ce que tu fais ici, petit frère ? demanda-t-il, le sourire aux lèvres. Je ne savais pas que tu étais encore à Londres. Je ne t'ai pas vu au bal d'Annabelle.

— Non, j'avais d'autres engagements ce soir-là, répondit Rule. Quand je suis allé rendre visite à Royal, il m'a informé de la situation. Depuis, j'ai un peu flâné. J'ai pensé que je pouvais vous être utile pour glaner quelques renseignements.

D'après ce qu'elle avait entendu dire, le jeune frère de Reese *flânait* beaucoup. C'était un grand séducteur. Les femmes se jetaient à son cou, même si sa réputation n'était pas aussi sulfureuse que celle de Jonathan Savage. Ce dernier avait beau être le fils d'un comte, sa réputation était telle qu'il était à peine reçu dans la société.

— Nous apprécions beaucoup tes efforts, répondit Reese.

Après quelques brèves salutations, tout le monde prit place autour de la table de bois. Une serveuse posa devant chaque homme une pinte de bière, et apporta à Elizabeth une tasse de thé.

— Puisque Royal nous a réunis, dit Reese dès que la serveuse fut partie, je suppose que vous avez du nouveau dans les affaires qui nous intéressent.

— En effet, répondit son frère. Tu veux prendre la parole, Quent ?

Lord March était un homme aux beaux yeux sombres et aux traits réguliers. Il les dévisagea quelques instants avant de parler.

— Ce bal était une très bonne idée, commença-t-il. Et certains commérages étaient très intéressants.

— Qu'as-tu appris ? demanda Reese sans cacher son impatience.

— Il se trouve que la personne responsable des ennuis

de Greer, lord Sandhurst, a fait la connaissance du capitaine quelques années plus tôt. Il connaît les origines familiales de Greer, à savoir que ce dernier est à moitié russe. A l'époque, les deux hommes avaient déjà eu une prise de bec à cause de lady Sandhurst.

— Intéressant, intervint Reese.

Royal se tourna vers une autre personne.

— Tu as quelque chose à ajouter, Nightingale ? demanda-t-il.

Avec ses cheveux très noirs, son imposante carrure et ses manières élégantes, le comte de Nightingale était le genre d'homme à attirer l'attention.

— En réalité, je n'ai pas eu beaucoup de chance pendant le bal, mais le lendemain, j'ai rendu visite à un ami qui travaille au ministère des Affaires étrangères. Il m'a dit qu'avant même que Sandhurst aille trouver le colonel, il y avait déjà des rumeurs qui circulaient à propos d'un espion. Le maréchal lord Raglan croyait déjà qu'il y avait une fuite d'informations qui profitait aux Russes. C'est pour cette raison que l'ennemi avait déjà battu en retraite à Sébastopol et avait quitté sa base navale lorsque notre armée est arrivée sur les lieux.

— En d'autres termes, le gouvernement était déjà à la recherche d'un espion avant même que Sandhurst leur livre le nom de Travis.

— C'est exact.

Elizabeth comprit aussitôt la situation.

— Ainsi, intervint-elle, il se peut non seulement qu'ils aient mis la main sur la mauvaise personne, mais qu'en plus, ils interrompent leur recherche. En attendant, le véritable espion circule en toute impunité.

— Tout à fait, dit Reese.

— Pis encore ! ajouta Nightingale, plus personne ne songera à mettre un terme à ses activités de traître.

— Travis n'est pas un espion, déclara Reese d'une voix ferme, et nos soldats sont toujours en danger.

— Nous devons approfondir nos recherches sur lord Sandhurst, dit Sheridan Knowles d'un air pensif. Peut-être que le comte a bien d'autres choses à gagner qu'une simple vengeance contre Greer. Peut-être que ses accusations lui servent à détourner l'attention de ses propres actes.

— Supposition intéressante, dit Reese en tapotant du bout du doigt sa pinte.

— Je connais assez bien lady Sandhurst, avança soudain Rule.

Personne ne sembla s'étonner de ses relations avec une femme connue pour son libertinage.

— Laissez-moi lui parler, ajouta-t-il. Peut-être pourra-t-elle m'apprendre quelque chose sur son mari.

— Excellente idée, dit Reese.

— Bien entendu, ironisa Savage, le sourire aux lèvres, vous en tirerez peut-être certains... avantages. Il paraît que la comtesse est une femme très talentueuse.

Reese lui lança un regard courroucé pour lui rappeler qu'il parlait en présence d'une dame.

— Désolé, s'excusa Savage.

Mais son expression démentait ses propos.

— Nous devons par ailleurs découvrir qui d'autre agit, souligna Quent. Quelqu'un vend des secrets d'Etat et de grosses sommes d'argent sont en jeu.

— Nous devons savoir qui les achète, continua Savage.

Reese s'adossa à son siège.

— C'est ici que Travis peut nous être utile. Il parle le russe et peut aisément évoluer dans cette communauté. Peut-être apprendra-t-il quelque chose sur la personne que nous recherchons.

— Allons parler au colonel Thomas, proposa Nightingale à Reese. Je vais organiser une réunion avec Greer et toi. Peut-être pourrons-nous le convaincre de le libérer sous notre responsabilité. Ensuite, il ne nous restera plus qu'à le lâcher parmi les Russes.

Reese sembla reprendre espoir.

— Cela vaut la peine d'essayer.

Ils parlèrent de la situation du capitaine Greer quelques minutes de plus et Elizabeth avait perdu tout espoir qu'ils aient trouvé quelque chose qui puisse aider Jared, lorsque Royal prit de nouveau la parole.

— Parfait, nous savons tous quoi faire concernant Greer, ce qui nous conduit maintenant à un sujet encore plus important.

Royal tourna les yeux vers Jonathan Savage.

— Je pense qu'Elizabeth sera intéressée d'entendre ce que Jonathan a à dire. Savage ?

Le jeune homme termina sa pinte de bière et s'enfonça dans son siège en la fixant longuement. Il lui faisait penser à une panthère traquant sa proie.

— Comme nous le savons tous, essayer de prouver que vos ex-belle-sœur et beau-frère projettent de se débarrasser de votre fils n'est pas aisé. Ce n'est peut-être pas non plus la bonne solution. Avec un peu de chance, le meilleur moyen de les arrêter consiste à prouver qu'ils ont déjà commis un meurtre.

— Quoi ? s'écria-t-elle en se levant à moitié de son siège.

— Je n'ai pas de preuves, répondit Savage, du moins pas encore. Mais au cours des semaines qui ont précédé leur installation à Aldridge Park, Holloway et sa femme ont été impliqués dans une affaire très louche, ici même, à Londres.

— Je savais qu'ils avaient vécu ici quelque temps, déclara-t-elle, mais ils en parlaient rarement.

— En effet, ils ne sortaient pas beaucoup dans la société. Votre défunt mari leur envoyait suffisamment d'argent pour vivre assez confortablement, mais Mason voulait se bâtir une fortune. Deux semaines avant leur arrivée à Aldridge Park, un homme a été tué. Pendant quelque temps, les soupçons ont pesé sur eux.

— Comment as-tu eu ces informations ? demanda Reese.

Savage haussa ses larges épaules.

— J'ai un pied dans le commerce maritime. Ansel Van Meer, l'homme qui a été tué, est courtier.

Elizabeth savait par Reese que Jonathan avait hérité de son père un chantier naval en déclin avant d'en faire une affaire extrêmement florissante.

— Continue, le pressa Reese.

— L'un de mes employés connaissait Van Meer. D'après lui, les deux hommes étaient mouillés dans une affaire louche qui a mal tourné. Puis Van Meer a été retrouvé mort et leur association a été dissoute. Il n'y avait aucun témoin. Du moins, personne ne s'est manifesté et l'enquête a tourné court. Une semaine plus tard, Holloway et sa femme ont quitté Londres.

— Penses-tu pouvoir creuser un peu plus sur cette affaire ? demanda Royal.

— C'est ce que je comptais faire.

— Je pourrais peut-être demander à Chase Morgan d'enquêter ? proposa Reese.

— Il a déjà enquêté sur les Holloway, intervint Royal. Je suis surpris qu'il n'ait pas trouvé lui-même ces informations.

— Les Holloway sont restés à Londres très peu de temps, expliqua Savage, et ils ont fait profil bas tout au long de leur séjour ici.

— Je vais de ce pas en informer Morgan, dit Reese, même si j'ai besoin que tu me donnes un peu plus de détails avant d'aller lui parler.

Elizabeth sirota lentement son thé tandis que Savage livrait à Reese toutes les informations qu'il avait pu réunir en si peu de temps.

— Je te remercie pour ton aide, Jonathan, dit Reese.

Savage détourna les yeux, visiblement gêné par cette manifestation de sentiments. C'était un homme dur, comme elle pouvait le constater, mais derrière son apparente froideur pointait une certaine vulnérabilité.

Les hommes échangèrent d'autres informations, puis

la réunion prit fin et le petit groupe se dispersa. Dans la voiture qui les ramenait chez eux, Elizabeth resta pensive.

Si Mason et Frances avaient déjà commis un crime, peut-être arriveraient-ils à le prouver.

Avec l'aide de Dieu, et celle du club des Rameurs, s'ils n'arrivaient pas à confondre les Holloway pour le crime qu'ils s'apprêtaient à commettre, peut-être pourraient-ils les punir pour celui qu'ils avaient déjà perpétré.

19

Vêtue d'une robe de jour taillée dans un riche taffetas brun moiré, Annabelle Townsend frappa à la porte du 12 Brook Street, près de Grosvenor Square. Ses boucles châtain clair dépassaient gracieusement de son chapeau à large bord.

Du coin de l'œil, elle aperçut un homme de grande taille adossé à un lampadaire qui se raidit lorsqu'il l'entendit frapper, visiblement intéressé par celui ou celle qui rendait visite à Travis Greer.

Annabelle se contenta de l'ignorer. Lorsque la porte s'ouvrit et que Travis se présenta devant elle, elle se tourna simplement vers lui et lui sourit.

— Bonjour, Travis, dit-elle, très sûre d'elle.

— Mais que… ?

Il était charmant avec son air débraillé et ses cheveux en bataille. Vêtu d'une simple chemise, il n'avait pas même pris la peine d'enfiler un gilet et un veston. Elle savait à quel point il détestait devoir rester enfermé.

— Puis-je entrer, minauda-t-elle, ou dois-je rester dehors comme une femme de chambre à la recherche d'un emploi ?

Les yeux noisette de Travis glissèrent sur elle lorsqu'il recula d'un pas pour la laisser passer.

— Personne ne vous prendra jamais pour une femme de chambre, Anna.

Il passa une main nerveuse dans ses cheveux châtains, un peu trop longs.

— Que faites-vous ici ? demanda-t-il. Vous êtes dans la maison d'un célibataire. Vous ne devriez pas être là.

— Je suis une veuve qui vient rendre visite à un ami malade.

Elle promena son regard autour d'elle.

— Où est votre majordome ? Vous devez certainement en avoir un.

— Je ne supportais plus de le voir tourner autour de moi. Je lui ai donné quelques jours de congé.

— Parfait, dans ce cas, fermez la porte et invitez-moi dans votre salon afin que nous puissions nous entretenir en privé.

— Il y a un homme dehors qui surveille la maison. Que pensera-t-il lorsque vous…

— Je me fiche de ce qu'il pense.

D'un pas décidé, elle se dirigea vers le salon et s'installa dans le somptueux canapé couleur rubis. La pièce était remplie d'objets de collection, et beaucoup trop féminine pour un homme aussi viril que Travis Greer. Mais elle était amie avec sa défunte sœur et savait qu'il avait hérité cette maison de sa mère.

— Je déteste me répéter, mais que me voulez-vous ? demanda-t-il.

— Je suis venue voir comment vous vous sentiez dans ces moments éprouvants.

Elle contempla tristement sa chemise froissée dont l'une des manches était relevée, soulignant cruellement l'absence de son bras, puis son pantalon brun fripé. Il n'avait jamais été particulièrement soucieux de son aspect, mais jamais elle ne l'avait vu négligé à ce point.

— Il suffit de vous regarder pour s'apercevoir que ça ne va pas très fort !

Travis laissa échapper un soupir. Pour la première fois depuis son arrivée, il sembla se détendre.

— Vous ne devriez pas être ici, Anna.

Elle ne le savait que trop. A cet instant même, elle

commençait à ressentir cette ancienne attirance qui l'avait poussée vers lui, ce besoin que Travis la remarque en tant que femme. Mais il l'avait toujours perçue comme la meilleure amie de sa sœur, et rien de plus. Elle serait toujours à ses yeux une petite fille, et pour elle, il resterait l'homme dont elle était tombée amoureuse depuis des années.

— D'accord, répliqua-t-elle sèchement, mais puisque je suis là, vous pouvez au moins essayer de vous montrer aimable.

C'était à cause de Travis qu'elle avait épousé Gerald Townsend alors qu'elle venait tout juste d'avoir dix-neuf ans. Le mariage avait été arrangé par son père. Gerald avait vingt ans de plus qu'elle. Il avait été un mari patient et charmant. Il ne lui avait jamais rien demandé de déraisonnable, et d'une certaine manière, elle en était arrivée à l'aimer. Pourtant, si elle avait accepté de l'épouser, c'était uniquement parce qu'elle ne pouvait pas avoir Travis.

— Voulez-vous du thé, ou autre chose ? proposa-t-il. Je peux sonner une servante pour vous porter un rafraîchissement, si vous le désirez.

— Non, merci.

Elle aurait volontiers accepté une tasse de thé, mais ses mains tremblaient trop sous l'effet de l'émotion violente qu'elle ressentait en sa présence, et elle ne voulait pas qu'il le remarque. Elle avait déjà dû mobiliser beaucoup de courage pour se présenter chez lui.

— Vous avez l'air différente, dit-il en l'observant retirer son bonnet et lisser ses cheveux en arrière.

Et vous, vous êtes toujours aussi beau, songea-t-elle. Peu lui importait son handicap.

— Vous vous sentez vraiment bien ? demanda-t-elle prudemment. Je sais que vous êtes accusé d'espionnage, alors que vous êtes un Anglais on ne peut plus loyal, et que vous l'avez toujours été.

— Je suis heureux de vous l'entendre dire. Rares sont ceux qui le pensent.

Il s'enfonça lourdement dans un fauteuil en face d'elle.

— Vous seriez surpris de savoir que vous êtes entouré de nombreux amis fidèles, Travis. Y compris moi.

— J'ai entendu dire que vous aviez donné un bal pour permettre à Reese et à ses amis de glaner des informations. Merci, Anna.

Derrière ses lunettes dorées, les yeux de Travis trahissaient ses pensées. Elle pouvait y lire tout son désarroi et son inquiétude.

— Reese et Nightingale projettent de s'entretenir avec le colonel Thomas, expliqua-t-elle en détournant le regard. Ils espèrent le convaincre de vous laisser le champ libre pour pouvoir découvrir le véritable espion.

Travis se leva brusquement et se dirigea vers elle. C'était un homme très grand, aux épaules larges. Anna retint son souffle et quitta à son tour son siège pour lui faire face.

— En êtes-vous certaine ? demanda-t-il en plongeant son regard dans le sien.

Elle acquiesça.

— Ils espèrent que le colonel Thomas vous relâchera. Ils se porteront garants de vous.

— Et Reese pense que Thomas va accepter ?

— C'est ce que nous souhaitons tous.

Le regard de Travis glissa sur son corps, englobant la rondeur de ses seins sous sa robe en taffetas et sa taille fine serrée dans son corset.

— Vous êtes devenue une très belle femme, dit-il d'une voix soudain rauque. Vous avez grandi, Anna.

Elle sentit ses joues s'enflammer, ce qui était très rare chez elle.

— Je suis heureuse que vous le remarquiez enfin. J'ai toujours espéré que vous le fassiez.

— Vous vouliez que je vous remarque ? demanda-t-il, visiblement surpris par la franchise de sa réponse.

— Vous êtes un très bel homme. Bien avant votre départ pour l'armée, je voulais exister à vos yeux.

Un pli profond barra son front.

— Je n'étais pas celui qui vous convenait à l'époque. Je recherchais l'aventure. C'est pourquoi je me suis engagé dans la cavalerie.

— Je le sais.

Il la scruta attentivement et elle retint son souffle, immobile.

— Je vous avais remarquée, avoua-t-il enfin. Y compris à cette époque.

Il se tenait si près qu'elle dut lever la tête pour le regarder dans les yeux.

— Vraiment ? demanda-t-elle, le cœur battant.

— Vous aviez besoin d'un mari et je n'étais pas prêt pour le mariage. Mais je vous avais remarquée.

Son regard ne flancha pas.

— J'ai déjà eu un mari, Travis. Et je n'en cherche pas un autre.

Une légère déception assombrit ses traits.

— Que cherchez-vous alors, Anna ? Pourquoi êtes-vous venue ?

Sa bouche était devenue sèche. Elle s'humecta les lèvres avant de répondre.

— Je vous l'ai dit. Je voulais voir comment vous alliez.

— J'ai des ennuis, Anna. De graves ennuis. Ce n'était pas une très bonne idée de venir ici.

Elle sentait de violentes pulsations dans ses tempes. Tous les fantasmes qu'elle avait entretenus à propos de Travis traversèrent rapidement son esprit.

— Je veux vous aider, dit-elle, confuse. Je suis prête à faire tout ce qui est en mon pouvoir pour prouver votre innocence.

Il la saisit par les épaules. Elle sentit la chaleur de ses mains brûler sa peau à travers ses vêtements.

— Je veux que vous restiez en dehors de tout ça, dit-il fermement.

— Non.

— Je suis un homme, Anna, dit-il, visiblement contrarié. Vous ne pouvez pas venir chez moi comme ça.

Les yeux de Travis furent soudain traversés par une étincelle de désir. Jamais il ne l'avait regardée de cette façon jusqu'à ce jour, ou alors, elle était trop jeune pour s'en apercevoir.

— Pourquoi pas, Travis ? demanda-t-elle d'un air enjôleur. Pourquoi ne puis-je pas venir vous rendre visite ?

Ses grandes mains la serrèrent un peu plus fort.

— Parce que vous voir me rappelle les centaines de fois où j'ai pensé à vous ces dernières années, où je nous ai imaginés seuls, comme à cet instant.

Ces aveux soulevèrent en elle une vague de soulagement, suivie d'une pointe d'excitation. Ainsi, il avait pensé à elle… Comme à une femme, et non comme à une petite fille.

— Maintenant, je vous demande de partir, lâcha-t-il enfin.

— Je vais le faire, mais pas avant que vous m'ayez donné un baiser. Juste un baiser, et je m'en vais.

Il hocha tristement la tête, mais sa respiration s'était accélérée et ses mains agrippaient toujours ses épaules.

— Je ne peux pas faire cela, Anna, c'est mal.

— Il n'y a absolument rien de mal, Travis.

Son regard devint alors plus profond, plus sombre. L'instant d'après, il la prit dans ses bras et posa ses lèvres sur les siennes. Son baiser était presque sauvage, aussi fiévreux et excitant qu'elle l'avait imaginé. Il avait un léger goût de brandy et elle sentit dans cette proximité son odeur virile mélangée aux senteurs fraîches du savon. Instinctivement, elle se pressa contre lui et sa poitrine frôla son torse puissant. C'est alors qu'elle l'entendit gémir.

L'espace d'un instant, il approfondit son baiser et le désir l'embrasa tout entière. Puis il la repoussa loin de lui et remit en place ses lunettes sur le haut de son nez. Elle sentait presque la tension qui irradiait de son corps, les efforts qu'il lui fallait déployer pour se contrôler.

— Maintenant partez, Anna, partez avant qu'il arrive quelque chose que nous pourrions regretter.

— Je vais le faire. Mais je ne vous laisserai pas vous en sortir à si bon compte cette fois. Je suis veuve, Travis. Et comme vous le savez, les veuves jouissent d'une liberté que les autres femmes n'ont pas. Tout le monde sait que nous avons certains besoins.

Il écarquilla les yeux, éberlué.

— Vous ne savez pas ce que vous dites, dit-il d'une voix blanche.

— Bien au contraire.

— Pour l'amour du ciel, vous êtes la meilleure amie de ma sœur !

— Oui, et si Beatrice était en vie, je suis certaine qu'elle m'approuverait.

— Mais..., protesta-t-il mollement.

— Nous allons trouver un moyen de prouver votre innocence, Travis. Ensuite, vous et moi... eh bien, nous verrons.

Son visage était toujours empreint d'incrédulité lorsqu'elle tourna les talons pour sortir du salon. Elle sourit alors pour elle-même. Finalement, elle avait obtenu ce dont elle avait rêvé depuis si longtemps.

Elle l'avait enfin embrassé.

Tout le courage qu'elle avait dû rassembler pour arriver à ses fins avait porté ses fruits.

Reese s'apprêtait à entrer dans le grand hall d'Holiday House, l'esprit accaparé par la discussion qu'il venait d'avoir avec Chase Morgan.

— Cela pourrait bien être notre première vraie piste dans cette affaire, avait déclaré le détective. Je viens de parler à Jonathan Savage pour savoir si je pouvais m'entretenir directement avec l'employé qui lui a parlé du meurtre. Je suis également allé voir la police. J'y ai de très bonnes relations. Je vais peut-être enfin arriver à trouver quelque chose d'utile.

Reese avait quitté son bureau, le cœur plus léger que ces derniers jours. Si un homme était capable de commettre un meurtre, et Holloway l'était sûrement, il ne serait pas surprenant de découvrir qu'il était déjà passé à l'acte.

Il ouvrit en grand la porte d'entrée et secoua la cape de son pardessus. Un vent frais soufflait dans les arbres au milieu d'un léger brouillard. Il était heureux de se mettre à l'abri.

— Vous voilà enfin de retour !

Levant la tête, il aperçut sa femme qui s'avançait à grands pas vers lui. Il tâcha d'ignorer la bouffée de plaisir qui venait de l'envahir.

— En effet, répondit-il d'une voix neutre.

— Comment s'est passé votre rendez-vous ?

— Morgan était tout excité. Il pense avoir enfin trouvé une piste. Je vous en parlerai plus tard. Je dois d'abord donner quelque chose à Jared. Savez-vous où il se trouve ?

— Oui, il est avec M. Connelly, son nouveau précepteur.

L'homme avait été embauché trois jours plus tôt. C'était la troisième personne à avoir postulé pour cet emploi, et Elizabeth et Reese avaient été autant impressionnés par cet homme de cinquante ans qui semblait fait pour l'enseignement que par ses lettres de recommandations. De plus, Jared paraissait moins mal à l'aise avec lui qu'avec les deux autres candidats au poste.

— Ils sont en haut, dans la nursery, ajouta Elizabeth. M. Connelly souhaite la transformer en salle d'étude, maintenant que Jared a grandi.

— C'est une excellente idée.

Elle le regarda avec un air malicieux.

— Ainsi, vous lui avez acheté un présent ? Qu'est-ce donc ?

Reese sourit en hochant la tête.

— Demandez-lui de descendre quelques instants et vous

verrez. Ce ne sera pas très long et peut-être sera-t-il ensuite plus motivé pour se concentrer sur ses études.

La curiosité d'Elizabeth était piquée au vif. Tournant les talons, elle se dirigea d'un pas rapide vers l'escalier et revint quelques minutes plus tard, accompagnée de Jared. L'imposant agent de sécurité, Sean Gillespie, se tenait à quelques pas derrière eux.

— Ton… père a un cadeau pour toi, déclara-t-elle prudemment.

Elle prononça ce mot en regardant Reese droit dans les yeux. Sans qu'il ne puisse s'expliquer pourquoi, il avait l'impression qu'elle était beaucoup moins à l'aise avec cette appellation qu'il ne l'était lui-même.

— Il te l'a rapporté de la ville, ajouta-t-elle.

— En réalité, il vient d'une ferme un peu plus bas sur la route. Allons dehors y jeter un coup d'œil.

— Oh, oui ! s'écria Jared d'un air joyeux.

Le petit garçon s'agita impatiemment tandis que le majordome l'aidait à enfiler son manteau. Elizabeth passa une cape en laine, puis l'enfant se précipita dehors. Reese sourit en observant Jared, tout excité, se diriger vers l'écurie, où Timothy Daniels les attendait. Le caporal tenait fermement entre ses doigts les rênes d'un poney gris pommelé.

Jared s'arrêta net, les yeux rivés sur le petit cheval à la crinière et la queue grises.

— Il s'appelle Dusty, dit Reese.

— Il est magnifique ! s'écria Jared sans quitter des yeux l'animal.

— Je suis heureux qu'il te plaise, mon garçon, car il est à toi.

L'enfant pivota vers lui et le contempla de ses pupilles sombres.

— Vous êtes sérieux ? demanda-t-il.

— Evidemment. Je t'ai dit que tu avais besoin d'un cheval à ta taille. Dusty est petit, mais il fera l'affaire pendant plusieurs années.

Reese aperçut alors l'éclat d'une larme accrochée à ses cils.

— Merci, dit gravement le petit garçon. Personne ne m'a jamais fait de cadeau aussi merveilleux.

Puis il se précipita vers Timothy et s'arrêta devant le poney pour caresser sa crinière.

Lorsque Reese se tourna vers Elizabeth, il vit qu'elle pleurait sans retenue.

— Que se passe-t-il ? demanda-t-il, inquiet. Vous ne trouvez pas que c'est une bonne idée ?

— Je pense que c'est une merveilleuse idée, Reese, répondit-elle en étouffant un sanglot. Edmund n'a jamais rien offert de semblable à Jared. J'achetais des présents à sa place en lui disant qu'ils venaient de son père, mais je pense que Jared n'était pas dupe.

Reese la prit dans ses bras.

— Nous rattraperons le temps perdu. Nous veillerons à ce qu'il ait de nombreux présents à l'avenir.

Elizabeth esquissa un sourire et acquiesça en silence.

Avec un pincement au cœur, qu'il s'efforça vivement d'ignorer, Reese conduisit Elizabeth vers l'enfant et son nouveau cheval.

— J'ai engagé un instructeur, annonça-t-il à Jared. M. Montague vérifie ses références. Dès que tout sera en ordre, il commencera à te donner des leçons tous les après-midi. Très vite, tu chevaucheras sur Dusty aussi vite que le vent.

Jared lui décocha un large sourire.

— Et vous pourrez monter Warrior. Nous chevaucherons ensemble.

Reese songea au travail qu'il avait accompli avec sa jambe. Il se jura de faire une autre tentative avec le grand hongre noir. Mais ils devraient veiller à ne pas trop s'éloigner de la maison tant que des menaces pèseraient sur l'enfant.

— Mais d'abord, tu dois finir tes devoirs, décréta Reese. Ensuite, tu pourras prendre tes leçons d'équitation. Dès que tu auras fait des progrès, nous monterons ensemble.

Jared le regarda comme s'il était Dieu en personne.

— Vous êtes le meilleur père que j'aie jamais eu, déclara-t-il gravement.

Reese lui renvoya son sourire. Il n'en doutait pas un instant.

Laissant Jared et Reese dans l'écurie, Elizabeth revint lentement vers la maison. Elle se sentait confuse. Terriblement confuse.

Aujourd'hui, en observant Reese avec son fils, si gentil et prévenant avec cet enfant qu'il ne savait même pas être le sien, elle avait senti quelque chose se briser et la vérité dans toute son horreur lui était apparue.

Elle avait commis l'impensable. Elle était profondément tombée amoureuse de Reese.

Son cœur se serra douloureusement. Elle l'avait vu venir. Elle avait fait tout ce qui était en son pouvoir pour préserver son cœur. Mais depuis cette nuit où Reese les avait laissés entrer dans sa maison, depuis qu'il avait mis de côté son ressentiment pour les prendre sous sa protection, elle était tombée chaque jour un peu plus sous son charme.

Elle l'aimait. Désespérément, et pour toujours. Bien plus profondément que lorsqu'elle était jeune. Elle aimait non pas le jeune homme qu'il avait été, mais l'homme qu'il était devenu.

Et lorsqu'elle lui dirait la vérité sur Jared, elle serait incapable de soutenir son regard chargé de dégoût et d'aversion. Elle en aurait le cœur brisé…

Prenant une profonde inspiration, elle lutta contre les larmes qui menaçaient de couler. Inutile de pleurer sur son sort. Elle savait depuis le début que dès qu'il saurait la vérité, ses espoirs et ses rêves seraient réduits à néant.

Pourtant, en attendant ce moment, elle entendait bien jouir de chaque instant qu'elle passerait avec lui.

En entrant dans la maison, elle découvrit le majordome qui l'attendait, l'air sombre.

— Que se passe-t-il, Longacre ? demanda-t-elle, inquiète.

— J'ai une lettre pour vous, madame. Elle vient d'arriver de Londres. L'un des agents de la sécurité a intercepté le messager au niveau du portail.

— Ils sont très efficaces.

— En effet, madame. Le messager attend votre réponse.

Aussitôt, elle décacheta la lettre qui était adressée à Reese et à elle. Elle venait de Me Pinkard, le notaire de Reese. L'audition en vue de l'adoption de Jared avait été fixée deux semaines plus tard. Leur présence à tous les deux était attendue, mais Me Pinkard était certain qu'il ne s'agissait que d'une formalité.

A la hâte, elle répondit au notaire pour lui confirmer leur présence, puis tendit le pli au majordome.

— Pouvez-vous porter ceci au messager ? demanda-t-elle.

— Bien sûr, madame.

— Merci beaucoup.

Le majordome lui adressa un signe poli de la tête et apporta la lettre au garde, qui attendait debout sous le porche. L'homme disparut aussitôt. Elle ne devait pas oublier d'informer Reese de la date de l'audience, songea-t-elle. Bientôt, Jared deviendrait légalement son fils. A cette idée, une douloureuse angoisse s'empara de son âme. Il était grand temps que Reese connaisse la vérité.

20

Travis faisait les cent pas dans le salon très encombré de sa maison de ville, ignorant les relents de vieux parfum qui lui rappelaient sa mère. Il n'avait pas l'habitude de rester enfermé des journées entières et il avait besoin d'espace pour bouger. Avec la maison remplie de domestiques, il avait du mal à trouver un endroit calme pour s'isoler. Soudain, il entendit frapper plusieurs coups secs à sa porte. Il s'approcha de la fenêtre, jeta un coup d'œil à l'extérieur, et aperçut Reese debout sous le porche.

Il se dirigea vers la porte et l'ouvrit, soulagé que son ami soit enfin venu le voir.

— Je t'attendais avec impatience, déclara-t-il en apercevant Reese.

Il le fit entrer et l'accompagna jusqu'au salon.

— J'espère que tu apportes de bonnes nouvelles, ajouta-t-il.

— Comment savais-tu que j'allais venir ?

— Annabelle m'a rendu une petite visite. Elle m'a dit que tu allais parler au colonel Thomas avec Nightingale. Il paraît que vous vouliez demander ma libération afin que je puisse vous aider à trouver le véritable espion.

Reese prit un air soucieux.

— Lady Annabelle Townsend est venue te voir ? demanda-t-il, surpris.

Travis se sentit un peu coupable. Annabelle était une femme sans attaches, mais il ne voulait pas qu'elle devienne la cible des commérages.

— Nous nous connaissons depuis des années, se défendit-il. Ma sœur Beatrice et elle étaient très liées.

— Son frère me l'a dit, répondit Reese.

— Elle est venue prendre de mes nouvelles.

Son ami hocha la tête.

— Annabelle croit dur comme fer en ton innocence. Elle est décidée à faire tout son possible pour t'aider.

Travis détourna le regard. Certes, elle voulait l'aider. C'était ce qu'elle lui avait dit, mais il était également clair qu'elle voulait faire l'amour avec lui.

Travis s'enfonça dans son fauteuil et se remémora ses lèvres pleines et douces, un peu tremblantes sous les siennes lorsqu'il avait approfondi son baiser.

Il sentit une vague de désir l'envahir. Annabelle n'avait que dix-huit ans lorsqu'il s'était engagé dans l'armée, et elle était déjà une très belle jeune fille. Il avait eu envie de l'embrasser des dizaines de fois. Mais aucune de ses rêveries ne pouvait se comparer à la réalité de ce qu'il avait vécu. Il frémit à ce souvenir et esquissa un léger sourire.

— Tu transpires, dit Reese en le regardant. Tu n'es pas malade, j'espère ?

Malade d'amour, peut-être, songea-t-il en laissant échapper un soupir.

— J'ai un problème, déclara-t-il.

— Tu plaisantes, n'est-ce pas ? marmonna Reese.

— Je veux dire, un autre problème.

Se redressant sur son siège, il chassa Annabelle de ses pensées.

— Qu'a dit le colonel Thomas ? demanda-t-il soudain.

— Apparemment, Nightingale avait raison. Le ministère des Affaires étrangères était déjà à la recherche d'un espion lorsque Sandhurst est allé trouver le colonel Thomas pour te pointer du doigt.

— Comme je ne suis pas l'espion qu'ils recherchent, répliqua Travis, le traître doit toujours courir quelque part.

— Exactement. C'est pour cette raison que Thomas a

accepté de te relâcher sous notre responsabilité. Nous lui avons fait comprendre que s'il avait tort à ton sujet, ce que nous croyons tous, le véritable espion continuait de trahir le pays avec son aide. Nous avons tenté de lui expliquer que nous étions les mieux placés pour identifier le traître, et nous lui avons suggéré que, dans la mesure où tu parlais le russe, tu pouvais aisément t'infiltrer dans cette communauté. Tu es le seul à pouvoir découvrir le véritable espion. Bien entendu, tu devras réunir suffisamment de preuves.

Travis bondit sur ses pieds.

— Tu es en train de me dire que je peux enfin quitter cette fichue maison ?

— Tout à fait. A condition que tu ne sortes que pour trouver qui trahit notre pays.

Travis s'avança vers la cheminée où une belle flambée réchauffait la pièce. Il se sentait nerveux, rempli d'un trop-plein d'énergie, sans compter son désir insatisfait qui tiraillait ses reins.

— Par quoi dois-je commencer ? demanda-t-il.

— Nous avons volontairement laissé courir le bruit selon lequel les autorités croient que tu vends des secrets aux Russes. L'idée est que tu commences à fréquenter des endroits et des personnes dans cette communauté. De les laisser croire que tu vends des informations. Avec un peu de chance, tu trouveras quelqu'un qui sera intéressé.

Travis approuva d'un signe de tête.

— Et dès que j'aurai un nom, nous pourrons contraindre ce gars à nous dire qui d'autre est impliqué.

— Exactement. Cette mission est dangereuse. Tu devras faire très attention.

— Ne t'inquiète pas. J'ai fréquenté quelque temps le quartier russe lorsque ma mère était en vie. Je connais plusieurs personnes. Je ne devrais pas avoir trop de mal à renouer quelques contacts.

— C'est tout à fait ce que nous attendons de toi.

Travis se dirigea vers le buffet.

— On boit à cette nouvelle ? proposa-t-il.
— Rien ne me ferait plus plaisir.
— Du brandy ?
— Oui, merci.
Travis déboucha une carafe en cristal et remplit deux verres.
— Quel est donc ton autre problème ? demanda Reese en humant son verre avant de boire une petite gorgée.
— Un problème de femme, répliqua-t-il d'une voix morne.
— Ah…
S'il y avait bien un homme au monde en qui il pouvait avoir confiance, c'était Reese.
— Je t'ai parlé de lady Annabelle ? demanda Travis.
— Oui, je crois.
— Il se trouve que nous sommes… attirés l'un par l'autre.
— Vraiment ?
— Je n'y pensais pas… jusqu'à sa visite aujourd'hui. Elle est venue me dire qu'elle était veuve et que tout le monde savait que les veuves avaient des besoins.
Les yeux de Reese s'agrandirent de surprise.
— Annabelle t'a dit ça ?
Travis acquiesça.
— Comme je te l'ai dit, nous nous connaissons depuis très longtemps.
Reese haussa les épaules.
— Annabelle est adulte. Je suppose que si vous êtes tous les deux d'accord, une aventure ne serait pas…
— Je ne peux pas faire ça ! s'écria Travis, horrifié. Anna était la meilleure amie de ma sœur !
— Et tu penses que ta sœur ne serait pas d'accord ?
— Ce n'est pas ça. Je pense juste qu'Annabelle n'est pas du genre à avoir une aventure.
— Je n'avais pas vu les choses sous cet angle.
— Je pense que c'est le genre de femme que l'on épouse.
— Ah, je commence à voir où est ton problème. D'un autre côté, cela aurait pu être pire.

Travis hocha gravement la tête.

— Tu sais bien que je suis un célibataire endurci. Je ne pourrai jamais me caser.

Reese se contenta de sourire.

— C'est aussi ce que je me suis souvent dit. Mais maintenant que je suis marié, ce n'est pas si terrible. J'y ai même découvert de nombreux avantages.

— Par exemple ?

Le sourire de Reese s'élargit.

— Je n'ai plus besoin d'aller chercher bien loin pour satisfaire mes envies.

Travis éclata de rire pour la première fois depuis des jours.

— En effet, c'est un sacré avantage.

— Quoi que tu fasses, je suis certain que tu prendras la bonne décision. En attendant, tiens-moi au courant. Et si tu sors, limite-toi exclusivement au quartier russe. Il est probable que Thomas te fasse suivre.

Travis se contenta de hocher la tête en silence. Il ne ferait rien pour provoquer le colonel.

A la place, il devait mobiliser toute son énergie pour retrouver cet espion.

Un peu avant minuit, Jared commença à se sentir mal. Il se mit à tousser et à avoir une légère fièvre. Inquiète à l'idée que sa maladie s'aggrave, Mme Garvey était allée réveiller Elizabeth, et par la même occasion Reese, qui dormait dans son lit.

Quelques instants plus tard, Elizabeth suivait la nurse vers la chambre, accompagnée de Reese.

— Avez-vous la moindre idée de ce qui a pu arriver ? demanda Elizabeth d'une voix inquiète à Mme Garvey lorsqu'ils arrivèrent au chevet de Jared.

— Je n'en sais rien, madame. Vous êtes venue le voir avant qu'il s'endorme. Avez-vous remarqué quelque chose à ce moment-là ?

— Non. Il était juste un peu fatigué. Je croyais qu'il avait trop joué avec le fils de Mme Brody.

C'était le premier vrai ami que son fils avait jamais eu.

— Inutile de vous faire du souci, conclut la nurse. Demain, il ira sûrement mieux.

Elizabeth regarda son enfant. Pourvu que ce soit vrai ! songea-t-elle. Mais le lendemain, la température de Jared avait augmenté de façon alarmante et Reese fit venir le médecin. Puis Jared commença à se plaindre de maux de ventre et fut pris de nausées à plusieurs reprises. Rongée par l'inquiétude, Elizabeth s'assit près du lit de l'enfant et observa le médecin l'examiner. Pendant ce temps, Reese faisait les cent pas dans le couloir et attendait lui aussi le diagnostic.

A bout de patience, Elizabeth ne put plus supporter d'attendre plus longtemps.

— Qu'en est-il, docteur Petersen ? demanda-t-elle soudain en se levant de sa chaise. Mon fils est brûlant de fièvre et ne peut rien avaler. Que pensez-vous qu'il ait ?

— Je n'en suis pas certain. Chez un enfant de cet âge, ce peut être beaucoup de choses. En fonction de l'évolution de la maladie, nous pourrons dire s'il s'agit de la rougeole, de la varicelle, ou même des oreillons.

— Mais pour l'instant, il ne présente aucun symptôme de ces maladies. Pas de rougeurs, pas de maux de gorge.

Le médecin se pencha sur le petit garçon, qui avait fini par sombrer dans un sommeil agité. L'homme était plus vieux qu'elle l'aurait souhaité, avec des cheveux blancs clairsemés et une petite barbe broussailleuse. C'était la première fois qu'elle le voyait, mais c'était le seul médecin qui avait répondu aussi vite à leur appel.

Il la regarda d'un air grave.

— Est-il possible que l'enfant ait ingéré quelque chose qu'il n'ait pas supporté ? demanda-t-il soudain.

— Pas que je sache. Je vais demander au chef s'il a mangé quelque chose d'inhabituel.

Elle sentit l'angoisse opprimer sa poitrine. Pour la première fois, il lui vint à l'esprit qu'une personne de la maison pouvait être responsable de la maladie de Jared. Que quelqu'un ait pu lui administrer une substance qui l'ait rendu malade.

Elle leva un regard inquiet vers Reese, qui était venu les rejoindre. Son expression était dure et fermée. Apparemment, il en était arrivé aux mêmes conclusions qu'elle.

Il fallait qu'elle aille sur-le-champ parler au chef, songea-t-elle, le cœur battant.

Mais à cet instant, Reese prononça les mots qu'elle n'avait pas eu le courage de formuler.

— Docteur, est-il possible que l'enfant ait été empoisonné ? Présente-t-il ce genre de symptômes ?

Le regard du vieil homme se posa sur Reese.

— Vous croyez qu'il existe une possibilité pour qu'une telle chose se soit produite ?

— Oui. Je ne peux pas vous dire comment ou qui a pu le faire, mais je peux affirmer avec certitude que cette possibilité est à craindre.

Le médecin se raidit légèrement.

— Dans ce cas, nous devons prendre plusieurs mesures. En revanche, comme l'enfant a déjà rendu plusieurs fois, nous ne devons pas trop nous inquiéter.

Le Dr Petersen ausculta Jared à la recherche de signes d'empoisonnement.

Pendant ce temps, Elizabeth resta immobile, le ventre noué, le souffle court. Elle souffrait pour son fils et se posait mille questions. Mason avait-il réussi à pénétrer leur dispositif de sécurité ? Avait-il embauché quelqu'un pour faire du mal à Jared, comme il espérait le faire ? Y avait-il un traître dans leur entourage ?

— Nous allons surveiller de près l'état de ce garçon pendant quelques heures, dit le médecin. Peut-être présentera-t-il alors des symptômes susceptibles de nous apporter des réponses.

Bouleversée, Elizabeth se contenta de hocher la tête. Tout était sa faute. Elle avait épousé un monstre et son fils payait aujourd'hui le prix de ses erreurs. Comme ses jambes avaient du mal à la soutenir, elle s'effondra sur un fauteuil tout près du lit.

— Je vais dans la cuisine, annonça Reese. Je dois parler au chef et à ses aides, et essayer de savoir s'ils n'ont pas vu errer dans la cuisine quelqu'un qui n'aurait pas dû s'y trouver.

Elizabeth répondit par un signe impuissant de la tête.

Puis elle sentit la main de Reese se poser doucement sur son épaule.

— Vous ne devez pas imaginer le pire, dit-il sur un ton rassurant. Pas encore. A l'âge de Jared, on tombe facilement malade. Lorsque j'étais enfant, mes frères et moi avions toujours quelque chose. Nous avons tous survécu.

Elle leva les yeux vers lui.

— Mais si c'était Mason ?

Le visage de Reese s'assombrit.

— Dans ce cas, c'est un homme mort.

Puis il tourna les talons et quitta la pièce. Elle savait qu'il était aussi inquiet qu'elle et une bouffée d'émotion la submergea. Elle avait un mari attentionné et un fils merveilleux. Le genre de vie dont elle avait toujours rêvé. Elle chérissait chaque jour passé avec eux.

Jared dormit profondément pendant trois heures. Comme son état était stable, le Dr Petersen quitta son chevet pour visiter un autre patient et promit de revenir au plus vite.

En fin d'après-midi, Jared fut de nouveau pris de nausées. Après chaque nouvelle crise, il s'était endormi profondément. Timothy Daniels était venu le voir à plusieurs reprises, et Elizabeth lui savait gré de sa sollicitude.

— Il va aller mieux, n'est-ce pas ? demanda le jeune caporal, venu demander encore des nouvelles de l'enfant.

— J'en suis certaine, répondit Elizabeth.

Mais ce mensonge lui brûlait la gorge.

— Il ira mieux dans un ou deux jours, ajouta-t-elle.

— Dès qu'il se réveillera, dites-lui que je suis venu le voir, voulez-vous ?

Elle lui adressa un sourire reconnaissant.

— Bien entendu. Merci, Timothy.

Au retour du médecin, elle était totalement épuisée. Reese essayait de ne pas montrer son inquiétude, mais elle savait qu'il avait aussi peur qu'elle.

Le médecin examina Jared dans son sommeil.

— Sa fièvre n'a pas empiré. A-t-il encore vomi ?

— Pas depuis plusieurs heures, répondit-elle.

— Parfait, déclara le Dr Petersen. Mais veillez à ce que quelqu'un reste sans cesse à son chevet.

— Nous ne le laisserons pas seul, assura-t-elle d'une voix ferme.

La question ne se posait même pas. Pour rien au monde elle n'aurait quitté son fils.

— Je repasserai demain matin de bonne heure, annonça le médecin.

— Merci beaucoup.

Elizabeth le regarda quitter la pièce et pria pour que la santé de Jared se soit améliorée à son retour. Plusieurs fois pendant la nuit, Reese insista pour prendre sa place et elle n'eut pas le cœur de refuser. Après tout, Jared était son fils, même s'il ne le savait pas.

Elle ne trouva pas pour autant le sommeil. Lorsque le soleil se leva, elle se sentait éreintée et abattue. Mme Garvey lui avait monté un copieux petit déjeuner, mais elle ne pouvait rien avaler. Ses jambes la portaient à peine et ses mains tremblaient.

— Il a repris des couleurs, annonça Reese debout près du lit de l'enfant. Et il n'a plus vomi depuis minuit.

Reese n'avait pas non plus fermé l'œil de la nuit. Il était évident qu'il était très attaché à son fils. Il posa une main sur le front de Jared et caressa d'un geste tendre ses cheveux trempés de sueur.

— Il n'a plus de fièvre depuis ce matin. On dirait qu'il dort d'un sommeil moins agité.

Elizabeth se pencha vers son fils et remonta les couvertures sur son maigre torse. Son front était en effet plus frais sous ses doigts.

— C'est trop tôt pour en être certain, déclara Reese, mais je pense qu'il va aller mieux.

— Il va mieux, c'est certain, dit-elle, un peu rassurée.

— Je ne pense pas qu'il a été empoisonné.

— Moi non plus.

Ils n'avaient aucun moyen d'en être sûrs mais cela n'avait aucune importance.

Durant sa longue nuit sans sommeil peuplée de peurs et d'angoisse, Elizabeth avait pris une décision. Rien n'était plus important à ses yeux que la sécurité de son fils.

Ni l'argent, ni le pouvoir, ni la position sociale.

Pas même un comté ne valait la vie de Jared.

Elle leva les yeux vers Reese.

— Merci pour votre aide, dit-elle, reconnaissante.

— Je crains de n'avoir pas fait grand-chose, mais je suis heureux que Jared aille mieux.

Puis il se pencha vers l'enfant et lui caressa doucement la joue.

Des cernes sombres ombraient les yeux de Reese et une barbe naissante soulignait la ligne de sa mâchoire. Lorsqu'il quitta la pièce, son expression était dure et Elizabeth était certaine qu'il songeait à Mason Holloway et à la menace qu'il continuait de représenter.

Ses propres pensées suivaient le même chemin. Elle traversa la pièce et tira la sonnette pour demander à Gilda de faire une course pour elle.

La jolie blonde apparut quelques minutes plus tard sur le seuil de la porte.

— Vous avez appelé, madame ? demanda-t-elle en esquissant une petite révérence.

— J'ai besoin que vous me portiez mon écritoire, Gilda.

— Bien, madame.

Elle jeta un coup d'œil en direction du lit.

— Votre fils…, ajouta-t-elle. J'espère qu'il va mieux.

— Oui, il va mieux. Nous en saurons plus lorsqu'il se réveillera.

— C'est un petit garçon si mignon. Il est gentil avec tout le monde. Vous devez en être très fière, madame.

Elizabeth sentit sa gorge se serrer.

— Oui, je suis très fière de lui, Gilda.

La jeune fille quitta la pièce et revint quelques minutes plus tard avec l'écritoire. Elizabeth posa aussitôt la petite table en chêne sur ses genoux, y plaça une feuille de papier et plongea sa plume dans l'encrier. Puis elle commença à écrire.

Mason,

Je pense que j'ai une proposition qui devrait vous intéresser. Venez me retrouver à l'auberge Horn and Hoof sur Kentish Town Road demain, à midi. Passez par la porte de derrière. Vous ne vous déplacerez pas pour rien, je vous en fais le serment.

Elizabeth.

Elizabeth scella la lettre et apposa son cachet. Après un dernier coup d'œil sur Jared, elle fit venir Mme Garvey et lui demanda de rester au chevet de l'enfant jusqu'à son retour. Puis elle se dirigea vers l'escalier.

— Longacre, voulez-vous porter cette lettre à Londres, je vous prie, au 3 rue Saint George ?

Elle savait que Mason et Frances se trouvaient à Londres. Ils logeaient certainement dans la maison de ville d'Aldridge, dans les appartements dont Edmund leur avait donné la jouissance.

— J'aimerais que vous le fassiez aussi vite que possible, ajouta-t-elle.

— Bien, madame, répondit le majordome.

Puis il saisit la lettre et tourna les talons.

Reese était attendu le lendemain à Londres pour un

rendez-vous qui lui prendrait sûrement la journée. De son côté, elle se rendrait à l'auberge avec M. Montague et lui demanderait de l'attendre dehors.

Elle avait quelque chose à proposer à Mason.

Quelque chose qu'il voulait par-dessus tout.

Reese approuverait certainement son idée, mais elle ne voulait prendre aucun risque. Elle devait agir sans tarder, avant que l'adoption de Jared soit définitive, tant qu'elle était encore comtesse d'Aldridge et tutrice légale de son fils.

Elle devait faire tout ce qui était en son pouvoir pour protéger Jared.

21

Reese regardait le paysage défiler derrière la fenêtre de la voiture. Au loin se détachait un charmant cottage au toit de chaume, et un filet de fumée s'échappait de la cheminée d'une taverne isolée.

Il revenait de son rendez-vous avec Me Edward Pinkard, son notaire, au cours duquel il avait signé tous les papiers concernant l'adoption de Jared. Il avait également assuré l'homme de loi qu'il pouvait compter sur leur présence au moment de l'audience.

Après la maladie de Jared, et la terrible frayeur qu'il avait ressentie pour lui, il avait compris que sa volonté d'adopter l'enfant n'était pas une simple mesure pour le protéger des Holloway. Il voulait lui procurer un foyer aimant, s'occuper de lui comme le ferait un vrai père, comme le méritait le petit garçon qui n'avait jamais reçu la moindre attention de la part d'Aldridge.

Presque malgré lui, il avait compris que l'enfant s'était frayé un passage jusqu'à son cœur, pourtant bien protégé. Il l'aimait comme son propre fils et désirait par-dessus tout le protéger jusqu'à son dernier souffle.

Soudain, une roue de la voiture s'enfonça dans une ornière. Le véhicule fit une embardée et il sortit de ses rêveries. Un rapide coup d'œil par la fenêtre lui apprit qu'il se trouvait à mi-chemin de chez lui, à proximité de l'auberge *Horn and Hoof*.

Bientôt, un autre détail éveilla son attention. Il venait

de reconnaître, garée juste devant la porte, une voiture familière frappée aux armoiries dorées de la comtesse d'Aldridge. Une bouffée d'inquiétude l'envahit soudain. Que diable Elizabeth faisait-elle là ?

— Cocher, arrêtez-vous ! lança-t-il en tapant contre le plafond de la voiture avec le pommeau de sa canne.

Doucement, la voiture s'immobilisa tout près de celle d'Elizabeth. Reese descendit précipitamment. En montant les marches qui menaient au porche, il aperçut Jack Montague, l'agent de sécurité, debout devant la porte.

— Montague ! s'exclama-t-il. Que faites-vous ici ? Que diable se passe-t-il !

— Inutile de vous inquiéter, monsieur. J'ai soigneusement inspecté les lieux avant de laisser entrer la comtesse. Tout est en ordre.

— Mais bon sang, que fait-elle là ?

— Elle ne m'a rien dit, monsieur. Elle m'a juste fait savoir qu'elle avait besoin d'une demi-heure et qu'elle voulait que je l'accompagne pour la protéger.

Son inquiétude monta d'un cran. Se détournant du garde, il entra, mais ne vit aucun signe de la présence Elizabeth. Il se dirigea alors vers le petit salon privé où ils s'étaient déjà réunis l'autre soir avec Royal et ses amis. La porte était fermée, mais des voix lui parvinrent à travers le battant de bois. Une voix d'homme et une voix de femme. Il reconnut aussitôt celle d'Elizabeth et retint son souffle. Ainsi, elle voyait un autre homme en cachette !

Une fureur indicible l'envahit tout entier. Une fois de plus, elle le trahissait… Mais cette fois, il ne la laisserait pas s'en sortir aussi facilement !

Il lui fallut une volonté de fer pour maîtriser sa colère. Avant toute chose, il devait être certain de ne pas commettre d'erreur. Tournant en silence le bouton, il entrebâilla la porte. Depuis son poste d'observation, il pouvait entendre distinctement la conversation. C'est alors qu'à sa grande surprise, il aperçut Mason Holloway.

— Je suis venue vous proposer tout ce que vous avez toujours rêvé d'avoir, déclara Elizabeth. En échange, je vous demande de laisser Jared tranquille.

Une bouffée de soulagement le saisit si fort qu'il en frémit. Elle n'était donc pas en train de le tromper avec un autre homme ! Elle cherchait juste à protéger son fils.

Pourtant, il ne décolérait toujours pas. Pourquoi diable ne s'était-elle pas confiée à lui ? Et comment pouvait-elle se comporter de façon si inconsciente et se mettre ainsi en danger ?

Poussé par la curiosité, il resta caché pour écouter la suite de la conversation. Il était plus sage d'en connaître toute la teneur avant d'intervenir.

Elizabeth planta son regard dans celui de Mason. Il paraissait stupéfait.

— Etes-vous en train de me dire que vous êtes prête à signer tous les papiers stipulant que Jared renonce à son titre en ma faveur ?

— C'est exactement ce que j'essaie de vous dire, répliqua Elizabeth d'une voix ferme.

Face à l'air cupide de son ex-beau-frère, elle se rappela à quel point il était impitoyable. Elle était de plus en plus convaincue de faire ce qui était juste.

— Les terres et l'argent du comté seront également à vous, bien entendu, ajouta-t-elle. Jared n'en souffrira pas. Mon père m'a dotée d'un très bel héritage. Et mon mari a également de l'argent de son côté.

— De l'argent, peut-être, mais pas l'immense fortune qui appartient à votre fils. Etes-vous certaine que Dewar acceptera cet arrangement ?

— Il n'a pas à donner son avis. Tant que l'adoption n'est pas prononcée, c'est moi, la responsable légale de Jared. J'ai donc le pouvoir de renoncer à son titre en son nom. Je regrette juste de ne pas y avoir songé plus tôt.

Sous son épaisse moustache, la bouche de Mason s'incurva légèrement.

— Allons, vous savez très bien que vous souhaitiez faire de votre fils un comte. Vous vouliez lui offrir le pouvoir et les richesses qui vont avec le titre d'Aldridge. Au fond, nous nous ressemblons beaucoup.

A ces mots, elle sentit son estomac se nouer de dégoût. Non, elle n'avait rien à voir, ni de près ni de loin, avec Mason.

— Contrairement à ce que vous pensez, répliqua-t-elle vertement, nous sommes très différents. Jamais je ne m'aventurerai à commettre un meurtre, quelle que soit la somme d'argent en jeu.

Mason épousseta négligemment le revers de sa veste avant de la fixer de ses yeux avides.

— Donc, nous sommes bien d'accord. Vous allez entreprendre les démarches nécessaires pour renoncer légalement au titre d'Aldridge. En contrepartie, vous n'aurez plus jamais à vous soucier pour la sécurité de votre enfant.

Elizabeth serra inconsciemment le poing.

— Ainsi, vous reconnaissez avoir essayé de le tuer !

— Ne soyez pas ridicule, répondit-il en lui lançant un regard en coin. Mais il est vrai toutefois que si un malheureux accident venait enlever la vie de ce cher enfant, je serais en première ligne pour hériter du comté…

— Vous êtes un monstre, dit-elle d'une voix blanche.

Holloway partit d'un grand rire.

— En réalité, vous ne faites que rétablir l'ordre des choses, dit-il en se penchant vers elle. Nous savons tous les deux que l'enfant n'est pas le fils de mon frère.

Son sang se figea et elle dut faire un effort surhumain pour garder son sang-froid.

— De quoi parlez-vous ? demanda-t-elle en luttant pour maîtriser le tremblement de sa voix.

— Vous semblez surprise que je sois au courant. Mais Edmund et moi étions très proches. Enfant, il a été très malade. Vous ne le savez peut-être pas, mais mon frère était stérile. Il m'a avoué que Jared n'était pas son fils sans jamais révéler qui était le père biologique. A propos, de qui est ce bâtard ?

Elizabeth sentit le sol se dérober sous ses pieds et crut l'espace d'un instant qu'elle allait s'évanouir.

— Cela... ne vous regarde pas, répondit-elle en se redressant. Légalement, Jared est bien comte. Comme je l'ai dit plus tôt, je vous offre tout ce que vous avez toujours voulu.

Mason esquissa un sourire carnassier.

— Vous avez deux semaines, dit-il, pour prendre toutes les mesures nécessaires. Si vous vous exécutez, tout ira pour le mieux.

— Je ne suis pas certaine de pouvoir obtenir toutes les autorisations aussi rapidement.

— Oh, je pense qu'en y consacrant l'énergie nécessaire, vous y arriverez, répondit Holloway en saisissant son manteau suspendu au dossier de sa chaise.

Tandis qu'il l'enfilait à la hâte, la porte du salon s'ouvrit à la volée.

Pétrifiée, Elizabeth découvrit soudain Reese, debout sur le pas de la porte. Jamais elle n'avait croisé de regard plus terrifiant que celui qu'il lui lançait à cet instant.

— Sortez ! lança-t-il à Mason d'une voix menaçante.

Son sang-froid lui donnait une apparence encore plus dangereuse.

— Sortez de cette pièce avant que je vous tue, ajouta-t-il.

Tout, dans son attitude, indiquait qu'à la moindre provocation, il passerait à l'acte sans hésitation.

Holloway lança un regard furtif vers Elizabeth. Son message était clair : la vie de Jared était entre ses mains.

Sans un mot, le gredin se dirigea vers la porte de derrière, l'ouvrit et disparut. Elizabeth se tourna alors vers Reese. Certes, il allait lui reprocher d'avoir rencontré Mason sans lui, mais son expression indiquait quelque chose d'encore plus grave.

— Aldridge était donc stérile, prononça Reese d'une voix blanche. Jared n'est pas son fils.

Une terreur immense la saisit. Ainsi, il avait tout entendu ! Il savait la vérité sur Jared. Seigneur, pourquoi ne lui avait-elle pas parlé plus tôt ? Pourquoi avait-elle attendu si longtemps ?

Il la transperça de son regard bleu acier, lourd de reproches et de déception.

— Quel est le nom de cet homme ? siffla-t-il entre ses dents. *Qui* est le père de Jared ?

Mais au ton de sa voix, elle comprit qu'il connaissait déjà la réponse. Les larmes troublaient sa vue lorsqu'il se dirigea vers elle et agrippa ses épaules avec une telle force qu'elle grimaça de douleur.

— Qui est-ce ? répéta-t-il.

Elle contempla son visage bien-aimé sans chercher à retenir les larmes de désespoir et de tristesse qui roulaient sur ses joues.

— Vous êtes le père de Jared, murmura-t-elle. Jared est votre fils.

Les traits de Reese frémirent et il la relâcha si brusquement qu'elle faillit tomber.

— Vous portiez mon fils lorsque vous vous êtes mariée à Edmund Holloway ? demanda-t-il avec un air de dégoût. Vous étiez enceinte et vous ne m'avez rien dit !

Sa gorge était si nouée qu'elle pouvait à peine avaler. Sa bouche était aussi sèche que du coton.

— Mon père m'a interdit de vous en parler. Il voulait que j'épouse Aldridge.

— Mais quel genre de femme peut vouloir soustraire un enfant à son père ?

Elle hocha tristement la tête, tandis que de grosses larmes continuaient d'inonder ses joues.

— Vous partiez pour la guerre et j'étais enceinte, et seule. J'avais… peur.

Elle s'efforça de dominer les tremblements de sa voix.

— Je ne voulais pas porter cet enfant seule, ajouta-t-elle en lui lançant un regard suppliant.

Elle le vit serrer un poing rageur.

— Mais cet enfant était le mien ! s'écria-t-il, furieux. L'enfant que vous portiez était à moi !

Il semblait ne plus pouvoir dominer sa colère. Son visage était tordu par la rage et pour la première fois, elle eut peur de lui. Des images d'Edmund surgirent soudain du fond de sa mémoire. Elle pouvait presque sentir la dureté de ses poings sur ses joues.

— J'aurais dû être plus forte, sanglota-t-elle. J'aurais dû faire ce qui était juste. Mais mon père y était opposé et il m'a convaincue.

Reese s'approcha d'elle, la toisant de toute sa hauteur. Terrorisée, elle recula d'un pas.

Puis il prit une lente et profonde inspiration.

— Je ne suis pas Aldridge, Elizabeth, dit-il. Je n'ai jamais frappé une femme et je ne commencerai pas aujourd'hui. Aussi méprisable soit-elle.

Elizabeth laissa échapper un sanglot.

— Si vous saviez à quel point je suis désolée, Reese, dit-elle d'une voix suppliante. Il ne s'est pas passé un seul jour sans que je regrette ce choix.

— Aviez-vous l'intention de m'en parler un jour ? demanda-t-il en la transperçant du regard.

Sa bouche avait pris un pli dur.

— Oui, j'en avais l'intention, dit-elle, au désespoir. Je voulais vous le dire avant que l'adoption soit prononcée. J'aurais dû le faire plus tôt. Je voulais le faire, mais… je n'ai pas trouvé le courage.

Et surtout, elle avait redouté de le perdre pour toujours. Car elle l'aimait, elle n'avait plus aucun doute à présent.

— Quelqu'un d'autre connaît la vérité ?

— Votre tante Agatha. Dès qu'elle a vu Jared, elle a aussitôt compris.

Les yeux de Reese s'étrécirent quelques secondes.

— J'aurais dû m'en rendre compte moi-même, déclara-t-il en hochant la tête d'un air impuissant. J'aurais dû m'en douter. Quand je pense à toutes ces années perdues sans mon fils. Toutes ces années.

— Vous étiez parti faire la guerre, se défendit-elle, c'était la vie que vous aviez choisie !

— Oui, mais c'était mon fils !

— Je sais, répondit-elle, désarmée.

Sans un mot, il tourna les talons et se dirigea vers la porte. Elle crut qu'il allait partir, mais il s'immobilisa et lui tint la porte tandis qu'elle enfilait sa cape en laine. Tête baissée, pétrie de honte et de chagrin, elle passa devant lui.

Lorsqu'il les aperçut, Jack Montague vint aussitôt les rejoindre et leur emboîta le pas en direction de la sortie. Elizabeth continua de marcher sans s'arrêter. Dans un état second, elle monta dans sa voiture et Reese ferma la porte derrière elle.

— J'ai été encore plus stupide que je le pensais, dit-il par la fenêtre. Comment ai-je pu croire que vous m'aimiez ?

Elizabeth sentit une violente douleur transpercer son cœur.

— Jamais je ne vous pardonnerai, Elizabeth, lâcha-t-il d'une voix sans appel.

La voiture s'ébranla lentement tandis que l'angoisse étreignait sa gorge. Lorsqu'elle était jeune, se souvint-elle, elle l'avait aimé. Mais pas assez pour s'opposer à son père et risquer un scandale.

Pourtant, aujourd'hui, ses sentiments pour lui avaient beaucoup changé.

Reese suivit le majordome à travers le hall de la maison de ville de Royal. Il était effondré. Il aurait dû être de retour chez lui, sauf qu'il ne se sentait pas le courage d'affronter l'enfant qu'il savait maintenant être son fils.

Lorsqu'il entra dans la pièce préférée de son frère, remplie d'étagères croulant sous les livres, il aperçut ce dernier assis derrière son bureau, face à leur jeune frère, Rule.

Aussitôt, les yeux de Royal s'agrandirent de surprise.

— Mon Dieu ! s'écria-t-il face à sa mine défaite, que se passe-t-il ?

Rule se leva à son tour. Le visage des deux hommes reflétait à la fois leur surprise et leur inquiétude.

— J'espère qu'il n'est rien arrivé à l'enfant, dit Rule, l'air anxieux.

Reese secoua la tête et se dirigea vers le buffet pour se servir un verre de brandy.

— Jared va bien, dit-il d'une voix sans timbre. Il a été malade il y a quelques jours. Nous avons craint qu'Holloway ait réussi à déjouer les mesures de sécurité que nous avons mises en place, mais apparemment, ce n'était pas le cas.

— Et il va mieux ? demanda Rule.

Reese prit une large rasade de brandy et savoura la traînée de chaleur que le liquide ambré laissait derrière lui en coulant au fond de sa gorge.

— Jared va bien, répondit-il, laconique.

— Mais pas toi, intervint Royal. Vas-tu nous dire ce qui ne va pas ?

Royal tenait son rôle de duc exigeant et autoritaire en toutes circonstances, songea Reese. En d'autres temps, cette idée lui aurait même arraché un sourire.

— Jared est mon fils, lâcha-t-il en passant une main nerveuse dans ses cheveux.

— Je croyais que la procédure ne devait avoir lieu que dans quelques semaines, répliqua Royal sans vraiment comprendre la signification exacte de sa déclaration.

Reese leva les yeux vers lui.

— C'est moi, son père, et non Edmund Holloway, expliqua-t-il.

— Mon Dieu, fit Royal, interloqué par la nouvelle.

— Il te ressemble, convint Rule, l'air tout autant abasourdi.

Reese lança à son frère un regard noir. Tout le monde semblait avoir remarqué la ressemblance, sauf lui…

— Avant de partir pour l'armée, une nuit, Elizabeth et moi…, confessa-t-il. Bref, disons que Jared est le résultat de ce qui s'est passé cette nuit-là.

Ses révélations furent suivies d'un long silence.

— Elizabeth ne te l'a jamais révélé, dit enfin Royal d'un air sombre.

— Non.

— Et comment l'as-tu appris ? demanda Rule.

Reese avala une nouvelle gorgée de brandy.

— Je rentrais chez moi vers midi lorsque j'ai vu la voiture d'Elizabeth garée devant l'auberge Horn and Hoof. Elle y avait donné rendez-vous à Mason Holloway. Je l'ai su en les surprenant dans le salon privé. J'ai écouté leur conversation sans me montrer. C'est alors qu'elle a proposé à Holloway de renoncer au titre de Jared à son profit, en échange de sa sécurité.

— Et ? le pressa Royal.

— Holloway a répondu que ce n'était que justice. Il a dit que le comté lui revenait de droit dans la mesure où Jared n'était pas le fils d'Edmund.

Rule laissa échapper un long soupir.

— Et Elizabeth ne l'a pas contredit ? demanda Royal.

Reese se contenta de secouer la tête, puis prit une autre gorgée d'alcool. Peut-être que l'ivresse le délivrerait un peu de la souffrance occasionnée par la deuxième trahison, encore plus grave, d'Elizabeth.

— Pourquoi ne t'a-t-elle rien dit ? continua son frère. Vous vouliez vous marier. Si l'enfant était arrivé quelques semaines plus tôt que la date prévue, quelle importance ?

— D'après ce qu'elle m'a dit, c'est son père qui l'a obligée à épouser Aldridge. Mais c'est aussi ce qu'elle voulait.

— Elle l'a avoué ? demanda Rule.

— Pas en ces termes. Mais elle m'a expliqué que j'étais

sur le point de partir pour la guerre et qu'elle ne voulait pas rester seule et enceinte.

Il finit d'un trait son verre et retourna vers le buffet pour le remplir de nouveau.

— Je n'aurais jamais dû lui faire confiance, ajouta-t-il. Jamais je n'aurais dû baisser la garde.

— Mais tu l'as toujours aimée, Reese, intervint doucement Royal. Lorsqu'elle est venue demander ton aide, tu n'avais pas d'autre choix que d'accepter.

Son verre à la main, Reese vint s'asseoir lourdement sur le canapé.

— Je ne sais plus quoi faire, dit-il, désespéré. Elle est ma femme et Jared est mon fils. Je ne peux pas partir et je ne sais pas si je peux rester.

— Avait-elle l'intention de te dire un jour la vérité ? demanda Royal.

Reese poussa un long soupir.

— Je n'en sais rien. Elle m'a dit qu'elle prévoyait de le faire. Mais je ne sais plus quoi penser, ni même si cela est vraiment important.

La seule chose importante, comprit-il, était qu'il aimait son fils. Qu'il lui avait ouvert son cœur alors que tous les signaux le prévenaient de bien s'en garder.

En revanche, le fait qu'il ait de nouveau commencé à tomber amoureux d'Elizabeth n'avait plus aucune importance pour lui aujourd'hui.

Mais peut-être, comme l'avait dit son frère, n'avait-il jamais vraiment cessé de l'aimer.

Un peu perdu, il laissa retomber sa tête en arrière.

— Tu peux rester ici si tu veux, proposa Royal, jusqu'à ce que tu trouves une solution.

Reese secoua la tête.

— Je dois rentrer chez moi. Je dois m'assurer qu'il n'arrivera rien à Jared.

— Si Elizabeth est d'accord pour renoncer à l'héritage de Jared, Mason n'a aucune raison de s'en prendre à lui.

— Je sais. Si j'avais su qu'il était mon fils, j'aurais eu moi-même cette idée, même si la pensée que ce salaud puisse être récompensé d'avoir essayé de tuer Elizabeth et l'enfant m'exaspère. En revanche, maintenant que je connais la vérité, je ne veux pas que Jared reçoive quoi que ce soit d'Aldridge.

— Tu vas donc encourager Elizabeth à renoncer à l'héritage de Jared ?

— Si tel est son souhait, oui, répondit-il en soupirant. Je dois rentrer, maintenant. J'ai déjà raté sept années de la vie de mon fils. Je pense que c'est suffisant.

Une fois encore, un long moment de silence plana dans la pièce. Rule se versa un verre et en offrit un à Royal.

— Tu vas finir par trouver une solution, déclara Rule. Simplement, il te faut un peu de temps pour réfléchir.

Il prit une gorgée de brandy.

— J'ai quelques nouvelles qui devraient vous distraire de vos soucis, ajouta-t-il.

Reese se raidit.

— Lesquelles ?

— J'ai eu une entrevue avec lady Sandhurst.

Reese lança à son frère un regard interrogateur.

— Une entrevue ? C'est ainsi que tu appelles ça ?

Rule esquissa un sourire malicieux.

— Je t'ai dit que nous nous connaissions très bien. Son mari était absent et la dame se sentait seule. Après notre… entrevue, elle se sentait très détendue. Suffisamment pour que je la questionne sur son mari et qu'elle accepte de me répondre.

Reese regarda son frère avec un regain d'intérêt.

— Que t'a-t-elle dit ?

— Elle m'a dit que c'était elle qui avait parlé du journal à son mari. Elle en voulait beaucoup à Travis pour la façon dont il l'avait traitée et dont il avait si brutalement mis un terme à leur relation.

— Ainsi, c'est la femme de Sandhurst qui l'a poussé à prononcer ces accusations.

— Peut-être… Elle m'a également avoué que trois années plus tôt, lord Sandhurst était dans une grande difficulté financière mais que depuis peu, ses affaires étaient devenues très fructueuses.

Reese fit tournoyer le brandy dans son verre.

— On peut gagner beaucoup d'argent dans l'espionnage, ce qui signifie que Sandhurst pourrait être impliqué d'une façon ou d'une autre.

— Tu penses que c'est lui qui pourrait acheter et vendre des secrets d'Etat ? demanda Royal. Il a pu découvrir dans le journal des informations qu'il aurait pu utiliser à son avantage.

— Cela semble plausible, dit Reese. Et expliquerait aussi ses soudaines rentrées d'argent.

— Tout à fait d'accord, approuva Rule. Sandhurst a beaucoup de relations. D'après ce que j'ai entendu, toutes ne sont pas très fréquentables.

Reese prit le temps de réfléchir quelques instants.

— C'est Travis qui va enquêter, déclara-t-il. Peut-être trouvera-t-il un lien entre Sandhurst et quelqu'un de la communauté russe.

— Je vais en parler à mes amis, annonça Royal, au cas où ils pourraient découvrir autre chose.

— Dès que tu seras en possession de tous les éléments, intervint Rule, nous y verrons sans doute plus clair.

— En attendant…, dit Royal en lançant à Reese un regard appuyé, tâche de garder les idées claires. Il arrive que l'on fasse des erreurs. Rappelle-toi que j'ai failli épouser la mauvaise personne, et pour de mauvaises raisons.

— Peut-être Elizabeth regrette-t-elle ce qui s'est passé, le rassura Rule. Elle espérait peut-être que vous arriveriez à prendre un nouveau départ.

Reese resta silencieux.

— Tu devrais y réfléchir, l'invita Royal.

Reese vida son verre d'un trait, le posa sur la table et se dirigea vers la porte.

— Merci pour ces informations, dit-il, et pour le conseil.

— Prends soin de toi, mon frère, répondit son aîné tandis qu'il passait le pas de la porte.

22

En entendant la voix du majordome de l'autre côté de la porte du salon, Lily Dewar posa le bonnet bordé de plumes qu'elle était en train de confectionner.

— Qu'y a-t-il, Rutgers ?

Son mari et elle étaient restés à Londres en attendant que les ennuis de Reese soient réglés.

— Vous avez de la visite, madame. Lady Annabelle Townsend. Dois-je la laisser entrer ?

— Oui, s'il vous plaît.

Lily ressentit une pointe d'excitation. Annabelle l'avait beaucoup aidée au moment où Royal tentait de regagner la fortune qui avait été escroquée à son beau-père. Depuis, elles étaient devenues amies.

— Lily ! s'écria Annabelle en se précipitant vers elle.

Ses longues jupes voletèrent autour d'elle lorsqu'elle s'avança.

— C'est si bon de vous voir ! ajouta la jeune femme.

— Je suis heureuse que vous soyez venue me rendre visite.

Elles s'embrassèrent chaleureusement.

— Cela fait si longtemps que nous n'avons pas parlé tranquillement, dit son amie.

— En effet.

Elles restèrent un bon moment à bavarder jusqu'à ce qu'une servante apporte le chariot du thé dans le salon.

Confortablement assise sur le canapé, Lily remplit deux coupes en porcelaine ornées d'un liseré en or, ajouta deux cuillerées de sucre, posa deux biscuits secs sur le bord de la soucoupe et l'offrit à son amie.

— J'espère que vous me pardonnerez cette intrusion, dit Annabelle en prenant son thé.

L'odeur de jasmin emplissait agréablement la pièce.

— Ce n'est pas dans mes habitudes, ajouta-t-elle.

Lily lui sourit chaleureusement.

— Vous ne me dérangez pas du tout. Je suis heureuse d'avoir un peu de compagnie. Royal a été très occupé dernièrement à aider Reese et le capitaine Greer.

Les joues d'Annabelle s'empourprèrent légèrement.

— En réalité, il y a une raison à ma visite. Comme vous le savez, le capitaine Greer est aussi mon ami. J'étais très proche de sa sœur.

— Oui, Royal me l'a dit.

— Beatrice était une jeune femme charmante. Nous avons tous eu le cœur brisé de la perdre si jeune.

— Elle est morte en couches, n'est-ce pas ?

Annabelle acquiesça.

— Beatrice était une des rares personnes à connaître mes sentiments pour son frère, confessa-t-elle enfin.

Lily écouta son amie d'une oreille plus attentive.

— Vous parlez du capitaine ? demanda-t-elle, surprise.

— Oui. Je suis tombée amoureuse de Travis à l'âge de quatorze ans. Il était jeune et très beau. Avec le temps, mon affection pour lui n'a fait que croître. Lorsque j'ai eu dix-huit ans, il était déjà officier dans la cavalerie, et plus attirant que jamais. Malheureusement, il ne m'aimait pas. Il voulait vivre une vie d'aventures. Récemment encore, je croyais qu'il ne m'avait jamais remarquée.

Lily s'adossa au dossier du canapé, très intéressée par le récit d'Annabelle.

— Que s'est-il passé ?

— Je suis allée lui rendre visite. En résumé, je crois que mon attirance pour le capitaine Greer n'est pas à sens unique. Maintenant, je suis venue vous demander conseil : que dois-je faire ?

Lily fronça les sourcils.

— Pourquoi me demandez-vous cela ? Je ne suis pas vraiment experte en affaires de cœur.

— Je suis venue vous voir car vous êtes une femme mariée, et votre opinion compte beaucoup pour moi. J'envisage d'avoir une liaison avec Travis, voyez-vous.

Lily avala le morceau de biscuit qu'elle venait de croquer.

— Je vois.

— Habituellement, continua son amie, je serais allée en parler avec lady Sabrina Jeffers. Mais elle est plus jeune que moi et je me vois mal aborder le sujet d'une aventure avec une femme inexpérimentée. De plus, je ne crois pas qu'elle pourrait comprendre.

Lily approuva d'un signe de tête.

— J'imagine que vous avez raison, répondit-elle, compréhensive. L'amour n'est pas quelque chose que l'on peut comprendre, à moins de l'avoir vécu.

Annabelle soupira doucement.

— Vous comprenez que je vous parle d'une aventure et non de mariage. Ni Travis ni moi n'envisageons cette solution.

Lily ne répondit rien. Elle n'était pas du genre à penser qu'une femme ne pouvait être heureuse avec un homme qu'en l'épousant.

— J'ai confiance en vous, dit Annabelle. Vous êtes la femme la plus courageuse que je connaisse. Je savais que vous aimiez Royal dès l'instant où je vous ai vus ensemble. Même lorsqu'il était fiancé à une autre femme, vous avez eu le courage de suivre votre cœur.

— Et maintenant, vous souhaitez suivre le vôtre.

— Oui. Pensez-vous que ce soit une folie ?

Lily esquissa un sourire.

— Pas le moins du monde, répondit-elle. Une femme doit faire ce qu'elle croit être juste, tant qu'elle est prête à en assumer les conséquences.

— Vous parlez de la possibilité de finir le cœur brisé une fois que l'aventure sera terminée.

— Exactement.

— Même si je décide que c'est ce que je veux, Travis n'acceptera jamais d'avoir une liaison avec moi. Il se soucie beaucoup trop de ma réputation. Il faudra que ce soit moi qui fasse le premier pas.

— Il me semble que le capitaine Greer est un homme d'honneur.

Annabelle lui sourit.

— C'est l'une des raisons qui ont fait que je l'ai toujours aimé.

Lily épousseta du revers de la main une miette tombée sur sa robe avant de regarder son amie droit dans les yeux.

— Faites ce que votre cœur vous dicte, Anna. C'est le seul conseil que je puisse vous donner.

Annabelle posa sa tasse sur la table basse à côté du canapé avant de se pencher vers elle et de lui prendre la main.

— Vous êtes une amie très chère, Lily. Lorsque tout ceci sera terminé, je promets de ne pas venir pleurer sur votre épaule.

— Je vous soutiendrai, Anna. Je sais ce que c'est qu'aimer un homme et avoir le cœur brisé. Je suis une des rares à avoir eu la chance de connaître une issue heureuse à mon malheur.

— Je crains que l'heure soit venue pour moi de vous quitter, dit Annabelle. J'ai une stratégie à mettre en place.

— Sachez que je suis là si vous avez besoin de moi.

— Merci, Lily. J'ai beaucoup de chance de vous avoir comme amie.

Lui avait-elle donné le meilleur conseil ? songea Lily lorsque Annabelle fut partie. Le capitaine Greer pouvait certes tomber amoureux d'elle, et son amie pouvait connaître la chance qu'elle-même avait eue avec Royal.

Mais les histoires de cœur finissaient souvent mal.

*
* *

Reese n'avait pas réalisé à quel point Elizabeth lui manquerait. Certes, elle vivait toujours dans la maison, mais ils ne partageaient plus de repas ensemble et ne bavardaient plus le soir après le dîner. La nuit, Elizabeth dormait dans la chambre attenante à la sienne, mais il n'allait plus la rejoindre. Ils ne faisaient plus l'amour jusqu'à plus soif et ne s'endormaient plus côte à côte, rassasiés, dans une douce torpeur.

Il n'avait pas mesuré à quel point il regretterait ses rires, qui ne résonnaient plus dans les couloirs. Il n'avait pas prévu non plus que le désir lancinant qu'il ressentait pour elle reviendrait le hanter avec force.

Et au milieu de toutes ces émotions, une colère sourde l'accompagnait jour et nuit. Dire qu'elle avait osé le trahir au-delà de tout ce qu'il avait pu imaginer !

Il avait un fils, un fils qu'il aimait et dont il n'avait jamais soupçonné l'existence. Il n'avait même pas été capable de dire à Jared la vérité sur sa naissance. Il faudrait attendre des années avant que l'enfant fasse la différence entre son père biologique et l'homme que sa mère avait épousé. L'homme qui l'avait rejeté alors que lui, son vrai père, désirait tellement un enfant !

Elizabeth était la seule fautive. Elle lui avait retiré son fils pendant des années. Elle avait épousé un homme qui avait maltraité son enfant, ne serait-ce qu'en lui refusant son amour. Le simple fait d'y penser ne faisait qu'aviver la colère de Reese.

Et pourtant, il la désirait toujours. Il ne se passait pas un instant sans qu'il ait envie d'elle. Lorsqu'il suivait le balancement de ses hanches dans les escaliers, ses reins bouillonnaient d'un désir insatisfait. Le bruissement de ses jupes dans le couloir mettait ses sens à vif.

En ce moment même, le simple fait de songer à toutes leurs heures d'amour ne faisait qu'attiser son désir pour elle.

Bon sang, Elizabeth était sa femme ! songea-t-il en frappant violemment du poing la table de son bureau. Quoi qu'elle ait pu faire, elle lui appartenait désormais. Il ferma les yeux et l'imagina, nue et impatiente de le recevoir, libérée de toutes les peurs qu'Aldridge avait fait naître en elle. Elle était redevenue la créature passionnée d'autrefois. Et il était son mari. Il avait donc des droits sur son superbe corps.

Les jours passaient et les heures se faisaient longues. Il avait croisé Elizabeth à plusieurs reprises dans l'après-midi, mais ils n'avaient échangé aucun mot. Pourtant, son désir demeurait intact, toujours aussi intense. Il imaginait Elizabeth sous lui, les cuisses largement écartées, prête à l'accueillir. Il se voyait la pénétrant, martelant son corps jusqu'à ce que le plaisir les emporte tous les deux.

Il ne la forcerait jamais. Quels que soient ses besoins, il n'avait rien en commun avec Aldridge. Mais ces derniers jours, chaque fois qu'il avait vu Elizabeth, il avait capté dans ses beaux yeux gris le même désir qui le rongeait. Elle avait envie de lui, besoin de lui.

Assis face à son bureau, Reese lança un coup d'œil furtif vers les aiguilles dorées de l'horloge posée sur le manteau de la cheminée. Elizabeth était partie lire dans la bibliothèque après le dîner. Il avait demandé à Longacre de le prévenir dès qu'elle serait montée dans sa chambre. Le majordome s'était présenté quelques minutes plus tôt avant de s'éclipser discrètement en fermant la porte derrière lui.

Reese sortit d'un pas décidé de son bureau et se dirigea vers l'escalier. En entendant le bruit de sa démarche inégale, Timothy Daniels apparut dans le couloir pour savoir s'il avait besoin de son aide pour se déshabiller, mais Reese le renvoya.

Quelques instants plus tard, il passa sans un regard devant la porte de sa chambre et s'avança vers les appartements d'Elizabeth. Il ne prit même pas la peine de frapper. Il se contenta de tourner la poignée et d'entrer dans la chambre.

En le voyant arriver, Elizabeth sursauta puis le dévisagea avec de grands yeux surpris. Elle venait juste de commencer à se déshabiller et se tenait debout devant lui, vêtue de son corset et de ses jupons. Gilda, sa femme de chambre, extirpait une à une de ses cheveux les dernières épingles qui retenaient ses longs cheveux noirs et soyeux.

Le désir s'empara de lui avec une telle violence qu'il en eut le souffle coupé.

— Ce sera tout pour ce soir, Gilda, dit-il d'une voix dure et rauque.

Confuse, elle tourna les talons et sortit précipitamment de la chambre.

Elizabeth n'esquissa pas un geste. Elle resta debout, immobile, le regard fixé sur lui. Sans un mot, il s'approcha d'elle, tendit la main et s'empara d'une boucle de cheveux qu'il enroula autour de ses doigts.

— Vous m'avez manqué, dit-il d'une voix douce.

Il vit ses yeux se remplir de larmes. Ce n'était pas la réponse qu'il espérait, songea-t-il en s'armant de courage pour ne pas se laisser attendrir. Il n'était pas venu pour lui offrir son pardon. La colère qu'elle lui inspirait brûlait toujours dans ses veines, presque aussi intense que son désir pour elle.

— Vous aussi, vous m'avez manqué, répondit-elle en baissant les yeux.

Pour chasser le poids qui oppressait sa poitrine, il se pencha vers elle et effleura doucement ses lèvres. Il la sentit frémir lorsque sa bouche glissa vers le creux de son cou.

— C'est de faire l'amour avec vous qui m'a manqué, devrais-je plutôt dire.

Elizabeth se raidit. Elle avait parfaitement compris le message. Rien n'avait changé. Il ne lui avait pas pardonné. Il n'éprouvait que du désir pour elle. Et maintenant, il avait envie d'elle. Il était venu pour la posséder.

Posant les mains sur ses épaules, il se pencha de nouveau vers elle et l'embrassa avec douceur de sorte à chasser ses réticences. Il la taquina et la goûta jusqu'à ce qu'il sente son corps se détendre, jusqu'à ce que ses hanches viennent s'emboîter avec délice contre les siennes. Elle lui offrit sa bouche en gémissant de plaisir. Elle avait un léger goût de citron et sentait la rose comme à son habitude.

Son désir devint plus pressant. Son corps était si tendu qu'il en avait mal. Il fallait qu'il trouve un exutoire à cette tension étouffante. En échange, il donnerait à Elizabeth le plaisir qu'il lui avait toujours promis.

Il baissa les yeux vers sa gorge magnifique qui débordait de son corset en dentelle, celui qu'il lui avait acheté dans la boutique de lingerie et qui s'attachait à l'avant. Sans cesser de l'embrasser, il défit un à un tous les crochets jusqu'à la taille et libéra sa poitrine qu'il saisit d'une main impatiente. Puis il se pencha vers elle et embrassa ses seins avec délice.

Elizabeth gémit doucement. La pointe de ses seins était dressée comme de petites baies roses. Ils étaient si doux qu'il ne put résister longtemps à l'envie de les mordiller et de les sucer délicatement. Puis il embrassa son cou, ses épaules avant de revenir se délecter de sa gorge. Il la caressa jusqu'à ce qu'il la sente vaciller et que la force de son désir soit égale à la sienne. Plongeant les doigts dans ses boucles noires, il renversa la tête d'Elizabeth en arrière pour mieux presser ses lèvres au creux de son cou.

Ses baisers lents, profonds, érotiques la firent trembler de plaisir. De son côté, le désir le rendait presque aveugle. Il avait envie d'elle à la manière d'une bête sauvage. Il l'obligea à reculer tout en l'embrassant et l'emmena avec lui dans un voyage aussi sensuel qu'érotique jusqu'au mur le plus proche.

— Soulevez vos jupons, dit-il d'une voix rauque mais ferme.

Elle croisa son regard. Ses paupières étaient lourdes et languides. Mais elle lui faisait confiance : elle savait qu'il lui donnerait du plaisir, et c'était exactement son intention.

Sans se faire prier, elle saisit à pleines mains ses jupons et les releva jusqu'aux genoux.

— Plus haut, ordonna-t-il dans un souffle.

Docile, elle releva ses jupons jusqu'à la taille, lui offrant un spectacle aussi excitant que beau. Il l'embrassa de nouveau, profondément et avec fougue. Il n'avait envie que d'une chose : être en elle et lui faire l'amour jusqu'à plus soif.

— Surtout, ne les lâchez pas, ordonna-t-il en passant les mains sous la masse de tissu pour dégrafer sa culotte.

Les sous-vêtements glissèrent bientôt le long de ses hanches et s'étalèrent dans un bruissement à ses pieds. Elizabeth émit un petit bruit de gorge qui aiguisa encore plus son désir.

Passant ses mains sur sa peau nue, il se fraya un passage vers son intimité puis, d'un doigt expert, caressa son sexe et en écarta les plis jusqu'à atteindre la partie la plus sensible de son être.

Elizabeth tremblait de plaisir. Elle était humide et prête à l'accueillir tandis qu'il la caressait sans relâche dans un lent et ininterrompu va-et-vient. Son corps aux courbes douces vint s'arc-bouter contre le sien. Seigneur, qu'il avait envie d'elle ! Il lui fallait déployer de gros efforts pour ne pas la prendre sur-le-champ. A la place, il défit finalement l'attache qui retenait ses jupons, qui vinrent rejoindre l'amas de tissu étalé à ses pieds. Elizabeth était à présent délicieusement nue jusqu'à la taille. Sa voluptueuse poitrine, révélée par son corset, était pour lui une invitation à laquelle il ne sut résister.

Il suça chacun de ses seins puis l'embrassa avec fougue avant de se frayer un passage entre ses cuisses pour s'enfoncer profondément en elle.

Elizabeth se mordit la lèvre en gémissant. Fou de désir, il glissa les mains sous ses fesses pour la soulever et instinctivement, elle enroula ses jambes autour de sa taille en gémissant.

— Ne vous inquiétez pas, je vous tiens, dit-il.

Il commença à la pénétrer par petits coups réguliers. Elizabeth, accrochée à son cou, poussait de petits soupirs qui faillirent le conduire au bord du gouffre. Il avait de plus en plus de mal à se contrôler. Il brûlait de répandre en elle sa semence. Il réprima pourtant son besoin de satisfaire son désir et continua de lui faire l'amour jusqu'à ce que le corps d'Elizabeth se tende comme un arc et qu'elle crie son nom.

De son côté, il avait aussi atteint le point de non-retour. Tous ses muscles se contractèrent et il jouit par saccades, avec force, frémissant de bonheur et de satisfaction. Jamais il n'avait connu un tel plaisir.

Il n'y avait qu'avec elle qu'il se sentait si bien, comprit-il soudain, qu'avec elle qu'il éprouvait des sensations aussi intenses.

Et cette découverte lui glaça le sang. Son désir pour elle était beaucoup trop fort, beaucoup trop impérieux. Il ne pouvait pas se permettre de le laisser croître encore plus.

Pourtant, lorsqu'il ne faisait qu'un avec elle, il se sentait en sécurité, à sa place.

Autrefois, il l'avait aimée.

Mais il ne pouvait plus se laisser aller à de tels sentiments aujourd'hui.

Quelques instants plus tard, il se dégagea de sa chaude étreinte et l'aida à se remettre debout. Avec ses cheveux noirs tout ébouriffés et ses seins qui jaillissaient fièrement de son corset, elle lui offrait un des spectacles les plus excitants qu'il ait vus.

Son corps se tendit de nouveau, et un désir violent s'empara de lui. Il résista de toutes ses forces à l'envie pressante d'emmener Elizabeth vers son lit et de lui faire l'amour jusqu'à l'aube. Pour faire diversion, il s'affaira à remettre ses vêtements et à boutonner son pantalon.

Soudain, il sentit la paume chaude d'Elizabeth contre sa joue.

— Ne partez pas, murmura-t-elle. Restez avec moi.

Il sentit sa gorge se serrer. Il avait tellement envie

d'accéder à sa demande que c'en était douloureux. Mais il repensa à cette soirée où il était revenu de permission pour découvrir que deux jours plus tôt, sa fiancée avait épousé un autre homme que lui. Il se remémora sa peine et sa douleur, et l'insupportable sentiment de perte qui l'avait anéanti. Les années de colère qui avaient suivi avaient fait de lui un autre homme.

Il repoussa fermement sa main douce et chaude et lui tourna le dos.

— Dormez bien, Elizabeth, répondit-il en s'avançant vers la porte.

Il s'arma de courage pour ne pas céder au bruit de ses sanglots et au désir pressant de faire demi-tour et de la prendre dans ses bras.

Elizabeth était agenouillée dans la petite chapelle d'Holiday House. C'était un endroit tranquille et charmant. Les murs étaient couverts de panneaux de bois de rose sculptés et rayonnaient de la lumière qui filtrait à travers les rangées de vitraux. Sa mère l'avait emmenée dans ce lieu lorsqu'elle était enfant et, bien qu'elle y soit ensuite revenue à plusieurs reprises, rien n'était plus pareil.

Elizabeth s'était réveillée ce matin avec le besoin de prier pour ses péchés.

A une époque, elle croyait profondément en Dieu. Mais après son mariage avec Edmund, sa foi avait été ébranlée par les assauts de la douleur qu'aucune prière ne pouvait soulager. Ensuite, Edmund était mort et Mason et Frances avaient pris le contrôle de sa vie. Et une fois encore, elle s'était sentie abandonnée.

La nuit où elle s'était enfuie d'Aldridge Park, elle avait prié comme elle ne l'avait plus fait depuis des années. Elle avait demandé au Seigneur de l'aider à protéger son fils et dans sa grande sagesse, il l'avait envoyée vers Reese. Ainsi, le Seigneur lui avait donné une chance de s'amender vis-à-vis de son fils et de Reese, une chance de trouver un bonheur qu'elle n'avait plus connu depuis le départ de Reese pour l'armée.

A cette seule pensée, elle sentit l'étau des remords l'étreindre de nouveau. Tête baissée, elle se mit à prier et sollicita de nouveau Dieu dans sa grande sagesse. Elle lui demanda de l'aider à trouver un moyen de sortir de cette impasse et de revenir vers Reese.

Un sanglot se forma dans sa gorge et de grosses larmes roulèrent sur ses joues. Seigneur, elle l'aimait tellement !

Combien de temps était-elle restée là, agenouillée, elle n'aurait pu le dire. Lorsqu'elle se releva, ses genoux lui faisaient mal et la mantille en dentelle dont elle avait couvert ses cheveux avait glissé sur ses épaules. Ses joues étaient trempées. Pourtant, aucune douleur n'était comparable à celle de son cœur brisé. Mais elle ne voulait pas perdre espoir. Elle aimait Reese et peut-être qu'avec le temps, elle trouverait le moyen de lui faire croire de nouveau en son amour.

En tournant les talons pour remonter l'allée, elle aperçut soudain la silhouette d'une personne qui quittait la chapelle. Sûrement l'un des gardes, songea-t-elle.

Bien que sa décision de renoncer au titre de Jared les mette provisoirement à l'abri, Reese était toujours sur la défensive. Il n'avait aucune confiance en Mason. Dès le lendemain, ils se rendraient chez le notaire pour entamer les démarches en faveur d'Holloway. Mais les trajets entre Holiday House et Londres étaient longs et fatigants, et elle avait convaincu Reese de louer une maison meublée dans la capitale. Ils ne savaient pas combien de temps prendrait la procédure, ou même si la cour accéderait à leur demande.

En attendant que Mason soit comte, ils devaient rester vigilants.

Et elle devait surtout garder espoir.

Mon Dieu, pria-t-elle une dernière fois avant de quitter la chapelle, *faites que Reese apprenne à m'aimer de nouveau.*

23

Reese sortit de la petite chapelle le cœur gros. Il était venu parler à Elizabeth de leur prochain voyage à Londres, ou peut-être voulait-il simplement la voir. Mais lorsqu'il l'avait trouvée à genoux dans la chapelle, il n'avait pas osé la déranger dans ses prières. Il avait préféré partir.

Il repensa subitement à toutes les années où elle l'avait privé de son fils. Avait-elle prié pour obtenir son pardon ? Ces derniers temps, il avait commencé à croire que les abus et la brutalité d'Aldridge constituaient à eux seuls une peine suffisante.

Pourtant, il ne voulait pas se laisser attendrir. Il voulait entretenir sa colère pour se prémunir de la formidable attirance qui le poussait inexorablement vers elle. Sans relâche, il ressassait les trahisons qu'elle lui avait infligées, l'enfant qu'elle lui avait caché, l'enfer qu'il avait vécu à cause de son amour pour elle. Non, elle ne méritait pas qu'il lui fasse confiance.

En se dirigeant vers les écuries où l'attendait son fils, il était bien décidé à conserver intacte la flamme de sa colère. Mais ses résolutions étaient de plus en plus difficiles à tenir.

Jared se trouvait déjà sur la piste et travaillait dur avec M. Hobbs, son professeur d'équitation. Reese s'arrêta quelques instants pour l'observer. Le petit garçon était juché sur le poney gris et écoutait les conseils de son instructeur, un grand sourire aux lèvres.

A ce spectacle, une bouffée d'émotion l'envahit. Jared

était le fruit de ses entrailles, la chair de sa chair. Dieu lui avait donné le fils dont il avait toujours rêvé. Il aperçut alors les signes de ressemblance qui lui avaient échappé jusqu'à ce jour. La manière dont ses sourcils se touchaient entre ses yeux, la petite fossette qui creusait son menton. Même le pli de sa bouche avait quelque chose de familier. Pourquoi n'avait-il pas vu cette ressemblance dès le départ ?

Il s'était laissé aveugler par les propos d'Elizabeth, qui lui avait affirmé que l'enfant était le fils d'Aldridge. De plus, il était convaincu que les précautions qu'il avait prises lors de leur première nuit d'amour avaient suffi à la protéger.

Aujourd'hui, il n'était plus sûr de rien. A l'époque, il était si inexpérimenté !

Il jeta de nouveau un coup d'œil à l'enfant sur la piste. Jared était déjà un bon cavalier, et sur ce point aussi, il lui ressemblait beaucoup. Du haut de ses sept ans, et non six, comme il l'avait cru au départ, il se tenait d'aplomb sur sa selle et guidait son poney d'une main sûre et habile, malgré la chute qu'il avait faite la veille. Reese l'observa faire des tours de piste et inciter l'animal à prendre de la vitesse.

— C'est bien, mon garçon ! s'écria l'instructeur.

C'était un homme d'une quarantaine d'années, mince avec d'épais cheveux aussi bruns que ceux de Jared.

— Tu t'y prends très bien avec Dusty, ajouta-t-il. Il a l'air de s'amuser autant que toi.

— Je peux lui faire faire des sauts ? demanda ingénument Jared.

Hobbs secoua la tête.

— Non, tu n'es encore qu'un débutant. Mais tu peux le conduire vers la clôture et le laisser l'enjamber. Laisse-le s'habituer à ce mouvement.

Jared fit ce que l'instructeur lui avait demandé et conduisit sa monture jusqu'à la barrière. Le poney enjamba prudemment l'obstacle de petite taille.

— Maintenant, dit M. Hobbs, recommence.

L'enfant répéta l'action plusieurs fois, puis la leçon prit fin.

— Ce sera tout pour aujourd'hui, dit l'instructeur en souriant. Tu as fait du bon travail.

A contrecœur, Jared tendit les rênes de son poney à un garçon d'écurie et quitta la piste. Il prit ensuite la direction de la maison, certainement pour retourner à ses devoirs. Quelques instants plus tard, il passa devant lui et s'aperçut enfin de sa présence. Aussitôt, il se pétrifia et sa joie s'évanouit.

Reese s'efforça de lui sourire. Que pouvait bien signifier ces nouvelles réticences de la part du petit garçon ? Il aurait tant aimé percer ses défenses.

— Tu as fait du très bon travail aujourd'hui, dit-il sur un ton avenant.

Jared ne répondit pas et se contenta de le dévisager de ses grands yeux. Sur son visage tourmenté se mêlaient l'inquiétude et la peur.

— Que se passe-t-il, mon garçon ? demanda Reese en s'agenouillant devant lui, l'air soucieux.

Jared lança un regard furtif vers la maison, puis reporta son attention sur lui, comme s'il avait quelque chose d'important à lui dire sans savoir par où commencer.

— Allez, insista-t-il, tu peux tout me dire.

— Vous êtes fâché avec ma mère.

Reese prit une profonde inspiration. Il aurait dû s'y attendre. L'enfant aimait sa mère, et il était évident que leur brouille ne passerait pas inaperçue.

— Nous nous sommes disputés, expliqua-t-il, comme cela arrive parfois entre mari et femme.

Le visage du petit garçon se ferma et Reese remarqua ses poings serrés.

— Je ne vous laisserai pas lui faire du mal, dit Jared de sa petite voix.

Reese sentit l'émotion s'emparer de son âme. Il regrettait tant que les choses soient telles qu'elles étaient, et désirait tant qu'elles soient comme elles ne pouvaient l'être.

— Jamais je ne vous ferai du mal, ni à toi ni à ta mère, répondit-il gravement.

— Cela lui est déjà arrivé… avant.

— Tu veux dire, avant qu'elle vienne ici, dit-il prudemment.

Jared acquiesça tout en restant sur ses gardes.

— Je l'ai vu, expliqua le petit garçon. Je l'ai vu frapper ma mère. Plusieurs fois.

— Aldridge ?

Jared hocha lentement la tête de haut en bas.

Emu, Reese tendit la main et la posa sur la joue de l'enfant.

— Jamais je ne la frapperai, déclara-t-il d'une voix solennelle. Je te donne ma parole.

En voyant les yeux du petit garçon se remplir de larmes, il éprouva l'envie de le prendre dans ses bras, de lui apporter la confiance dont il avait besoin. Mais il y avait autre chose dans son expression, comme s'il lui cachait des sentiments profondément enfouis. Retenant son souffle, il l'invita à poursuivre.

— J'aurais dû l'aider, dit le petit garçon.

Sa lèvre inférieure tremblait.

— J'aurais dû essayer de l'arrêter, continua-t-il en baissant la tête d'un air honteux, mais… je n'ai rien fait. J'avais peur qu'il me frappe moi aussi.

A ces mots, Reese sentit son cœur chavirer.

— Tu n'es qu'un petit garçon, le consola-t-il. Tu n'aurais rien pu faire.

De grosses larmes roulèrent des yeux de Jared, qu'il essuya rageusement du revers de la main.

— Je ne laisserai plus jamais personne lui faire du mal, répondit-il en le regardant droit dans les yeux.

Reese pouvait à peine respirer. Tout son corps lui faisait mal, comme si on l'avait roué de coups. Il prit l'enfant dans ses bras et le serra contre son cœur.

— Je protégerai ta mère, promit-il. Je te protégerai toi. Je te le promets. Tu ne dois plus jamais avoir peur.

Jared enroula alors ses petits bras autour de son cou et

posa sa tête sur son épaule. Reese sentait des larmes picoter ses yeux. Sa gorge était si nouée qu'il pouvait à peine déglutir. Jared se mit alors à pleurer à chaudes larmes et il ne fit rien pour l'arrêter. Il se contenta de le tenir serré contre lui jusqu'à ce que ses sanglots s'apaisent.

— C'est bien, dit-il à Jared sur un ton rassurant. Tout va bien se passer.

Puis il prit une profonde inspiration pour maîtriser ses émotions, tout en maudissant copieusement Edmund Holloway.

Lorsqu'il reprit le chemin de la maison en compagnie de son fils, il s'aperçut que sa jambe le faisait moins souffrir que la douleur qui étreignait sa poitrine. En atteignant la porte de derrière, il sortit son mouchoir de sa poche et essuya les larmes de Jared en lui adressant quelques paroles rassurantes.

— Prêt à entrer ? demanda-t-il.

Jared acquiesça. Il lui sembla que l'enfant se tenait plus droit, comme allégé du poids de la culpabilité. Reese prit sa petite main et ils entrèrent ensemble dans la maison.

— Tout va bien ? demanda Elizabeth en les apercevant.

Son instinct de mère en éveil, elle se précipita vers eux en lançant un regard inquiet vers son fils.

— Oui, tout va bien, répondit Reese d'une voix ferme.

Le petit garçon leva alors son visage vers lui, et il comprit en croisant son regard le pacte silencieux qu'ils venaient de sceller. Ce qu'ils venaient de partager n'appartenait qu'à eux.

— M. Connelly t'attend, dit Elizabeth à son fils d'une voix teintée d'inquiétude. Comme tu es en retard, il commençait à s'inquiéter.

— C'est ma faute, expliqua Reese. Je l'ai retenu dans l'écurie.

Elizabeth esquissa un sourire.

— Tu ferais mieux de te dépêcher, ajouta-t-elle. Tu ne dois pas faire attendre M. Connelly plus longtemps.

Jared lança vers lui un dernier regard plein de reconnaissance et s'élança vers l'escalier. Reese le regarda monter jusqu'au deuxième étage, vers la nursery flambant neuve qui servait désormais de salle d'étude.

— Il est inquiet pour vous, dit Reese en se tournant vers Elizabeth.

— Je sais, dit-elle sans quitter des yeux l'escalier.

— Je ne veux pas qu'il s'inquiète, ni pour vous ni pour quiconque.

— Je lui parlerai, dit-elle d'une voix hésitante. J'essaierai de le convaincre que je vais bien.

Il la prit doucement par les épaules.

— Je lui ai dit que je veillerais sur vous et je le ferai. Je prendrai soin de vous deux, comme je m'y suis engagé.

— Je n'en ai jamais douté.

Malgré tout ce qui les opposait, la confiance qu'Elizabeth plaçait en lui semblait inébranlable.

— Nous traverserons ce mauvais cap, Elizabeth, déclara-t-il, sûr de lui. Il le faut. Nous avons un fils à élever, et il a besoin d'une mère *et* d'un père.

Des larmes emplirent ses beaux yeux gris.

— J'aimerais pouvoir changer le passé, murmura-t-elle d'une voix incertaine. Mais nous savons tous les deux que ce n'est pas possible. J'aurais dû vous dire la vérité dès mon arrivée à Briarwood. Je voulais le faire mais…

— Mais quoi ? Pourquoi avez-vous attendu, Elizabeth ?

— J'avais besoin de temps pour trouver le courage nécessaire. Après notre mariage, je voulais nous laisser une chance d'apprendre à nous connaître. Une chance d'être heureux.

Il sentit quelque chose frémir au creux de son ventre. C'était aussi ce qu'il avait voulu.

— Je ne peux pas réparer mes erreurs, continua-t-elle, mais si vous me donnez une seconde chance, je vous promets de faire tout ce qui est en mon pouvoir pour être la femme que vous méritez.

« La femme que vous méritez. » Celle qu'elle avait voulu être, huit ans plus tôt ?

Ou bien plus encore… Elle pouvait aussi être la femme passionnée et la mère protectrice qu'elle était devenue en mûrissant.

Et bizarrement, c'était exactement la femme dont il avait toujours rêvé.

— Que demander de plus ? demanda-t-il sur un ton bourru.

Mais il y avait plus, beaucoup plus.

Elizabeth pouvait aussi l'aimer.

Et c'était justement ce qu'il souhaitait, comprit-il à sa grande surprise.

A cette heure avancée de la nuit, un épais brouillard étendait ses tentacules blancs dans les rues de Londres. Travis distinguait à peine l'enseigne de la taverne située à quelques pas devant lui, faiblement éclairée par la lumière blafarde d'une lampe à huile. Le nom de l'établissement, La petite Russie, s'étalait en lettres cyrilliques au-dessus de la devanture.

Des bruits de voix tapageurs et de verres qui s'entrechoquaient résonnaient jusque dans la rue. Continuant son chemin, il s'arrêta un peu plus loin dans un bar appelé Chez Nikolaï.

Il connaissait bien son propriétaire. Nikolaï Godunov était marié à une cousine éloignée de sa mère. Voilà quelques jours que Travis s'était mis à rôder dans le quartier pour renouer avec de vieilles connaissances. Il n'était encore qu'un enfant lorsque sa mère l'emmenait avec elle rendre visite à ses amies qui habitaient ici. La communauté russe était très soudée et tout le monde se souvenait d'elle comme d'une célèbre danseuse.

Travis poussa le battant de la porte et s'avança dans le bar au plafond bas. Une épaisse fumée envahissait la pièce.

Le colosse barbu derrière le comptoir agita le torchon qui lui servait à essuyer les verres pour saluer Travis.

— Eh, Alekseï ! s'écria-t-il en l'appelant par son deuxième prénom. Laisse-moi t'offrir un verre.

Travis fit un effort pour penser en russe.

— Je suis heureux de te voir, Nikolaï, répondit-il gaiement.

Il s'approcha du comptoir et laissa le colosse lui servir une longue rasade de vodka. Travis s'en empara aussitôt et la vida d'un trait.

Un autre verre apparut rapidement devant lui mais cette fois, il s'abstint d'y toucher de peur qu'un autre vienne le remplacer. Il ne supportait pas très bien l'alcool, ce qui, en tant que Russe, était un handicap sérieux.

— Qu'est-ce qui t'amène ici ? demanda Nikolaï d'une voix bourrue en parfaite harmonie avec son physique.

Travis haussa les épaules.

— Je ne connais pas grand monde à Londres, répondit-il. J'apprécie d'entendre parler de temps en temps la langue de ma mère.

Nikolaï manifesta son approbation par un hochement de tête et s'éloigna pour servir un autre client. Travis en profita alors pour promener son regard sur la clientèle. Ce soir, il projetait de faire la tournée des bars. Royal et ses amis avaient fait circuler la rumeur qu'il avait des secrets d'Etat à vendre. Tôt ou tard, il était certain que cette information éveillerait l'intérêt de quelqu'un.

Deux heures plus tard, il avait fait la tournée de tous les bars en finissant par La Troïka. Mais ce soir encore, il n'avait rien appris. Frustré par ses maigres résultats, il héla un taxi qui passait au coin de la rue et revint chez lui.

Tout était silencieux. Sa maison n'était plus guère surveillée et la plupart des employés de maison ne vivaient pas sous son toit. Seul son majordome avait ses appartements au troisième étage et il y avait longtemps qu'il s'était retiré pour la nuit.

Grâce à la lampe que le vieil homme avait laissée allumée

au rez-de-chaussée, Travis se fraya facilement un chemin vers la porte d'entrée. D'un pas tranquille, il traversa le hall et s'avança vers le salon pour l'éteindre.

Mais arrivé dans l'embrasure de la porte, il s'immobilisa, muet de stupéfaction. Allongée sur le somptueux canapé couleur rubis, Annabelle Townsend gisait étendue sur le côté, un livre ouvert à côté d'elle. Elle s'était assoupie. Bouche bée, il contempla ses cheveux châtain clair légèrement décoiffés. Quelques mèches barraient négligemment sa joue. Soudain, il vit ses cils bouger et elle ouvrit les yeux. Il s'approcha d'elle tandis qu'elle se redressait, l'air un peu confus.

— Travis…, balbutia-t-elle. Vous êtes de retour.

— Annabelle, répondit-il d'une voix inquiète, mais que faites-vous donc ici ?

Jamais elle ne serait venue le trouver s'il ne s'était pas passé quelque chose de grave.

— Il est arrivé quelque chose ? demanda-t-il. Vous allez bien ?

Annabelle rejeta en arrière une mèche de cheveux rebelle et le gratifia de son si beau sourire.

— Je vais très bien, le rassura-t-elle. J'ai indiqué au majordome que je devais vous voir de toute urgence. Il m'a dit que vous étiez sorti mais que vous ne tarderiez pas à revenir.

Elle lança un rapide coup d'œil vers l'horloge.

— Je vois qu'il avait tort, conclut-elle.

— Mais pourquoi vouliez-vous me voir ?

Il s'approcha tout près d'elle, si près qu'il sentit son doux parfum de fleurs.

— Je me suis dit que vous deviez vivre des moments difficiles. Je suis venue m'assurer que vous alliez bien. Est-ce le cas ?

— Bien entendu, répondit-il en soupirant. Anna, vous ne devriez pas être ici.

Mais depuis qu'il l'avait trouvée dans son salon, sa robe de soie bleue légèrement froissée, ses joues rehaussées d'une charmante teinte rosée, il ne pouvait plus nier qu'il était heureux de la voir.

Elle quitta lentement le canapé pour s'approcher de lui et lui lança un regard soucieux.

— Vous êtes resté absent si longtemps, se plaignit-elle. Vous n'étiez pas avec une femme, j'espère ?

— Non, bien sûr, répondit-il, un peu fâché par sa question. Mais si tel était le cas, ce ne seraient pas vos affaires.

— En effet, mais cela pourrait l'être… si nous étions amants.

Etre l'amant d'Annabelle Townsend ! Cette seule évocation lui procura de délicieux frissons. Il mit vivement un frein à son désir naissant.

— Nous ne sommes pas amants, Anna. Et nous ne sommes pas près de l'être.

— Mais nous sommes attirés l'un par l'autre. Vous ne pouvez pas le nier !

Il aurait dû lui répondre qu'il n'était pas le moins du moins attiré par elle. Mais ces mots ne pouvaient pas franchir la barrière de ses lèvres, surtout lorsque la réaction de son corps lui criait le contraire.

— N'est-ce pas ? insista-t-elle.

— Vous êtes une très belle femme, Anna. Je ne peux pas nier que je me sens un peu attiré par vous.

Elle se planta devant lui et le regarda droit dans les yeux.

— Voulez-vous me faire l'amour, Travis ?

A ces mots, son pouls s'accéléra. Son sang martelait ses tempes. Non, c'était impossible : il ne pouvait pas avoir cette conversation avec elle !

— Vous ne devriez même pas me poser cette question ! fulmina-t-il.

— Dites-moi, Travis, demanda-t-elle d'une voie enjôleuse, ne voulez-vous pas m'embrasser ? Ne voulez-vous pas enlever un à un mes vêtements et me faire l'amour avec passion ? Sachez que c'est exactement ce que je désire.

— Anna…, souffla-t-il en guise de mise en garde.

— Répondez-moi, Travis. N'est-ce pas ce que vous voulez ?

Il pouvait compter chaque battement de son cœur. Ils résonnaient si fort que ses oreilles bourdonnaient. Il fallait qu'il mette sans tarder un terme à cette situation qui, bientôt, échapperait à son contrôle.

— Vous voulez savoir la vérité, Anna ? C'est vrai, je rêve d'arracher tous vos vêtements et de vous voir nue. Je rêve de vous étendre sur ce canapé, d'écarter vos cuisses et de vous prendre de toutes les façons possibles et imaginables, de vous faire l'amour jusqu'à ce que nous n'ayons plus la force de bouger. Est-ce ce que vous voulez entendre ?

Il s'attendait à la voir reculer de dégoût, à la voir s'enfuir en criant de sa maison. Après cette déclaration, jamais plus elle n'oserait lui adresser la parole. Et même s'il lui coûtait de mettre ainsi un terme à leur amitié, il devait le faire pour la protéger, de lui comme d'elle-même.

— Je le savais, répondit-elle en souriant, à son grand désarroi.

Se débarrassant vivement de ses jupes et de ses jupons, elle s'approcha de lui et enroula ses bras autour de son cou avant de l'embrasser comme si sa vie en dépendait.

Il gémit en la serrant étroitement contre lui, sans chercher à lui dissimuler sa puissante érection. Tout son corps était dur et tendu, brûlant de lui offrir ce qu'elle désirait tant.

— Nous ne pouvons pas faire ça, murmura-t-il entre deux baisers humides. Non, nous ne pouvons pas, Anna.

Mais leurs baisers devinrent de plus en plus passionnés, de plus en plus profonds. Son désir enfla presque jusqu'au point de non-retour.

— Je…, dit-il, haletant, je ne veux pas ruiner votre réputation.

— Je suis veuve, riposta-t-elle en l'embrassant dans le cou. Et je n'ai jamais fait l'amour avec un homme que je désirais. J'ai envie de vous, Travis. J'ai besoin que vous me fassiez l'amour.

— Anna…

Il se souvint alors qu'elle avait été la meilleure amie de sa sœur. Il essaya de se convaincre de faire ce qui était juste, de l'écarter de lui et de la renvoyer dans le froid de la nuit. Mais à la place, il ne put que l'embrasser encore et encore, sans pouvoir s'arrêter, jusqu'à ce qu'elle le prenne par la main.

— Emmenez-moi dans votre chambre, Travis. Montrez-moi combien il peut être bon de faire l'amour avec l'homme de son choix.

Il hocha la tête sans pouvoir lâcher sa main et l'instant d'après, ils montaient côte à côte l'escalier. Quelques instants plus tard, ils entrèrent dans sa chambre, propre et bien ordonnée, presque spartiate comparée au reste de la maison, fidèle à l'ancien militaire qu'il était. Mais il ne perçut rien de négatif dans l'expression d'Anna et en ressentit un immense soulagement.

— Etes-vous certaine, Anna ? N'allez-vous pas éprouver du dégoût face à… mon handicap ?

Elle lui adressa son sourire le plus doux.

— Je me fiche complètement de votre bras, Travis. Vous êtes l'homme le plus viril que je connaisse, et je n'ai jamais été plus sûre de moi de toute ma vie.

Ses mots lui firent chaud au cœur. C'était une folie. Une parfaite insanité. Il ne voulait pas l'épouser. Il n'était pas fait pour le mariage.

Mais lorsqu'il contempla son superbe corps, et qu'il vint s'étendre sur elle, qu'il la pénétra et qu'il commença à lui faire l'amour, il ne put que s'émerveiller d'avoir Anna Townsend dans son lit. Et après nombre de caresses et de soupirs, il l'amena avec lui vers un orgasme d'une violence inouïe aussitôt suivi par le sien. Comment trouver à présent la force de la laisser partir ? songea-t-il en la serrant tout contre lui.

Il pencha son visage vers le sien et l'embrassa tendrement, chassant cette idée désagréable loin de son esprit.

24

Royal avait convoqué une réunion du club des Rameurs et Reese avait été invité par son frère à se joindre à eux et à les rencontrer le soir même au White's. Tous les Dewar étaient membres de ce prestigieux club londonien, même s'ils ne le fréquentaient pas assidûment.

Reese attendait beaucoup de cette réunion. Il espérait vivement que quelqu'un ait glané des informations susceptibles d'aider Travis, ou vienne avec des éléments nouveaux sur Mason Holloway.

La seule évocation de cet homme lui retourna l'estomac. Holloway était une plaie pour l'espèce humaine, un homme qui n'hésitait pas à tuer des innocents pour arriver à ses fins. Il était malade à l'idée que son fils reçoive quoi que ce soit du comte d'Aldridge, mais que les Holloway fassent chanter Elizabeth pour arriver à leurs fins le mettait hors de lui.

Hélas, songea-t-il, à moins de se débarrasser de Mason, et cette idée était loin de lui déplaire, il n'existait aucune solution pour protéger complètement son fils. Lui-même avait déjà tué des hommes pendant la guerre, mais cela n'avait rien à voir avec un meurtre. Ainsi, malgré sa volonté profonde de mettre sa famille à l'abri et d'assurer un avenir à son fils, il savait qu'éliminer Mason Holloway ne ferait que le conduire à l'échafaud.

Sa voiture s'immobilisa bientôt devant les grandes vitres en demi-cercle du White's. Mettant pied à terre, il s'appuya légèrement sur sa canne et s'avança vers la porte d'entrée. Sa jambe continuait de s'améliorer, surtout grâce au dévouement du caporal Daniels. Bientôt, il remonterait à cheval, comme il se l'était juré.

Un homme aux cheveux blonds se précipita vers lui pour lui tenir la porte. Le local feutré le rendait nerveux lorsqu'il était plus jeune, se souvint-il en entrant dans le hall. A l'époque, il était beaucoup trop impatient pour un établissement aussi guindé que le White's. Mais aujourd'hui, l'atmosphère tamisée du club lui semblait étonnamment sécurisante.

Il avait changé ces dernières années. Sa vie d'aventures et de voyages qui le passionnait autrefois l'attirait désormais beaucoup moins.

Sans s'attarder dans la salle principale, il se dirigea d'un pas décidé vers une petite pièce où la réunion devait avoir lieu. Royal, Sherry Knowles, Quent Garret, Benjamin Wyndam et Dillon St Michaels étaient déjà installés autour d'une longue table en ébène. Jonathan Savage le précédait de quelques pas.

— Bonsoir, messieurs, dit Jonathan en s'asseyant en face de Reese.

Seul Rule manquait encore à l'appel.

Reese esquissa un sourire. A vingt-trois ans, son frère était encore un jeune écervelé irresponsable. Mais avec le temps, il changerait, c'était certain.

Les hommes bavardèrent de tout et de rien pendant quelques instants avant que Royal ne prenne la parole.

— Mes chers amis, déclara-t-il, j'ai convoqué cette réunion pour échanger nos informations. Je sais que certains d'entre vous ont fait des découvertes intéressantes. J'espère qu'en rassemblant tout ce que nous savons, nous serons en mesure d'arriver à quelque chose d'utile.

— Tout à fait, approuva St Michaels en adossant son corps imposant au dossier de sa chaise.

Royal posa son regard sur son meilleur ami, le vicomte de Wellesley.

— Qu'as-tu trouvé de ton côté, Sherry ? demanda-t-il.

— Rien d'autre que des commérages, je le crains. J'ai entendu dire que Mason Holloway s'endette un peu partout en ville. Il a renouvelé toute sa garde-robe, sans rien se refuser. Sa femme dépense aussi beaucoup d'argent, qu'apparemment ils n'ont pas. Holloway a réussi à convaincre les commerçants qu'ils seraient payés dès qu'il serait en possession de la fortune qui lui revenait de droit.

Reese se sentit soudain nerveux, mais s'efforça de garder son calme.

— Mon épouse et moi, expliqua-t-il, avons accepté de renoncer au titre de Jared au profit de Mason. C'est le seul moyen de garantir pleinement sa sécurité.

— Sauf si on éliminait les Holloway, ironisa St Michaels.

— Ce n'est pas l'envie qui me manque, répliqua Reese, crois-moi. Malheureusement, sans preuve de leurs mauvaises intentions, tuer Holloway me conduirait aussitôt à l'échafaud.

Les lèvres de Sherry s'étirèrent en un mince sourire.

— Oui, mais comment ne pas y penser, plaisanta-t-il.

— Comme Royal a dû vous le dire, continua Reese, l'enfant est le mien et non celui d'Aldridge. Je ne veux pas que mon fils possède quoi que ce soit du bâtard qui l'a si mal traité.

Savage se tourna vivement vers lui.

— Je comprends votre raisonnement, mais vous devez savoir que vous renoncez à une petite fortune. En grandissant, l'enfant risque de vous le reprocher.

— Possible, rétorqua Reese sèchement, mais j'espère qu'il comprendra.

Royal s'adressa à Garret.

— Et toi, Quent, qu'as-tu trouvé ?

— Pas grand-chose. Juste qu'Holloway a joué de grosses sommes d'argent. Ses débiteurs seront bientôt très riches.

Reese jura en silence.

— Et toi, Savage ? demanda Royal, quoi de nouveau à propos du meurtre de Van Meer ?

Jonathan se redressa légèrement.

— Je travaille avec Morgan sur le sujet. Il semblerait qu'Holloway ait été le partenaire caché de Van Meer dans une sorte d'escroquerie maritime. Ils ont réussi à lever une quantité importante de fonds, donnés comme perdus pour les investisseurs avant le meurtre de Van Meer. Personne n'a jamais plus revu cet argent, mais la rumeur dit que ce sont les deux hommes qui se sont partagé les profits.

— Ainsi, dit Reese, tu penses qu'Holloway a tué Van Meer et empoché l'argent de leur escroquerie.

— Oui, c'est tout à fait ce que je pense.

— Mais as-tu des preuves ?

— Morgan y travaille d'arrache-pied. Il ratisse toute la ville à la recherche de quelqu'un qui saurait quelque chose. Van Meer a un fils et Morgan est à sa recherche.

Reese acquiesça. Ils en savaient déjà un peu plus, mais c'était loin d'être suffisant.

Assis en bout de table, Royal porta son attention sur St Michaels.

— Désolé, dit le jeune homme en hochant tristement la tête, mais je n'ai rien appris de plus. Je garde toutefois les oreilles grandes ouvertes.

— Je sais que tu fais de ton mieux, intervint Royal en se tournant vers l'homme du groupe qui affichait un air sombre.

— Et de ton côté, Nightingale ?

Le comte soupira.

— Comme vous le savez, je fais tout mon possible pour aider le capitaine Greer, et je crains que les nouvelles ne soient pas très bonnes. J'ai parlé à mon ami qui travaille au ministère des Affaires étrangères. Apparemment, ils sont persuadés que les défaites de notre armée à Redan en juin dernier et celles de Malakoff peuvent être dues aux informations qui ont été livrées aux Russes. Comme le capitaine Greer se trouvait à Londres, ils croient que Travis a livré des renseignements à l'ennemi.

— C'est absurde, dit Reese. Le mois dernier, nous avons battu les Russes à Tchernaya. Nous les tenons. La guerre sera d'ailleurs finie sous peu.

— Oui, mais cela n'absout pas Greer des charges qui pèsent contre lui, répondit Nightingale. Par ailleurs, les autorités ne sont pas entièrement convaincues de sa culpabilité. Sinon, le capitaine serait déjà en prison.

Reese soupira d'un air impuissant.

— Il est grand temps que Travis trouve l'homme que nous recherchons.

— Pour son bien, répliqua Nightingale, nous espérons qu'il ne tardera pas à le faire.

Lançant un regard circulaire autour de la table, Royal se leva.

— Bien. Quelqu'un a-t-il autre chose à ajouter ? demanda-t-il.

Mais avant qu'il ait obtenu la moindre réponse, la porte du petit salon s'ouvrit à la volée et Rule fit brusquement irruption dans la pièce. Ses cheveux noirs étaient ébouriffés par le vent et son pardessus voletait autour de ses longues jambes.

— Désolé d'être en retard, s'excusa-t-il.

Les autres hommes avaient déjà commencé à se lever.

— Nous venons de terminer la réunion, déclara Royal. Je te dirai plus tard ce qui en est ressorti.

Rule esquissa un sourire.

— J'ai des informations qui risquent de vous intéresser, répondit-il d'un air satisfait.

Tous les hommes se rassirent.

— Qu'as-tu découvert ? le pressa Reese.

— Lord Sandhurst n'est pas celui qu'il prétend être.

— Vraiment ? demanda Reese en souriant d'un air entendu. Dois-je comprendre que lady Sandhurst et toi avez eu une autre *entrevue* ?

Les joues de Rule se creusèrent de fossettes espiègles.

— On peut dire ça. Ensuite, elle m'a avoué quelque

chose de très intéressant. Elle m'a dit que son mari et elle n'avaient jamais eu de relations conjugales satisfaisantes car son mari avait à l'occasion… des aventures avec d'autres hommes.

St Michaels siffla de surprise.

— Vraiment très intéressant, dit-il.

— Sandhurst est un bel homme, ajouta Quent, très viril. Jamais je n'aurais imaginé que…

— Je pense qu'il se sert de sa sexualité pour servir ses propres intérêts. Et dans notre cas, je me demande où ceux-ci se situent.

— En effet, répondit Reese.

Il fallait qu'il s'intéresse d'un peu plus près à Philip Keaton, comte de Sandhurst, songea-t-il. Il allait le suivre, voir où il passait ses soirées et qui il voyait. Il ne pouvait pas envoyer Travis, car Sandhurst le reconnaîtrait sur-le-champ. Alors que de son côté, l'homme ne l'avait jamais vu.

— Je tiens à vous remercier pour tout ce que vous avez fait, annonça-t-il en se levant. Vous avez avancé bien plus que ce que j'espérais.

Savage se redressa à son tour.

— Si nous découvrons autre chose, nous te le ferons savoir aussitôt.

Reese acquiesça d'un signe de tête.

— Merci pour tout, dit-il.

Mais il doutait qu'ils en découvrent plus. Les hommes avaient utilisé toutes les ressources de leur réseau. Morgan s'efforçait toujours de trouver le lien entre Holloway et le meurtre de Van Meer, mais l'affaire était ancienne. Après tout ce temps, les chances de trouver des preuves étaient maigres.

En revanche, dès qu'Holloway serait officiellement comte d'Aldridge, Jared serait enfin en sécurité.

Jusque-là, l'enfant demeurerait sous l'étroite surveillance de Gillespie et Jack Montague, toujours aux aguets. L'audition en vue de l'adoption était prévue le lendemain. A la fin de la journée, Jared serait légalement son fils.

Cette évocation souleva en lui une vive émotion. Il aurait aimé revendiquer les liens de sang qui l'unissaient à l'enfant, mais jamais il ne ferait une chose pareille à Elizabeth. Après tout, c'était à cause de lui qu'elle était tombée enceinte. Et elle en avait déjà suffisamment souffert.

Tout en saluant Rule, Royal et les amis de son frère, qui étaient aussi devenus les siens, il songea à la femme qui l'attendait chez lui. Il ne lui avait plus fait l'amour depuis cette soirée où il était entré à l'improviste dans sa chambre.

Non qu'il n'ait plus envie d'elle.

Bien au contraire…

Peu à peu, sa colère s'estompait, remplacée par un désir stupéfiant. Et effrayant… Il fallait qu'il garde le contrôle de ses émotions, qu'il se protège du pouvoir qu'Elizabeth exerçait sur lui.

Avec le temps, tout s'arrangera, essayait-il de se convaincre en se répétant les paroles dont il s'était servi pour la rassurer. Elizabeth était sa femme. S'il restait prudent, il pourrait prendre soin d'elle et lui faire l'amour tout en protégeant son cœur. Mais la tâche était loin d'être facile.

Absorbé dans ses pensées, il quitta le club et partit à la recherche de son attelage. Il devait chasser Elizabeth de son esprit pour se concentrer sur Travis. Son ami courait à présent un grand danger. L'ombre sombre et menaçante de la prison planait sur lui à la manière d'un orage imminent. S'il ne se passait pas quelque chose rapidement, Travis pourrait bien être pendu.

Avec Sandhurst, il tenait enfin une piste susceptible d'écarter cette menace. D'instinct, il savait que si le comte insistait tant pour faire accuser Travis d'espionnage, il méritait d'être placé sous étroite surveillance, d'autant que sa récente fortune le rendait encore plus suspect à ses yeux.

Il commencerait son enquête dès ce soir.

Trois jours s'étaient déjà écoulés. Chaque soir, Elizabeth restait étendue dans son lit à guetter le bruit des pas de Reese dans l'escalier, tout en sachant qu'il ne viendrait pas la rejoindre. Tous les soirs, son mari quittait la maison aussitôt après le dîner. Il menait une enquête pour aider son ami, le capitaine Greer, lui avait-il expliqué.

Mais se pouvait-il que sa trahison l'ait poussé dans les bras d'une autre ? songeait-elle malgré elle. Avait-il trouvé du réconfort dans les bras d'une femme en qui il croyait pouvoir placer sa confiance ? A cette seule pensée, son cœur saignait.

L'adoption définitive de Jared était le seul point positif auquel elle pouvait se raccrocher. Reese ne cachait pas sa joie d'être officiellement devenu le père de l'enfant, mais cela n'avait fait qu'accroître ses propres sentiments de culpabilité et de regrets.

Dans leur jeunesse, Reese et elle avaient évoqué l'idée d'avoir des enfants. Elle savait qu'il attachait beaucoup d'importance à la famille, mais elle n'avait pas mesuré à quel point il ferait un père merveilleux.

Les liens entre Reese et son fils se tissaient à toute vitesse, comme si un fil invisible les unissait. Jared était un Dewar jusqu'au bout des ongles. Dernièrement, le petit garçon riait beaucoup plus souvent, parlait avec plus d'enthousiasme et se tenait moins sur ses gardes.

Qu'avait-il pu se produire en lui ? Elle ne pouvait pas répondre à cette question, mais elle était heureuse qu'il en soit ainsi.

En cette fin d'après-midi, Elizabeth brodait dans le salon et tâchait de ne plus se torturer l'esprit en songeant aux escapades nocturnes de Reese. Jared se trouvait à l'étage avec M. Connelly, son précepteur, tandis que M. Gillespie montait la garde dehors.

Reese avait été absent toute la journée. Depuis que l'adoption avait été prononcée, il s'était penché sur le problème de la procédure de renoncement au titre de Jared avec une détermination inouïe.

— Je veux à tout prix mettre Jared à l'abri, avait-il déclaré d'une voix ferme. Je me fiche de la fortune d'Aldridge. Cet enfant est le mien, et c'est à moi d'assurer son avenir.

Elizabeth approuvait complètement. Si elle avait épousé Reese comme elle l'aurait dû, son fils aurait été un Dewar, le neveu d'un duc puissant. Reese avait suffisamment d'argent de son côté pour élever son fils. Avec son propre héritage, ils disposaient à eux deux d'une coquette somme pour vivre.

Jared n'avait pas besoin du titre d'Aldridge. Mason pouvait le prendre. D'ailleurs, jusqu'à ce jour, Edmund n'avait fait que lui apporter peine et douleur.

Concentrée sur ses points de broderie, Elizabeth leva les yeux en entendant frapper légèrement à la porte. Comme elle attendait de la visite, elle mit son ouvrage de côté et se dirigea vers l'entrée pendant que Jack Montague ouvrait la porte. Elle reconnut alors les boucles blondes de sa belle-sœur, Lily Dewar.

— Tout va bien, monsieur Montague, déclara-t-elle. Il s'agit de la duchesse de Bransford. Je l'attendais. S'il vous plaît, Lily, entrez.

La duchesse pénétra dans la maison et Montague referma la porte derrière elle. Elizabeth la conduisit aussitôt dans le salon qui n'était pas aussi élégant que les autres pièces de Holiday House, ou même de Briarwood, mais qui était un lieu au mobilier simple et d'une propreté impeccable, propice au calme et à la détente.

Lily s'installa dans le sofa en crin de cheval bordeaux qui faisait face au fauteuil assorti. Une belle flambée réchauffait la pièce et atténuait l'humidité de l'air insufflée par les premiers froids de novembre. Elizabeth sonna la femme de chambre et commanda du thé et des biscuits.

— Royal m'a dit, commença Lily, que vous louiez une

maison de ville à Londres, le temps de régler toutes vos affaires. Vous savez que vous êtes les bienvenus chez nous.

— S'il ne s'agissait que de nous trois, répondit-elle d'une voix affable, nous serions venus chez vous sans hésiter. Mais comme vous le voyez, nous sommes accompagnés d'une petite suite.

Lily jeta un coup d'œil vers l'entrée, où Jack Montague montait la garde.

— Oui, je vois ce que vous voulez dire.

Quelques instants plus tard, la femme de chambre revenait déjà avec un plateau bien garni qu'elle posa sur la table Sheraton en face du sofa. Elizabeth s'empressa de faire le service.

— Toute cette affaire doit être terriblement éprouvante pour vous, dit Lily. Vous serez très soulagée lorsque tout sera terminé et que Jared sera définitivement en sécurité.

— Vous n'imaginez même pas à quel point, répliqua Elizabeth en soupirant.

— Royal m'a annoncé que l'adoption avait été approuvée.

— Oui, et nous sommes très heureux. Reese est un père merveilleux. Depuis qu'il s'occupe de Jared, mon fils a beaucoup changé.

Lily eut un petit sourire mélancolique.

— Il me tarde d'être mère à mon tour, avoua-t-elle en s'empourprant légèrement. C'est d'ailleurs l'une des raisons de ma visite. Voyez-vous, je viens d'apprendre que j'étais enceinte.

— Oh, mon Dieu ! s'écria Elizabeth.

Une réelle bouffée de joie l'envahit.

— Je suis si heureuse pour vous ! ajouta-t-elle.

Elle posa près d'elle sa tasse de thé et se pencha vers Lily pour l'embrasser.

— Le duc doit être aux anges, conclut-elle.

— Oui, répondit Lily, on dirait qu'il flotte sur un nuage. Il projette déjà de changer le mobilier de la nursery à Bransford. Nous avons rénové la demeure, petit bout par petit bout, mais jusqu'à présent, cette pièce ne figurait pas parmi nos priorités.

— Il me tarde d'annoncer à Reese qu'il aura bientôt un neveu.

Lily prit une petite gorgée de thé et regarda Elizabeth par-dessus sa tasse.

— Peut-être Reese sera-t-il de nouveau père, un jour.

La joie d'Elizabeth s'effaça aussitôt. Elle s'absorba quelques secondes dans la contemplation de sa soucoupe avant de répondre laconiquement.

— Oui, peut-être…

Mais rien ne semblait indiquer que Reese reviendrait un jour dans son lit. Peut-être même ne la désirait-il plus, ou bien, comme elle le craignait, s'était-il tourné vers une autre femme.

— Quels prénoms avez-vous choisis ? demanda-t-elle d'une voix faussement enjouée.

Lily éclata de rire, un petit rire cristallin qui lui rappela le bruit de gouttes d'eau tombant dans un ruisseau.

— Nous n'y avons pas encore réfléchi, répondit la jeune femme. Peut-être en parlerons-nous ce soir.

— Nous allons devoir faire quelques emplettes, proposa Elizabeth. Il va vous falloir une montagne d'habits pour bébé.

Le visage de Lily s'illumina de plaisir.

— C'est si merveilleux d'imaginer avoir un enfant.

Elizabeth songea alors à Jared qu'elle aimait tant.

— Il n'y a rien de plus merveilleux qu'être mère, dit-elle en abondant dans son sens.

— Oui, à l'exception d'avoir un mari qui vous aime, renchérit Lily.

Elizabeth se sentit soudain très triste et dut patienter quelques secondes avant de répondre.

— Vous avez beaucoup de chance, Lily.

Comme si elle lisait dans ses pensées, le sourire de Lily s'évanouit.

— Laissez-lui un peu de temps, dit la duchesse en

lui prenant amicalement la main. Reese arrivera à tout arranger, j'en suis sûre.

Peut-être… mais en attendant, il n'avait toujours pas retrouvé le chemin de sa chambre et de son lit. Peut-être même ne le ferait-il jamais…

Un épais brouillard entourait les bâtiments en briques rouges et serpentait entre les étroites ruelles pavées. Reese releva le col de son épais manteau noir et serra son écharpe en laine autour de son cou.

Lord Sandhurst avançait à vive allure devant lui et l'entraînait dans une partie de la ville où s'entassaient les classes moyennes. Reese l'avait suivi quatre nuits d'affilée. Posté à l'extérieur de sa luxueuse maison de Mayfair, il avait attendu que l'homme sorte de chez lui et monte dans sa voiture pour engager la filature.

Reese avait loué un véhicule discret et avait demandé au cocher de le suivre à bonne distance afin de ne pas se faire repérer. Les trois premières nuits, le comte s'était contenté de faire la tournée de plusieurs clubs de gentlemen, dont le Brooks, le Carlton et le White's.

Mais ce soir, la voiture de Sandhurst avait pris une tout autre direction et avait amené le comte dans un quartier beaucoup moins fréquentable de la ville. Sans vraiment être malfamé, il ne correspondait tout simplement pas aux endroits que fréquentait habituellement un gentleman.

La voiture s'arrêta et Sandhurst descendit en indiquant au cocher de revenir le chercher dans trois heures. Reese attendit que l'homme se soit suffisamment éloigné et pria son chauffeur de l'attendre. Puis il suivit de loin le comte, profitant de l'épais brouillard qui enveloppait presque entièrement sa proie pour ne pas se faire remarquer.

Sandhurst s'arrêta enfin sur le pas d'un établissement nommé Rose and Thorn. Adossé contre un mur, Reese s'était camouflé dans un coin d'ombre. Immobile, il regarda le comte disparaître à l'intérieur et attendit.

Après un moment qui lui parut acceptable, il commençait tout juste à s'avancer vers la taverne lorsqu'un homme arrivant en sens contraire sortit soudain du brouillard. Il était grand et solidement bâti. A la lueur de la lampe qui brûlait à l'extérieur de la taverne, il aperçut quelques mèches blondes qui dépassaient de son chapeau en poils de castor.

Son menton effacé, son nez élégant et sa façon gracieuse de se mouvoir lui rappelaient une personne. Mais il avait beau fouiller ses souvenirs, il était incapable de se rappeler ni où ni quand leurs chemins s'étaient croisés. Dès que l'homme eut disparu à l'intérieur de l'établissement, Reese quitta sa cachette.

Sandhurst ne risquait pas de le reconnaître, puisqu'il ne l'avait jamais vu, mais Reese redoutait à présent que l'homme blond ne mette un nom sur son visage.

S'avançant dans la ruelle humide et boueuse, il ouvrit la porte de la taverne et se dirigea vers le bar.

Sous le plafond bas s'amoncelaient des nuages de fumée, mais l'endroit était plus calme que ce qu'il avait imaginé. Sandhurst était assis au fond, à côté de l'homme blond et mince. Reese se hissa sur un tabouret de bois près du bar, commanda une bière, puis les observa du coin de l'œil.

Il y avait quelque chose d'étrange dans l'étroite proximité que partageaient les deux hommes, remarqua-t-il, quelque chose de particulier dans la façon dont l'homme blond penchait la tête vers son compagnon un peu plus âgé que lui, et plus viril aussi. Mais ce fut surtout le doux sourire qui planait sur le visage de l'homme blond lorsqu'il regardait Sandhurst qui lui mit la puce à l'oreille.

Dès qu'ils eurent terminé leurs verres, les deux hommes se dirigèrent vers l'escalier qui conduisait au deuxième étage. L'établissement proposait des chambres à louer, pour la nuit ou pour la semaine. Mais avant que les deux hommes ne disparaissent dans la cage d'escalier, Reese discerna à la lueur de la lampe qui éclairait les marches les traits du jeune blond.

Il avait enfin la réponse à ses questions, songea-t-il en serrant rageusement le poing.

Même s'il avait tombé son uniforme de lieutenant, l'homme qui accompagnait Sandhurst n'était autre que le jeune aide de camp du colonel Thomas.

25

Malgré sa courte nuit, Reese s'était levé et habillé bien avant le réveil de la plupart des Londoniens. A l'aube, il était déjà dans le hall, prêt à partir.

Il lui tardait de voir Travis pour lui faire part de ses dernières découvertes, et savoir si de son côté, il avait trouvé des informations susceptibles de les faire avancer.

Il venait presque d'atteindre la porte d'entrée lorsqu'il entendit quelqu'un frapper avec insistance. D'un geste de la main, il fit signe au bras droit de Montague qui montait la garde de ne pas se déplacer et alla ouvrir lui-même. Quelle ne fut pas sa surprise de découvrir Travis sous le porche !

— Je l'ai trouvé ! s'écria son ami.

Son regard pétillait derrière ses lunettes rondes.

— Je sais qui c'est ! ajouta-t-il.

En tant qu'ancien militaire, Travis ne semblait pas le moins du monde surpris de le trouver debout à une heure aussi matinale. Reese lui fit aussitôt signe de le suivre dans son bureau. Une fois à l'intérieur, Travis referma doucement la porte derrière lui.

— Il se nomme Boris Radonyak mais il ne m'a jamais approché car une personne du ministère des Affaires étrangères l'a informé que je travaillais en secret pour le gouvernement.

— Comment as-tu fait pour le découvrir ?

— Grâce à un autre Russe du nom de Nikolaï Godunov qui connaissait très bien ma mère. Il est au courant de tout ce qui se passe dans le quartier. Peut-être que Radonyak a prononcé mon nom devant Nikolaï, ou bien devant quelqu'un d'autre. D'après Nikolaï, Radonyak est arrivé avec sa famille en Angleterre pour repartir de zéro, mais il pense que Radonyak est une menace pour lui et pour le reste de la communauté.

— Il a sacrément raison.

— Boris est notre homme, mais je ne sais pas d'où il tire ses informations.

— Je crois que j'ai ma petite idée sur la question.

— Vraiment ?

— Il s'agit de l'aide de camp du colonel Thomas, un jeune lieutenant. Je l'ai vu la nuit dernière avec notre cher ami, lord Sandhurst.

— Tu penses que Sandhurst est impliqué ?

— J'en suis certain. Le comte soutire des informations au lieutenant, puis les revend à ce Radonyak qui se charge de les transmettre aux Russes.

Travis prit une minute pour digérer ces nouvelles.

— Si tu dis vrai…

— Tout se tient. Il y a peu de temps, Sandhurst était au bord de la faillite. Puis, comme par miracle, ses finances se sont arrangées. Il a découvert l'existence du journal et a pointé le doigt vers toi pour éloigner les soupçons de lui. Pendant ce temps, il se remplit les poches en vendant des secrets d'Etat. Je pense qu'il ne sera pas difficile de remonter la filière jusqu'à ce bon vieux Boris.

— Beau travail, commandant, dit Travis avec un large sourire.

Reese lui tapota amicalement l'épaule.

— Maintenant, nous devons aller trouver le colonel pour lui faire part de nos découvertes.

— Tu penses qu'il sera prêt à nous croire.

— Thomas est un homme intelligent. Si nous lui apportons les bons éléments, il ne tardera pas à reconstituer le puzzle.

Sans tarder, ils quittèrent la maison pour se rendre au

ministère de la Défense. Le colonel Thomas demanderait à enquêter de son côté pour vérifier leurs hypothèses, mais dès que cette affaire serait éclaircie, Reese était certain que Travis serait blanchi.

Ce serait alors au tour du jeune lieutenant, du comte de Sandhurst et de Boris Radonyak d'être sous le coup d'une inculpation pour trahison.

En montant dans la voiture de Travis, Reese se sentit soudain soulagé d'un poids. L'un de ses principaux soucis était enfin réglé ! Restait encore celui d'Elizabeth...

— Comment se passe ta relation avec Annabelle ? demanda-t-il de but en blanc en prenant place sur la banquette en face de son ami.

Le visage de Travis s'assombrit.

— Je préfère ne pas en parler.

— C'est si grave ? demanda-t-il, inquiet.

Travis ne répondit rien et se perdit dans la contemplation du paysage.

— Au moins, ajouta Reese, tu n'as plus à te dire que tu risques d'être pendu, surtout si tu as envie d'être avec elle.

Travis tourna brusquement son regard vers lui. Ses yeux lançaient des éclairs.

— Aucun doute, j'ai très envie d'être avec elle, tu ne peux même pas imaginer à quel point.

Reese n'ajouta rien. Annabelle Townsend était une femme belle et désirable, mais il ne voulait pas se mêler des affaires de cœur de son ami.

Il avait tenu sa promesse, il l'avait aidé.

Mais qu'allait faire son ami au sujet de la dame qui semblait avoir ravi son cœur ? songea-t-il malgré lui.

Assise dans son canapé, Elizabeth entendit Jack Montague ouvrir à la personne qui frappait à la porte. En entendant une voix de femme, elle se leva et se dirigea vers l'entrée de la demeure.

Le dos voûté, Agatha, la tante de Reese, pénétra à pas lents dans la maison.

Elizabeth se figea. Elle savait que ce moment viendrait. Pour l'instant, la vieille dame n'ignorait pas que Reese avait découvert la vérité sur son fils, tout comme ses deux frères. Aucun n'avait pour coutume de laisser la matriarche de la famille à l'écart de leurs secrets.

Mais que lui dirait la douairière en apprenant qu'elle n'avait pas su obtenir le pardon de son neveu ? Qu'il n'y aurait pas de famille aimante, ni d'autres enfants, comme la vieille dame semblait le désirer ? Lorsqu'elle découvrirait que Reese l'avait abandonnée, qu'elle n'avait pas su regagner son amour ?

Luttant pour refouler ses larmes, elle prit une profonde inspiration.

— Lady Tavistock, dit-elle en s'efforçant de sourire, entrez, je vous prie.

La frêle dame s'avança en s'appuyant lourdement sur sa canne.

— Vous êtes bien maigrichonne, déclara tante Agatha en la détaillant de la tête aux pieds. Vous n'êtes pas malade, au moins ?

Malade d'amour, voulut-elle lui répondre. La veille, Reese était venu lui apprendre que son ami, le capitaine Greer, serait bientôt lavé de tout soupçon, mais il n'avait fait que s'entretenir quelques minutes avec elle avant de la laisser seule.

Il avait passé plusieurs heures avec Jared et s'était promené avec lui dans le parc en compagnie de M. Gillespie. Il n'était pas venu la retrouver dans son lit. Il gardait soigneusement ses distances, bien déterminé à ne plus s'exposer.

Veillant à ne pas brusquer la vieille dame, Elizabeth la conduisit lentement dans le salon.

— Voulez-vous un peu de thé ? proposa-t-elle lui indiquant le canapé bordeaux.

Elle avança la main pour sonner la femme de chambre, mais la douairière refusa d'un signe de tête.

— J'ai déjà bu assez de thé. Je préfère que vous me disiez ce qui se passe entre mon neveu et vous.

Elizabeth refoula l'envie de lui dire que cela ne la regardait pas. Tante Agatha aimait ses neveux comme les fils qu'elle n'avait pas eus. Elle avait le droit de s'inquiéter pour Reese.

Docile, Elizabeth s'assit près d'elle à l'autre bout du canapé.

— Reese sait que Jared est son fils. Je suppose que vous êtes déjà au courant.

— Evidemment. Nous ne gardons pas de secrets dans cette famille.

Contrairement à vous, semblait insinuer la vieille femme.

— J'aurais dû le lui dire moi-même. Je n'aurais pas dû attendre.

— Vous auriez dû le lui dire il y a huit ans. Mais depuis cette époque, de l'eau a coulé sous les ponts. Aujourd'hui, le plus important est que vous soyez mariés. Le passé appartient au passé et il est temps pour vous d'aller de l'avant.

Elizabeth détourna les yeux, luttant contre les émotions qui les remplissaient de larmes.

— Il ne me pardonnera jamais. Je vous l'avais dit bien avant notre mariage.

— Balivernes ! Mon neveu vous aime. Il vous a toujours aimée et vous aimera toujours.

Peut-être l'avait-il un jour aimée, songea Elizabeth. Mais ce n'était plus le cas.

— Reese..., commença-t-elle, ne vient plus me rejoindre dans mon lit.

La vieille dame réfléchit à ses propos, puis lui sourit.

— Mon neveu vous aime encore plus que ce que je pensais.

— Mais de quoi parlez-vous ?

— Reese vous aime désespérément, et cela l'effraie au plus haut point. Mon neveu est un homme très viril, comme tous les Dewar. Il n'est certainement pas du genre à ignorer ses besoins physiques.

Elizabeth garda le silence. Elle ignorait ce que Reese ressentait pour elle. Ou même s'il n'allait pas satisfaire ses désirs avec une autre femme. Elle savait juste qu'il l'avait abandonnée, tout comme elle autrefois.

— Et vous, Elizabeth ? demanda la douairière. Quels sont vos sentiments pour Reese ?

Les larmes qu'elle refoulait se mirent subitement à couler. A quoi bon mentir à une femme aussi perspicace que la comtesse…

— Je croyais l'aimer lorsque j'étais plus jeune, répondit-elle à voix basse. D'une certaine façon, c'était vrai. Mais aujourd'hui, je suis une femme et pour la première fois, je sais ce qu'aimer veut dire. J'aime Reese et je ferais n'importe quoi pour qu'il m'aime en retour.

Un sourire satisfait flotta sur les lèvres de la vieille dame.

— Vous y arriverez.

— Mais comment, madame ? Reese ne me fait plus confiance. Il a construit un rempart autour de son cœur et il ne veut pas me laisser entrer, de crainte que je le trahisse de nouveau.

— Mais nous savons toutes les deux que vous n'en ferez rien.

Elizabeth essuya ses joues humides.

— Non. Je préférerais mourir plutôt que de le blesser de nouveau.

— Alors, vous regagnerez son amour, déclara la douairière d'un ton rassurant. Vous allez faire ce que toutes les femmes font depuis des milliers d'années. Vous allez le séduire pour reconquérir son cœur.

— Mon Dieu ! s'écria-t-elle, interdite. Je ne peux pas faire ça ! Je ne saurais même pas par où commencer.

Tante Agatha lui lança un regard en coin.

— Vous n'êtes plus une jeune oie naïve, répondit-elle. Vous savez maintenant ce qu'aiment les hommes. J'imagine que Reese a dû vous montrer comment le satisfaire. Au lieu d'attendre qu'il vienne à vous, c'est vous qui irez vers lui.

Elizabeth laissa passer de longues minutes avant de répondre. En serait-elle capable ? Pouvait-elle vraiment le séduire ? Et était-elle prête à prendre le risque d'essuyer un refus de sa part ? Plus elle y réfléchissait et plus la réponse était évidente : elle était prête à tout pour lui.

Soudain, elle sentit naître en elle une étrange excitation. Elle se souvint des moments qu'ils avaient passés à faire l'amour et ses joues s'empourprèrent. Un désir sourd palpitait au creux de son ventre à l'idée de partager de nouveau cette intimité avec Reese.

Redressant le menton, elle regarda la douairière droit dans les yeux et lui sourit.

— Je suivrai vos conseils, madame. Je vous promets de faire tout ce qui est en mon pouvoir pour le reconquérir.

Le visage ridé de la vieille dame s'illumina.

— Je suis fière de vous ! s'écria-t-elle. Vous savez, il fait très froid dehors. Finalement, j'ai changé d'avis. Je prendrais bien une tasse de thé.

Elizabeth lui sourit. Au fil du temps, l'hostilité de la tante de Reese s'estompait. Peut-être un jour seraient-elles amies ?

Mais en attendant, elle avait un plan de séduction à élaborer.

— Qu'y a-t-il ? demanda Lily au majordome debout à l'entrée du salon.

— Vous avez de la visite, madame. Votre amie, lady Annabelle, est là. Elle demande à vous voir. Elle dit que si vous êtes occupée, elle reviendra une autre fois.

Lily sourit, ravie à l'idée d'avoir un peu de compagnie.

— Je ne suis pas du tout occupée. Demandez-lui de venir se joindre à moi, voulez-vous ?

— Bien, madame, répondit le majordome en courbant légèrement la tête.

Quelques secondes plus tard, Annabelle passa à grands pas la porte du salon. Ses amples jupes de soie bleu foncé virevoltaient gracieusement autour d'elle.

— Merci de me recevoir, madame, dit-elle. Je sais que j'aurais dû vous prévenir mais…

Puis elle éclata en sanglots.

Aussitôt, Lily se précipita vers elle.

— Juste ciel ! Que se passe-t-il ? demanda-t-elle, inquiète.

Enlaçant son amie, elle l'invita à s'asseoir sur le canapé, où la jeune femme se laissa lourdement tomber.

— Je sais que je vous avais promis de ne pas venir vous voir pour pleurer sur votre épaule, mais je n'ai personne vers qui me tourner.

— Vous savez que vous êtes toujours la bienvenue. Maintenant, racontez-moi ce qui s'est passé.

Annabelle sortit un mouchoir de son sac à main et tapota ses yeux rougis par les larmes.

— C'est Travis, annonça-t-elle.

— Oui, je m'en doutais.

— J'ai cru que je serais suffisamment mûre pour gérer une aventure. Je croyais pouvoir le voir de temps en temps, faire l'amour avec lui, et que tout irait bien.

— Mais ce n'est pas le cas.

— Non, en effet. Chacune de nos rencontres est plus merveilleuse que la précédente. Puis vient l'heure du départ. Dès que je passe le pas de la porte, je suis envahie par un mal-être terrible, je me sens complètement vide. J'ai besoin de lui, Lily, mais pas occasionnellement. Je suis si amoureuse de lui que j'en suis malade.

— Oh, Anna.

Lily se pencha vers son amie et la prit dans ses bras. La jeune femme accepta son geste de réconfort en posant la tête sur son épaule.

— Je sais à quel point ça fait mal, continua-t-elle. Peut-être devriez-vous mettre un terme à cette aventure avant qu'elle devienne encore plus douloureuse.

Annabelle se dégagea brusquement.

— C'est exactement ce que je me suis dit. Sauf que je ne sais pas si je vais en avoir le courage.

— Vous pouvez dire la vérité au capitaine. Lui avouer que vous l'aimez et que continuer ainsi vous fait trop de mal.

— Je ne sais pas quoi faire, Lily. Je pense que Travis craignait que les choses prennent cette tournure. Il a essayé de me protéger, de me mettre en garde, mais je n'ai rien voulu entendre.

De nouvelles larmes vinrent rouler sur les joues d'Annabelle, qu'elle essuya rapidement.

— Tout est ma faute, ajouta-t-elle. Je ne veux surtout pas qu'il se sente coupable pour ce qu'il a fait.

— Pauvre Anna, répondit Lily d'une voix douce. Vous avez le cœur brisé et vous vous inquiétez des sentiments du capitaine Greer au lieu des vôtres. Vous devez vraiment l'aimer.

— J'ai toujours été amoureuse de lui. Mais maintenant que nous sommes ensemble, mon amour est encore plus fort.

Annabelle lui prit la main dans un geste de désespoir.

— Dites-moi ce que je dois faire, la supplia-t-elle.

Lily hocha tristement la tête et ses boucles blondes vinrent caresser ses épaules.

— Je ne peux pas vous aider. Vous devez uniquement écouter votre cœur. Mais n'attendez pas trop, Anna. Sinon, vous risquez d'en souffrir tous les deux encore plus.

Annabelle acquiesça et soupira d'un air las.

— Vous avez raison, Lily. Je dois faire quelque chose, pour notre bien à tous les deux.

— Oui, il vaut mieux agir que passer son temps à s'inquiéter.

Annabelle se moucha avant de se lever.

— Merci infiniment, Lily. Vous êtes une amie merveilleuse.

Lily avait le cœur gros en la regardant quitter le salon. Elle savait à quel point il était douloureux de perdre l'homme aimé. Elle posa une main protectrice sur son ventre. Elle portait l'enfant de Royal. Elle n'avait rien dit à Anna pour ne pas accroître sa peine. Contrairement à la jeune femme, elle pouvait se vanter d'avoir eu de la chance, car Royal avait fini par découvrir qu'il l'aimait en retour.

Lily formula une prière silencieuse pour Anna et Travis. Peut-être que Dieu leur indiquerait le moyen de rester ensemble.

26

Elizabeth resta immobile pendant que Gilda finissait de coiffer ses boucles épaisses. Elle avait savamment agencé ses cheveux noirs et brillants en une masse sombre et mouvante qui flottait autour de ses épaules et se répandait dans son dos.

— Vous êtes superbe, madame, dit Gilda avec un sourire entendu. Monsieur n'aura d'yeux que pour vous ce soir.

Elizabeth la regarda d'un air embarrassé, même si, en son for intérieur, elle souhaitait qu'elle ait raison.

D'un geste machinal, elle lissa les jupes de la robe en velours rouge que Reese l'avait aidée à choisir. Son profond décolleté exposait aux regards une partie de sa poitrine pulpeuse et le profond sillon qui plongeait entre ses seins. Gilda avait serré si étroitement son corset que Reese aurait pu aisément encercler sa taille de ses longs doigts. En revanche, elle pouvait à peine respirer.

Mais le plus important était de le séduire, quel qu'en soit le prix.

Gilda toucha à son tour d'un air admiratif le tissu de sa robe.

— Cette couleur va à la perfection avec vos cheveux noirs et vos yeux gris, madame.

— J'espère que lord Reese l'aimera autant que vous, répondit-elle avec un sourire plein d'espoir.

— Oh, je suis sûre qu'il va mourir d'amour pour vous.

Si seulement Gilda pouvait dire vrai ! Elizabeth s'était

donné tant de mal ce soir pour plaire à son mari. Elle voulait lui faire oublier toutes les peines qu'elle lui avait infligées. Qu'il la voie comme la femme qu'il avait choisi d'épouser, la femme qu'il désirait.

Un peu plus tôt dans la journée, elle lui avait demandé s'il serait là pour dîner, et il lui avait promis d'être de retour. A l'heure qu'il était, il devait certainement l'attendre dans le hall pour l'accompagner dans la salle à manger. Grâce aux conseils de lady Tavistock, elle lui avait concocté un menu composé de ses plats préférés, accompagnés d'un excellent vin français.

Prenant une profonde inspiration, elle ouvrit la porte et se dirigea vers le hall d'entrée. Reese était debout au pied de l'escalier, incroyablement beau avec son pantalon gris, son veston en velours noir et son jabot d'un blanc éclatant. Par contraste, ses yeux brillaient d'un bleu aussi profond que le ciel au-dessus de Briarwood, sous sa chevelure aussi noire que le péché.

Elle sentit son cœur battre plus fort contre ses côtes. Au creux de son ventre, le désir s'insinua comme une promesse. Elle songea à la nuit qui l'attendait, à ses intentions de séduire Reese, de faire de nouveau l'amour avec lui, et une chaleur intense se propagea dans son corps.

Elle descendit à pas lents. Reese se tenait aussi droit que lors d'une parade militaire quand elle arriva devant lui et, pour la première fois depuis des jours, un éclair furtif traversa son regard azur. Il détailla lentement son corps et s'attarda sur ses courbes.

— Vous êtes particulièrement jolie ce soir, Elizabeth, dit-il.

La chaleur de son regard la frôla comme une caresse.

— Merci, dit-elle en frémissant de plaisir. Vous êtes vous-même très élégant.

Il esquissa un sourire et elle saisit la main qu'il lui offrait. Le cœur léger, elle se laissa guider jusqu'à la salle à manger et la longue table en acajou vernie. Avec son lustre en cristal éclairé par des lampes à gaz, ses douze chaises à haut dossier richement sculptées et ses bougies qui brûlaient au centre de la table dans de magnifiques chandeliers en argent, c'était une des pièces les plus élégantes de la demeure.

Ce soir, elle avait fait dresser la table avec des assiettes en porcelaine blanches, ornées d'un liseré en argent, des couverts en argent fraîchement lustrés et des verres à pied en cristal.

Reese lui lança un regard surpris.

— Aurais-je oublié quelque chose ? demanda-t-il. Si j'avais su, je me serais habillé pour la circonstance.

— Je voulais fêter les bonnes nouvelles concernant votre ami, le capitaine Greer.

C'était la seule excuse qui lui était venue à l'esprit, et qui ne justifiait peut-être pas un tel faste. Mais, pour elle, le capitaine méritait cet honneur : n'avait-il pas été l'élément déclencheur de leur mariage précipité ?

— Je suis si heureux pour lui, avoua Reese. Et cela fait aussi un problème de moins à régler.

Passant derrière elle, il tira galamment sa chaise et attendit qu'elle soit assise. Elle surprit alors son regard posé avec insistance sur son décolleté profond.

Le cœur battant, elle saisit la serviette en tissu blanc et la posa sur ses genoux pour se donner une contenance. Pourvu qu'il ne voie pas ses mains trembler !

— Pensez-vous que le colonel Thomas poursuivra lord Sandhurst et les autres personnes impliquées dans cette affaire d'espionnage ?

Un serviteur s'avança vers eux et versa dans leur verre un peu de vin.

— J'en suis certain, répondit Reese une fois que le domestique fut parti. Plus il approfondira son enquête et plus les preuves seront accablantes. Sandhurst a signé sa perte, et ceux qui l'ont aidé n'auront que ce qu'ils méritent.

— Je devrais avoir pitié d'eux, dit-elle, mais lorsque je

pense à tous les soldats qui ont payé de leur vie à cause de leur trahison, je m'en sens incapable.

— Le jeune garçon qui a succombé à ses désirs sexuels mérite peut-être votre pitié, répliqua-t-il.

Elle détourna les yeux.

— Un jour ou l'autre, nous nous rendons tous coupables de cette faute, n'est-ce pas ?

— Même vous, Beth ? dit-il en plongeant son regard dans le sien.

Cela faisait si longtemps qu'il ne l'avait plus appelée par son surnom ! songea-t-elle, pleine d'espoir.

— Vous m'avez appris le désir, Reese, répondit-elle franchement. Vous avez fait de moi une femme, une femme avec des besoins et des envies.

Il frémit. Il aurait pu se lever sur-le-champ et la conduire directement dans sa chambre, à l'étage, si le premier plat n'était pas arrivé à ce moment-là. Prenant sa cuillère, il commença à manger du bout des dents, même si le velouté d'asperge qui comptait parmi ses plats préférés était délicieux.

— Travis a une liaison avec lady Annabelle Townsend, déclara-t-il pendant que l'on débarrassait leurs assiettes.

Un nouveau plat leur fut bientôt servi.

— Je ne sais pas si je dois vous en parler, ajouta-t-il.

— Je promets de ne pas dire un mot, le rassura-t-elle en savourant un morceau de turbot à la sauce au citron. J'apprécie beaucoup lady Annabelle. Je pense qu'avec le capitaine Greer, elle formerait un très beau couple.

— Travis est convaincu qu'il n'est pas fait pour le mariage, répondit Reese en plongeant ses lèvres dans son verre.

— Qu'en pense Annabelle ?

— Elle est veuve. D'après Travis, elle prétend ne pas être intéressée par le mariage.

— C'est exactement ce que je pensais aussi.

Reese soutint son regard par-dessus le verre.

— Et maintenant ?

— Maintenant, j'ai découvert les avantages du mariage. Surtout avec vous, Reese.

— Et puis-je savoir, demanda-t-il d'une voix empreinte de sensualité, quels sont ces avantages ?

Elizabeth attendit quelques instants avant de lui répondre. Elle goûta à son tour le vin, tentant de maîtriser les battements rapides de son cœur.

— Pour commencer, dit-elle d'un air espiègle, le mariage offre une certaine sécurité. On se sent aussi moins seul. Mais la passion reste l'avantage majeur.

La fourchette en argent que Reese tenait dans la main resta suspendue devant ses lèvres. Ce simple regard sur sa bouche sensuelle la fit tressaillir.

— Au début de notre mariage, dit-il, la passion vous faisait peur.

— Oui, mais vous m'avez appris à vaincre mes peurs. Vous m'avez fait découvrir le plaisir de l'amour.

Son regard s'étrécit et s'assombrit brusquement.

— Voudriez-vous renouer avec ce plaisir ce soir ?

L'air s'était chargé d'une tension presque palpable. Prenant tout son temps, elle essuya délicatement chaque coin de ses lèvres avec sa serviette.

— Oui, j'aimerais beaucoup, répondit-elle en soutenant son regard.

Il avait le visage d'un prédateur affamé guettant sa proie. Sa respiration s'était accélérée. Comme elle, il semblait prendre du plaisir à faire monter la tension sexuelle qui électrisait l'air autour d'eux.

— Et qu'aimeriez-vous me voir faire, plus précisément ?

Jamais elle n'avait prévu que cette conversation aille si loin, mais elle refusait de faire marche arrière. Elle était prête à relever le défi qu'elle lisait dans son regard perçant. Elle secoua négligemment la tête.

— Tout d'abord, je voudrais que vous m'embrassiez. Pas une seule fois, bien sûr, mais à m'en faire perdre la tête. Je voudrais sentir votre langue jouer avec la mienne. C'est si bon lorsque vous m'embrassez de cette façon.

Les doigts de Reese se crispèrent sur son verre. Lentement, il commença à se lever mais au même moment, un domestique arriva avec le deuxième plat, qu'il posa devant lui.

Contraint de se rasseoir, il attendit qu'il soit parti pour reprendre d'une voix calme mais légèrement voilée.

— Et que voudriez-vous encore ?

Elle prit une profonde inspiration. Comment pouvait-elle tenir une conversation si osée ? Pourtant, ce mode de séduction semblait fonctionner. Dominant sa gêne, elle continua.

— J'aimerais que vous embrassiez mes seins. A cet instant même, ils se languissent de vos caresses et ont hâte de sentir votre langue et votre souffle chauds.

Il se leva si brusquement que sa chaise se renversa en arrière.

— Si ma jambe me le permettait, madame, je vous emporterais sur-le-champ dans votre chambre pour faire exactement ce que vous me demandez. Mais en l'état actuel des choses, je vous offre ma main afin que nous montions ensemble. Qu'en pensez-vous ?

Elle fut prise d'un étrange vertige.

— Je serais heureuse de me joindre à vous, sauf si vous préférez terminer votre repas.

Son regard la transperça comme une dague de feu. Jamais elle n'avait vu ses yeux briller d'un désir aussi vif.

— Je pense que je me contenterai de votre corps pour ce soir, madame.

Dans son ventre devenu lourd, quelque chose se mit à palpiter.

En quelques minutes, ils montèrent l'escalier et elle entra dans sa chambre pour la première fois. Jusqu'à présent, il était toujours venu la rejoindre dans ses appartements, comme s'il voulait la maintenir à l'écart de son sanctuaire.

Après avoir soigneusement fermé la porte, il se mit

à embrasser chaque partie de son corps exposée à son regard. Très vite, ils furent tous les deux nus. Elle n'eut que quelques secondes pour admirer son corps mince et puissant, ses épaules larges et son torse musclé. Sous son ventre plat se dressait fièrement son sexe tendu, promesse du plaisir auquel elle aspirait tant.

Reese l'embrassa longuement avant de l'allonger sur l'épais matelas garni de plumes. Toutes ses anciennes peurs avaient disparu. Une à une, il les avait fait disparaître. Il était son mari. Il était son amant. Et aussi l'homme qu'elle aimait.

Couchée au milieu de ce grand lit, elle éprouva la douceur du matelas, la finesse des draps en coton, le moelleux des oreillers rembourrés du duvet le plus fin. Le feu dans la cheminée baignait la pièce d'une douce chaleur tandis que dehors, une légère pluie tambourinait aux fenêtres de la chambre.

Son martellement était plus léger que les battements de son cœur dans sa poitrine. Le vent qui soufflait n'était qu'une brise comparé aux tourbillons de passion qui l'emportaient. Reese l'embrassait sans relâche, passant de sa bouche à sa gorge, comme elle l'avait demandé. De temps à autre, ses lèvres glissaient sur son cou et il enfouissait avec ravissement son visage entre ses seins.

Un à un, il les embrassa jusqu'à ce qu'elle se torde de plaisir. Son corps en feu lui faisait presque mal.

— S'il vous plaît, Reese…, le supplia-t-elle.

— Pas encore, ma chérie. Il me reste bien d'autres choses à vous apprendre sur l'amour.

Elle en savait bien assez, songea-t-elle, désespérée. Elle ne voulait qu'une seule chose : se sentir remplie de lui et atteindre les sommets de volupté auxquels il l'avait déjà amenée bien des fois.

Ignorant sa requête, il continua à explorer son corps, déposa une pluie de baisers sur sa poitrine puis son ventre. Il ne s'arrêta que lorsqu'il eut atteint son but. Installé entre ses cuisses largement ouvertes, il écarta d'une main habile les plis de son sexe et posa sa bouche sur la partie la plus sensible de son être.

Elle cria, autant de surprise que de plaisir. Jamais elle n'avait rien ressenti de pareil. Eperdue, elle plongea ses doigts dans l'épaisse chevelure de Reese, le pressant contre elle de peur que sa langue se détourne ne serait-ce que quelques instants du point chaud et extrêmement sensible qu'il embrassait amoureusement. Un flot de sensations inédites déferlèrent par vagues. Un torrent de lave et de désir l'envahit. Elle se mit à trembler et dut se mordre les lèvres pour s'empêcher de hurler.

— Reese ! cria-t-elle lorsque le premier orgasme l'emporta.

Elle tremblait de tous ses membres sous l'intensité du plaisir lorsqu'une deuxième puis une troisième vague s'emparèrent de ce qui lui restait de force et de volonté.

Son corps était lourd et alangui quand Reese se dressa pour se coucher sur elle, et qu'elle sentit son membre long et dur forcer l'entrer de son sexe. D'un seul coup de reins, il la pénétra, et une nouvelle spirale voluptueuse se forma au creux de ses reins.

Seigneur, que c'était bon !

Ses va-et-vient incessants ranimèrent la flamme du désir. De nouveau, elle se tordit sous son corps, tandis qu'à chaque coup de reins, elle en demandait plus. Elle enroula ses jambes autour de sa taille pour s'abandonner encore mieux à son rythme effréné, aux exigences de sa puissante érection.

Soudain, elle perdit le contrôle et atteignit l'apothéose de plaisir tant attendue. Elle se tendit comme un arc autour de lui et elle sentit les muscles de son dos se raidir quand il jouit à son tour, la tête renversée en arrière, les dents serrées comme s'il luttait contre une invisible douleur.

Ils restèrent un long moment enlacés, leurs souffles mêlés, leurs corps couverts d'une fine pellicule de sueur. Puis Reese l'embrassa tendrement une dernière fois avant de s'étendre près d'elle.

Délicieusement satisfaite, elle enfouit ses doigts dans la toison noire qui couvrait son torse.

— Resterez-vous avec moi ce soir ? demanda-t-elle, priant pour qu'il accède à sa requête.

— Je n'ai guère le choix, répondit-il en riant doucement. Vous êtes dans mon lit. Et rien ne me plairait plus que le partager avec vous.

Il se redressa sur un coude et se pencha vers elle pour l'embrasser.

— De plus, j'ai bien d'autres choses à vous apprendre.

Elle posa la main à plat sur son torse.

— Je vous désire, Reese, mais… je ne suis pas prête à vous partager avec une autre femme.

Reese déposa un tendre baiser sur ses lèvres.

— Vous êtes ma femme, Beth, la seule femme que je désire, et ce pour toujours.

Elle ressentit alors un immense soulagement. Reese était un homme de parole. Il respecterait les vœux qu'ils avaient prononcés le jour de leur mariage. Qu'il l'aime ou non, elle savait qu'il la désirait.

Et elle saurait s'en satisfaire, songea-t-elle en s'abandonnant de nouveau avec passion entre ses bras.

27

Reese marchait vers Hyde Park, son jeune fils trottinant à son côté. Sean Gillespie les suivait discrètement de loin. Jared aimait regarder passer les beaux attelages ainsi que les cavaliers sur leurs pur-sang qui marchaient d'un pas relevé.

De son côté, Reese ne pouvait s'empêcher de contempler avec envie ces magnifiques montures. Comme Briarwood lui manquait ! Il se voyait déjà battant la campagne en compagnie de son fils.

Il massa inconsciemment sa jambe blessée. Avec l'aide de Timothy, il avait continué de réaliser ses exercices et ressentait chaque fois un peu moins de douleur. Dès qu'il serait de retour chez lui, il essaierait de monter de nouveau et cette fois, il n'échouerait pas. Bientôt, il faudrait planter et moissonner. Il devait s'occuper de ses fermiers. Il fallait absolument qu'il soit capable de monter à cheval pour surveiller sa propriété.

Maintenant qu'il avait été contraint de devenir un *gentleman-farmer*, il était bien résolu à aller jusqu'au bout.

Force lui était de reconnaître que la vie à la campagne l'avait transformé. Le brouhaha de la ville ne l'avait jamais beaucoup attiré, contrairement à son jeune frère, Rule. Pourtant, jamais il n'avait autant détesté la ville. Il se languissait de l'air pur et du soleil de Briarwood, de ses vastes étendues de collines verdoyantes.

Plus que quelques jours, songea-t-il.

Sous peu, lui avait dit Pinkard, la cour rendrait sa décision concernant le renoncement au titre de Jared.

Son fils serait alors vraiment en sécurité, et ils pourraient rentrer chez eux.

Quelques minutes plus tard, ils s'arrêtèrent au bord d'une allée parsemée de gravier pour admirer le défilé quotidien des luxueuses voitures, des fringants chevaux et de leurs élégants cavaliers qui sillonnaient le parc. La journée était froide mais ensoleillée, et les gens se promenaient, engoncés dans d'épais manteaux.

— Regardez, père ! Vous voyez ce grand cheval blanc ? N'est-il pas beau ? S'il avait une corne, il ressemblerait à une licorne.

Reese rit doucement. Le grand étalon avec sa robe blanche tirant vers le gris et ses longues jambes était vraiment magnifique. C'était même l'un des plus beaux animaux qu'il ait jamais vus.

— Tu as tout à fait raison, mon fils, répondit-il en posant une main sur son épaule. Il n'est pas seulement beau, mais il est solidement bâti. Tu as l'œil, mon garçon.

Jared sourit du compliment. Il en fallait peu pour le rendre heureux, songea Reese. Quelques mots gentils, ici et là. Dire que le petit garçon avait reçu si peu d'égards de la part de l'homme qui l'avait en partie élevé !

Ses pensées le ramenèrent alors à Elizabeth. Il s'attendait à sentir monter l'habituelle bouffée de colère, mais cette fois, à sa grande surprise, elle ne vint pas. Ils avaient tous souffert. Et ces derniers temps, il avait même commencé à reconnaître sa part de responsabilités. S'il avait choisi une vie plus rangée, s'il n'avait pas répondu à l'appel de l'aventure, Elizabeth serait venue à lui au lieu de se réfugier dans les bras d'un autre homme.

Mais tout cela appartenait désormais au passé. L'heure était au pardon, et non plus aux reproches.

En approchant du superbe étalon, il aperçut les petites

taches grises sous sa robe blanche brillante. Avec sa haute stature, le cheval attirait l'œil de tous les passants.

Reese sentit soudain les épaules de Jared se raidir lorsqu'ils passèrent à côté de l'animal. L'enfant recula d'un pas et vint se réfugier derrière lui. Levant les yeux, Reese reconnut alors Mason Holloway qui le toisait, bien campé sur sa selle.

— Belle matinée pour une promenade à cheval, lança Holloway.

Une légère brise faisait onduler ses cheveux bruns sous son grand chapeau en poils de castor.

— Belle monture, répondit Reese sèchement. Je ne savais pas que vous vous intéressiez aux chevaux.

— La plupart du temps, je me contente de les regarder courir, mais cette fois, je n'ai pas pu résister.

— Vous prévoyez de le payer avec l'argent d'Aldridge ?

Les lèvres de Mason n'étaient plus qu'un mince filet.

— Le cheval, et bien plus encore. Je suis las d'attendre, voyez-vous.

— S'il ne tenait qu'à moi, vous n'attendriez plus, Holloway. Et vous n'auriez plus besoin d'argent : vous seriez mort.

Mason se raidit, au point que sa monture, sensible à la tension entre les deux hommes, commença à montrer des signes d'impatience.

Reese tourna les talons et conduisit Jared loin du cheval et de son indésirable cavalier. Il n'avait pas besoin de se retourner pour savoir que l'homme était blême, de peur et de rage. Si jamais Mason l'interpellait, il aurait enfin une excuse pour le tuer.

Mais Mason était un lâche, il ne lui offrirait pas cette chance.

Lorsqu'ils arrivèrent devant leur maison de location, une rafale de vent souleva une brassée de feuilles mortes dans la rue et fit trembler les branches d'un grand sycomore. Reese marchait en silence à côté de Jared quand il aperçut un véhicule familier qui descendait la rue. La voiture de Travis s'arrêta bientôt devant la porte de sa maison.

— Jared, veux-tu rentrer avec M. Gillespie ? demanda-t-il. Je suis certain que M. Connelly est déjà là, et t'attend pour commencer tes leçons.

Le petit garçon lui lança un regard grave.

— Vous n'aimez pas mon oncle Mason, n'est-ce pas ?

Inutile de lui mentir.

— Non, je ne l'aime pas.

— Moi non plus, avoua Jared.

Reese comprenait son sentiment. Pendant toutes ces années où il avait été absent de la vie de sa femme et de son fils, Mason leur avait fait vivre un enfer. Soudain, un sentiment d'impuissance nouveau l'envahit. Il posa une main sur l'épaule de Jared et reporta son attention vers la voiture stationnée dans la rue.

Travis s'avançait déjà vers lui.

— Bonjour, mon commandant, lança-t-il.

— Bonjour, Travis.

Puis il se tourna vers Jared.

— Tu connais mon fils, n'est-ce pas ? ajouta-t-il d'une voix teintée d'une certaine fierté. Tu l'as rencontré à Briarwood, dans l'écurie.

— Bien sûr, répondit Travis en s'agenouillant en face de l'enfant. Je suis heureux de te voir, Jared.

Le petit garçon contempla la manche vide du manteau de Travis.

— Qu'est-ce qui est arrivé à votre bras ? s'enquit-il en écarquillant les yeux.

Reese serra doucement ses doigts autour de l'épaule de Jared.

— Ce n'est pas très poli de poser ce genre de questions, mon fils, intervint-il.

Auparavant, songea-t-il soudain, le petit garçon était si réservé qu'il ne se serait jamais risqué à adresser la parole à un inconnu. Il ne pouvait pas vraiment lui en vouloir.

— Ce n'est rien, répondit Travis en souriant. Il m'est arrivé la même chose qu'à ton père. J'ai été blessé à la guerre. Ton père a eu la jambe blessée et moi, j'ai perdu mon bras.

— Ma mère m'a dit que vous étiez des héros.

— Vraiment ? demanda Travis, l'air ravi. Je ne sais pas si nous sommes des héros, mais en tant que soldats, nous avons fait notre devoir.

Jared se tourna vers Reese.

— Peut-être ferai-je un jour la guerre, moi aussi ?

— Ou peut-être iras-tu à l'université pour étudier et devenir docteur, par exemple, grommela Reese.

Jared fit une telle moue qu'il éclata de rire.

— D'accord, tu pourras faire autre chose. Mais en attendant, je pense qu'il vaudrait mieux que tu rentres avant que ton professeur ne te punisse pour ton retard.

Le petit garçon s'élança sans discuter vers la maison. Reese le suivit du regard avec un petit pincement au cœur. Il avait un fils et ce sentiment était le plus merveilleux qu'il ait connu.

Dès que l'enfant fut hors de vue, il invita Travis à entrer dans la maison et à le suivre dans son bureau.

— Tu veux un verre ? proposa-t-il en se dirigeant vers le buffet.

Soudain, Travis paraissait exténué.

— Avec plaisir, soupira-t-il.

Reese servit son ami mais s'abstint de l'imiter. Travis accepta le brandy qu'il lui tendait avant de s'asseoir lourdement sur le canapé.

— J'ai comme l'impression que cette visite n'a rien à voir avec Sandhurst ou le colonel Thomas, dit Reese.

Travis avala une longue rasade avant de répondre.

— En ce qui me concerne, ce problème est réglé, répondit-il. Je reprends mon travail au *Times* ce matin même.

— Félicitations ! s'écria Reese.

Pour la première fois, il remarqua les cernes sombres

de son ami derrière ses lunettes cerclées d'or, ainsi que le pli soucieux qui barrait son front.

— On dirait que tu viens de faire une marche de trente jours.

— En effet, c'est un peu comme ça que je me sens.

— Ta visite a donc quelque chose à voir avec une certaine femme, et celle-ci ne peut être qu'Annabelle Townsend.

Travis se redressa légèrement.

— Elle a rompu, dit-il d'un air las.

— T'a-t-elle dit pourquoi ? demanda Reese, étonné.

— Elle m'a dit qu'elle m'aimait beaucoup trop pour continuer notre aventure.

Travis passa une main nerveuse dans ses cheveux.

— As-tu jamais entendu pareilles sottises ? continua-t-il. Elle ne veut plus de moi parce qu'elle m'aime trop !

Reese prit appui sur le coin de son bureau.

— Tu m'as dit qu'elle n'était pas le genre de femme à avoir une liaison. Je pense que tu avais raison.

— J'ai essayé de lui parler, répondit Travis en secouant la tête d'un air impuissant. J'ai voulu la prévenir, mais elle ne m'a pas écouté.

— Comme toutes les femmes…

Travis soupira encore plus fort.

— Je n'imaginais pas à quel point elle me manquerait, dit-il sur le ton de la confidence. Je ne peux plus dormir la nuit. Je n'ai plus d'appétit. J'ai bien envisagé de me rendre dans l'établissement de Mme Lafon, mais l'idée de coucher avec une autre femme me retourne l'estomac. Anna est la seule que je désire, et je ne peux pas l'avoir.

— Et pourquoi cela ? s'enquit Reese.

— Tu sais bien que je ne suis pas du genre à me fixer. Anna est une femme douce et aimante. Elle est forte, déterminée et loyale. Elle mérite beaucoup mieux qu'un homme comme moi.

— Pourtant, il me semble que dans son esprit, il est clair qu'elle ne veut que toi.

Travis le regarda droit dans les yeux.

— Avec le temps, elle changera d'avis.

— Tu crois ? Elle a déjà été mariée. Elle sait très bien ce qu'elle veut. Et si jamais elle changeait d'avis, comment te sentirais-tu ? Es-tu prêt à la laisser à quelqu'un d'autre ? Laisseras-tu un autre homme prendre ta place dans son lit sans rien faire ?

A ces mots, son ami blêmit.

— Je tuerai tous ceux qui s'approcheront d'elle.

Reese éclata de rire.

— Tu es un imbécile, mon ami. Pourquoi ne vas-tu pas la demander en mariage ?

— Tu es aussi fou qu'elle, grogna Travis.

— Vraiment ? Tu es amoureux, et tu ne le sais même pas.

Travis vida d'un trait son verre.

— Je te l'ai dit, je ne ferais pas un bon mari.

Puis il se leva brusquement, posa son verre et se dirigea vers la porte.

— Pensez-y, capitaine, répondit Reese.

Son ami hocha tristement la tête et quitta le bureau sans un mot.

Reese était désolé pour lui. Pourtant, sa propre situation n'était guère plus enviable. Il couchait avec sa femme de façon plus ou moins régulière, mais il lui semblait toujours qu'il lui manquait quelque chose.

Elizabeth lui refusait une partie d'elle-même, comme lui-même lui refusait une partie de lui.

Et il ne savait pas quoi faire. Il se répétait que ce n'était pas important, que le plus important était de veiller à la sécurité de Jared, d'être un père aimant et solide pour lui.

L'amour. Voilà quelle était la clé.

Sauf qu'il ne savait pas comment dégripper le verrou rouillé qui obstruait l'entrée de son cœur.

***

La journée était déjà bien avancée. Dehors, un vent glacial soufflait en rafales. Les pâles rayons du soleil peinaient à se frayer un passage entre les nuages. Assise dans le salon près de Jared, Elizabeth lisait avec lui une histoire intitulée *La petite souris grise*. Après le déjeuner, Reese avait reçu une lettre de son notaire, M. Pinkard, qui désirait le rencontrer mais ne lui donnait pas les raisons de cette entrevue. Et Elizabeth s'efforçait de se montrer patiente en attendant le retour de son mari.

Elle masquait du mieux qu'elle pouvait son inquiétude en écoutant Jared lire d'une voix à peine hésitante.

— Allez, lis le reste de la page, l'encouragea-t-elle.

— La petite souris… leva vi-ve…

— Vivement.

— Vivement le bout de son nez et huma l'air. « Jai faim, dit-elle. Ça sent le from… »

— Fromage, l'aida-t-elle.

— « Ça sent le fromage », continua-t-il en riant.

Son rire cristallin emplit le cœur d'Elizabeth d'une joie indicible.

— Continue, le pressa-t-elle.

— Le sou… rire aux lèvres, la petite souris partit en… courant re… joindre ses amis. Ils vé… curent heureux jusqu'à la fin de leurs jours.

— Très bien ! le félicita-t-elle. Tu vas devenir un merveilleux lecteur.

Jared lui adressa un sourire mêlé de fierté et de joie.

Elle le pensait vraiment. Il s'améliorait de jour en jour et ses progrès rapides avaient certainement quelque chose à voir avec son environnement. Depuis qu'Edmund ou Mason ne surveillaient plus ses moindres faits et gestes, son fils n'était plus le même.

— Je crois que c'est assez pour aujourd'hui, dit-elle. Pourquoi ne montes-tu pas jouer un peu dans ta chambre ?

Il la contempla de ses grands yeux sombres et profonds.

— Qu'y a-t-il pour dîner ? demanda-t-il soudain.

— Des perdrix rôties, répondit-elle en souriant. Et du pudding aux amandes en dessert.

Jared quitta la pièce, l'air heureux. Le pudding aux amandes était son dessert préféré.

Elle ressentit alors une bouffée de tristesse. Elle avait un petit garçon si adorable, songea-t-elle en saisissant sa broderie. Puis elle essaya de se concentrer sur ses points. Si seulement Reese pouvait rentrer bientôt, avec de bonnes nouvelles !

Un petit bruit en provenance du hall lui fit soudain lever la tête. Elle entendit la voix de Jack Montague, puis le pas irrégulier et décidé de Reese. Quelques instants plus tard, il se présenta à la porte du salon.

Lorsqu'elle croisa son regard, son estomac se noua. Son visage était sombre et fermé. Saisie de panique, elle se leva d'un bond sans se soucier de la broderie qui glissa à ses pieds.

— Que se passe-t-il, Reese ? demanda-t-elle, au comble de l'inquiétude.

— Notre demande a été refusée, annonça-t-il d'un air grave. La cour ne nous a même pas concédé une audience. Ils ont dit que l'enfant était beaucoup trop jeune pour être dépossédé d'un titre aussi important et honorable. D'après eux, il n'est pas juste de le déshériter.

Elle sentit son sang se glacer dans ses veines.

— Mais… si M. Pinkard leur disait la vérité. S'il leur apprenait qu'Edmund n'est pas le vrai père de Jared…

— Peu importe, la coupa-t-il. D'après la loi, Jared est le fils légitime du comte, avec tous les droits que cela comporte. Les juges ont dit que dès que Jared serait en âge de comprendre tout ce qu'impliquait la renonciation à son titre, ils reverraient notre demande. En attendant, Jared conservera son titre.

Elizabeth porta une main tremblante à ses lèvres.

— Mon Dieu ! s'écria-t-elle, désespérée.

Le sol se déroba sous ses pieds. Elle se serait effondrée

si Reese n'était pas venu l'enlacer d'un bras puissant pour l'empêcher de tomber. Elle lui lança un regard anéanti tandis qu'il l'aidait à s'asseoir.

— Mason ne reculera devant rien pour arriver à ses fins, dit-elle dans un souffle. Notre fils… ne sera jamais en sécurité. Qu'allons-nous faire, Reese ?

A son air résolu et déterminé, elle sut exactement ce qu'il prévoyait de faire.

— Non ! dit-elle en s'agrippant à son bras. Vous ne devez pas le tuer ! Je refuse de perdre mon mari pour sauver mon enfant. Je…

Elle l'aimait beaucoup trop pour accepter ce sacrifice.

— Je ne veux pas qu'il me prenne l'un de vous, ajouta-t-elle.

Le regard de Reese s'adoucit un peu, puis il posa une main tendre sur sa joue.

— J'aurais dû le faire depuis longtemps, Elizabeth. C'est la seule façon de sauver notre fils. Vous savez que j'ai raison.

Elle déglutit péniblement.

— Vous allez le provoquer en duel ?

— Il ne me laisse guère le choix.

— Mais les duels sont interdits par la loi ! Si vous le tuez, vous serez pendu.

— Mon frère est duc. On sait bien que les autorités ferment parfois les yeux sur ce genre d'affaires.

Peut-être. Mais si les magistrats découvraient les intentions de Reese, il pourrait être condamné aux travaux forcés, ou à l'exil.

— Qu'en est-il des rapports que nous avons transmis aux autorités ? demanda-t-elle en essayant désespérément de trouver une autre solution. La drogue que Mason et Frances m'ont administrée à mon insu, l'attentat dont j'ai été victime à Briarwood, les menaces à l'encontre de Jared, son enlèvement raté ?

— Les rapports auront certainement du poids dans ce qui va arriver, mais ils ne changeront rien.

Elle se tordit les mains pour les empêcher de trembler.

— Mason est un très bon tireur.

— Moi aussi, répondit Reese avec un sourire en coin.

Impuissante, elle le regarda tourner les talons et se diriger vers la porte. Mais au dernier moment, elle s'arma de courage et s'élança à sa poursuite. Elle le rejoignit au moment où il s'apprêtait à partir.

— S'il vous plaît, Reese, l'implora-t-elle. Je viens tout juste de vous retrouver. Je ne veux pas vous perdre. Jared a besoin d'un père. Et moi aussi, j'ai besoin de vous.

Elle ne chercha pas à retenir les larmes qui roulaient abondamment sur ses joues.

Reese l'embrassa tendrement.

— Moi aussi, j'ai besoin de vous, Beth. Mais je ne vais pas laisser un lâche de la trempe de Mason gâcher nos vies.

Incapable de le retenir plus longtemps, elle le regarda s'en aller, le cœur gros. Mason était un homme cruel et vicieux, sans aucun scrupule. Il ne se battrait pas en homme d'honneur. Il ferait tout son possible pour gagner.

Seigneur, pria-t-elle, *ne laissez pas Mason détruire ma famille.*

Mais elle avait déjà prié Dieu et il ne l'avait jamais écoutée. Pourtant, ces derniers temps, elle commençait à reprendre espoir. Une seule chose était sûre : Dieu aidait ceux qui s'aidaient eux-mêmes. Elle n'avait pas l'intention de rester les bras croisés sans rien faire.

Elle jeta un rapide coup d'œil vers l'horloge. Si Reese persistait, demain matin, à l'aube, Mason et lui s'affronteraient en duel sur Green's Hill. Et l'un d'eux mourrait.

Pétrie de douleur, elle réfléchit à la façon de changer le cours des événements pour protéger son mari et son fils.

28

Soulevant ses lourdes jupes, Elizabeth sortit en trombe du salon. Elle avait décidé de demander de l'aide à Royal. Peut-être que le duc trouverait le moyen d'arrêter son frère et l'inciterait à réfléchir à une autre solution.

Elle se tenait dans l'entrée lorsqu'elle entendit soudain frapper à la porte.

Jack Montague s'avança pour ouvrir.

— Je m'appelle Chase Morgan, dit l'homme debout sous le porche. Je suis venu voir lord Reese Dewar.

Elizabeth fit aussitôt le lien entre l'homme et le détective que Reese avait embauché.

— Je suis navré, répondit le garde, mais monsieur est sorti. Vous pouvez revenir…

— Merci, monsieur Montague, l'interrompit-elle. Je vais recevoir M. Morgan.

L'homme s'avança et elle l'accueillit avec un sourire.

— Je suis l'épouse de lord Reese, dit-elle. Mon époux m'a beaucoup parlé de vous. Si vous voulez bien me suivre…

Elle ne lui laissa pas le temps de discuter. Tournant les talons, elle le conduisit dans le salon. Une fois à l'intérieur, elle ferma soigneusement la porte derrière elle.

— Je pense qu'il vaudrait mieux que je revienne lorsque votre époux sera de retour, dit Morgan avec un air embarrassé.

— Je pense qu'il vaudrait mieux que vous m'exposiez

immédiatement les raisons de votre visite. Je serai ensuite à même de vous dire ce qu'il convient de faire.

— Vos désirs sont des ordres, madame, répondit Morgan en esquissant un sourire.

Il attendit qu'elle soit assise puis prit place sur une chaise en face d'elle.

— Que savez-vous sur l'enquête que nous menons sur la mort d'Ansel Van Meer ? demanda le détective.

— Mon mari m'a tout dit. D'après ce que j'ai compris, il est probable que mon beau-frère, Mason Holloway, soit impliqué dans cette affaire.

— En effet. Et c'est justement le but de ma visite. J'ai découvert que le fils de Van Meer, Bartel, a été témoin du meurtre. Je pense qu'un autre homme était aussi présent ce soir-là, un ami de Bartel. Malheureusement, je n'ai pas réussi à découvrir son nom ni à convaincre Van Meer de venir jusqu'ici. J'espérais que votre mari irait lui parler.

— Je suis certaine qu'il le fera. Comme il est absent et que je ne sais pas quand il sera de retour, je vous invite à me livrer tout ce que vous savez. J'en ferai part à mon mari dès qu'il reviendra. Où vit le jeune Van Meer ?

Morgan eut un temps d'hésitation, comme s'il n'était pas certain de pouvoir livrer des informations aussi précieuses à une femme.

— Monsieur Morgan ? insista-t-elle.

Il lui renvoya un regard teinté d'admiration.

— Bartel Van Meer vit à Lambeth, près de Kennington Lane, au 8 Worring Street. Sa femme s'appelle Elsie. Ils ont deux enfants, de huit et dix ans. Van Meer est très soucieux de sa réputation. Il est courtier maritime. Il préfère tirer un trait sur les activités douteuses de son père. Il se peut aussi qu'il ait peur de Mason Holloway.

— Il a raison de le craindre.

Morgan lui tendit une lettre contenant toutes les informations qu'il venait de lui livrer.

— Parlez à votre mari, dit-il. Essayez de le convaincre

d'aller trouver Van Meer. S'il accepte d'être entendu comme témoin dans le meurtre de son père, et s'il existe bien un deuxième témoin, il ne sera pas difficile de convaincre les autorités que Mason est l'auteur de ce crime.

— Je parlerai à Reese dès son retour, le rassura-t-elle. Je suis certaine qu'il fera le nécessaire au plus vite.

Sur ces mots, Elizabeth se leva, imitée aussitôt par Morgan.

— Merci, madame la comtesse.

— C'est moi qui vous remercie, monsieur Morgan. Mon mari prendra certainement contact avec vous dans un jour ou deux.

A condition qu'il soit toujours vivant, songea-t-elle en frissonnant.

Le cœur serré, elle se posta derrière la fenêtre tandis que Chase Morgan quittait la maison. Reese allait être très occupé. Il devait trouver ses frères pour leur demander d'être ses témoins. Puis il irait trouver Mason Holloway pour le provoquer en duel.

Morgan venait pourtant de lui apporter des nouvelles susceptibles de mettre un frein aux projets funestes de Reese.

A condition qu'elle puisse convaincre Van Meer de témoigner contre Mason.

Elle n'avait pas beaucoup de temps devant elle, songea-t-elle en faisant les cent pas devant la cheminée. Il fallait que quelqu'un aille parler à Bartel Van Meer cette nuit même.

Elle jeta un regard vers l'horloge. Le compte à rebours venait de commencer.

Mason déboula dans le salon bleu de la maison d'Aldridge, l'air sombre.

— La cour a refusé la demande de Dewar ! tempêta-t-il.

Frances quitta d'un bond le canapé où elle était assise.

— Comment ! s'écria-t-elle.

Elle se planta devant son mari, le visage déformé par la colère.

— Vous m'avez bien entendu, dit Mason. L'enfant conserve son titre.

— Ce n'est pas possible.

— Je crains que si, ma chère.

Frances se dirigea vers la cheminée sans en éprouver la chaleur. Elle se sentait froide de l'intérieur, et furieuse. Mason et elle avaient tout prévu. Ils étaient passés par trop d'épreuves pour se voir maintenant refuser la puissance et la richesse qu'ils méritaient.

— Nous devons nous débarrasser de l'enfant, dit-elle froidement. Nous n'avons pas le choix.

— Il y a pire, répondit Mason, l'air atterré.

Frances fit volte-face.

— Pire ? Que peut-il y avoir de pire que de perdre tout ce pour quoi nous avons travaillé ?

— Nous pouvons perdre la vie, Frances. Apparemment, Dewar a embauché un détective du nom de Morgan. Il est très professionnel, Frannie. S'il fouille bien, il découvrira ce qui est arrivé à Ansel Van Meer.

Elle blêmit.

— Mon Dieu, dit-elle à voix basse.

— Nous ne pouvons pas nous permettre qu'il découvre la vérité.

Frances s'éloigna de quelques pas puis revint vers lui.

— Vous parlez du fils de Van Meer… Barton ou Burton, je crois.

— Bartel, corrigea-t-il. Je crois bien que j'ai entendu du bruit venir de l'arrière-boutique, ce soir-là. Il peut s'agir du fils de Van Meer, mais je n'en suis pas sûr. Comme il ne s'est pas manifesté, j'ai pensé que nous n'avions rien à craindre de ce côté.

— Même si le fils de Van Meer était présent, répliqua Frances, il a gardé le silence pendant des années. Qu'est-ce qui vous fait dire qu'il parlera, maintenant ?

— Je n'en sais rien. Mais Morgan est sur ses talons et bientôt, Dewar ne le lâchera plus. Nous ne pouvons pas prendre ce risque.

— A quoi pensez-vous ?

— Il faut le réduire au silence, lâcha-t-il.

Ses mots résonnèrent comme une sentence.

— Nous ferons tout ce qu'il faudra, renchérit Frances.

Les lèvres de Mason s'incurvèrent pour prendre un pli cruel.

— Vous avez toujours été une femme intelligente, Frances.

Son épouse se contenta de sourire d'un air satisfait.

Reese était assis face à son frère, dans son bureau.

— Tu es devenu fou ! s'insurgea Royal. Tu as complètement perdu la tête !

Il contourna son bureau à grands pas.

— Si tu le tues, continua-t-il, tu seras pendu, aussi sûrement que je te le dis. Le fait d'être un Dewar ne te protégera pas. Les duels sont interdits par la loi et les autorités ne font plus aucune exception. Sans compter qu'Holloway peut très bien te tuer avant d'être pendu à son tour, ce qui ne résoudra en rien ton problème.

— Je n'ai pas le choix, Royal, grogna Reese d'un air sombre. Mon fils ne sera pas en sécurité tant qu'Holloway ne sera pas mort.

Et il s'en serait chargé depuis longtemps s'il n'en avait pas eu assez de tuer, s'il n'avait pas vu autant de sang et de morts dans sa vie.

Sans compter qu'il était incapable de tuer un homme de sang-froid. Il n'était pas un meurtrier. Un duel était donc la seule solution.

Le regard de Royal s'adoucit un peu.

— Je comprends ce que tu ressens, dit-il avec un sourire compatissant. Je serai bientôt père à mon tour.

Reese hocha la tête.

— Elizabeth me l'a dit. Félicitations.

— Je t'avoue qu'il me tarde. Et comme je te l'ai dit, je comprends que tu aies peur pour Jared.

Royal poussa un long soupir.

— Il existe peut-être une autre solution.

— Que veux-tu dire ? demanda Reese.

— Chase Morgan est venu me voir, juste avant ton arrivée. Apparemment, il est d'abord passé chez toi. Comme tu n'étais pas là, il s'est entretenu avec ta femme.

— Ma femme ?

— Elle ne semble pas lui avoir laissé le choix.

Imaginer la confrontation entre sa frêle épouse et l'imposant détective lui arracha un faible sourire.

— Que voulait-il ? s'enquit Reese, soudain inquiet.

— Il a trouvé le fils de Van Meer. Morgan pense que Bartel Van Meer a été témoin du meurtre de son père. Il se peut qu'il se soit trouvé dans l'arrière-boutique avec un ami lorsque le crime a été commis. Morgan voudrait que tu ailles lui parler pour le convaincre de témoigner. Il a laissé toutes les informations à Elizabeth.

— Il a dû arriver juste après mon départ. J'ai mis du temps avant de venir te voir car je suis d'abord passé chez Rule, mais il était absent.

Son jeune frère habitait dans la maison de ville que leur père lui avait laissée. Elle convenait bien mieux à un citadin comme Rule que Briarwood.

— Notre frère a dû sortir faire la fête, dit Royal avec une pointe d'irritation dans la voix.

— Oui, mais il a la tête sur les épaules. Il finira par changer.

Royal toussota pour signifier son désaccord.

— Revenons à notre affaire, dit-il. Nous tenons peut-être une solution pour mettre Holloway hors d'état de nuire. Retarde ton duel jusqu'à ce que nous soyons allés parler avec Van Meer. S'il a été témoin du crime, nous pourrons peut-être le convaincre de parler aux autorités.

Résigné, Reese hocha la tête. C'était sa dernière chance, mais il fallait la saisir.

— Je parlerai à Van Meer dès ce soir, dit-il en lançant un regard dur à son frère. Si notre conversation ne nous mène nulle part, voudras-tu être mon témoin au moment du duel ?

Royal baissa les yeux quelques instants, puis redressa la tête.

— Tu sais que je le ferai. Et Rule aussi. Je prie juste pour que nous n'en arrivions pas là.

Reese quitta la maison de son frère dans l'espoir que Van Meer les aide à sauver la vie de son fils.

Elizabeth ne savait pas combien de temps s'était écoulé depuis le départ de Morgan. La nuit venait de tomber et elle ne pouvait pas attendre plus longtemps le retour de Reese. Elle devait faire quelque chose avant qu'il ne soit trop tard.

En quittant le salon, elle croisa son reflet dans le miroir placé au-dessus de la cheminée. Pendant quelques secondes, elle contempla ses épaules fièrement rejetées en arrière et son menton dressé avec détermination.

Elle était une femme à présent, et elle avait un enfant et un mari qu'elle aimait. Au fil du temps, elle avait changé pour devenir la femme forte, indépendante et courageuse qu'elle était aujourd'hui.

Sa décision était prise. Et lorsque l'horloge carillonna, elle sortit à grands pas du salon.

— Je dois m'absenter, lança-t-elle à Jack Montague dans l'entrée. Je compte sur vous et sur M. Gillespie pour surveiller mon fils.

— Bien entendu, madame, répondit l'homme à la carrure imposante en se raidissant. Ne vous faites pas de souci pour l'enfant.

— Lorsque mon mari sera de retour, dit-elle en hochant la tête, donnez-lui ceci, s'il vous plaît.

Elle lui tendit une feuille de papier pliée en quatre. S'il lui arrivait quelque chose, Reese saurait où la trouver.

Remontant ses jupes, elle monta à la hâte l'escalier.

— Gilda ! appela-t-elle en entrant dans sa chambre. Préparez ma voiture puis revenez pour m'aider à me changer.

— Tout de suite, madame, répondit la femme de chambre en esquissant une petite révérence avant de se retirer rapidement.

Elizabeth ouvrit en grand les portes de son armoire et choisit une tenue confortable. Elle sortit une robe grise et une pelisse en laine puis commença à se changer. Dehors, quelques traces pourpres éclairaient encore le ciel. Il ferait bientôt nuit noire, mais l'heure lui importait peu.

Elle était bien décidée à se rendre au 8 Worring Street, pour rencontrer Bartel Van Meer et le convaincre de dire la vérité sur le meurtre de son père.

Et encore plus déterminée à faire arrêter Mason et à éviter le duel qui pouvait coûter la vie de son mari.

Reese passa rapidement en revue la demeure et ne tarda pas à constater qu'Elizabeth n'était pas là.

— Avez-vous vu mon épouse ? demanda-t-il au garde debout dans l'entrée.

— Je suis désolé, monsieur, mais votre épouse est partie.

— Comment ça, partie ? Il est presque l'heure du dîner. Où diable a-t-elle pu aller ?

Montague fit un pas vers lui.

— Elle a laissé ceci pour vous.

Reese parcourut rapidement la lettre. Il y lut le nom de Bartel et Elsie Van Meer, ainsi qu'une adresse à Worring Street, dans le quartier de Lambeth.

— C'est là qu'elle est allée ? dit-il d'une voix hésitante.

Non, Elizabeth n'avait pas pu se rendre seule voir Van Meer !

— Elle ne m'a rien dit, déclara le garde, mais je crois que

c'est ça. Je voulais l'accompagner, mais elle m'a demandé de rester auprès de son fils.

Il était évident qu'elle prendrait cette initiative. Elizabeth aimait son fils et la menace qui pesait sur lui était plus grande que jamais.

— Depuis combien de temps est-elle partie ? demanda-t-il.

— Pas plus d'une demi-heure. Elle a pris un valet de pied avec elle.

Il se sentit à peine soulagé. Reese ignorait quel genre d'homme était Bartel Van Meer, mais son instinct lui répétait avec insistance que quelque chose n'était pas en ordre et qu'Elizabeth était peut-être en danger.

Au comble de l'inquiétude, il traversa le hall et se dirigea vers son bureau. Il ouvrit le tiroir, poussa de côté le lourd revolver Adams qu'il avait rapporté de l'armée et saisit le petit pistolet de poche à cinq coups qu'il glissa dans sa poche.

Mais au lieu de retourner vers sa voiture, toujours stationnée devant la maison, il contourna le bâtiment en direction des écuries. Il gagnerait du temps en partant directement à cheval. Au fil du temps, sa jambe lui faisait moins mal et même s'il prenait un risque en montant de nouveau, il ne voyait pas d'autres solutions.

— Sellez un cheval, ordonna-t-il au garçon d'écurie. Choisissez-moi le plus docile.

— A vos ordres, monsieur.

Le garçon s'empressa de s'exécuter et quelques minutes plus tard, il revint vers lui avec un hongre roux à l'air placide. Aidé du jeune homme, Reese monta aussitôt en selle.

Mon Dieu, qu'il était bon d'être de nouveau sur un cheval ! Il plia sa jambe et sentit qu'il contrôlait ses muscles raides beaucoup mieux que lors de sa dernière tentative. Tirant sur la bride, il invita l'animal à sortir de l'écurie et poussa un peu l'allure. Le cheval s'ébroua dans un cliquetis de sabots sur la route pavée.

Il prit tous les raccourcis qu'il connaissait pour réduire la distance entre Mayfair et Vauxhall Bridge, route qui le mènerait au quartier de Lambeth, puis à Worring Street. Mais il lui restait une longue distance à parcourir et Elizabeth avait pris beaucoup d'avance.

Il sentit battre tristement son cœur en songeant à elle. A l'heure qu'il était, elle était certainement arrivée chez Van Meer.

Mais que ferait le Hollandais en voyant sur le pas de sa porte son hardie petite femme, armée de son seul courage ?

29

Le cocher s'était perdu à plusieurs reprises. Finalement, il lui fallut un peu plus de temps que prévu pour rejoindre le quartier de Lambeth.

Certaines parties de la ville qu'Elizabeth avait traversées étaient décrépies et un peu inquiétantes, mais les maisons en briques rouges de Worring Street étaient bien entretenues. La voiture s'arrêta bientôt en face d'une maison à deux étages. Derrière les fenêtres à meneaux filtrait une faible lueur. Dès qu'ils se furent immobilisés, le valet de pied descendit de la voiture pour venir lui ouvrir la porte.

— Attendez-moi ici, ordonna-t-elle en posant un pied à terre. Si je ne suis pas de retour dans une demi-heure, retournez à la maison et allez chercher mon mari.

Le jeune homme blond acquiesça vigoureusement.

— A vos ordres, madame.

Elle tourna alors les talons, soulagée à l'idée que son domestique l'attende à l'extérieur. Mais lui serait-il d'une quelconque aide en cas de problème ?

Prenant son courage à deux mains, elle inspira profondément avant de frapper à la porte. Quelques instants plus tard, une matrone corpulente coiffée d'une charlotte vint lui ouvrir. Elle la fixa d'un regard vide.

— Puis-je vous aider ? demanda la gouvernante.

— Je m'appelle Elizabeth Dewar, dit-elle simplement pour éviter de l'intimider en déclinant son titre. Je souhaiterais parler à M. Van Meer.

La matrone la détailla de la tête aux pieds, jaugeant d'un œil connaisseur les vêtements simples mais coûteux qu'elle portait, taillés dans des tissus d'excellente qualité. La fourrure en renard argenté qui bordait sa cape en laine sembla la convaincre.

— Je vais voir s'il est là, déclara-t-elle.

La forte femme l'abandonna sur le pas de la porte et partit parler à Van Meer.

Par l'entrebâillement de la porte, elle aperçut deux jeunes enfants, un garçon et une fille, qui riaient en s'élançant dans l'escalier. Une petite femme, qui semblait être leur mère, souriait en leur emboîtant le pas.

Jared avait presque le même âge que le petit garçon, songea-t-elle avec un pincement au cœur, mais ce dernier n'avait pas traversé les épreuves auxquelles son fils avait été confronté.

La matrone revint vers elle à ce stade de ses réflexions.

— M. Van Meer va vous recevoir dans le petit salon, annonça-t-elle.

La femme recula d'un pas pour la laisser entrer et la conduisit vers une petite pièce sombre.

En passant, Elizabeth jeta un coup d'œil vers l'escalier, mais le petit groupe avait déjà disparu. Les enfants semblaient épanouis. Il ne faisait aucun doute qu'il s'agissait d'une famille heureuse et unie.

Le petit salon, qui accueillait de lourds meubles en chêne de modeste facture, était décoré dans des teintes bleu foncé. Il était jonché d'une foule d'objets : des petits animaux en porcelaine peints à la main, des portraits en pied des enfants, une paire de petits bas en tricot. Tous ces détails lui donnèrent le sentiment de pénétrer dans un véritable foyer.

Van Meer se leva lorsqu'elle entra dans la pièce. C'était un petit homme qui approchait de la quarantaine, avec des cheveux blonds et un regard noisette plein de chaleur. A l'exception de ses traits empreints d'une vive intelligence, et de la bonté qui se dégageait de sa personne, l'homme était assez insignifiant.

— Vous vouliez me voir, madame Dewar ? demanda-t-il d'une voix aimable.

Elle ne chercha pas à décliner sa véritable identité. Après tout, elle était l'épouse de Reese et la mère de Jared. Rien d'autre ne comptait.

— Je suis venue vous parler de votre père, dit-elle sans détour.

Les traits jusqu'alors avenants de l'homme se durcirent.

— C'est un sujet que je préfère ne pas aborder, rétorqua-t-il.

— Vous avez vous-même un fils, qui a presque le même âge que le mien. Je suis venue vous demander de m'aider à lui sauver la vie.

Toute trace d'animosité disparut aussitôt. Il était clair que l'homme aimait ses enfants.

Il l'invita d'un geste à prendre place sur le canapé.

— Asseyez-vous, je vous prie, et exposez-moi la raison de votre visite.

— Merci beaucoup, répondit-elle, reconnaissante.

Elle devait ménager ses forces ainsi que le courage qui l'avait poussée jusqu'ici.

— Mason Holloway est mon beau-frère, expliqua-t-elle. Du moins, jusqu'à la mort de son frère. Je pense que vous le connaissez.

Van Meer ne répondit pas.

— Mason est persuadé qu'à la mort de son frère, il aurait dû hériter de son titre, continua-t-elle. Il est prêt à tout pour récupérer son héritage, y compris à tuer mon fils.

— Ainsi, vous êtes la comtesse d'Aldridge ? demanda-t-il avec une pointe d'admiration dans la voix.

— J'ai gardé mon titre mais je me suis remariée. Je me présente aujourd'hui à vous comme une mère qui essaie de protéger son enfant.

— Je comprends. Après votre fils, Holloway est en ligne directe pour hériter du titre de comte, n'est-ce pas ?

— Oui.

— Et pensez-vous qu'il irait jusqu'à commettre un crime pour l'obtenir ?

— Permettez-moi de vous retourner la question.

Van Meer sembla soudain abattu. Il fit quelques pas et se laissa tomber lourdement dans le fauteuil en face d'elle. Son visage était pâle et tendu.

— Je sais qu'il le fera, répondit-il après quelques instants. Sa femme et lui sont prêts à tout pour de l'argent. Y compris à tuer.

Elizabeth sentit son cœur se remplir d'espoir.

— Vous l'avez vu ce soir-là, n'est-ce pas ? le pressa-t-elle. Vous l'avez vu tuer votre père. Etes-vous prêt à témoigner contre lui, à dire la vérité ?

— Non, c'est impossible, répondit-il en hochant la tête d'un air triste. Je dois penser à ma famille. Vous, plus que quiconque, pouvez le comprendre.

— En effet. Mais je crois qu'ensemble, nous pouvons veiller à ce que justice soit faite. Le duc de Bransford est le frère de mon mari. Il a des amis très influents. Si vous acceptez de dire la vérité, nous pouvons mettre Mason Holloway derrière les barreaux et sauver la vie de mon fils.

Van Meer soupira, l'air gêné.

— Il m'a fallu des années pour construire la vie que je partage avec ma femme et mes enfants. Je ne veux pas que les actes de mon père viennent ternir notre existence. Je ne veux pas que le scandale qui en découlera éclabousse ma famille.

— Qu'a fait votre père ? demanda-t-elle.

L'homme hésita un court instant et laissa échapper un petit soupir résigné.

— Mon père a commis une erreur. Une terrible erreur. C'était un homme bon, mais il s'est laissé séduire par les promesses d'argent facile des Holloway. Une seule fois, lui ont-ils dit, et vous gagnerez assez d'argent pour offrir à votre famille tout ce qu'elle mérite. Mais les Holloway étaient des gens cupides. Ils n'ont pas voulu partager les bénéfices de leur escroquerie. Mon père est mort parce que Mason voulait tout garder pour lui.

Elizabeth sentait son cœur battre à tout rompre en entendant ces révélations.

— Pourquoi ne dites-vous pas aux autorités toute la vérité sur ce meurtre ? Dites-leur que vous avez vu Mason Holloway tuer votre père cette nuit-là ! C'est ma seule chance de sauver mon fils.

Van Meer prit un air contrit.

— Vous ne comprenez pas. Ce n'est pas Mason Holloway qui a tué mon père, mais sa femme, Frances Holloway.

Choquée, Elizabeth écarquilla les yeux de surprise. Elle s'était attendue à tout, mais certainement pas à ça !

Soudain, elle fut prise de vertige. Si Mason n'avait pas tué Van Meer, la loi ne ferait rien contre lui. Elle réfléchissait à toute vitesse à la situation lorsque soudain, la fenêtre du petit salon vola en éclats et une déflagration fendit l'air. Van Meer s'effondra au sol en tenant son épaule, d'où s'écoula bientôt un sang épais.

Elizabeth bondit sur ses pieds tandis que la porte du salon s'ouvrait sur la femme de Van Meer.

— Bartel ! s'écria-t-elle, affolée.

— Quelqu'un a tiré sur lui ! répondit Elizabeth.

Elsie Van Meer se précipita au côté de son époux et Elizabeth courut vers la fenêtre pour voir si l'homme était toujours à portée de vue. Soudain, elle aperçut deux hommes qui luttaient dans un corps à corps sans merci et essayaient de se saisir de l'arme qui avait touché Van Meer.

Elle reconnut aussitôt Mason Holloway. Et le deuxième homme n'était autre que Reese…

Sans réfléchir, elle s'élança vers la porte tandis qu'Elsie Van Meer essayait de contenir le flot de sang qui jaillissait de l'épaule blessée de son mari.

Traversant le hall en courant, Elizabeth sortit par la porte de derrière, bien décidée à venir en aide à Reese avant que Mason ne le tue.

— Reese ! cria Elizabeth.

Distrait par sa voix suraiguë remplie de terreur, Reese tourna la tête dans sa direction. Hélas, Holloway en profita pour lui décocher un formidable coup de poing dans la mâchoire. Sonné, il sentit sa tête tourner. Le pistolet au centre de leur lutte vola en l'air et atterrit dans l'herbe, à quelques pas d'eux.

Reese roula sur le côté tandis qu'un autre coup de poing s'abattait sur lui. Il l'évita de justesse et frappa à son tour de plein fouet Holloway au ventre. L'homme se plia en deux, ce qui lui permit de lui assener un autre coup, au visage cette fois. Désespéré, Reese chercha l'arme du regard, laissant Mason se tordre de douleur en gémissant. Son propre pistolet avait glissé de sa poche lorsqu'il s'était jeté de tout son poids contre Mason pour l'empêcher d'achever Van Meer d'un deuxième coup de feu.

De rage, il frappa de nouveau Mason en plein visage, mais l'homme trouva à tâtons sa jambe blessée et la tordit si fort que Reese tomba à la renverse dans l'herbe en gémissant de douleur. Profitant de l'occasion, Holloway l'enfourcha de son corps puissant et lui assena une série de coups. Certains atteignirent leur cible, mais Reese en évita d'autres.

D'un puissant coup de reins, il déséquilibra Holloway et le fit basculer sur le côté pour prendre à son tour le dessus. Sans s'arrêter, fou de rage, il lui porta des coups répétés au visage. Leur lutte était acharnée.

Du coin de l'œil, Reese vit Elizabeth s'approcher.

— Restez en arrière ! cria-t-il, priant pour qu'elle ne se mette pas en danger pour lui.

— Espèce de salaud, je vais vous tuer ! hurla Mason en prenant de nouveau le dessus.

Palpant le sol autour de sa tête, Holloway cherchait le

pistolet. Bientôt, ses gros doigts s'enroulèrent autour de l'arme et Reese tenta désespérément d'immobiliser son poignet.

Mais Mason avait déjà armé le pistolet et tentait de pointer le canon vers lui. Il avait la force d'un taureau et Reese sentit que bientôt, il ne pourrait plus lui résister. Un instant, un mouvement attira son attention. Il vit Elizabeth se ruer sur Mason et son cœur se serra si fort qu'il en eut le souffle coupé. Saisissant son sac à bout de bras, elle le fit voler dans les airs en visant la main d'Holloway. L'arme changea soudain de direction et le coup partit. Le bruit assourdissant de la déflagration résonna longtemps, tel un sinistre écho, dans la ruelle sombre.

Reese regarda son manteau à la recherche de sang et, l'espace d'un instant, il crut qu'il avait été touché. Puis il fit rouler le corps d'Holloway sur le côté et s'aperçut alors que la balle, en déviant de sa course, avait touché Mason en plein cœur. Il gisait à présent sur le dos, les yeux grands ouverts tournés vers un ciel étoilé qu'ils ne verraient jamais plus.

— Reese ! s'écria Elizabeth.

Il se redressa en chancelant légèrement. Sa jambe lui faisait mal mais il ouvrit grand les bras pour la serrer contre lui.

— Reese ! répéta-t-elle, comme pour s'assurer qu'il était bien vivant.

Emu, il posa une main sur sa joue.

— Je vais bien, dit-il d'un ton rassurant. Holloway est mort mais je vais bien.

— Il... il a tiré sur Van Meer. Il était sur le point de vous tuer.

Il la serra plus fort.

— Sans vous, je serais mort, murmura-t-il.

— Montague vous a donné ma lettre ?

Il acquiesça.

— Comment saviez-vous que Mason serait là ? ajouta-t-elle.

— Il était devant moi lorsque je suis arrivé dans la rue. Je l'ai vu contourner la maison et je l'ai suivi. En revanche, je ne suis pas intervenu à temps pour l'empêcher de tirer.

Son corps tremblait encore au souvenir de la peur qu'il avait ressentie pour elle. Instinctivement, il l'enlaça plus étroitement.

— A partir de maintenant, tout ira bien, dit-il à voix basse.

Il ne voulait plus la laisser partir. Il avait besoin de la chaleur rassurante de son corps serré contre le sien. Il avait besoin d'être certain qu'elle était saine et sauve.

— Maintenant, ajouta-t-il, allons prendre des nouvelles de Van Meer.

Elle hocha la tête et il aperçut des larmes qui maculaient ses joues pâles.

— J'ai eu si peur, murmura-t-elle. J'ai eu si peur qu'il vous tue.

Une nouvelle larme quitta ses yeux pour venir mourir sur son menton tremblant.

— Je vous aime, Reese, dit-elle dans un souffle.

Un aiguillon de douleur transperça sa poitrine. Son cœur battait la chamade et, l'espace d'un instant, il la reprit dans ses bras. Il attendait depuis si longtemps qu'elle prononce ces mots. Et il voulait les prononcer en retour.

Car c'était aussi ce qu'il ressentait pour elle.

Dès l'instant où il l'avait vue dans la ligne de mire du pistolet de Mason, risquant sa vie pour lui, il avait compris la vérité.

Il l'aimait. Il l'avait toujours aimée.

Mais l'émotion lui cloua les lèvres et les mots restèrent coincés dans sa gorge. Pour toute réponse, il se pencha vers elle et l'embrassa tendrement.

— Tout va bien se passer, mon amour, je vous le promets, dit-il à voix basse.

L'air déçu qu'elle afficha ne lui échappa pas, tandis qu'il la guidait vers le porche, puis vers la maison où régnait un véritable chaos.

Dans le petit salon où les attendaient la gouvernante, le cuisinier et une femme de chambre, les deux enfants pleuraient à chaudes larmes.

— Jai envoyé mon valet de pied prévenir la police, déclara aussitôt Elizabeth.

Reese alla prendre des nouvelles de Van Meer. L'homme était assis dans un fauteuil à côté de sa femme. Il avait ôté sa chemise et une large bande entourait son torse.

— C'est grave ? demanda Reese en se dirigeant vers eux.

— La balle a traversé l'épaule, répondit Elsie Van Meer. Je pense que c'est bon signe, n'est-ce pas ?

— Oui, la rassura Reese.

— J'ai appelé le médecin, ajouta-t-elle.

Reese hocha la tête en signe d'approbation.

— Qui êtes-vous ? demanda la femme.

— Je m'appelle Reese Dewar. Votre mari était en conversation avec ma femme lorsque Mason Holloway a tiré sur lui.

Bartel Van Meer se redressa légèrement.

— Où est Mason, maintenant ? s'enquit-il.

— Il est mort. Nous avons appelé la police.

— Mort ? Vous en êtes sûr ?

— Holloway a voulu faire sa propre justice, répondit Reese en haussant les épaules. Ma femme a réussi à dévier le pistolet qu'il braquait sur moi et le coup s'est retourné contre lui.

Van Meer s'effondra en arrière dans son siège.

Au même instant, Elizabeth s'avança vers lui.

— Etes-vous prêt maintenant à dire la vérité à la police, êtes-vous prêt à leur dire que c'est Frances qui a tué votre père ?

Reese leva aussitôt la tête. Il était arrivé juste à temps

pour arrêter Holloway, mais il ignorait tout de ce que Van Meer avait avoué à sa femme.

— Peut-être est-il temps, en effet, que justice soit faite, répondit l'homme d'une voix hésitante. Je dirai toute la vérité sur ce crime. Et mon ami, Christian Brinkman, témoignera aussi. Il était avec moi le soir du meurtre. Holloway était avec sa femme, mais je pense qu'aucun d'eux ne nous a vus. Vous pouvez compter sur sa collaboration.

— Mason a dû découvrir que Morgan cherchait à vous convaincre d'aller trouver la police, dit Reese.

Van Meer esquissa un sourire.

— C'est votre femme, monsieur, qui m'a convaincu.

Reese passa un bras autour de la taille d'Elizabeth.

— Vous n'auriez pas dû venir, dit-il à son épouse, mais je suis heureux que vous l'ayez fait. Bientôt, tout sera fini et notre fils sera en sécurité.

Elle lui sourit d'un air las avant de reporter son attention vers le Hollandais.

— Merci du fond du cœur, monsieur Van Meer. Merci pour tout. Si vous avez besoin de quoi que ce soit, n'hésitez pas à faire appel à nous.

— Mon épouse a raison, renchérit Reese. Vous pouvez venir nous trouver à n'importe quel moment à Briarwood. Nous vous offrirons toujours notre aide.

— Reposez-vous maintenant, mon cher, dit Elsie à son mari. Le médecin sera là d'un instant à l'autre.

Van Meer ferma les yeux et Reese entraîna avec lui Elizabeth vers le hall. Il avait besoin de quelques instants, seul à seule avec elle, avant l'arrivée de la police. Aucun doute que dès qu'ils sauraient que Mason avait tenté d'assassiner Van Meer et qu'ils auraient pris leurs déclarations, Frances Holloway serait arrêtée. Jared et les Van Meer seraient enfin à l'abri. Justice serait faite et Reese pourrait rentrer chez lui avec sa famille bien-aimée.

Si seulement il arrivait à ouvrir son cœur à Elizabeth

comme elle l'avait fait avec lui, songea-t-il en contemplant sa femme.

Mais dans ce cas, il ne pourrait plus se protéger comme il l'avait fait pendant toutes ces années.

Et il n'était pas du tout certain de trouver un jour le courage de s'exposer ainsi.

30

Annabelle Townsend donnait un bal. Elle était connue pour les soirées raffinées qu'elle organisait dans son élégante demeure, et les gens avaient commencé à se demander pourquoi elle se désintéressait depuis quelque temps de ses amis.

Elle le devait à Travis, bien sûr. A son amour pour lui. Il lui manquait tant, au point que le tourbillon insouciant des bals mondains ne l'intéressait plus. Elle aurait préféré passer ses soirées avec lui à jouer aux cartes dans son salon, ou à bavarder paisiblement près de la cheminée avant que la passion ne les emporte tous les deux.

Elle ne cesserait jamais d'aimer Travis, mais elle devait pourtant se résigner : il ne ferait jamais partie de sa vie. C'était sans doute ce qu'elle avait le plus de mal à accepter. Il ne voulait pas se marier alors que de son côté, elle avait compris que c'était pour elle la seule façon d'être heureuse avec lui.

Travis était son point faible et ce, depuis bien longtemps. Elle avait pourtant appris à vivre sans lui et il fallait qu'elle continue.

— Voulez-vous m'apporter ma boîte à bijoux, Sadie ? demanda-t-elle à sa femme de chambre.

La jeune femme s'éloigna vers la commode et déposa devant elle le magnifique coffret en marqueterie.

— Voici, madame, dit la femme de chambre en soulevant le couvercle.

Annabelle la remercia et choisit une simple rangée de perles ornée d'un pendentif en perle et diamant. Elle patienta pendant que Sadie accrochait le collier autour de son cou, puis enfila la paire de boucles d'oreilles assorties.

Ainsi parée, elle quitta son tabouret recouvert de tapisserie et contempla quelques instants son image dans le miroir.

— Vous êtes superbe, madame, commenta la femme de chambre.

— Je dois avouer que cette robe est très belle, répondit-elle.

Elle lissa les plis en velours bleu foncé de ses jupes et arrangea ses boucles châtaines sur ses épaules avant de se diriger vers la porte. Il était temps de tirer un trait sur Travis.

Ou du moins, de continuer à vivre sans lui.

Quels que soient les efforts qu'il faudrait déployer ce soir, elle était disposée à se montrer gaie et enjouée, à être la belle de la soirée, comme à son habitude.

Elle ne penserait plus à son beau Travis Greer ni à la manière dont ses regards faisaient battre son cœur. Elle ne songerait plus à leurs merveilleuses nuits d'amour.

Pas ce soir.

Pas une seule fois.

Plaquant un sourire sur ses lèvres, elle sortit de sa chambre et se laissa guider par la musique de l'orchestre qui s'échappait de la salle de bal.

Travis était debout à la porte de la salle de bal à côté de Reese et d'Elizabeth, eux-mêmes en grande conversation avec le duc et la duchesse de Bransford, ainsi que lady Tavistock, la tante de Reese.

— Ainsi, tu es toujours à Londres, dit-il à Reese. Je croyais que tu étais rentré chez toi à l'heure qu'il était.

— Les magistrats ont encore des questions à nous poser. Nous en profitons pour passer une dernière soirée avec nos amis. Nous partons pour Holiday House après-demain, puis nous rentrerons à Briarwood.

— D'après ce que j'ai lu dans le *Times*, Frances Holloway va passer beaucoup de temps sous les verrous.

— Oui, c'est ce qui semblerait, répondit Reese en lui lançant un regard interrogateur. Et toi ? Que fais-tu ici ? Je croyais que vous ne vous voyiez plus, Anna et toi.

— En effet. Je suis venu gâcher la soirée.

— C'est une plaisanterie ?

— Non, je n'ai pas été invité. Mais comme je voulais la voir, je suis venu quand même.

— Intéressant, commenta Reese avec une lueur amusée dans le regard.

Travis grogna.

— Je suis heureux que tu le prennes comme ça, répondit-il d'un air maussade.

Puis il s'approcha du grand saladier rempli de punch. Voilà une demi-heure qu'il observait Annabelle papillonner de bras en bras. Elle l'avait vu, c'était certain. De temps en temps, leurs regards s'étaient croisés, mais elle avait vivement tourné la tête, comme s'il n'existait pas.

Elle dansait et riait, jouait avec art de son éventail, et semblait beaucoup s'amuser. La plupart des hommes étaient à ses pieds.

Annabelle était une femme très belle, et incroyablement désirable. Il en avait fait les frais.

Des images de leurs ébats, pendant qu'ils faisaient l'amour avec passion, vinrent bientôt troubler son esprit. Contrarié, il commanda un brandy qu'il vida d'un seul trait. Il patienta encore une demi-heure, pendant laquelle Annabelle continua de l'éviter. Pour une femme censée l'aimer, elle avait une curieuse façon de le lui montrer.

Elle dansait une valse avec cette canaille de Jonathan Savage lorsqu'il décida qu'il en avait assez.

D'un pas décidé, il s'approcha de la piste de danse et attendit que la musique soit terminée pour s'avancer vers elle. Elle ne pouvait plus lui échapper.

— Je pense que la prochaine danse est pour moi, dit-il en lançant à Savage un regard noir.

Le séducteur se contenta de sourire.

— Vraiment ? répondit-il d'un air moqueur.

Puis il esquissa un baisemain et s'éloigna dignement d'Annabelle, comme le gentleman qu'il n'était pas.

— Ce n'est pas votre tour, siffla-t-elle en redressant fièrement le menton. Vous ne dansez plus, m'avez-vous dit.

En effet, avec un seul bras, bien des danses ne lui étaient plus permises.

— C'est vrai. Donc, à moins de vouloir me faire une scène, je vous demanderai de me suivre.

Annabelle resta plantée au milieu des danseurs, sans manifester le moindre désir de bouger.

— Que venez-vous faire ici ? demanda-t-elle, sur la défensive.

— Je voulais vous voir.

— Vous auriez pu solliciter un rendez-vous.

— J'aurais pu, mais je ne l'ai pas fait.

La musique reprit avec une scottish qu'il ignora royalement. Il tenait enfin une occasion d'être seul avec elle et n'avait nullement l'intention de la laisser s'échapper.

Comme il faisait trop froid dehors, il conduisit Annabelle à l'extérieur de la salle de bal. Sans un mot, ils traversèrent le hall et remontèrent le long couloir qui conduisait à une petite salle percée de plusieurs fenêtres à l'arrière de la maison, occupée par quelques couples qui bavardaient à voix basse.

Posant la main sur sa taille, il la guida vers un coin tranquille, à proximité d'un grand arbre en pot.

— On dirait que vous vous amusez beaucoup, commença-t-il, un peu vexé de constater à quel point elle l'avait facilement oublié, lui et tout ce qu'ils avaient partagé ensemble.

Elle le toisa d'un air hautain et fit la moue. L'expression enfantine de son visage fit aussitôt chavirer le cœur de Travis.

— Pourquoi ne m'amuserais-je pas ? demanda-t-elle.

— J'espérais que vous seriez occupée à pleurer votre amour perdu, moi, en l'occurrence. C'était bien ce que vous aviez dit, n'est-ce pas ? Que vous m'aimiez ?

A ces mots, elle perdit un peu de sa morgue.

— Parfois, répondit-elle tristement, l'amour ne suffit pas.

— J'ai besoin de savoir si vous étiez sincère, Anna. J'ai besoin de savoir si vous m'aimez vraiment, comme vous me l'avez dit.

Ses yeux bleus limpides s'agrandirent d'étonnement.

— Pensez-vous que je sois capable de vous mentir sur un sujet aussi grave ?

— Dites-moi simplement la vérité.

Pour la première fois, elle sembla comprendre à quel point la question était importante pour lui.

— Je vous aime, Travis, depuis des années.

Il sentit son cœur se serrer.

— Suffisamment pour m'épouser ?

Elle le regarda, interdite.

— Etes-vous en train… de me demander en mariage ? balbutia-t-elle.

— Oui, Anna. M'aimez-vous assez pour m'épouser ?

— Mais vous ne voulez pas d'attaches ! Vous êtes un homme libre. C'est vous-même qui l'avez dit !

— C'est aussi ce que vous prétendiez.

— Je n'avais pas mesuré comment je me sentirais après…

— Après avoir fait l'amour avec moi ?

— Oui.

— J'avais tort, mon amour. Après votre départ, j'ai compris à quel point ma vie était vide sans vous. A quel point j'étais seul. Dites-moi que vous acceptez de m'épouser.

Les yeux d'Annabelle s'étaient remplis de larmes.

— M'aimez-vous, Travis ?

— Désespérément.

Il sentit son cœur se remplir de joie en entendant son rire cristallin rompre l'atmosphère feutrée de la pièce.

— Dans ce cas, rien ne me ferait plus plaisir que vous épouser, répondit-elle, un large sourire aux lèvres.

Une vague de soulagement et de joie le submergea si fort qu'il fut pris de vertige. Passant son bras autour de sa taille fine, il l'attira vers lui, se pencha vers elle et l'embrassa avec fougue. Lorsqu'il se dégagea, ils étaient tous les deux hors d'haleine.

— Venez, dit-il en lui prenant la main.

— Où allons-nous ?

— Vous ne voulez pas garder ce secret pour vous ? demanda-t-il, soudain inquiet.

— Mon Dieu, non !

Il lui sourit et la conduisit dans la salle de bal. Puis il monta sur l'estrade où jouait l'orchestre. Aussitôt, la musique s'arrêta, sous l'œil ébahi de la foule.

— Je vous demande quelques minutes d'attention, déclara Travis. J'ai une annonce importante à vous faire.

Les derniers murmures se turent et tous les visages se tournèrent vers l'estrade.

— Lady Annabelle vient d'accepter de m'épouser. Et comme je suis fou amoureux d'elle, vous avez ce soir devant vous l'homme le plus heureux de la Terre.

Des acclamations joyeuses fusèrent de toute part.

— Et vous êtes tous invités à notre mariage, ajouta Annabelle, radieuse.

Des cris de joie accueillirent leurs propos. Soudain Travis croisa le regard de Reese dans la foule. Il semblait sous le choc et même à cette distance, il aperçut les larmes qui brillaient dans les yeux d'Elizabeth.

Il ne savait pas très bien comment interpréter leur réaction. Mais pour le bien de son ami, il ne pouvait que souhaiter à Reese de ne pas faire les mêmes erreurs que lui. Peut-être qu'un jour, Reese serait capable de reconnaître l'amour qu'il ressentait pour sa femme.

Reese n'en croyait ni ses yeux ni ses oreilles. Son meilleur ami venait de demander Annabelle Townsend en mariage et avait osé lui déclarer son amour devant la moitié de la haute société londonienne !

Pourquoi était-ce si simple pour Travis d'exprimer ses sentiments ? Pourquoi lui-même n'en était-il pas capable ?

Il réfléchissait encore à la question en prenant place à côté d'Elizabeth dans la voiture qui les ramenait chez eux.

Un peu plus tard, ils firent l'amour et Elizabeth s'endormit contre lui. Mais Reese ne trouvait pas le sommeil.

Il aimait sa femme et son fils. Pourquoi ne le leur disait-il pas ? Il savait à quel point ces mots étaient importants pour eux et pourtant, il gardait le silence, trop effrayé à l'idée d'ouvrir son cœur.

A l'aube, il ne dormait toujours pas, assailli par son esprit tourmenté. Il sortit en silence du lit, s'habilla et se dirigea vers les écuries où il fit seller le hongre roux qu'il avait monté pour se rendre chez Van Meer. Perché sur sa monture, il prit la direction du parc.

Depuis qu'il s'était battu avec Holloway, sa jambe lui faisait un peu mal. Mais en partant à petit galop sur le chemin caillouteux, il sentit ses muscles s'assouplir. La brise fraîche de ce matin de novembre cinglait son visage tandis qu'il accélérait l'allure. Grisé par la vitesse, il sentit l'air frais éclaircir soudain son esprit.

Il suffisait de trois petits mots.

Je vous aime.

Pourquoi avait-il tant de mal à les dire ?

Ceux qui suivirent étaient plus simples. *J'ai besoin de vous. Je vous désire.* Il n'avait aucune difficulté à les prononcer.

Mais ils n'engageaient pas son cœur. L'essence même de son être.

Il contempla les rayons de soleil qui filtraient à travers les arbres. Levant son visage vers le ciel, il sentit leur chaleur pénétrer sa peau, le réchauffer de l'intérieur. Soudain, il se sentit investi d'un courage nouveau qui semblait se répandre en lui avec force, repoussant ses anciennes peurs.

Il devait en finir avec elles ! Tirant un grand coup sur les rênes, il revint à grand train vers la maison. Déjà, les cheminées exhalaient leurs fumées grises vers le ciel. Aussitôt arrivé, il confia le cheval à un valet et se lança à la recherche d'Elizabeth, qui s'apprêtait à entrer dans la salle du petit déjeuner.

— Bonjour, dit-elle d'une voix monocorde.

Il semblait lui manquer quelque chose depuis qu'elle lui avait avoué qu'elle l'aimait et qu'elle s'était heurtée à son silence.

— Avant de vous asseoir, je voudrais m'entretenir avec vous, s'il vous plaît, dit-il.

Elle hocha légèrement la tête.

— Bien sûr.

En traversant le hall, il demanda à une femme de chambre d'aller chercher Jared, puis se dirigea vers son bureau.

Il attendait depuis plusieurs minutes lorsque sa femme et son fils se présentèrent côte à côte sur le pas de la porte. Elizabeth semblait nerveuse et Jared avait l'air vraiment inquiet. Il avait machinalement agrippé les jupes de sa mère et ne semblait pas vouloir la lâcher.

— Quelque chose ne va pas ? demanda-t-elle d'une voix anxieuse.

Reese s'efforça de sourire pour les mettre à l'aise.

— On peut dire ça comme ça, répondit-il. Mais l'erreur vient de moi, et non de vous.

Même si son cœur battait à tout rompre, il continua de sourire.

— Ces derniers jours, dit-il sur le ton de la confidence, j'ai compris à quel point je m'étais mal comporté vis-à-vis de vous deux.

— Que… que voulez-vous dire ? répondit Elizabeth. Vous vous êtes toujours montré généreux et attentionné depuis que nous sommes arrivés chez vous.

— Généreux et attentionné ? Peut-être. Mais il y a bien plus. Quelque chose que je ressens et que je n'ai pas dit.

Il s'agenouilla à quelques pas de Jared.

— Viens ici, mon fils.

Le petit garçon s'approcha timidement, sur la défensive.

— Je t'ai demandé de venir pour te dire à quel point je t'aimais. Je n'ai jamais prononcé ces mots avant, mais c'est ce que je ressens. Je suis très fier de toi, Jared. Tu es ma joie et mon espoir, et je t'aime plus que ma propre vie.

L'enfant le regarda avec de grands yeux sombres où brillait une profonde émotion. Spontanément, il tendit la main vers lui et caressa sa joue.

— Je vous aime aussi, père, répondit-il gravement.

Un sentiment de bonheur intense l'envahit. Il se pencha vers le front lisse de l'enfant et l'embrassa avant de se redresser.

— Et j'aime aussi ta mère, avoua-t-il en se tournant vers elle.

Elizabeth se tenait debout devant la cheminée, ses beaux yeux gris étincelant de larmes.

— Elle est mon cœur et mon âme, ajouta-t-il. Je l'aime depuis que je l'ai rencontrée et je n'ai jamais cessé de l'aimer depuis.

Elle émit un petit bruit de gorge, comme si elle s'étranglait.

— Reese..., murmura-t-elle en s'avançant vers lui.

Bouleversé, il la prit dans ses bras.

— Je vous aime, Beth, dit-il en la pressant sur son cœur. J'aime votre force et votre détermination. Je suis en admiration devant la mère merveilleuse que vous êtes. J'ai aimé la jeune fille que vous étiez, mais j'aime encore plus la femme que vous êtes devenue.

— Reese, mon amour, répondit-elle en lui souriant à travers ses larmes, je vous aime tellement.

Jamais il ne s'était senti si libre et si parfaitement heureux, songea-t-il en l'embrassant.

Soudain, un petit rire gêné retentit derrière lui. Lorsqu'il se retourna, il aperçut Jared qui les regardait, immobile. Il l'invita alors à se joindre à eux, le prit dans ses bras et tous les trois restèrent longuement enlacés, savourant le bonheur d'être enfin réunis par l'amour.

Reese se sentit baigner dans une vive lumière, comme si le soleil s'était mis à briller dans son cœur. Une joie indicible l'habitait à présent. Pour la première fois, tous les éléments de sa vie étaient réunis pour participer à son bonheur.

— Je vous aime, Beth, dit-il encore.

Cette fois, les mots lui vinrent plus facilement.

— Je vous aime tellement tous les deux ! ajouta-t-il en souriant. Et il me tarde de ramener ma famille à la maison.

Epilogue

Trois mois plus tard

Elizabeth marchait à côté de tante Agatha dans les jardins de Briarwood, sur le chemin qui conduisait aux écuries. Reese et Jared se préparaient pour leur sortie quotidienne à cheval.

— Je savais qu'il ferait un bon père, déclara la vieille dame. C'est ce côté paternel qui a fait de lui un bon meneur d'hommes.

— Oui, dit Elizabeth, vous avez sans doute raison.

Reese était ces deux choses à la fois : un père merveilleux et un *gentleman-farmer* très respecté. Les fermiers qui travaillaient avec lui l'admiraient beaucoup et faisaient tout leur possible pour le satisfaire. Ils étaient tous prêts à labourer la terre et à semer l'orge que Reese revendrait ensuite aux brasseries de son frère Royal.

Reese semblait aimer ce travail. Au début, elle n'était pas certaine qu'il serait heureux sans la vie d'aventures qu'il avait menée autrefois, mais elle avait aperçu à plusieurs reprises la satisfaction sur son visage lorsqu'il contemplait ses champs. Reese avait l'air heureux à Briarwood.

Et elle aussi se sentait heureuse.

— J'ai entendu dire que Frances Holloway, cette horrible femme, avait été condamnée à cinquante années de prison, dit tante Agatha.

La vieille dame et elle avaient enterré leurs vieilles rancœurs et étaient presque devenues amies. Elles le devaient sans doute à leur amour commun pour Reese et pour Jared. Peut-être qu'avec le temps, leur relation n'en serait que plus profonde.

Elizabeth avait perdu sa mère beaucoup trop jeune. Aujourd'hui, elle appréciait les conseils avisés de la vieille dame et espérait pouvoir gagner un jour son affection.

— M. Morgan nous a apporté les nouvelles de sa condamnation de vive voix, dit Elizabeth, même si elle figurait dans tous les journaux.

— Oui, et j'ai aussi entendu dire que ce gredin de Travis Greer s'était surpassé. Il a épousé Annabelle Townsend, cette délicieuse veuve.

Elle avait prononcé le mot « gredin » avec une lueur amusée dans le regard. Elizabeth savait que la douairière avait toujours eu un faible pour le meilleur ami de Reese.

— Depuis que Sandhurst et ses acolytes ont été condamnés pour trahison, dit Elizabeth, le capitaine a été complètement blanchi. Il jouit désormais d'une certaine renommée dans le monde du journalisme.

— Je regrette de n'avoir pu assister à leur mariage, déplora la vieille dame.

— C'était une très belle cérémonie. Lady Annabelle et lui forment un très beau couple.

— En effet, approuva lady Tavistock.

Elles se tournèrent alors vers la grange et aperçurent Reese qui aidait Jared à se hisser sur Dusty, le petit poney gris pommelé, avant de monter à son tour sur la selle de son grand hongre noir. Warrior hennit doucement en s'ébrouant, mais Reese le calma en tapotant gentiment son cou. Sa jambe n'était presque plus un handicap. Il garderait certes une vilaine cicatrice, et un léger boitillement, mais il n'avait presque plus besoin de sa canne.

— Ce mauvais garçon de Rule doit être arrivé dans les colonies à l'heure qu'il est, déclara lady Tavistock. Peut-être qu'un peu de dur labeur l'endurcira.

Elle parlait bien sûr de l'Amérique. Rule avait promis à son père de renforcer la position de sa famille en développant des liens commerciaux avec les Etats-Unis, même s'il projetait de revenir en Angleterre dès que possible. Elizabeth avait appris que les Dewar étaient des hommes de parole.

— Rule est un bon garçon, répondit Elizabeth. Certes, il est jeune, mais avec le temps, il saura mieux quelle direction donner à sa vie.

Tante Agatha émit un grognement dubitatif.

— Il court après tous les jupons qu'il croise, répliqua-t-elle. Il a besoin d'une femme, ce garçon. Une femme qui réfrène ses élans insatiables.

— Comme je l'ai dit, en vieillissant…

— Vous devez avoir raison. Aucun des Dewar ne s'est marié jeune. Je doute que Rule soit différent de ses frères. Mais écoutez bien ce que je vous dis : un jour, il trouvera la femme qui lui convient. Et j'espère être encore de ce monde pour le voir.

Elizabeth éclata de rire.

— Je pense que vous nous enterrerez tous, madame.

La douairière esquissa un sourire.

Elizabeth aperçut alors Reese et Jared s'éloigner au galop à travers champs et elle sentit son cœur s'emplir d'amour.

Tante Agatha suivit son regard.

— Je vous avais bien dit que tout s'arrangerait, déclara-t-elle.

C'était vrai. Reese l'aimait, et elle l'aimait en retour. Lady Tavistock avait un don indéniable pour prédire l'avenir.

— Beaucoup de bonheur vous attend, ajouta-t-elle, comme si elle avait lu dans ses pensées. Reese vous donnera d'autres enfants, et vous mènerez une vie longue et heureuse ensemble.

Elizabeth avait appris à se fier aux intuitions de la vieille dame. Tout en regardant son mari et son fils s'éloigner, elle songea à la nuit passionnée qu'elle avait passée dans les bras de Reese et à l'étrange sentiment de satisfaction qui l'avait saisie le matin au réveil.

Esquissant un sourire, elle posa une main protectrice sur la douce courbe de son ventre.

Best-Sellers n°521 • thriller

Visions - Lisa Jackson

Terrifiée par un cauchemar qui l'a plongée avec un réalisme saisissant au beau milieu d'une scène de meurtre, Olivia Benchet se réveille en sursaut, le cœur battant. Elle est seule, pourtant, dans cette maison du bayou, près de La Nouvelle-Orléans où elle est venue s'installer. Seule, mais avec une certitude atroce : les images du crime auquel elle vient d'assister étaient trop précises, pour n'être que celles d'un cauchemar. Cette scène est bien réelle, elle en est sûre. Tellement sûre que, contre toute logique, elle décide d'aller trouver l'inspecteur Rick Bentz, un personnage solitaire et secret dont elle gagne peu à peu la confiance. Pourtant, malgré l'aide et la protection de Bentz, Olivia doit affronter seule les visions nocturnes qui continuent de la hanter, des visions qui la mettent peu à peu dans les pas de l'assassin. Mais elle est loin de deviner que celui-ci est justement en train de se concentrer sur elle, comme sur une proie…

Best-Sellers n°522 • roman

Rendez-vous sur la baie - Sherryl Woods

Après plusieurs années durant lesquelles elle s'est essentiellement consacrée à son travail, Jess O'Brien se sent enfin prête à rencontrer le grand amour. Ses meilleures amies de Chesapeake lui proposent alors une idée aussi séduisante qu'effrayante : s'inscrire sur un site de rencontres en ligne. Motivée malgré ses appréhensions, Jess constate avec amertume qu'elle ne trouve aucun rendez-vous ! Ce qui semble d'ailleurs convenir parfaitement à Will Lincoln, le directeur du site, un psychologue qui est aussi son ami d'enfance. Il semblerait même que Will lui ait trouvé un partenaire idéal : lui-même. Jess est furieuse. Comment Will peut-il s'immiscer ainsi dans sa vie ? Certes, c'est un homme attirant et brillant, mais cette manière qu'il a d'analyser ses comportements et d'imaginer qu'il lit dans ses pensées l'exaspère. Alors pourquoi ne peut-elle s'empêcher, en sa présence, d'éprouver une sensation troublante et inédite ? Celle de devenir enfin, sous le regard de Will, la femme qu'elle est vraiment.

Best-Sellers n°523 • suspense

Le voile de la trahison - Laura Caldwell

En quelques heures à peine, la vie d'Izzy McNeil, une pétulante avocate de Chicago, s'effondre brutalement : non seulement Forester Pickett, un client qu'elle aime comme un père, est mystérieusement assassiné, mais Sam, son fiancé, se volatilise à quelques semaines de leur mariage. Et dire qu'Izzy pensait tout savoir de son futur époux ! Comment a-elle pu être naïve à ce point ? Certes, elle avait des doutes quant au bien-fondé de leur mariage. Mais elle aimait profondément Sam et ne pouvait imaginer pareille trahison. Partagée entre la colère et l'incompréhension, Izzy décide alors de tout entreprendre pour retrouver Sam et démasquer le meurtrier de Forester. Sans savoir que les ennuis ne font que commencer pour elle, et que mensonges et tromperies sèment son chemin de pièges…

Best-Sellers n°524 • historique

La vallée des promesses - Nora Roberts

Arizona, 1875

Quand, au terme d'un long voyage, Sarah Conway arrive en Arizona, elle va de désillusion en désillusion. Non seulement son père, qu'elle était venue retrouver, est mort quelques jours plus tôt, mais l'endroit où il vivait est à mille lieues du monde civilisé qu'elle a connu jusqu'ici. A la place de la belle demeure blanche évoquée par Matt Conway dans ses lettres, Sarah ne trouve qu'une cabane misérable, perdue dans un décor chauffé à blanc par le soleil. Quant à la mine d'or où le pauvre homme a laissé la vie, elle n'a, semble-t-il, aucune valeur. Dans cet univers rude, Sarah sait qu'elle n'a pas sa place. Alors, pourquoi, malgré tout, tient-elle tant à rester ? Pour honorer la mémoire de son père? Sans doute. A travers lui, elle se sent viscéralement liée à cette terre pourtant hostile. Mais il y a aussi Jake Redman, un homme au passé trouble, qui fait preuve à son égard d'une étonnante sollicitude. A croire qu'elle ne lui est pas indifférente. Elle, ou son héritage…

Best-Sellers n°525 • historique

Sous protection royale - Margaret Moore

Angleterre, 1204.

Depuis la disparition de son père, lady Gillian d'Averette a dû renoncer à ses rêves de jeune fille pour prendre la tête du domaine familial, qu'elle dirige d'une main de fer. Aussi se méfie-t-elle lorsqu'un certain Bayard de Boisbaton se présente au château pour la mettre en garde contre une invasion ennemie. Le superbe guerrier a beau prétendre qu'il est envoyé par sa sœur bien aimée, Gillian ne lui fait pas confiance. D'autant moins que, très vite, il prend possession du domaine comme s'il en était le seigneur, réduisant à néant son autorité durement conquise. Furieuse de se voir dicter sa conduite par un étranger, et déterminée à préserver son indépendance, Gillian décide de tout faire pour déstabiliser le chevalier, au risque de se laisser prendre à son propre jeu…

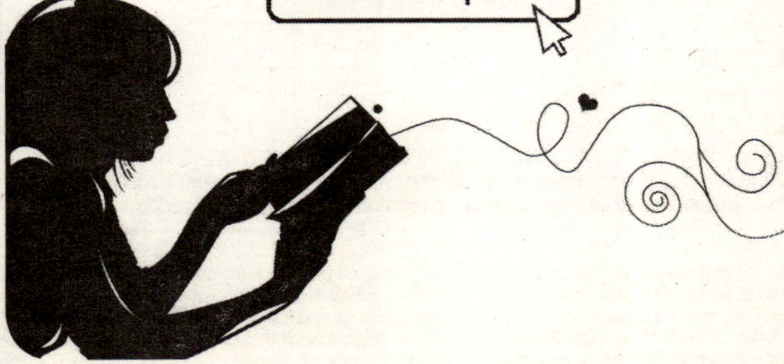

Composé et édité par les
éditions HARLEQUIN
Achevé d'imprimer en avril 2012

BRODARD & TAUPIN

La Flèche
Dépôt légal : mai 2012
N° d'imprimeur : 68001

Imprimé en France